考試分數大躍進
累積實力
百萬考生見證
應考秘訣

考試相關概要
根據日本國際交流基金

快速通關 絕對合格 N1/N2

日檢[文法]新制對應

QR code

日檢權威山田社 持續追蹤最新日檢題型變化！

吉松由美, 田中陽子, 西村惠子, 大山和佳子, 林勝田, 山田社日檢題庫小組 合著

前言 preface

《絕對合格 全攻略！新制日檢 N2 必背必出文法》

秒記文法心智圖＋瞬間回憶關鍵字＋
直擊考點全真模擬考題＋「5W+1H」細分使用狀況
最具權威日檢金牌教師，竭盡所能，濃縮密度，
讓您學習效果再次翻倍！

《絕對合格 全攻略！新制日檢 N2 必背必出文法》百分百全面日檢學習對策，讓您制勝考場：

★「以一帶十機能分類」幫您歸納，腦中文法不再零亂分散，概念更紮實，學習更精熟！
★「秒記文法心智圖」圖解文法考試重點，像拍照一樣，一看就記住！
★「瞬間回憶關鍵字」濃縮文法精華成膠囊，考試瞬間打開記憶寶庫。
★「5W+1H」細分使用狀況，絕對貼近日檢考試，高效學習不漏接！
★ 類義文法用法辨異，掃清盲點，突出易混點，高分手到擒來！
★ 小試身手分類題型立驗學習成果，加深記憶軌跡！
★ 必勝全真模擬試題，直擊考點，全解全析，100% 命中考題！

本書提供 100%全面的文法學習對策，讓您輕鬆取證，致勝考場！特色有：

1 100%分類　「以一帶十機能分類」，以功能化分類，快速建立文法體系！

書中將文法機能進行分類，按關係、時間、原因、結果、條件、逆說、觀點、意志、推論…等共 13 章節，幫您歸納，以一帶十，把零散的文法句型系統列出，讓學習更有效果，文法概念更為紮實，學習更為精熟。

2 100%秒記　「秒記文法心智圖」圖解文法考試重點，像拍照一樣，一看就記住！

本書幫您精心整理超秒記文法心智圖，透過有效歸納、整理的關鍵字及圖表，讓您學習思維在一夕間蛻變，讓您學習思考化被動為主動。

化繁為簡的「心智圖」中，「放射狀聯想」讓記憶圍繞在中央的關鍵字，不偏離主題；「群組化」利用關鍵字，來分層、分類，讓記憶更有邏輯；「全體檢視」可以讓您不遺漏也不偏重某項目。這樣自然能夠將文法重點，長期的停留在腦中，像拍照一樣，達到永久記憶的效果。

3 100%濃縮　「瞬間回憶關鍵字」濃縮文法精華成膠囊，考試瞬間打開記憶寶庫！

文法解釋為什麼總是那麼抽象又複雜，每個字都讀得懂，但卻很難讀進腦袋裡？本書貼心在每項文法解釋前加上「關鍵字」，也就是將大量資料簡化的「重點字句」，去蕪存菁濃縮文法精華成膠囊，幫助您以最少時間就能輕鬆抓住重點，刺激聯想，進而達到長期記憶的效果！有了這項記憶法寶，絕對讓您在考試時瞬間打開記憶寶庫，高分手到擒來！

4 100%細分　「5W+1H」細分使用狀況，絕對貼近日檢考試，高效學習不漏接！

學習日語文法，要讓日文像一股活力，打入自己的體內，就要先掌握文法中的人事時地物（5W+1H）等要素，了解每一項文法、文型，是在什麼場合、什麼時候、對誰使用、為何使用，這樣學文法就能慢慢跳脫死記死背的方式，進而變成一個真正屬於您且實用的知識！

因此，書中將所有符合 N2 文法程度的 5 個 W 跟 1 個 H 等使用狀況細分出來，並列出相對應的例句，讓您看到考題，答案立即選出！

5 100%辨異　類義文法用法辨異，掃清盲點，突出易混點，高分手到擒來！

書中每項文法，還特別將難分難解刁鑽易混淆的文法項目，用「比一比」的方式進行整理、歸類，並分析易混淆文法間的意義、用法、語感、接續…等的微妙差異。讓您在考場中不必再「左右為難」「一知半解」，一看題目就能迅速找到答案，一舉拿下高分！

6 100%實戰　立驗成果文法小練習，身經百戰，成功自然手到擒來！

每個單元後面，先附上文法小練習，幫助您在學習完文法概念後，「小試身手」一下！提供您豐富的實戰演練，當您身經百戰，成功自然手到擒來！

7 100%命中　必勝全真模擬試題，直擊考點，全解全析，100% 命中考題！

每單元最後又附上，金牌日檢教師以專業與實力精心撰寫必勝模擬試題，試題完整掌握新制日檢出題傾向，並參考國際交流基金和及財團法人日本國際教育支援協會對外公佈的，日本語能力試驗文法部分的出題標準。最後並作了翻譯及直擊考點的解題分析！讓您可以即時演練、即時得知解題技巧，就像有個貼身日語教師幫您全解全析，帶您 100% 命中考題！

8 100%情境　日籍教師親自錄音，發音、語調、速度都力求符合新日檢考試情境！

書中所有日文句子，都由日籍教師親自錄音，發音、語調、速度都要求符合 N2 新日檢聽力考試情境，讓您一邊學文法，一邊還能熟悉 N2 情境的發音，這樣眼耳並用，為您打下堅實基礎，全面提升日語力！

目錄

contents

N2 題型分析

測驗科目（測驗時間）		試題內容				
		題型			小題題數＊	分析
語言知識、讀解（105分）	文字、語彙	1	漢字讀音	◇	5	測驗漢字語彙的讀音。
		2	假名漢字寫法	◇	5	測驗平假名語彙的漢字寫法。
		3	複合語彙	◇	5	測驗關於衍生語彙及複合語彙的知識。
		4	選擇文脈語彙	○	7	測驗根據文脈選擇適切語彙。
		5	替換類義詞	○	5	測驗根據試題的語彙或說法，選擇類義詞或類義說法。
		6	語彙用法	○	5	測驗試題的語彙在文句裡的用法。
	文法	7	文句的文法1（文法形式判斷）	○	12	測驗辨別哪種文法形式符合文句內容。
		8	文句的文法2（文句組構）	◆	5	測驗是否能夠組織文法正確且文義通順的句子。
		9	文章段落的文法	◆	5	測驗辨別該文句有無符合文脈。
	讀解＊	10	理解內容（短文）	○	5	於讀完包含生活與工作之各種題材的說明文或指示文等，約200字左右的文章段落之後，測驗是否能夠理解其內容。
		11	理解內容（中文）	○	9	於讀完包含內容較為平易的評論、解說、散文等，約500字左右的文章段落之後，測驗是否能夠理解其因果關係或理由、概要或作者的想法等等。
		12	綜合理解	◆	2	於讀完幾段文章（合計600字左右）之後，測驗是否能夠將之綜合比較並且理解其內容。
		13	理解想法（長文）	◇	3	於讀完論理展開較為明快的評論等，約900字左右的文章段落之後，測驗是否能夠掌握全文欲表達的想法或意見。
		14	釐整資訊	◆	2	測驗是否能夠從廣告、傳單、提供訊息的各類雜誌、商業文書等資訊題材（700字左右）中，找出所需的訊息。
聽解（50分）		1	課題理解	◇	5	於聽取完整的會話段落之後，測驗是否能夠理解其內容（於聽完解決問題所需的具體訊息之後，測驗是否能夠理解應當採取的下一個適切步驟）。
		2	要點理解	◇	6	於聽取完整的會話段落之後，測驗是否能夠理解其內容（依據剛才已聽過的提示，測驗是否能夠抓住應當聽取的重點）。
		3	概要理解	◇	5	於聽取完整的會話段落之後，測驗是否能夠理解其內容（測驗是否能夠從整段會話中理解說話者的用意與想法）。
		4	即時應答	◆	12	於聽完簡短的詢問之後，測驗是否能夠選擇適切的應答。
		5	綜合理解	◇	4	於聽完較長的會話段落之後，測驗是否能夠將之綜合比較並且理解其內容。

＊「小題題數」為每次測驗的約略題數，與實際測驗時的題數可能未盡相同。此外，亦有可能會變更小題題數。

＊有時在「讀解」科目中，同一段文章可能會有數道小題。

＊符號標示：「◆」舊制測驗沒有出現過的嶄新題型；「◇」沿襲舊制測驗的題型，但是更動部分形式；「○」與舊制測驗一樣的題型。

資料來源：《日本語能力試驗JLPT官方網站：分項成績．合格判定．合否結果通知》。2016年1月11日，取自：http://www.jlpt.jp/tw/guideline/results.html

本書使用說明

Point 1 秒記文法心智圖

有效歸納、整理的關鍵字及圖表，讓您學習思維在一夕間蛻變，思考化被動為主動！

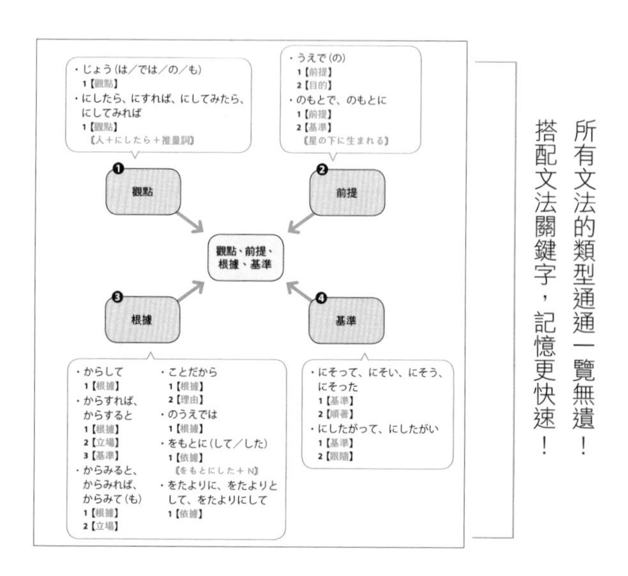

Point 2 瞬間回憶關鍵字

每項文法解釋前加上「關鍵字」，也就是將大量資料簡化的「重點字句」，幫助您以最少時間就能輕鬆抓住重點，刺激聯想，進而達到長期記憶的效果！

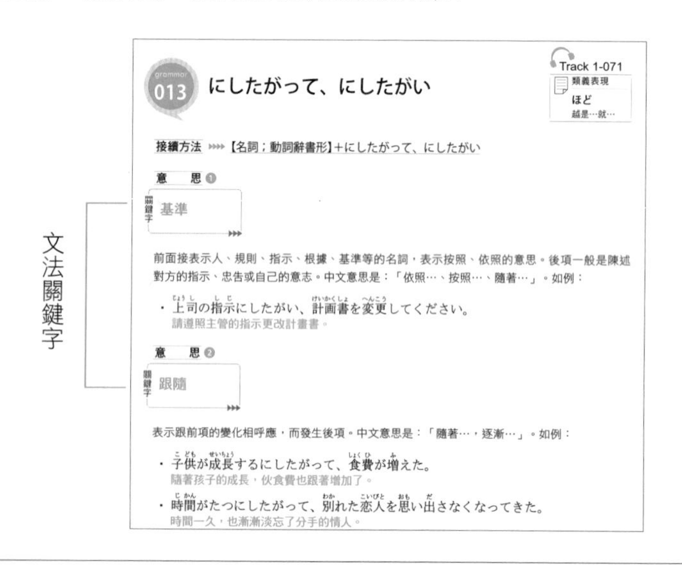

Point 3 「5W+1H」細分使用狀況

將所有符合 N2 文法程度的 5 個 W 跟 1 個 H 等使用狀況細分出來，並列出相對應的例句，讓您看到考題，答案立即選出！

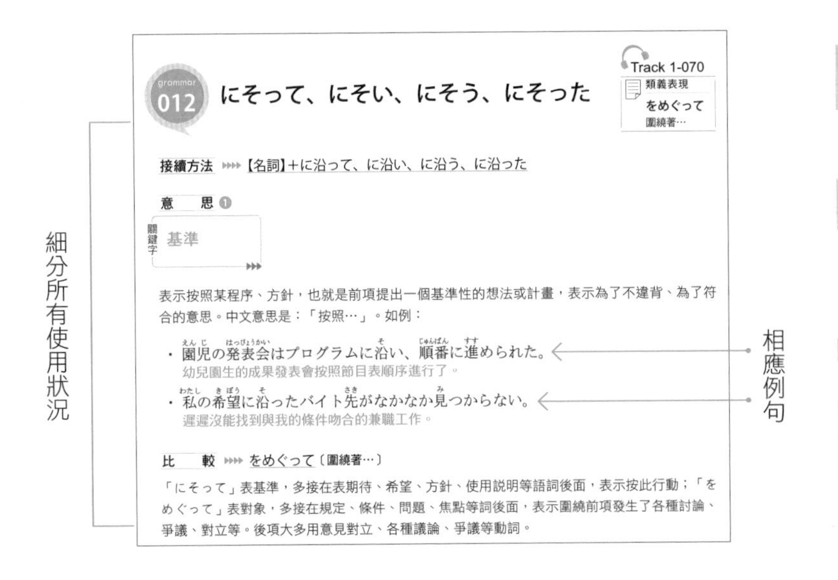
grammar 012 にそって、にそい、にそう、にそった

Track 1-070
類義表現
をめぐって
圍繞著…

接續方法 ▸▸▸ 【名詞】＋に沿って、に沿い、に沿う、に沿った

意　思 1

關鍵字 基準

表示按照某程序、方針，也就是前項提出一個基準性的想法或計畫，表示為了不違背、為了符合的意思。中文意思是：「按照…」。如例：

- 園児の発表会はプログラムに沿い、順番に進められた。
  幼兒園生的成果發表會按照節目表順序進行了。
- 私の希望に沿ったバイト先がなかなか見つからない。
  遲遲沒能找到與我的條件吻合的兼職工作。

比　較 ▸▸▸ をめぐって〔圍繞著…〕

「にそって」表基準，多接在表期待、希望、方針、使用說明等語詞後面，表示按此行動；「をめぐって」表對象，多接在規定、條件、問題、焦點等詞後面，表示圍繞前項發生了各種討論、爭議、對立等。後項大多用意見對立、各種議論、爭議等動詞。

Point 4 類義文法用法辨異

每項文法特別將難分難解刁鑽易混淆的文法項目，用「比一比」的方式進行整理、歸類，並分析易混淆文法間的意義、用法、語感、接續…等的微妙差異。讓您在考場中一看題目就能迅速找到答案，一舉拿下高分！

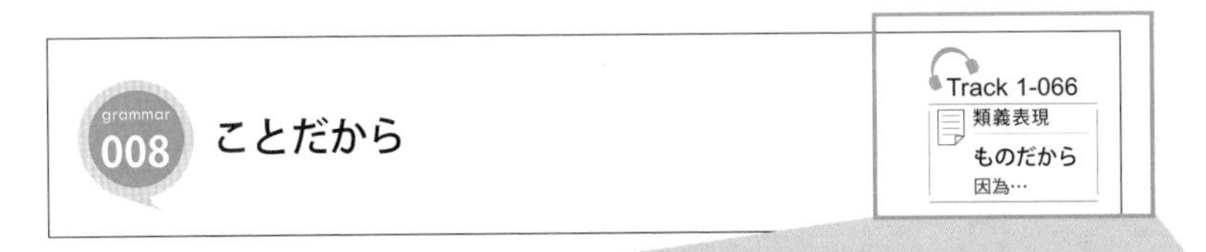

比　較 ▸▸▸ ものだから〔因為…〕

「ことだから」表理由，表示根據前項的情況，從而做出後項相應的動作；「ものだから」表理由，是把前項當理由，說明自己為什麼做了後項，常用在個人的辯解、解釋，把自己的行為正當化上。後句不用命令、意志等表達方式。

類義文法辨異解說

Point 5 小試身手＆必勝全真模擬試題＋解題攻略

學習完每章節的文法內容，馬上為您準備小試身手，測驗您學習的成果！接著還有金牌日檢教師以專業與實力精心撰寫必勝模擬試題，試題完整掌握新制日檢出題傾向，還附有翻譯及直擊考點的解題分析！讓您可以即時演練、即時得知解題技巧，就像有個貼身日語教師幫您全解全析，帶您100% 命中考題！

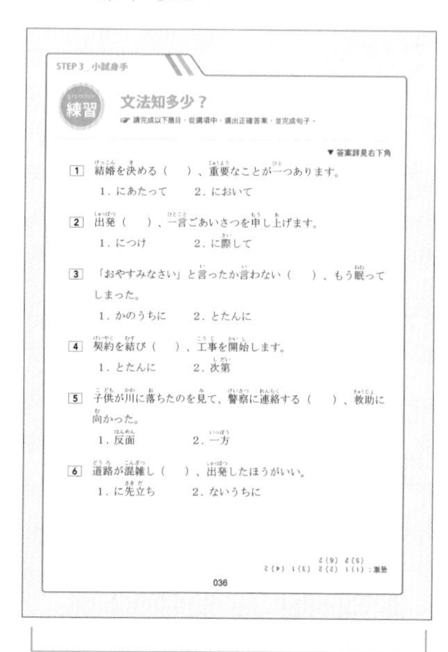

STEP 3_ 小試身手

練習 文法知多少？

☞ 請完成以下題目，從選項中，選出正確答案，並完成句子。

▼ 答案詳見右下角

1 結婚を決める（　）、重要なことが一つあります。
1. にあたって　2. において

2 出発（　）、一言ごあいさつを申し上げます。
1. につけ　2. に際して

3 「おやすみなさい」と言ったか言わない（　）、もう眠ってしまった。
1. かのうちに　2. とたんに

4 契約を結び（　）、工事を開始します。
1. とたんに　2. 次第

5 子供が川に落ちたのを見て、警察に連絡する（　）、救助に向かった。
1. 反面　2. 一方

6 道路が混雑し（　）、出発したほうがいい。
1. に先立ち　2. ないうちに

答案：(1) 1 (2) 2 (3) 1 (4) 2 (5) 2 (6) 2

036

文法小試身手

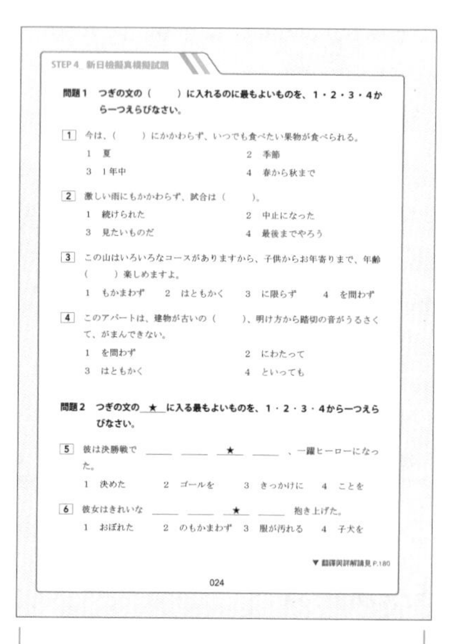

STEP 4_ 新日檢擬真模擬試題

問題1 つぎの文の（　）に入れるのに最もよいものを、1・2・3・4から一つえらびなさい。

1 今は、（　）にかかわらず、いつでも食べたい果物が食べられる。
1 夏　2 季節
3 1年中　4 春から秋まで

2 激しい雨にもかかわらず、試合は（　）。
1 続けられた　2 中止になった
3 見たいものだ　4 最後までやろう

3 この山はいろいろなコースがありますから、子供からお年寄りまで、年齢（　）楽しめますよ。
1 もかまわず　2 はともかく　3 に限らず　4 を問わず

4 このアパートは、建物が古いの（　）、明け方から踏切の音がうるさくて、がまんできない。
1 を問わず　2 にわたって
3 はともかく　4 といっても

問題2 つぎの文の ★ に入る最もよいものを、1・2・3・4から一つえらびなさい。

5 彼は決勝戦で ＿＿ ＿＿ ★ ＿＿ 、一躍ヒーローになった。
1 決めた　2 ゴールを　3 きっかけに　4 ことを

6 彼女はきれいな ＿＿ ＿＿ ★ ＿＿ 抱き上げた。
1 おぼれた　2 のもかまわず　3 服が汚れる　4 子犬を

▼ 翻譯與詳解請見 P.180

024

全真模擬考題

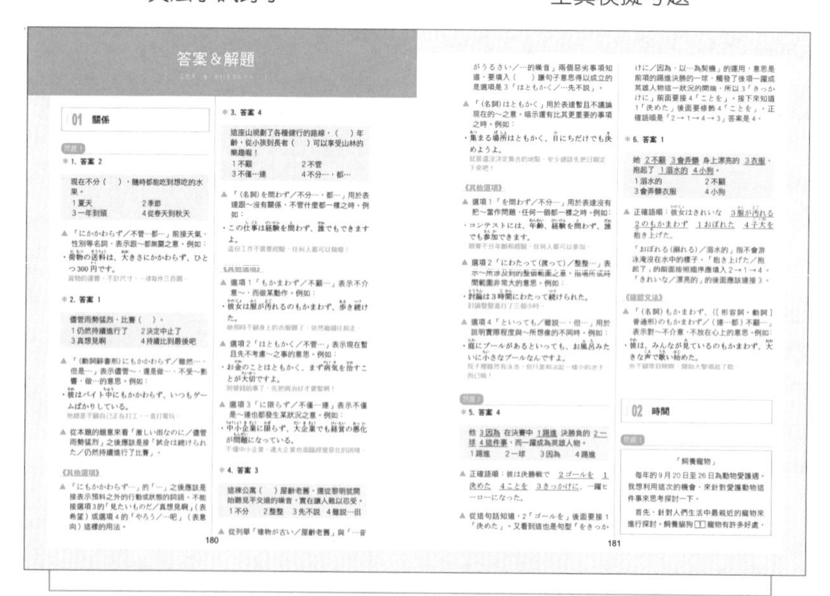

答案＆解題

01 關係

問題1

＊1. 答案 2

現在不分（　），隨時都能吃到想吃的水果。
1 夏天　2 季節
3 一年到頭　4 從春天到秋天

▲「にかかわらず／不管…都…」前接天氣、性別等名詞，表示跟～都無關之意。例如：
・荷物の送料は、大きさにかかわらず、ひとつ300円です。

＊2. 答案 1

儘管雨勢猛烈，比賽（　）。
1 仍然持續進行了　2 決定中止了
3 真想見啊　4 持續比到最後吧

▲「（動詞辭書形）にもかかわらず／雖然…，但是…」表示儘管～，還是做…，不受～影響，做…的意思。例如：
・彼はバイト中にもかかわらず、いつもゲームばかりしている。

▲ 從本題的題意來看「激しい雨なのに／儘管雨勢猛烈」之後應該是接「試合は続けられた／仍然持續進行了比賽」。

《其他選項》

▲「にもかかわらず…」的「…」之後應該是接表示預料之外的行動或狀態的詞語。不能接選項3的「見たいものだ／真想見啊」（表希望）或選項4的「やろう／…吧」（表意向）這樣的用法。

＊3. 答案 4

這座山規劃了各種健行的路線，（　）年齡，從小孩到長者（　）可以享受山林的樂趣喔！
1 不顧　2 不管
3 不僅…連　4 不分…，都…

▲「（名詞）を問わず／不分…，都…」用於表達跟～沒有關係，不管什麼都一樣之時。例如：
・この仕事は経験を問わず、誰でもできますよ。

《其他選項》

▲ 選項1「もかまわず／不顧…」表示不介意～，而做某動作。例如：
・彼女は服が汚れるのもかまわず、歩き続けた。

▲ 選項2「はともかく／不管…」表示現在暫且先不考慮～之事的意思。例如：
・お金のことはともかく、まず病気を治すことが大切ですよ。

▲ 選項3「に限らず／不僅…連」表示不僅是～連也都發生某狀況之意。例如：
・中小企業に限らず、大企業でも経営の悪化が問題になっている。

＊4. 答案 3

這棟公寓（　）屋齡老舊，還從黎明就開始聽見平交道的噪音，實在讓人難以忍受。
1 不分　2 整整　3 先不說　4 雖說…但

▲ 從列舉「建物が古い／屋齡老舊」與「…音がうるさい／…的噪音」兩個惡劣事項知道，要填入（　）讓句子意思得以成立的是選項是3「はともかく／…先不說」。

180

▲「（名詞）はともかく」用於表達暫且不議論現在的～之意，暗示還有比其更重要的事項之時。例如：
・集まる場所はともかく、日にちだけでも決めようよ。

《其他選項》

▲ 選項1「を問わず／不分…」用於表達沒有把～當作問題，任何一個都一樣之時。例如：
・コンテストには、年齢、経験を問わず、誰でも参加できます。

▲ 選項2「にわたって（渡って）／整整…」表示～所涉及到的整個範圍之意，指場所或時間範圍非常大的意思。例如：
・討論は3時間にわたって続けられた。

▲ 選項4「といっても／雖說…，但…」用於說明實際程度與～所想像的不同時。例如：
・庭にプールがあるといっても、お風呂みたいに小さなプールなんですよ。

問題2

＊5. 答案 4

他 3因為 在決賽中 1踢進 決勝負的 2一球 4這件事，而一躍成為英雄人物。
1 踢進　2 一球　3 因為　4 踢進

▲ 正確語順：彼は決勝戦で 2ゴールを 1決めた 4ことを 3きっかけに、一躍ヒーローになった。

▲ 從這句話知道，2「ゴールを」後面要接1「決めた」。又看到這也是句型「をきっかけに／因為，以…為契機」的運用，意思是前項的踢進決勝的一球，觸發了後項一躍成英雄人物這一狀況的開端，所以3「きっかけに」前面要接4「ことを」。接下來知道1「決めた」後面要修飾4「ことを」。正確語順是「2→1→4→3」答案是4。

＊6. 答案 1

她 2不顧 3會弄髒 身上漂亮的 3衣服，抱起了 1溺水的 4小狗。
1 溺水的　2 不顧
3 會弄髒衣服　4 小狗

▲ 正確語順：彼女はきれいな 3服が汚れる 2のもかまわず 1おぼれた 4子犬を抱き上げた。

「おぼれる（溺れる）／溺水的」指不會游泳淹沒在水中的樣子。「抱き上げた／抱起了」的前面按照順序應填入2→1→4。「きれいな／漂亮的」的後面應該連接3。

《確認文法》

▲「（名詞）もかまわず、（[形容詞・動詞]普通形）のもかまわず／（連…都）不顧…」表示對～不介意，不放在心上的意思。例如：
・彼は、みんなが見ているのもかまわず、大きな声で歌い始めた。

02 時間

問題1

「飼養寵物」

每年的9月20日至26日為動物愛護週。我想利用這次的機會，來針對愛護動物這件事來思考探討一下。

首先，針對人們生活中最親近的寵物來進行探討。飼養貓狗 1 寵物有許多好處。

181

模擬考題解題

Lesson 01 關係

▶ 關係

date. 1 ／　　date. 2 ／

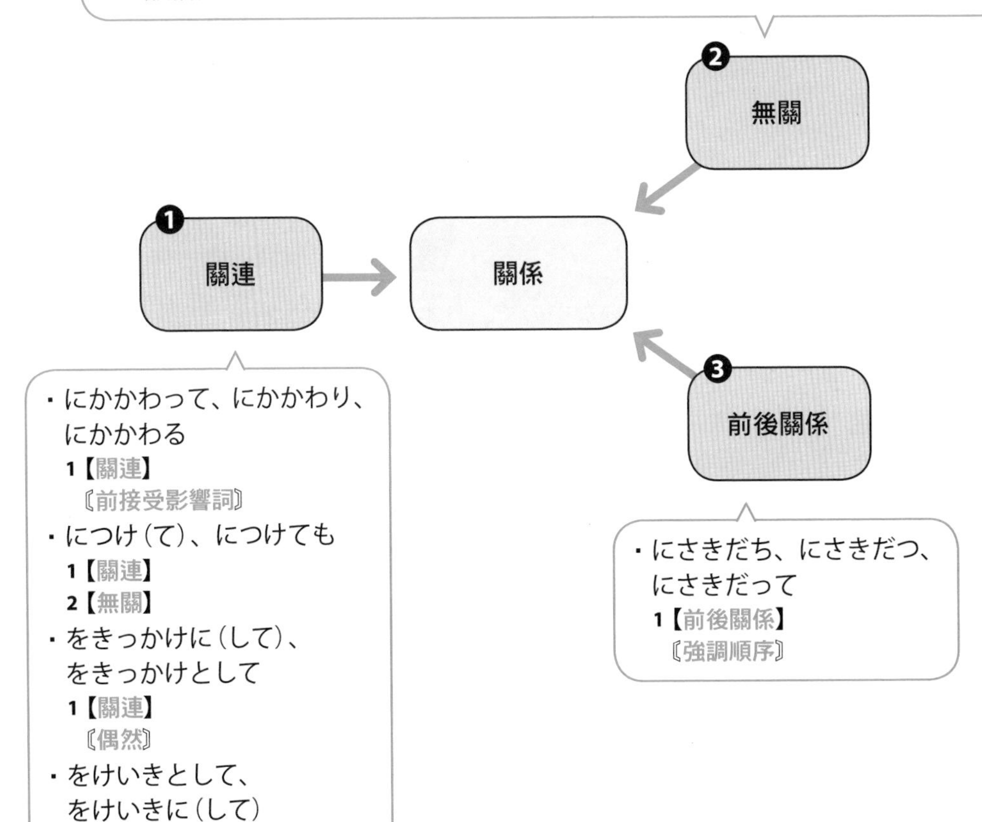

にかかわって、にかかわり、にかかわる

接續方法 ▸▸▸▸ 【名詞】＋にかかわって、にかかわり、にかかわる

意　　思 ❶

關鍵字 **關連**

表示後面的事物受到前項影響，或是和前項是有關聯的，而且不只有關連，還給予重大的影響。大多為重要或重大的內容。「にかかわって」可以放在句中，也可以放在句尾。中文意思是：「關於…、涉及…」。如例：

・私は将来、貿易に関わる仕事をしたい。
我以後想從事貿易相關行業。

・もう何年も日本人と関わっていないので、日本語が下手になった気がする。
已經好多年沒與日本人交流了，覺得自己的日文程度似乎退步了。

關鍵字 **前接受影響詞**

前面常接「評判、命、名誉、信用、存続」等表示受影響的名詞。如例：

・飲酒運転は命に関わるので絶対にしてはいけない。
人命關天，萬萬不可酒駕！

・支払いが遅れると、会社の信用に関わる。
倘若延遲付款，將會損及公司信譽。

比　　較 ▸▸▸▸ にかかる〔全憑…〕

「にかかわって」表關連，表示後項的事物將嚴重影響到前項；「にかかる」表關連，表示事情能不能實現，由前接部分所表示的內容來決定。

grammar 002 につけ(て)、につけても

接續方法 ▸▸▸▸ 【[形容詞・動詞]辭書形】+につけ(て)、につけても

意　思 ❶

關鍵字 **關連**

每當碰到前項事態，總會引導出後項結論，表示前項事態總會帶出後項結論，後項一般為自然產生的情感或狀態，不接表示意志的詞語。常跟動詞「聞く、見る、考える」等搭配使用。中文意思是：「一…就…、每當…就…」。如例：

- この料理を食べるにつけ、国の母を思い出す。
  每當吃到這道菜，總會想起故鄉的母親。
- 父は何かにつけて、若いころに苦労した時の話をする。
  爸爸動不動就重提年輕時吃過的苦頭。

比　較 ▸▸▸▸ たびに〔每逢…就…〕

「につけ」表關連，表示每當處於某種事態下，心理就自然會產生某種狀態。前面接動詞辭書形。還可以重疊用「につけ～につけ」的形式；「たびに」也是表關連，表示每當前項發生，那後項勢必跟著發生。前面接「名の／動詞辭書形」。不能重疊使用。

意　思 ❷

關鍵字 **無關**

也可用「につけ～につけ」來表達，這時兩個「につけ」的前面要接成對的或對立的詞，表示「不管什麼情況都…」的意思。中文意思是：「不管…或是…」。如例：

- 嬉しいにつけ悲しいにつけ、音楽は心の友となる。
  不管是高興的時候，或是悲傷的時候，音樂永遠是我們的心靈之友。

- いいにつけ悪いにつけ、上司の言うことは聞くしかない。
  不管是好是壞，都只能聽從主管的指示去做。

をきっかけに（して）、をきっかけとして

Track 1-003

類義表現
をもとに
依據…

接續方法 ▸▸▸▸【名詞；[動詞辭書形・動詞た形]の】＋をきっかけに（して）、をきっかけとして

意　思 ❶

關鍵字 **關連**

表示新的進展及新的情況產生的原因、機會、動機等。後項多為跟以前不同的變化，或新的想法、行動等的內容。中文意思是：「以…為契機、自從…之後、以…為開端」。如例：

- 留学をきっかけに、色々な国に興味を持ちました。
  以留學為契機，開始對許多國家感到了好奇。
- その試合をきっかけとして、地元のサッカーチームを応援するようになった。
  以那場比賽為開端，我成為當地足球隊的球迷了。
- 人気ドラマをみたことをきっかけに、韓国に興味を持つようになった。
  自從看過那部超人氣影集之後，我開始對韓國產生了興趣。
- 母親の入院をきっかけにして、料理をするようになりました。
  自從家母住院之後，我才開始下廚。

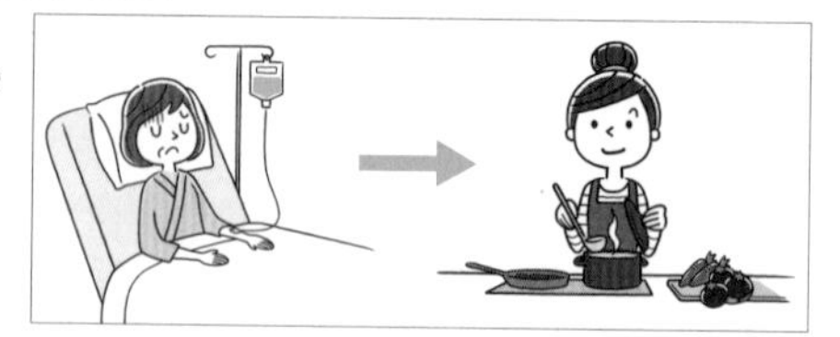

比　較 ▸▸▸▸ をもとに〔依據…〕

「をきっかけに」表關連，表示前項觸發了後項行動的開端；「をもとに」表依據，表示以前項為依據的基礎去做後項，也就是以前項為素材，進行後項的動作。

關鍵字 **偶然**

使用「をきっかけにして」則含有偶然的意味。

をけいきとして、をけいきに（して）

Track 1-004

類義表現
にあたって
在…之時

接續方法 ▸▸▸▸【名詞；[動詞辭書形・動詞た形]の】＋を契機として、を契機に（して）

意　思 1

關鍵字　關連

表示某事產生或發生的原因、動機、機會、轉折點。前項大多是成為人生、社會或時代轉折點的重大事情。是「をきっかけに」的書面語。中文意思是：「趁著…、自從…之後、以…為動機」。如例：

- 出産子育てを契機に幼児教育に関心を持つようになった。
  自從生產育兒之後，開始關注幼兒教育。
- 定年退職を契機に、残りの人生を考え始めた。
  以這次退休為契機的這個時點上，開始思考該如何安排餘生。
- 大学卒業を契機として、親から離れて一人暮らしを始めた。
  趁著大學畢業的機會搬出了父母家，展開了一個人的新生活。
- 病気を契機に酒や煙草をやめ、定期健診を受けようと思う。
  這場病讓我決定戒菸戒酒，日後也要定期接受健康檢查。

比　較 ▸▸▸▸ にあたって〔在…之時〕

「をけいきに」表關連，表示某事物正好是個機會，以此為開端，進行後項一個新動作；「にあたって」表時點，表示在做前項某件特別、重要的事情之前或同時，要進行後項。

にかかわらず

類義表現
にもかかわらず
雖然…，但是…

接續方法 ▸▸▸▸ 【名詞；［形容詞・動詞］辭書形；［形容詞・動詞］否定形】＋にかかわらず

意　思 1

關鍵字　無關

表示前項不是後項事態成立的阻礙。接兩個表示對立的事物，表示跟這些無關，都不是問題，前接的詞多為意義相反的二字熟語，或同一用言的肯定與否定形式。中文意思是：「無論…與否…、不管…都…、儘管…也…」。如例：

- 忘年会に参加するしないに関わらず、返事はください。
  無論參加忘年會與否，都請擲覆回條。

・送料は大きさに関わらず、全国どこでも 1000 円です。
商品尺寸不分大小，寄至全國各地的運費均為一千圓。

比　較 ▸▸▸ にもかかわらず〔雖然…，但是…〕

「にかかわらず」表無關，表示與這些差異無關，不因這些差異，而有任何影響的意思；「にもかかわらず」表讓步，表示前項跟後項是兩個與預料相反的事態。用於逆接。

關鍵字　類語－にかかわりなく

「にかかわりなく」跟「にかかわらず」意思、用法幾乎相同，表示「不管…都…」之意。如例：

・このゲームは年齢に関わりなく、誰でも参加できます。
不分老少，任何人都可以參加這項競賽。

・参加者の人数に関わりなく、スポーツ大会は必ず行います。
無論參加人數多寡，運動大會都將照常舉行。

にしろ

接續方法 ▸▸▸ 【名詞；形容動詞詞幹；[形容詞・動詞] 普通形】＋にしろ

意　思 ❶

關鍵字　無關

表示逆接條件。表示退一步承認前項，並在後項中提出跟前面相反或相矛盾的意見。常和副詞「いくら、仮に」前後呼應使用。是「にしても」的鄭重的書面語言。也可以說「にせよ」。中文意思是：「無論…都…、就算…，也…、即使…，也…」。如例：

・卒業後に帰国するにしろ進学するにしろ、日本語学校生は勉強をすべきだ。
無論畢業之後是要回到母國抑或留下來繼續深造，日文學校的學生都應該努力用功。

・暑いにしろ寒いにしろ、学校へはあまり行きたくない。
天氣熱也好，天氣冷也罷，我都不太想上學。

- 洗濯機にしろ冷蔵庫にしろ、日本製が高いことに変わりない。
  不論是洗衣機還是冰箱，凡是日本製造的產品都同樣昂貴。

- いくら朝時間がないにしろ、朝食ぬきは体によくないです。
  就算早上出門前時間緊湊，不吃早餐對健康不好。

比　較 ▸▸▸▸ さえ〔連…〕

「にしろ」表無關，表示退一步承認前項，並在後項中提出不會改變的意見或不能允許的心情。是逆接條件的表現方式；「さえ」表強調輕重，前項列出程度低的極端例子，意思是「連這個都這樣」其他更別說了。後項多為否定性的內容。

關鍵字　後接判斷等

後接説話人的判斷、評價、主張、無法認同、責備等表達方式。

にせよ、にもせよ

接續方法 ▸▸▸▸ 【名詞；形容動詞詞幹である；[形容詞・動詞] 普通形】+にせよ、にもせよ

意　思 ❶

關鍵字　無關

表示退一步承認前項，並在後項中提出跟前面相反或相矛盾的意見。是「にしても」的鄭重的書面語言。也可以説「にしろ」。中文意思是：「無論…都…、就算…，也…、即使…，也…、…也好…也好」。如例：

- 遅刻するにせよ、欠席するにせよ、学校には連絡しなさい。
  不論是遲到或想請假，都要向學校報告。

- いくら遅くまで勉強していたにせよ、試験の結果が悪ければ意味がない。
  即使熬夜苦讀，如果考試成績不理想，一切努力都是枉然。

- 来るか来ないか、いずれにせよ明日直接本人に確認いたします。
  究竟來或不來，明天會直接向他本人確認。

・いくら眠かったにせよ、先生の前で寝るのはよくない。
即使睏意襲人，當著老師的面睡著還是很不禮貌。

比　較 ▸▸▸ にしては〔雖說…卻…〕

「にせよ」表無關，表示即使假設承認前項所說的事態，後面所說的事態都與前項相反，或矛盾的；「にしては」表與預料不同，表示從前項來判斷，後項應該如何，但事實卻與預料相反不是這樣。

關鍵字　**後接判斷等**

後接說話人的判斷、評價、主張、無法認同、責備等表達方式。

にもかかわらず

接續方法 ▸▸▸ 【名詞；形容動詞詞幹；[形容詞・動詞] 普通形】＋にもかかわらず

意　思 ❶

關鍵字　**無關**

表示逆接。後項事情常是跟前項相反或相矛盾的事態。也可以做接續詞使用。中文意思是：「雖然…，但是…、儘管…，卻…、雖然…，卻…」。如例：

・彼は社長にも関わらず、毎朝社内の掃除をしている。
他雖然貴為總經理，卻每天早晨都到公司親自打掃清潔。

・お正月にも関わらず、アルバイトをしていた。
雖是新年假期，我還是得照常出門打工。

・忙しいにも関わらず、わざわざ来てくれてありがとう。
萬分感謝您在百忙之中撥冗蒞臨！

比　較 ▸▸▸ もかまわず〔也不管…〕

「にもかかわらず」表無關，表示由前項可推斷出後項，但後項事實卻與之相反；「もかまわず」也表無關，表示毫不在意前項的狀況，去做後項。

關鍵字 吃驚等

含有説話人吃驚、意外、不滿、責備的心情。如例：

- 悪天候にも関わらず、野外コンサートが行われた。
  儘管當日天候惡劣，露天音樂會依然照常舉行了。

もかまわず

Track 1-009

類義表現
はともかく
姑且不論…

接續方法 ▸▸▸▸ 【名詞；動詞辭書形の】＋もかまわず

意　　思 ①

關鍵字 無關

表示對某事不介意，不放在心上。常用在不理睬旁人的感受、眼光等。中文意思是：「（連…都）不顧…、不理睬…、不介意…」。如例：

- 雨に濡れるのもかまわず、ペットの犬を探した。
  當時不顧渾身淋得濕透，仍然在雨中不停尋找走失的寵物犬。
- 周りの人の目もかまわず電車でいびきをかいて寝てしまった。
  在電車上鼾聲大作地睡著了，毫不顧忌四周投來異樣的眼光。

關鍵字 不用顧慮

「にかまわず」表示不用顧慮前項事物的現況，請以後項為優先的意思。如例：

- 今日は調子が悪いので、私にかまわず、食べて、飲んでください。
  我今天身體狀況不太好，請不必在意，儘管多吃點、多喝點！
- 友達にかまわず、自分の進路は先に決めなさい。
  不要在意同學的選擇，你先決定自己未來的出路！

比　　較 ▸▸▸▸ はともかく〔姑且不論…〕

「もかまわず」表無關，表示不顧前項情況的存在，去做後項；「はともかく」也表無關、除外，用在比較前後兩個事項，表示先考慮後項，而不考慮前項。

をとわず、はとわず

類義表現
のみならず
不光是…

接續方法 ▸▸▸▸ 【名詞】＋を問わず、は問わず

意　思 ❶

關鍵字 **無關**

表示沒有把前接的詞當作問題、跟前接的詞沒有關係，多接在「男女」、「昼夜」等對義的單字後面。中文意思是：「無論…都…、不分…、不管…，都…」。如例：

- あの工場では、昼夜を問わず誰かが働いている。
  那家工廠不分日夜，二十四小時都有員工輪班工作。
- その事件を知って、国内外を問わず多くの人が悲しんだ。
  不分海內外的許多人在獲知那起事件之後都同感哀傷。

比　較 ▸▸▸▸ のみならず〔不光是…〕

「をとわず」表無關，表示前項不管怎樣、不管為何，後項都能因應成立；「のみならず」表附加，表示不只前項事物，連後項都是如此。

關鍵字 **肯定及否定並列**

前面可接用言肯定形及否定形並列的詞。如例：

- 飲む飲まないを問わず、飲み物は飲み放題です。
  這是無限暢飲的餐單，可以盡情享用各種飲品。

關鍵字 **Nはとわず**

使用於廣告文宣時，也有使用「Nはとわず」的形式。如例：

- アルバイト募集。性別、国籍は問わず。
  召募兼職員工。歡迎不同性別的各國人士加入我們的行列！

はともかく（として）

接續方法 ▸▸▸ 【名詞】+はともかく（として）

意　思 ❶

關鍵字 **無關**

表示提出兩個事項，前項暫且不作為議論的對象，先談後項。暗示後項是更重要的。中文意思是：「姑且不管…、…先不管它」。如例：

- 勉強(べんきょう)はともかく、友達(ともだち)に会(あ)えるから学校(がっこう)は楽(たの)しい。
  學習倒是其次，上學的快樂在於能和同學見面。
- 留学中(りゅうがくちゅう)の２年(ねん)でN1はともかく、N2には合格(ごうかく)したい。
  在留學的這兩年期間不求通過 N1 級測驗，至少希望 N2 能夠合格。

關鍵字 **先考慮後項**

含有前項的問題雖然也得考慮，但相較之下，現在只能優先考慮後項的想法。如例：

- 大学院(だいがくいん)はともかく、大学(だいがく)は行(い)ったほうがいいい。
  且不論研究所，至少要取得大學文憑才好。
- その話(はなし)はともかく、まず本人(ほんにん)に確認(かくにん)しましょう。
  不說別的，那件事應該先向當事人求證吧？

比　較 ▸▸▸ にかわって〔代替…〕

「はともかく」表無關，用於比較前項與後項，有「前項雖然也是不得不考慮的，但是後項更重要」的語感；「にかわって」表代理，表示代替前項做某件事，有「本來應該由某人做的事，卻改由其他人來做」的意思。

にさきだち、にさきだつ、にさきだって

Track 1-012

類義表現
にさいして
在…之際

接續方法 ▸▸▸▸【名詞；動詞辭書形】＋に先立ち、に先立つ、に先立って

意　思 ❶

關鍵字 **前後關係**

用在述説做某一較重大的工作或動作前應做的事情，後項是做前項之前，所做的準備或預告。大多用於述説在進入正題或重大事情之前，應該做某一附加程序的時候。中文意思是：「在…之前，先…、預先…、事先…」。如例：

- 入試に先立ち、学校説明会と見学会が行われた。
  在入學考試之前，先舉辦了學校說明會與教學參觀活動。
- 増税に先立つ政府の会見が、今週末に開かれる予定です。
  政府於施行增稅政策前的記者說明會，預定於本週末舉行。

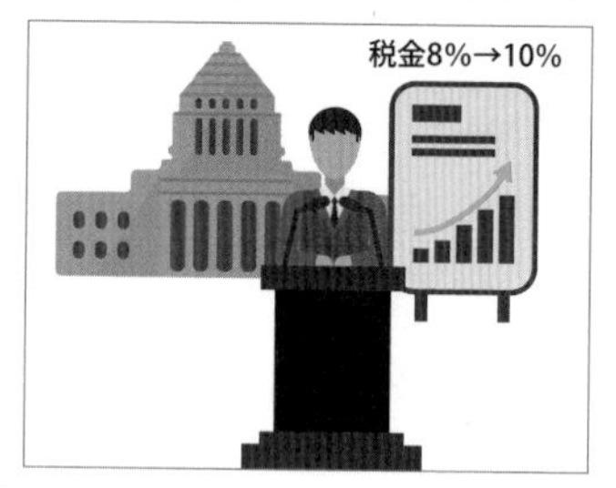

- 明日の帰国に先立ち、自分の荷物をもう一度確認してください。
  在明天返鄉之前，請再一次檢查自己的行李是否帶齊了。
- 映画の公開に先立って、出演者の挨拶とサイン会が開かれた。
  在電影公開上映之前，舉行了劇中演員的隨片宣傳和簽名會。

比　較 ▸▸▸▸ にさいして〔在…之際〕

「にさきだち」表前後關係，表示在做前項之前，先做後項的事前工作；「にさいして」表時點，表示眼前在前項這樣的場合、機會，進行後項的動作。

關鍵字 **強調順序**

「にさきだち」強調順序，而類似句型「にあたって」強調狀態。

文法知多少？

☞ 請完成以下題目，從選項中，選出正確答案，並完成句子。

▼ 答案詳見右下角

1 百点(ひゃくてん)を取(と)る（　　）、お母(かあ)さんが必(かなら)ずごほうびをくれる。

1. たびに　　2. につけ

2 病気(びょうき)になったの（　　）、人生(じんせい)を振(ふ)り返(かえ)った。

1. をきっかけに　　2. をもとにして

3 政権交代(せいけんこうたい)（　　）、さまざまな改革(かいかく)が進(すす)められている。

1. にあたって　　2. を契機(けいき)に

4 いかなる理由(りゆう)がある（　　）、ミスはミスです。

1. にせよ　　2. にしては

5 他人(たにん)の迷惑(めいわく)（　　）、高校生(こうこうせい)たちが車内(しゃない)で騒(さわ)いでいる。

1. もかまわず　　2. はともかく

6 理由(りゆう)（　　）、暴力(ぼうりょく)はいけない。

1. にかわって　　2. はともかく

答案：(1) 1　(2) 1　(3) 2　(4) 1
(5) 1　(6) 2

問題1　つぎの文の（　　　）に入れるのに最もよいものを、1・2・3・4から一つえらびなさい。

1　今は、（　　　）にかかわらず、いつでも食べたい果物が食べられる。

1　夏　　2　季節

3　1年中　　4　春から秋まで

2　激しい雨にもかかわらず、試合は（　　　）。

1　続けられた　　2　中止になった

3　見たいものだ　　4　最後までやろう

3　この山はいろいろなコースがありますから、子供からお年寄りまで、年齢（　　　）楽しめますよ。

1　もかまわず　　2　はともかく　　3　に限らず　　4　を問わず

4　このアパートは、建物が古いの（　　　）、明け方から踏切の音がうるさくて、がまんできない。

1　を問わず　　2　にわたって

3　はともかく　　4　といっても

問題2　つぎの文の＿★＿に入る最もよいものを、1・2・3・4から一つえらびなさい。

5　彼は決勝戦で ＿＿＿ ＿＿＿ ＿★＿ ＿＿＿ 、一躍ヒーローになった。

1　決めた　　2　ゴールを　　3　きっかけに　　4　ことを

6　彼女はきれいな ＿＿＿ ＿＿＿ ＿★＿ ＿＿＿ 抱き上げた。

1　おぼれた　　2　のもかまわず　　3　服が汚れる　　4　子犬を

▼ 翻譯與詳解請見 P.180

Lesson 02 時間

▶ 時間

date. 1　　／　　date. 2　　／

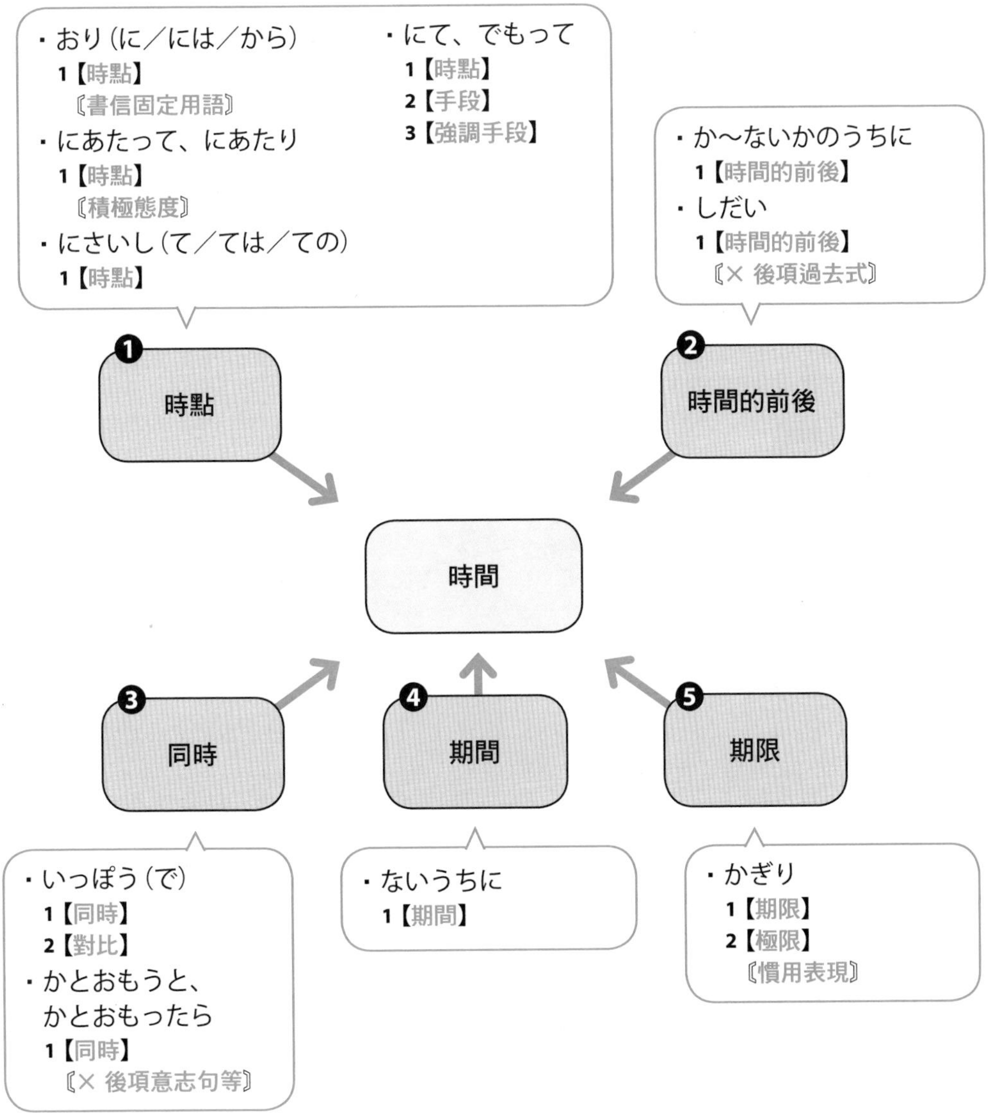

・おり（に／には／から）
1【時點】
〔書信固定用語〕
・にあたって、にあたり
1【時點】
〔積極態度〕
・にさいし（て／ては／ての）
1【時點】
・にて、でもって
1【時點】
2【手段】
3【強調手段】

・か～ないかのうちに
1【時間的前後】
・しだい
1【時間的前後】
〔× 後項過去式〕

❶ 時點
❷ 時間的前後

時間

❸ 同時
❹ 期間
❺ 期限

・いっぽう（で）
1【同時】
2【對比】
・かとおもうと、かとおもったら
1【同時】
〔× 後項意志句等〕

・ないうちに
1【期間】

・かぎり
1【期限】
2【極限】
〔慣用表現〕

おり（に／には／から）

意　思 ❶

關鍵字　時點

【名詞；動詞辭書形；動詞た形】＋おり（に／には／から）。「折」是流逝的時間中的某一個時間點，表示機會、時機的意思，說法較為鄭重、客氣，比「とき」更有禮貌。句尾不用強硬的命令、禁止、義務等表現。中文意思是：「…的時候」。如例：

- 来日の折には、ぜひご連絡ください。
  若有機會來到日本，請務必與我聯繫！
- 次にお目にかかった折に、食事をご一緒させていただきます。
  下一回見面時，請賞光一同用餐。
- 先日お会いした折はお元気だった先生が、ご入院されたと知って大変驚きました。
  聽說上次見面時還很硬朗的老師住院了，這個消息太令人訝異了。

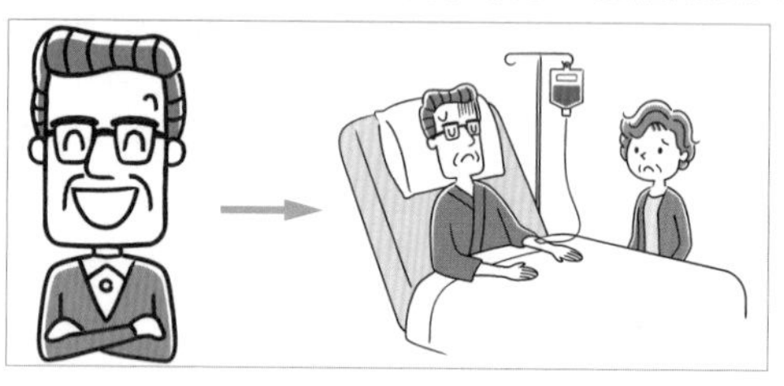

比　較 ▸▸▸▸ さい〔趁…的時候〕

「おりに」表時點，表示以一件好事為契機；「さい」也表時點，表示處在某一個特殊狀態，或到了某一特殊時刻。含有機會、契機的意思。

關鍵字　書信固定用語

【名詞の；［形容詞・動詞］辭書形】＋折から。「折から」大多用在書信中，表示季節、時節的意思，先敘述此天候不佳之際，後面再接請對方多保重等關心話，說法較為鄭重、客氣。由於屬於較拘謹的書面語，有時會用古語形式。中文意思是：「正值…之際」。「厳しい」可改用古語「厳しき」。如例：

- 寒さの厳しき折から、お身体にお気をつけください。
  時值寒冬，務請保重玉體。

にあたって、にあたり

接續方法 ▸▸▸▸ 【名詞；動詞辭書形】＋にあたって、にあたり

意　思 ❶

關鍵字 **時點**

表示某一行動，已經到了事情重要的階段。它有複合格助詞的作用。一般用在致詞或感謝致意的書信中。中文意思是：「在…的時候、當…之時、當…之際、在…之前」。如例：

- 進学するにあたって、必要な書類を準備した。
  升學前準備了必備文件。
- 図書館を利用するにあたって、事前に登録をお願いします。
  在使用圖書館的各項服務之前，請預先登記申請。
- 結婚するにあたり、彼女の国の両親に挨拶に行った。
  結婚前到女友的故鄉拜訪未來的岳父母大人。
- 新規店のオープンにあたり、一言お祝いをのべさせていただきます。
  此次適逢新店開幕，容小弟敬致恭賀之意。

比　較 ▸▸▸▸ において〔在…〕

「にあたって」表時點，表示在做前項某件特別、重要的事情之前，要進行後項；「において」表場面或場合，表示事態發生的時間、地點、狀況，一般用在新事態將要開始的情況。也表示跟某一領域有關的場合。

關鍵字 **積極態度**

一般用在新事態將要開始的情況。含有説話人對這一行動下定決心、積極的態度。

にさいし（て／ては／ての）

Track 1-015

類義表現

につけ

每當…就

接續方法 ▸▸▸▸ 【名詞；動詞辭書形】＋に際し（て／ては／ての）

意　　思 ❶

關鍵字 時點

表示以某事為契機，也就是動作的時間或場合。有複合詞的作用。是書面語。中文意思是：「在…之際、當…的時候」。如例：

- 契約に際して、いくつか注意点がございます。
  簽約時，有幾項需要留意之處。

- 学校を選ぶに際し、まずは自分で色々と調べてください。
  在選擇就讀學校的時候，請先自行蒐集各校相關資訊。
- 就職に際して、色々な先生にお世話になりました。
  當年求職之際，曾蒙受教授的多方推薦。
- 新入生を代表して、入学に際しての抱負を入学式で述べた。
  我在入學典禮上榮任新生代表，發表了對於進入校園之後的理想抱負。

比　　較 ▸▸▸▸ につけ〔每當…就〕

「にさいして」表時點，用在開始做某件特別的事，或是表示該事情正在進行中；「につけ」表關連，表示每當看到或想到，就聯想起的意思，後常接「思い出、後悔」等跟感情或思考有關的內容。

にて、でもって

Track 1-016

類義表現

によって

由於…

接續方法 ▸▸▸▸ 【名詞】＋にて、でもって

意　　思 ❶

「にて」相當於「で」，表示事情發生的場所，也表示結束的時間。中文意思是：「在…；於…」。如例：

- スピーチ大会は、市民センターの大ホールにて行います。
  演講比賽將於市民活動中心的大禮堂舉行。
- 現地にて集合および解散となります。お間違えのないように。
  當天的集合與解散地點皆為活動現場，切勿弄錯地方了。

意　　思 ❷

也可接手段、方法、原因、限度、資格或指示詞，宣佈、告知的語氣強。中文意思是：「以…、用…」。如例：

- 結果はホームページにて発表となります。
  最後結果將於官網公布。

意　　思 ❸

關鍵字
強調手段

「でもって」是由格助詞「で」跟「もって」所構成，用來加強「で」的詞意，表示方法、手段跟原因，主要用在文章上。中文意思是：「用…」。如例：

- お金でもって解決できることばかりではない。
  金錢不能擺平一切。

比　　較 ▶▶▶▶ によって〔由於…〕

「にて」表手段，表示工具、手段、方式、依據等，意思和「で」相同，起強調作用；「によって」也表手段，表示動作主體所依據的方法、方式、手段。

か～ないかのうちに

接續方法 ▸▸▸▸ 【動詞辭書形】＋か＋【動詞否定形】＋ないかのうちに

意　思 ❶

關鍵字　時間的前後

表示前一個動作才剛開始，在似完非完之間，第二個動作緊接著又開始了。描寫的是現實中實際已經發生的事情。中文意思是：「剛剛…就…、一…（馬上）就…」。如例：

- 子供は、「おやすみ」と言うか言わないかのうちに、寝てしまった。
  孩子一聲「晚安」的話音剛落，就馬上呼呼大睡了。

- 彼はテストが始まって５分たつかたたないかのうちに、教室を出た。
  考試開始才五分鐘，他就走出教室了。
- 電車が駅に着くか着かないかのうちに、降りる準備を始めた。
  電車剛進站，我就準備要下車了。
- 映画が終わったか終わらないかのうちに席を立つ人が多い。
  電影剛一放映完畢，馬上有很多觀眾從座位站起來。

比　較 ▸▸▸▸ とたんに〔剛一…就…〕

「か～ないかのうちに」表時間的前後，表示前項動作才剛開始，後項動作就緊接著開始，或前後項動作幾乎同時發生；「とたんに」也表時間的前後，表示前項動作完全結束後，馬上發生後項的動作。

しだい

接續方法 ▸▸▸▸ 【動詞ます形】＋次第

意　思 ❶

關鍵字 **時間的前後**

表示某動作剛一做完，就立即採取下一步的行動，也就是一旦實現了前項，就立刻進行後項，前項為期待實現的事情。中文意思是：「馬上…、一…立即、…後立即…」。如例：

- この件(けん)は分(わ)かり次第(しだい)、お返事(へんじ)いたします。
  這件事一旦得知後續進度，就會立刻回覆您。
- 会議(かいぎ)の準備(じゅんび)ができ次第(しだい)、ご案内(あんない)いたします。
  只要準備工作一完成，將立即帶您前往會議室。
- 駅(えき)に着(つ)き次第(しだい)、ご連絡(れんらく)します。
  一到電車站就馬上與您聯繫。
- 定員(ていいん)になり次第(しだい)、締(し)め切(き)らせていただきます。
  一達到人數限額，就停止招募。

關鍵字 **× 後項過去式**

後項不用過去式、而是用委託或願望等表達方式。

比　較 ▸▸▸▸ とたんに〔剛一…就…〕

「しだい」表時間的前後，表示「一旦實現了某事，就立刻…」前項是說話跟聽話人都期待的事情。前面要接動詞連用形。由於後項是即將要做的事情，所以句末不用過去式；「とたんに」也表時間的前後，表示前項動作完成瞬間，幾乎同時發生了後項的動作。兩件事之間幾乎沒有時間間隔。後項大多是說話人親身經歷過的，且意料之外的事情，句末只能用過去式。

grammar 007 いっぽう（で）

Track 1-019

類義表現
はんめん
一方面…，另一方

接續方法 ▸▸▸▸ 【動詞辭書形】＋一方（で）

意　　思 ❶

關鍵字 **同時**

前句說明在做某件事的同時，另一個事情也同時發生。後句多敘述可以互相補充做另一件事。中文意思是：「在…的同時，還…、一方面…，一方面…、另一方面…」。如例：

- 彼は仕事ができる一方、人との付き合いも大切にしている。
  他不但工作能力強，也很重視經營人際關係。
- 私は毎日仕事をする一方で、家事や子育てもしている。
  我每天工作之餘還要做家事和帶孩子。

意　　思 ❷

關鍵字 **對比**

表示同一主語有兩個對比的側面。中文意思是：「一方面…而另一方面卻…」。如例：

- 夫は体重を気にする一方で、よくビールを飲む。
  外子一方面在意自己的體重，一方面卻經常喝啤酒。
- ここは自然が豊かで静かな一方、不便である。
  這地方雖然十分寧靜又有豐富的自然環境，但在生活上並不便利。

比　　較 ▸▸▸▸ はんめん〔一方面…，另一方〕

「いっぽう」表對比，表示前項及後項兩個動作可以是對比的、相反的，也可以是並列關係的意思；「はんめん」表對比，表示同一種事物，兼具兩種相反的性質。

かとおもうと、かとおもったら

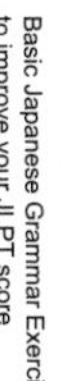

接續方法 ▸▸▸▸ 【動詞た形】＋かと思うと、かと思ったら

意　思 ❶

關鍵字 同時

表示前後兩個對比的事情，在短時間內幾乎同時相繼發生，表示瞬間發生了變化或新的事情。後面接的大多是說話人意外和驚訝的表達。中文意思是：「剛一…就…、剛…馬上就…」。如例：

・弟(おとうと)は、帰(かえ)ってきたかと思(おも)うとすぐ遊(あそ)びに行(い)った。
　弟弟才剛回來就跑去玩了。

・さっきまで大雨(おおあめ)が降(ふ)っていたかと思(おも)ったら、今(いま)は太陽(たいよう)が出(で)ている。
　剛剛還大雨傾盆，現在已經出太陽了。

・桜(さくら)がやっと咲(さ)いたかと思(おも)ったら、もう散(ち)ってしまった。
　終於等到了櫻花綻放，沒想到一轉眼就滿地落英了。

・あの子(こ)は泣(な)いたと思(おも)ったら、もう笑(わら)っている。
　那個小孩剛才還哭個不停，不到眨眼功夫就開心地笑了。

比　較 ▸▸▸▸ とたんに〔剛一…就…〕

「（か）とおもうと」表同時，表示前後性質不同或是對比的事物，在短時間內相繼發生。因此，前後動詞常用對比的表達方式；「とたんに」表時間的前後，單純的表示某事情結束了，幾乎同時發生了不同的事情，沒有對比的意味。

關鍵字 ✕ 後項意志句等

由於描寫的是現實中發生的事情，因此後項不接意志句、命令句跟否定句等。

grammar 009 ないうちに

Track 1-021

類義表現

にさきだち

事先…

接續方法 ▸▸▸▸ 【動詞否定形】＋ないうちに

意　思 ❶

關鍵字 期間

這也是表示在前面的環境、狀態還沒有產生變化的情況下，做後面的動作。中文意思是：「在未…之前，…、趁沒…」。如例：

- 赤(あか)ちゃんが起(お)きないうちに、買(か)い物(もの)へ行(い)ってきます。
  趁著小寶寶還在睡的時候出去買個菜！

- 冷(さ)めないうちに、めしあがれ。
  請趁熱喝吧！
- 桜(さくら)が散(ち)らないうちに、お花見(はなみ)に行(い)きましょう。
  在櫻花還沒飄落之前一起去賞花吧！
- 外(そと)に出(で)て1分(ぷん)もしないうちに、雨(あめ)が降(ふ)り出(だ)した。
  出門還不到一分鐘就下起雨來了。

比　較 ▸▸▸▸ にさきだち〔事先…〕

「ないうちに」表期間，表示趁著某種情況發生前做某件事；「にさきだち」表前後關係，表示在做某件大事之前應該要先把預備動作做好，如果前接動詞，就要改成動詞辭書形。

grammar 010 かぎり

Track 1-022

類義表現

にかぎる

…是最好的

接續方法 ▸▸▸▸ 【名詞の；動詞辭書形】＋限り

意　思 ❶

關鍵字 **期限**

表示時間或次數的限度。中文意思是：「以…為限、到…為止」。如例：

- 今年限りで、あの番組は終了してしまう。
  那個電視節目將於今年收播。

意　思 ❷

關鍵字 **極限**

表示可能性的極限，盡其所能，把所有本事都用上。中文意思是：「盡…、竭盡…」。如例：

- 声がでる限り、歌手として生きていきたい。
  只要還能唱出聲音，我期許自己永遠是個歌手。
- 諦めない限り、きっと成功するだろう。
  只要不放棄，總有一天會成功的。

比　較 ▸▸▸▸ にかぎる〔…是最好的〕

「かぎり」表極限，表示在達到某個極限之前，把所有本事都用上，做某事；「にかぎる」表程度，表示說話人主觀地選擇或推薦最好的動作或狀態。

關鍵字 **慣用表現**

慣用表現「の限りを尽くす」為「耗盡、費盡」等意。如例：

- 力の限りを尽くして、最後の試合にのぞもう。
  讓我們竭盡全力，一起拚到決賽吧！

文法知多少？

☞ 請完成以下題目，從選項中，選出正確答案，並完成句子。

▼ 答案詳見右下角

1 結婚を決める（　　）、重要なことが一つあります。

1. にあたって　　2. において

2 出発（　　）、一言ごあいさつを申し上げます。

1. につけ　　2. に際して

3 「おやすみなさい」と言ったか言わない（　　）、もう眠ってしまった。

1. かのうちに　　2. とたんに

4 契約を結び（　　）、工事を開始します。

1. とたんに　　2. 次第

5 子供が川に落ちたのを見て、警察に連絡する（　　）、救助に向かった。

1. 反面　　2. 一方

6 道路が混雑し（　　）、出発したほうがいい。

1. に先立ち　　2. ないうちに

答案：(1) 1　(2) 2　(3) 1　(4) 2
(5) 2　(6) 2

問題１　次の文章を読んで、文章全体の内容を考えて、［1］から［5］の中に入る最もよいものを、1・2・3・4の中から一つ選びなさい。

「ペットを飼う」

毎年9月20日～26日は、動物愛護週間である。この機会に動物を愛護(注1)するということについて考えてみたい。

まず、人間生活に身近なペットについてだが、犬や猫［1］ペットを飼うことにはよい点がいろいろある。精神を安定させ、孤独な心をなぐさめてくれる。また、命を大切にすることを教えてくれる。ペットはまさに家族の一員である。

しかし、このところ、無責任にペットを飼う人を見かける。ペットが小さくてかわいい子供のうちは愛情を持って面倒をみるが、大きくなり、さらに老いたり［2］、ほったらかし(注2)という人たちだ。

ペットを飼ったら、ペットの一生に責任を持たなければならない。周りの人達の迷惑にならないように鳴き声やトイレに注意し、［3］ための訓練をすること、老いたペットを最後まで責任を持って介護をすることなどである。

［4］、野鳥や野生動物に対してはどうであろうか。野生動物に対して注意することは、やたらに餌を与えないことである。人間が餌を与えると、自力で生きられなくなる［5］からだ。また、餌をくれるため、人間を恐れなくなり、そのうち人間に被害を与えてしまうことも考えられる。人間の親切がかえって逆効果になってしまうのだ。餌を与えることなく、野生動物の自然な姿を見守りたいものである。

(注1) 愛護：かわいがり大切にすること

(注2) ほったらかし：かまったりかわいがったりせず、放っておくこと

1

1　といえば　　2　を問わず　　3　ばかりか　　4　をはじめ

2

1　するが　　2　しても　　3　すると　　4　しては

3

1　ペットが社会に受け入れる　　2　社会がペットに受け入れる

3　ペットが社会に受け入れられる　　4　社会がペットに受け入れられる

4

1　一方　　2　そればかりか

3　それとも　　4　にも関わらず

5

1　かねない　　2　おそれがある

3　ところだった　　4　ことはない

▼ 翻譯與詳解請見 P.181

Lesson 03 原因、結果

▶ 原因、結果

date. 1 ／　　date. 2 ／

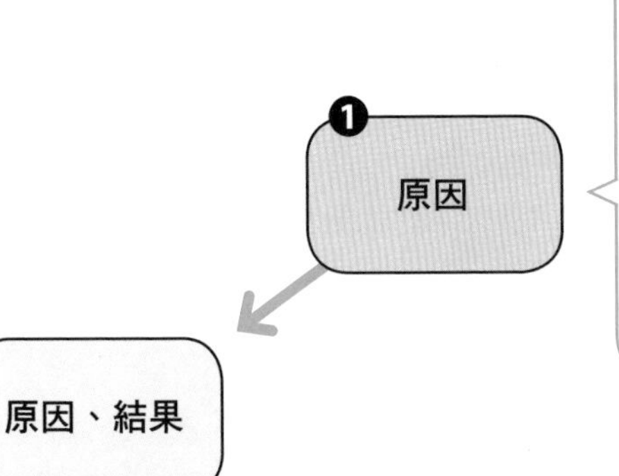

❶ 原因

- あまり（に）
  1【原因】
  〔極端的程度〕
- いじょう（は）
  1【原因】
  〔後接勸導等〕
- からこそ
  1【原因】
  〔後接のだ／んだ〕
- からといって
  1【原因】
  〔口語－からって〕
  2【引用理由】
- しだいです
  1【原因】
- だけに
  1【原因】
  2【反預料】
- ばかりに
  1【原因】
  2【願望】
- ことから
  1【理由】
  2【由來】
  3【根據】

❷ 結果

- あげく（に／の）
  1【結果】
  〔あげくの＋名詞〕
  〔さんざん～あげく〕
  〔慣用表現〕
- すえ（に／の）
  1【結果】
  〔末の＋名詞〕
  〔すえ～結局〕

grammar 001 あまり（に）

接續方法 ▸▸▸▸ 【名詞の；動詞辭書形】＋あまり（に）

意　思 ❶

表示某種程度過甚的原因，導致後項不同尋常的結果，常與含有程度意義的名詞搭配使用。常用「あまりの＋形容詞詞幹＋さ＋に」的形式。中文意思是：「由於太…才…」。如例：

- 今日（きょう）はいよいよ帰国（きこく）だ。あまりの嬉（うれ）しさに昨日（きのう）は眠（ねむ）れなかった。
  今天終於要回國了！昨天實在太開心而睡不著覺。
- 山（やま）から見（み）える湖（みずうみ）のあまりの美（うつく）しさに言葉（ことば）を失（うしな）った。
  從山上俯瞰的湖景實在太美了，令人一時說不出話來。

關鍵字 **極端的程度**

表示由於前句某種感情、感覺的程度過甚，而導致後句的結果。前句表示原因，後句一般是不平常的或不良的結果。常接在表達感情或狀態的詞彙後面。後項不能用表示願望、意志、推量的表達方式。中文意思是：「由於過度…、因過於…、過度…」。如例：

- 子供（こども）を心配（しんぱい）するあまり、母（はは）は病気（びょうき）になってしまった。
  媽媽由於太擔心孩子而生病了。
- 緊張（きんちょう）のあまり、全身（ぜんしん）の震（ふる）えが止（と）まらない。
  因為太緊張而渾身直打哆嗦。

比　較 ▸▸▸▸ だけに〔正是因為…所以更加…〕

「あまり」表原因，表示由於前項的某種十分極端程度，而導致後項的不尋常或壞的結果。前接名詞時要加上「の」；「だけに」也表原因，表示正因為前項，後項就顯得更厲害。「だけに」前面要直接接名詞，不需多加「の」。

いじょう(は)

類義表現
うえは
既然…就…

接續方法 ▸▸▸▸ 【動詞普通形】＋以上(は)

意　　思 ❶

關鍵字 原因

由於前句某種決心或責任，後句便根據前項表達相對應的決心、義務或奉勸。有接續助詞作用。中文意思是：「既然…、既然…，就…、正因為…」。如例：

- 日本に来た以上は、日本語が上手になりたい。
  既然來到日本，當然希望學到一口流利的日語。
- ペットを飼う以上は、最後まで責任をもつべきだ。
  既然養了寵物，就有責任照顧牠到臨終的那一刻。

- 試験を受ける以上は、合格するつもりだ。
  既然要參加考試，就抱定合格的決心！
- 約束した以上は、守らなければならない。
  既然與人約定了，就必須遵守才行。

比　　較 ▸▸▸▸ うえは〔既然…就…〕

「いじょう（は）」表原因，表示強調原因，因為前項，所以理所當然就要有相對應的後項；「うえは」也表原因，表示因為前項，理所當然就要有責任或心理準備做後項。兩者意思非常接近，但「うえは」的「既然…」的語氣比「いじょう」更為強烈。「いじょう（は）」可以省略「は」，但「うえは」不可以省略。

關鍵字 後接勸導等

後項多接説話人對聽話人的勸導、建議、決心的「なければならない、べきだ、てはいけない、つもりだ」等句型，或説話人的判斷、意向的「はずだ、にちがいない」等句型。

からこそ

接續方法 ▸▸▸▸【名詞だ；形容動辭書形；[形容詞・動詞] 普通形】＋からこそ

意　思 ❶

關鍵字 原因

表示説話者主觀地認為事物的原因出在何處，並強調該理由是唯一的、最正確的、除此之外沒有其他的了。中文意思是：「正因為…、就是因為…」。如例：

- 彼がいたからこそ、この計画は成功したと言われている。
  這項計畫之所以能夠成功，一般認為必須歸功於他。
- 田舎だからこそできる遊びがある。
  某些遊戲要在鄉間才能玩。

- 友達だからこそ、悪いことをしたら注意してあげなければならないと思った。
  正因為是朋友，所以看到對方犯錯非得糾正不可。

比　較 ▸▸▸▸ ゆえ(に)〔因為…〕

「からこそ」表原因，表示不是因為別的，而就是因為這個原因，是一種強調順理成章的原因。是説話人主觀認定的原因，一般用在正面的原因；「ゆえ」也表原因，表示因果關係。後項是結果，前項是理由。

關鍵字 後接のだ／んだ

後面常和「のだ／んだ」一起使用。如例：

- 親は子供を愛しているからこそ、厳しいときもあるんだよ。
  有時候父母是出自於愛之深責之切，才會對兒女嚴格要求。

からといって

接續方法 ▸▸▸▸ 【[名詞・形容動詞詞幹]だ；[形容詞・動詞]普通形】＋からといって

意　思 ❶

關鍵字 **原因**

表示不能僅僅因為前面這一點理由，就做後面的動作，後面常接否定的說法，大多用在表達說話人的建議、評價上，或對某實際情況的提醒、訂正上。中文意思是：「（不能）僅因…就…、即使…，也不能…」。如例：

- ゲームが好きだからといって、一日中するのはよくない。
  雖說喜歡打電玩，可是從早打到晚，身體會吃不消的。

- 日本に住んでいるからといって、日本語が話せるようにはならない。
  即使住在日本，也未必就會說日語。

- 眠いからといって、歯を磨かずに寝るのはよくない。
  就算很睏，也不能連牙都沒刷倒頭就睡。

比　較 ▸▸▸▸ といっても〔雖然…，但…〕

「からといって」表原因，在這裡表示不能僅僅因為前項的理由，就有後面的否定說法；「といっても」也表原因，表示實際上並沒有聽話人所想的那麼多，雖說前項是事實，但程度很低。

關鍵字 **口語－からって**

口語中常用「からって」。如例：

- 大変だからって、諦めちゃだめだよ。
  不能因為嫌麻煩就半途而廢喔！

意　思 ❷

關鍵字 **引用理由**

表示說話人引用別人陳述的理由。中文意思是：「(某某人)說是…(於是就)」。如例：

- 彼が好きだからといって、彼女は親の反対を押し切って結婚した。
  她說喜歡他，於是就不顧父母反對結了婚。

しだいです

接續方法 ▸▸▸▸ 【動詞普通形；動詞た形；動詞ている】＋次第です

意　思 ❶

關鍵字　原因

解釋事情之所以會演變成如此的原由。是書面用語，語氣生硬。中文意思是：「由於…、才…、所以…」。如例：

・今日は、先日お渡しできなかった資料を全部お持ちした次第です。
　日前沒能交給您的資料，今天全部備齊帶過來了。

・英語の日常会話しかできない私に通訳は無理だと思い、お断りした次第です。
　我的英語能力頂多只有日常會話程度，實在無法擔當口譯重任，因此婉拒了那項工作。

・母親が病気ということで、急いで帰国した次第です。
　由於家母生病而緊急回國了。

比　較 ▸▸▸▸ ということだ〔總之就是…〕

「しだいです」表原因，解釋事情之所以會演變成這樣的原因；「ということだ」表結果，表示根據前項的情報、狀態得到某種結論。

だけに

接續方法 ▸▸▸▸ 【名詞；形容動詞詞幹な；［形容詞・動詞］普通形】＋だけに

意　思 ❶

關鍵字 **原因**

表示原因。表示正因為前項，理所當然地有相應的結果，或有比一般程度更深的後項的狀況。中文意思是：「到底是…、正因為…，所以更加…、由於…，所以特別…」。如例：

- 鈴木さんは中国で勉強しただけに、中国語の発音が正確だ。
  鈴木小姐畢竟在中國讀過書，中文發音相當道地。
- 母は花が好きなだけに、花の名前をよく知っている。
  由於媽媽喜歡花，所以對花的名稱知之甚詳。

- 彼は海の近くで育っただけに、泳ぎがとても上手です。
  他在濱海小鎮長大，所以泳技宛如海底蛟龍。
- 100 円ショップの品物は安いだけに、壊れやすいものが多い。
  百圓商店的商品雖然便宜，但大多數都不耐用。

意　思 ❷

關鍵字 **反預料**

表示結果與預料相反、事與願違。大多用在結果不好的情況。中文意思是：「正因為…反倒…」。如例：

- 親子三代で通った店だけに、なくなってしまうのは、大変残念です。
  正因為是我家祖孫三代都喜歡吃的館子，就這樣關門，真叫人感到遺憾！

比　較 ▸▸▸▸ だけあって〔不愧是…〕

「だけに」表原因，表示正因為前項，理所當然地才有比一般程度更深的後項的狀況。後項不管是正面或負面的評價都可以。「だけに」也用在跟預料、期待相反的結果；「だけあって」表符合期待，表示後項是根據前項合理推斷出的結果，後項是正面的評價。用在結果是跟自己預料的一樣時。

ばかりに

接續方法 ▸▸▸▸【名詞である；形容動詞詞幹な；[形容詞・動詞]普通形】＋ばかりに

意　思 ❶

關鍵字 **原因**

表示就是因為某事的緣故，造成後項不良結果或發生不好的事情，說話人含有後悔或遺憾的心情。中文意思是：「就因為…、都是因為…，結果…」。如例：

・働きすぎたばかりに、体をこわしてしまった。
由於工作過勞而弄壞了身體。

・電車に乗り遅れたばかりに、会議に間に合わなかった。
都怪沒趕上那班電車，害我來不及出席會議。

比　較 ▸▸▸▸ だけに〔正因為…〕

「ばかりに」表原因，表示就是因為前項的緣故，導致後項壞的結果或狀態，後項是一般不可能做的行為；「だけに」也表原因，表示正因為前項，理所當然地導致後來的狀況，或因為前項，理所當然地才有比一般程度更深的後項。

意　思 ❷

關鍵字 **願望**

強調由於說話人的心願，導致極端的行為或事件發生，後項多為不辭辛勞或不願意做也得做的內容。常用「たいばかりに」的表現方式。中文意思是：「就是因為想…」。如例：

・海外の彼女に会いたいばかりに、一週間も会社を休んでしまった。
只因為太思念國外的女友而向公司請了整整一星期的假。

・テストに合格したいばかりに、カンニングをしてしまった。
就因為一心想通過測驗而不惜涉險作弊了。

grammar 008 ことから

接續方法 ▸▸▸▸ 【名詞である；形容動詞詞幹な；[形容詞・動詞]普通形】+ことから

意　思 ❶

表示後項事件因前項而起。中文意思是：「從…來看、因為…」。如例：

- 妻とは同じ町の出身ということから、交際が始まった。
  我和太太當初是基於同鄉之緣才開始交往的。

意　思 ❷

用於説明命名的由來。中文意思是：「…是由於…」。如例：

- 富士山が見えるということから、この町は富士町という名前が付いた。
  由於可以遠眺富士山，因此這個地方被命名為富士町。
- この鳥は目のまわりが白いことから、メジロと呼ばれている。
  這種鳥由於眼周有一圈白環，於是日本人稱之為「白目」。

意　思 ❸

根據前項的情況，來判斷出後面的結果或結論。中文意思是：「根據…來看」。如例：

- 煙が出ていることから、近所の工場で火事が発生したのが分かった。
  從冒出濃煙的方向判斷，可以知道附近的工廠失火了。

比　較 ▸▸▸▸ ことだから〔因為是…〕

「ことから」表根據，表示依據前項來判斷出後項的結果。也表示原因跟名稱的由來；「ことだから」表根據，表示説話人到目前為止的經驗，來推測前項，大致確實會有後項的意思。「ことだから」前面接的名詞一般為人或組織，而接中間要接「の」。

あげく（に／の）

Track 1-031

類義表現

うちに

趁著…

接續方法 ▸▸▸▸【動詞性名詞の；動詞た形】＋あげく（に／の）

意　思 1

關鍵字 結果

表示事物最終的結果，指經過前面一番波折和努力所達到的最後結果或雪上加霜的結果，後句的結果多因前句，而造成精神上的負擔或麻煩，多用在消極的場合，不好的狀態。中文意思是：「…到最後、…，結果…」。如例：

・その客は一時間以上迷ったあげく、何も買わず帰っていった。
那位顧客猶豫了不止一個鐘頭，結果什麼都沒買就離開了。

比　較 ▸▸▸▸ うちに〔趁著…〕

「あげくに」表結果，表示經過了前項一番波折並付出了極大的代價，最後卻導致後項不好的結果；「うちに」表時點，表示在某一狀態持續的期間，進行某種行為或動作。有「等到發生變化就晚了，趁現在…」的含意。

關鍵字 あげくの＋名詞

後接名詞時，用「あげくの＋名詞」。如例：

・彼女の離婚は、年月をかけて話し合ったあげくの結論だった。
她的離婚是經過多年來雙方商討之後才做出的結論。

關鍵字 さんざん～あげく

常搭配「さんざん、いろいろ」等強調「不容易」的詞彙一起使用。

・弟はさんざん悩んだあげく、大学をやめることにした。
弟弟經過一番掙扎，決定從大學輟學了。

關鍵字 慣用表現

慣用表現「あげくの果て」為「あげく」的強調說法。如例：

・兄はさんざん家族に心配をかけ、あげくの果てに警察に捕まった。
哥哥的行徑向來讓家人十分憂心，終究還是遭到了警方的逮捕。

Track 1-032

類義表現
あげくに
…到最後、結果…

grammar 010 すえ（に／の）

接續方法 ▸▸▸▸【名詞の】＋末（に／の）；【動詞た形】＋末（に／の）

意　　思 ❶

關鍵字 結果

表示「經過一段時間，做了各種艱難跟反覆的嘗試，最後成為…結果」之意，是動作、行為等的結果，意味著「某一期間的結束」，為書面語。中文意思是：「經過…最後、結果…、結局最後…」。如例：

・これは、数年間話し合った末の結論です。
這是幾年來多次商談之後得出的結論。

・両親と先生とよく話し合った末に、学校を決めた。
經過和父母與師長的詳細討論，決定了就讀的學校。

比　　較 ▸▸▸▸ あげくに〔…到最後、結果…〕

「すえに」表結果，表示花了前項很長的時間，有了後項最後的結果，後項可以是積極的，也可以是消極的。較不含感情的說法。「あげくに」也表結果，表示經過前面一番波折達到的最後結果，後項是消極的結果。含有不滿的語氣。

後接名詞時，用「末の＋名詞」。如例：

・ N1 合格は、努力した末の結果です。
  能夠通過 N1 級測驗，必須歸功於努力的成果。

關鍵字 すえ～結局

語含說話人的印象跟心情，因此後項大多使用「結局、とうとう、ついに、色々、さんざん」等猶豫、思考、反覆等意思的副詞。如例：

・ さんざん悩んだ末、結局帰国することにした。
  經過一番天人交戰之後，結果還是決定回去故鄉了。

文法知多少？

☞ 請完成以下題目，從選項中，選出正確答案，並完成句子。

▼ 答案詳見右下角

1 驚きの（　　）、腰が抜けてしまった。

1．だけに　　　2．あまり

2 一度や二度失敗した（　　）、自分の夢を諦めてはいけません。

1．からといって　　　2．といっても

3 信じていた（　　）、裏切られたときはショックだった。

1．だけに　　　2．だけあって

4 保険金を手に入れたい（　　）、夫を殺してしまった。

1．ばかりに　　　2．だけに

5 些細な（　　）、けんかが始まった。

1．ことだから　　　2．ことから

6 あきらめずに実験を続けた（　　）、とうとう開発に成功した。

1．末に　　　2．あげくに

答案：(1) 2　(2) 1　(3) 1　(4) 1
(5) 2　(6) 1

問題1　次の文章を読んで、文章全体の内容を考えて、 1 から 5 の中 に入る最もよいものを、1・2・3・4の中から一つ選びなさい。

マナーの違い

日本では、人に物を差し上げる場合、「粗末なものですが」と言って差し上げる習慣がある。ところが、欧米人などは、そうではない。「すごくおいしいので」とか、「とっても素晴らしい物です」といって差し上げる。

そして、日本人のこの習慣について、 1 言う。

「つまらないと思っている物を人に差し上げるなんて、失礼だ。」と。

2 。私は、そうは思わない。日本人は相手のすばらしさを尊重し強調する 3 、自分の物を低めて言うのだ。「とても素晴らしいあなた。あなたに差し上げるにしては、これはとても粗末なものです。」と言っているのではないだろうか。

そして、日本人は逆に欧米の習慣に対して、「自分の物を褒めるなんて」と非難する。

私は、これもおかしいと思う。自分の物を素晴らしいから、おいしいからと言って人に差し上げるのも、相手を素晴らしいと思っているからなのだ。「すばらしいあなた。これは、そんな素晴らしいあなたにふさわしいものですから、 4 。」と言っているのだと思う。

5 、どちらも心の底にある気持ちは同じで、相手のすばらしさを表 現するための表現なのだ。その同じ気持ちが、全く反対の言葉で表現されるというのは非常に興味深いことに思われる。

（注1）粗末：品質が悪いこと

1

1　そう　　2　こう
3　そうして　　4　こうして

2

1　そう思うか　　2　そうだろうか
3　そうだったのか　　4　そうではないか

3

1　かぎり　　2　あまり
3　あげく　　4　ものの

4

1　受け取らせます　　2　受け取らせてください
3　受け取ってください　　4　受け取ってあげます

5

1　つまり　　2　ところが
3　なぜなら　　4　とはいえ

▼ 翻譯與詳解請見 P.183

Lesson 04 条件、逆説、例示、並列

▶ 條件、逆說、例示、並列

date. 1 ／ date. 2 ／

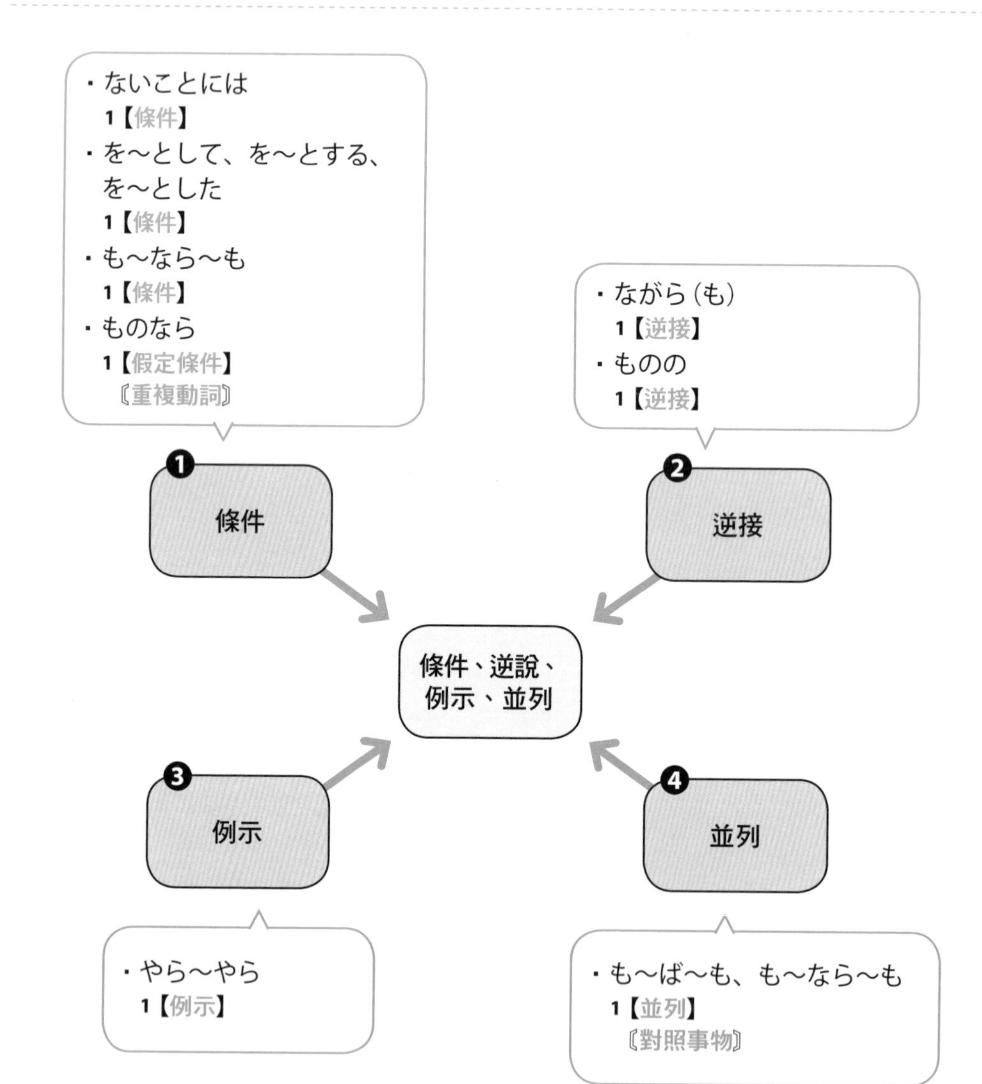

ないことには

接續方法 ▸▸▸▸ 【動詞否定形】+ないことには

意　思 ❶

關鍵字　條件

表示如果不實現前項，也就不能實現後項，後項的成立以前項的成立為第一要件。後項一般是消極的、否定的結果。中文意思是：「要是不…、如果不…的話，就…」。如例：

- お金がないことには、何もできない。
  沒有金錢，萬事不能。

- 社長に確認を取らないことには、新しいパソコンが買えない。
  在尚未得到總經理的同意之前，還不能添購新電腦。
- 漢字を覚えないことには、日本での生活は大変だ。
  住在日本如果不懂漢字，在生活上非常不方便。
- 面接をしないことには、給料の話もできない。
  沒有參加面試的機會，也就遑論進一步談薪資了。

比　較 ▸▸▸▸ からといって〔即使…也不能…〕

「ないことには」表條件，表示如果不實現前項，也就不能實現後項；「からといって」表原因，表示不能只因為前面這一點理由，就做後面的動作。

を～として、を～とする、を～とした

Track 1-034

類義表現
について
有關…

接續方法 ▸▸▸▸ 【名詞】＋を＋【名詞】＋として、とする、とした

意　思 ❶

關鍵字 **條件**

表示把一種事物當做或設定為另一種事物，或表示決定、認定的內容。「として」的前面接表示地位、資格、名分、種類或目的的詞。中文意思是：「把…視為…（的）、把…當做…（的）」。如例：

- 学生を中心としたボランティアグループが作られた。
  成立了一個以學生為主要成員的志工團體。
- N2 合格を目的とした勉強会が開かれた。
  組成了一個以通過 N2 級測驗為目標的讀書會。
- この教科書は留学生を対象としたものだ。
  這本教科書是專為留學生所編寫的。
- 今回の国際会議では、環境問題を中心とした議論が続いた。
  在本屆國際會議中，進行了一連串以環境議題為主旨的論壇。

比　較 ▸▸▸▸ について〔有關…〕

「を～として」表條件，表示視前項為某種事物進而採取後項行動；「について」表意圖行為，表示就前項事物來進行說明、思考、調查、詢問、撰寫等動作。

も～なら～も

接續方法 ▸▸▸▸ 【名詞】＋も＋【同名詞】＋なら＋【名詞】＋も＋【同名詞】

意　思 ❶

關鍵字 **條件**

表示雙方都有缺點，帶有譴責的語氣。中文意思是：「…不…，…也不…、…有…的不對，…有…的不是」。如例：

- 電車で騒いでいる子供の親をみていると、子も子なら親も親だと思う。
  看到放縱小孩在電車裡嬉鬧的家長時，總覺得不光是孩子行為偏差，大人也沒有盡到責任。
- 学生も学生なら先生も先生だ。
  學生沒有學生的規矩，師長也沒有師長的風範。
- 店長も店長なら店員も店員だ。こんなサービスの悪い店、二度と来たくない。
  別說店長不行，店員更糟糕。服務這麼差的店，我再也不會上門光顧了！
- 隣のご夫婦、毎日喧嘩ばかりしているね。ご主人もご主人なら、奥さんも奥さんだ。
  隔壁那對夫婦天天吵架。先生有不對之處，太太也有該檢討的地方。

比　較 ▸▸▸▸ も～し～も〔既…又…〕

「も～なら～も」表條件，表示雙方都有問題存在，都應該遭到譴責；「も～し～も」表反覆，表示反覆説明同性質的事物。例如：「ここは家賃も安いし、景色もいいです／這裡房租便宜，景觀也好」。

ものなら

接續方法 ▸▸▸▸ 【動詞可能形】＋ものなら

意　思 ❶

關鍵字 **假定條件**

提示一個實現可能性很小且很難的事物，且期待實現的心情，接續動詞常用可能形，口語有時會用「もんなら」。中文意思是：「如果能…的話」。如例：

- できるものなら、今すぐにでも帰国したい。
  如果辦得到，真希望立刻飛奔回國。

・戻れるものなら学生時代に戻ってもう一度やりなおしたい。
可以的話，真想再一次回到學生時代。

・彼女のことを、忘れられるものなら忘れたいよ。
如果能夠，真希望徹底忘了她。

關鍵字 重複動詞

重複使用同一動詞時，有強調實際上不可能做的意味。表示挑釁對方做某行為。帶著向對方挑戰，放任對方去做的意味。由於是種容易惹怒對方的講法，使用上必須格外留意。後項常接「てみろ」、「てみせろ」等。中文意思是：「要是能…就…」。如例：

・いつも課長の悪口ばかり言っているな。直接言えるものなら言ってみろよ。
你老是在背後抱怨課長。真有那個膽量，不如當面說給他聽吧！

比　較 ▸▸▸▸ ものだから〔都是因為…〕

「ものなら」表假定條件，常用於挑釁對方，前接包含可能意義的動詞，通常後接表示嘗試、願望或命令的語句；「ものだから」表理由，常用於為自己找藉口辯解，陳述理由，意為「就是因為…才…」。

ながら（も）

接續方法 ▸▸▸▸ 【名詞；形容動詞詞幹；形容詞辭書形；動詞ます形】＋ながら（も）

意　思 ❶

關鍵字 逆接

連接兩個矛盾的事物，表示後項與前項所預想的不同。中文意思是：「很…的是、雖然…，但是…、儘管…、明明…卻…」。如例：

・残念ながら、結婚式には出席できません。
很可惜的是，我無法參加婚禮。

・貯金しなければと思いながらも、ついつい使ってしまう。
心裡分明知道非存錢不可，還是不由自主花錢如水。

・すぐ近くまで行きながらも、急用ができてお伺いできませんでした。
雖然已經到了貴府附近，無奈臨時有急事，因而沒能登門拜訪。

・息子は、今日こそは勉強すると言いながら、結局ゲームをしている。
我兒子明明自己說今天一定會用功，結果還是一直打電玩。

比　較 ▸▸▸▸ どころか〔何止…〕

「ながら」表逆接，表示一般如果是前項的話，不應該有後項，但是確有後項的矛盾關係；「どころか」表對比，表示程度的對比，比起前項後項更為如何。後項內容大多跟前項所說的相反。

ものの

接續方法 ▸▸▸▸ 【名詞である；形容動詞詞幹な；[形容詞・動詞] 普通形】＋ものの

意　思 ❶

關鍵字　逆接

表示姑且承認前項，但後項不能順著前項發展下去。後項是否定性的內容，一般是對於自己所做、所説或某種狀態沒有信心，很難實現等的説法。中文意思是：「雖然…但是…」。如例：

・友人とランチでもしようかと思ったものの、忙しくて連絡ができていない。
儘管一直想約朋友吃頓飯，卻忙到根本沒時間聯絡。

・妹は「大丈夫」というものの、なにか悩んでいる様子だ。
妹妹雖然嘴上說「沒問題」，但是看起來似乎有心事。

・毎日漢字を勉強しているものの、なかなか覚えられない。
儘管每天都在學習漢字，卻怎麼樣都記不住。

・この会社は給料が高いものの、人間関係はあまりよくない。
這家公司雖然薪資很高，內部的人際關係卻不太融洽。

比　　較 ▸▸▸▸ とはいえ〔雖說…〕

「ものの」表逆接，表示後項跟之前所預料的不一樣；「とはいえ」也表逆接，表示後項的結果跟前項的情況不一致，用在否定前項的既有印象，通常後接説話者的意見或評斷的表現方式。

やら～やら

接續方法 ▸▸▸▸ 【名詞】＋やら＋【名詞】＋やら、【形容動詞詞幹；[形容詞・動詞] 普通形】＋やら＋【形容動詞詞幹；[形容詞・動詞] 普通形】＋やら

意　　思 ❶

關鍵字　例示

表示從一些同類事項中，列舉出兩項。大多用在有這樣，又有那樣，真受不了的情況。多有感覺麻煩、複雜，心情不快的語感。中文意思是：「…啦…啦、又…又…」。如例：

・花粉症で、鼻水がでるやら目が痒いやら、もう我慢できない。
　由於花粉熱發作，又是流鼻水又是眼睛癢的，都快崩潰啦！

・去年は台風が５回もくるやら大地震が起きるやら、異常な年だった。
　去年是天象異常的一年，不僅受到颱風侵襲多達五次，還發生了大地震。

・昨日は電車で書類を忘れるやら財布をとられるやら、さんざんな日だった。
　昨天在電車上又是遺失文件又是錢包被偷，可以說是慘兮兮的一天。

・連休は旅行やら食事やらで、毎日忙しかった。
　連休假期不是旅行就是吃美食，每天忙得很充實。

比　　較 ▸▸▸▸ とか～とか〔啦…啦〕

「やら～やら」表例示，表示從這些事項當中舉出幾個當例子，含有除此之外，還有其他。説話者大多抱持不滿的心情；「とか～とか」也表列示，但是只是單純的從幾個例子中，例舉出代表性的事例。不一定抱持不滿的心情。

も～ば～も、も～なら～も

接續方法 ▸▸▸▸ 【名詞】＋も＋【［形容詞・動詞］假定形】＋ば【名詞】＋も；【名詞】＋も＋【名詞・形容動詞詞幹】＋なら、【名詞】＋も

意　思 ❶

關鍵字 **並列**

把類似的事物並列起來，用意在強調。中文意思是：「既…又…、也…也…」。如例：

- お正月は、病院も休みなら銀行も休みですよ。気をつけて。
  元旦假期不僅醫院休診，銀行也暫停營業，要留意喔！
- 彼女はお酒も飲めば甘い物も好きなので健康が心配だ。
  她喜歡喝酒又嗜吃甜食，健康狀況令人擔憂。
- 私の祖母の家は、近くにコンビニもなければスーパーもない。。
  我奶奶家附近既沒有超商也沒有超市。

比　較 ▸▸▸▸ やら～やら〔…啦…啦〕

「も～ば～も」表並列關係，在前項加上同類的後項；「やら～やら」表例示，說話者大多抱持不滿的心情，從這些事項當中舉出幾個當例子，暗含還有其他。

關鍵字 **對照事物**

或並列對照性的事物，表示還有很多情況。中文意思是：「有時…有時…」。如例：

- 試験の結果は、いい時もあれば悪い時もある。
  考試的分數時高時低。

文法知多少？

☞ 請完成以下題目，從選項中，選出正確答案，並完成句子。

▼ 答案詳見右下角

1 まず付(つ)き合(あ)ってみ（　　）、どんな人(ひと)か分(わ)かりません。

1．からといって　　2．ないことには

2 これを一(ひと)つの区切(くぎ)り（　　）、これまでの成果(せいか)を広(ひろ)く知(し)ってもらおうと思(おも)います。

1．について　　2．として

3 面(めん)と向(む)かって言(い)える（　　）、言(い)ってみなさい。

1．ものなら　　2．ものだから

4 最近(さいきん)の財布(さいふ)は、小(ち)さい（　　）抜群(ばつぐん)の収納力(しゅうのうりょく)があります。

1．ながらも　　2．どころか

5 祖父(そふ)は体(からだ)は丈夫(じょうぶ)な（　　）、最近目(さいきんめ)が悪(わる)くなってきた。

1．とはいえ　　2．ものの

6 彼(かれ)は酒癖(さけぐせ)が悪(わる)くて、酒(さけ)を飲(の)んだら泣(な)く（　　）わめく（　　）大変(たいへん)だ。

1．やら…やら　　2．とか…とか

答案：(1) 2　(2) 2　(3) 1　(4) 1
(5) 2　(6) 1

問題1　つぎの文の（　　　）に入れるのに最もよいものを、1・2・3・4から一つえらびなさい。

1　どんな事件でも、現場へ行って自分の目で見ないことには、読者の心に響く（　　　）。

1　いい記事が書けるのだ　　　2　いい記事を書くことだ
3　いい記事は書けない　　　4　いい記事を書け

2　もう一度やり直せるものなら、（　　　）。

1　本当に良かった　　　2　もう失敗はしない
3　絶対に無理だ　　　4　大丈夫だろうか

3　今の妻とお見合いした時は、恥ずかしい（　　　）緊張する（　　　）大変でした。

1　や・など　　　2　とか・とか
3　やら・やら　　　4　にしろ・にしろ

4　悩んだ（　　　）、帰国を決めた。

1　せいで　　　2　ものなら　　　3　わりに　　　4　末に

問題2　つぎの文の＿★＿に入る最もよいものを、1・2・3・4から一つえらびなさい。

5　母が亡くなった。優しかった ＿＿＿ ＿＿＿ ＿★＿ ＿＿＿ 戻りたい。

1　母と　　　2　子供のころに
3　戻れるものなら　　　4　暮らした

6　＿＿＿ ＿＿＿ ＿★＿ ＿＿＿ みんなに勇気を与える存在だ。

1　体に障害を　　　2　いつも笑顔の
3　彼女は　　　4　抱えながら

▼ 翻譯與詳解請見 P.185

Lesson 05 付帯、付加、変化

▶ 附帶、附加、變化

date. 1 ／ date. 2 ／

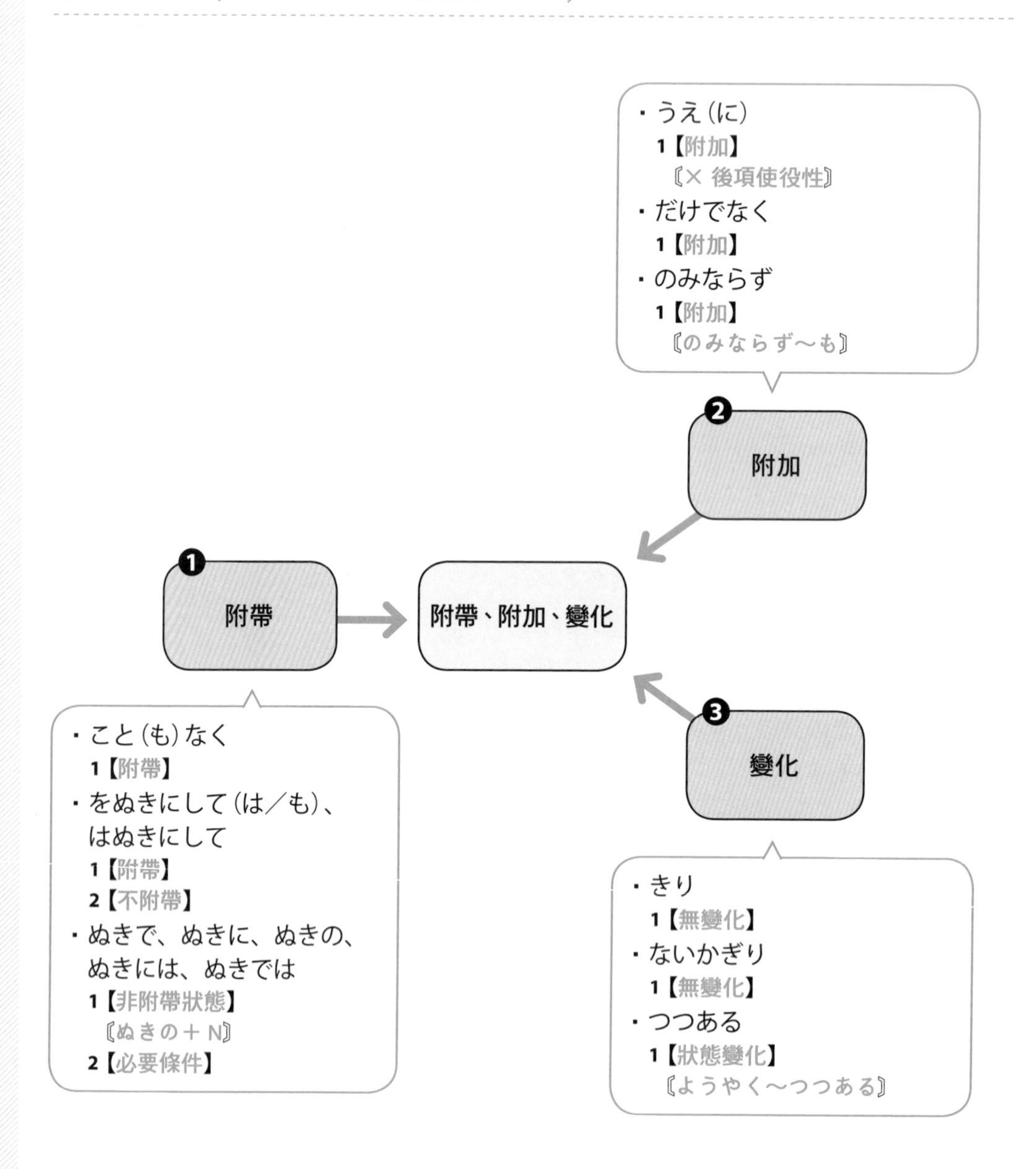

こと（も）なく

接續方法 ▸▸▸▸ 【動詞辭書形】＋こと（も）なく

意　思 ❶

關鍵字 附帶

表示「沒做…，而做…」。中文意思是：「不…、不…（就）…、不…地…」。也表示從來沒有發生過某事，或出現某情況。

- 年末年始（ねんまつねんし）も、休（やす）むことなくアルバイトをした。
  從年底到元旦假期依然忙著打工，連一天也沒有休息。
- 誰（だれ）も怪我（けが）をすることなく、無事試合（ぶじしあい）は終（お）わった。
  在沒有任何一名隊員受傷的情況之下，順利完成了比賽。
- 彼（かれ）は緊張（きんちょう）することなく、最後（さいご）まで落（お）ち着（つ）いてスピーチをした。
  他一點也不緊張，神色自若地完成了演講。
- 週末（しゅうまつ）は体調（たいちょう）が悪（わる）かったので、外出（がいしゅつ）することもなくずっと家（いえ）にいました。
  由於身體狀況不佳，週末一直待在家裡沒出門。

比　較 ▸▸▸▸ ぬきで〔省去…〕

「ことなく」，表附帶，表示沒有進行前項被期待的動作，就開始了後項的動作的；「ぬきで」表非附帶狀態，表示除去或撇開說話人認為是多餘的前項，而直接做後項的事物。

をぬきにして（は／も）、はぬきにして

接續方法 ▸▸▸▸ 【名詞】＋を抜きにして（は／も）、は抜きにして

意　思 ❶

關鍵字　附帶

「抜き」是「抜く」的ます形，後轉當名詞用。表示沒有前項，後項就很難成立。中文意思是：「沒有…就（不能）…」。如例：

- 家族の協力や援助を抜きにして、実験の成功はなかったはずだ。
  如果沒有家人的協助與金援，這項實驗恐怕無法順利完成。
- 彼の活躍を抜きにして、この試合には勝てなかっただろう。
  若是沒有他的活躍表現，想必這場比賽不可能獲勝！

比　較 ▸▸▸▸ はもとより〔不僅…其他還有…〕

「をぬきにして」表附帶，表示沒有前項，後項就很難成立；「はもとより」表附加，表示前後兩項都不例外。

意　思 ❷

關鍵字　不附帶

表示去掉前項一般情況下會有的事態，做後項動作。中文意思是：「去掉…、停止…」。如例：

- 冗談を抜きにして、本当のことを言ってください。
  請不要開玩笑，告訴我實情！
- 仕事の話は抜きにして、今日は楽しく飲みましょう。
  今天不談工作的事，大家喝個痛快吧！

grammar 003 ぬきで、ぬきに、ぬきの、ぬきには、ぬきでは

Track 1-043

類義表現
にかわって
代替…

意　思 1

關鍵字　非附帶狀態

【名詞】＋抜きで、抜きに、抜きの。表示除去或省略一般應該有的部分。中文意思是：「省去…、沒有…」。如例：

- 明日は試験です。今日は休憩抜きで頑張りましょう。
  明天就要考試了，今天別休息，加把勁做最後衝刺吧！
- 今日は忙しくて、昼食抜きで働いていた。
  今天忙得團團轉，從早工作到晚，連午餐都沒空吃。

關鍵字　ぬきの＋N

後接名詞時，用「抜きの＋名詞」。如例：

- ネギ抜きのたまごうどんを一つ、お願いします。
  麻煩我要一碗不加蔥溏心蛋的烏龍麵。

意　思 2

關鍵字　必要條件

【名詞】＋抜きには、抜きでは。為「如果沒有…（，就無法…）」之意。如例：

- 今日の送別会は君抜きでは始まりませんよ。
  今天的歡送會怎能缺少你這位主角呢？

比　較 ▸▸▸ にかわって〔代替…〕

「ぬきでは」表必要條件，表示若沒有前項，後項本來期待的或預期的事也無法成立；「にかわって」表代理，意為代替前項做某件事。

うえ（に）

接續方法 ▸▸▸▸ 【名詞の；形容動詞詞幹な；[形容詞・動詞]普通形】＋上（に）

意　思 ❶

關鍵字 附加

表示追加、補充同類的內容。在本來就有的某種情況之外，另外還有比前面更甚的情況。正面負面都可以使用。含有「十分、無可挑剔」的語感。中文意思是：「…而且…、不僅…，而且…、在…之上，又…」。如例：

- 彼女は中国語ができる上に、事務の仕事も正確だ。
  她不僅會中文，處理行政事務也很精確。
- 寒い上に、雨も降って来た。
  天氣不僅寒冷，還下起雨來了。
- この携帯電話は使いやすい上に、電話代が安い。
  這支行動電話不僅操作簡便，而且可以搭配實惠的通話方案。
- 朝から頭が痛い上に、少し熱があるので、早く帰りたい。
  一早就開始頭痛，還有點發燒，所以想快點回家休息。

比　較 ▸▸▸▸ うえで〔…之後〕

「うえ（に）」表附加，表示追加、補充同類的內容；「うえで」表時間的前後，表動作的先後順序。先做前項，在前項的基礎上，再做後項。

關鍵字 × 後項使役性

後項不能用拜托、勸誘、命令、禁止等使役性的表達形式。另外前後項必需是同一性質的，也就是前項為正面因素，後項也必需是正面因素，負面以此類推。

grammar 005 だけでなく

Track 1-045

類義表現

ばかりか
不僅…而且…

接續方法 ▸▸▸▸【名詞；形容動詞詞幹な；［形容詞・動詞］普通形】＋だけでなく

意　思 ❶

關鍵字 附加

表示前項和後項兩者皆是，或是兩者都要。中文意思是：「不只是…也…、不光是…也…」。如例：

・肉だけでなく、野菜も食べなさい。
別光吃肉，也要吃青菜！

・日本語の文字は漢字だけでなく、平仮名と片仮名もあります。
日語的文字不但是漢字，還有平假名和片假名。

・市立図書館では本だけでなく、CD や DVD も借りられます。
在市立圖書館不僅可以借書，還能借 CD 和 DVD。

・新宿は週末だけでなく、平日も人が多い。
新宿不僅週末人山人海，在平日時段同樣人潮絡繹不絕。

比　較 ▸▸▸▸ ばかりか〔不僅…而且…〕

「だけでなく」表附加，表示前項後項兩者都是，不僅有前項的情況，同時還添加、累加後項的情況；「ばかりか」也表附加，表示除前項的情況之外，還有後項程度更甚的情況。

のみならず

類義表現
にとどまらず
不僅…而且…

接續方法 ▸▸▸▸【名詞；形容動詞詞幹である；[形容詞・動詞] 普通形】＋のみならず

意　思 ❶

關鍵字 附加

表示添加，用在不僅限於前接詞的範圍，還有後項更進一層、範圍更為擴大的情況。中文意思是：「不僅…，也…、不僅…，而且…、非但…，尚且…」。如例：

- 漫画（まんが）は子供（こども）のみならず、大人（おとな）にも読（よ）まれている。
  漫畫不但兒童可看，也很適合成人閱讀。
- 都心（としん）のみならず、地方（ちほう）でも少子高齢化（しょうしこうれいか）が問題（もんだい）になっている。
  不光是都市精華地段，包括村鎮地區同樣面臨了少子化與高齡化的考驗。

- カラオケという言葉（ことば）は日本（にほん）のみならず海外（かいがい）でも使（つか）われている。
  「卡拉 OK」這個名詞不僅限於日本，在海外也同樣被廣為使用。

比　較 ▸▸▸▸ にとどまらず〔不僅…而且…〕

「のみならず」表附加，帶有「範圍擴大到…」的語意；「にとどまらず」表非限定，前面常接區域或時間名詞，表示「不僅限於前項的狹窄範圍，已經涉及到後項這一廣大範圍」的意思。但使用的範圍沒有「のみならず」那麼廣大。

關鍵字 のみならず
～も

後項常用「も、まで、さえ」等詞語。

- ボーナスのみならず、給料（きゅうりょう）さえもカットされるそうだ。
  據說不光是獎金縮水，甚至還要減俸。

grammar 007 きり

接續方法 ▸▸▸▸ 【動詞た形】＋きり

意　思 ❶

關鍵字 **無變化**

後面常接否定的形式，表示前項的動作完成之後，應該進展的事，就再也沒有下文了。含有出乎意料地，那之後再沒有進展的意外的語感。中文意思是：「…之後，再也沒有…、…之後就…」。如例：

・彼とは去年会ったきり、連絡もない。
　我和他自從去年見過面之後就沒聯絡了。

・息子は自分の部屋に入ったきり、出てこない。
　兒子進了自己的房間之後就沒出來了。

・寝たきりのお年寄りが多くなってきた。
　據說臥病在床的銀髮族有增多的趨勢。

・隣のお宅の息子さんは、10年前に家を出たきりだ。
　隔壁鄰居的公子自從十年前離家以後，再也不曾回來了。

比　較 ▸▸▸▸ しか〔只有…〕

「きり」表示無變化，後接否定表示發生前項的狀態後，再也沒有發生後項的狀態。另外。還有限定的意思，也可以後接否定；「しか」只有表示限定、限制，後面雖然也接否定的表達方式，但有消極的語感。

ないかぎり

Track 1-048

類義表現

ないうちに

趁沒…

接續方法 ▸▸▸▸ 【動詞否定形】＋ないかぎり

意　思 ①

關鍵字 **無變化**

表示只要某狀態不發生變化，結果就不會有變化。含有如果狀態發生變化了，結果也會有變化的可能性。中文意思是：「除非…，否則就…、只要不…，就…」。如例：

- ビザが下りない限り、日本では生活できない。
  在尚未取得簽證之前，無法在日本居住。
- 主人が謝ってこない限り、私からは何も話さない。
  除非丈夫向我道歉，否則我沒什麼話要對他說的！

- 手術をしない限り、その病気は治らない。
  除非動手術，否則那種病無法痊癒。
- この会社を辞めない限り、私は自分の能力を生かせないと思う。
  只要不離開這家公司，恐怕就沒有機會發揮自己的才華。

比　較 ▸▸▸▸ ないうちに〔趁沒…〕

「ないかぎり」表無變化，表示只要某狀態不發生變化，結果就不會有變化；而「ないうちに」表期間，表示在前面的狀態還沒有產生變化，做後面的動作。

つつある

接續方法 ▸▸▸ 【動詞ます形】+つつある

意　思 ❶

關鍵字 **狀態變化**

接繼續動詞後面，表示某一動作或作用正向著某一方向持續發展，為書面用語。相較於「ている」表示某動作做到一半，「つつある」則表示正處於某種變化中，因此，前面不可接「食べる、書く、生きる」等動詞。中文意思是：「正在…」。如例：

- 太陽が沈みつつある。
  太陽漸漸西沉。
- 日本の子供は減りつつある。
  日本正面臨少子化的問題。
- インフルエンザは全国で流行しつつある。
  全國各地正在發生流行性感冒的大規模傳染。

比　較 ▸▸▸ ようとしている〔即將要…〕

「つつある」表狀態變化，強調某件事情或某個狀態正朝著一定的方向，一點一點在變化中，也就是變化在進行中；「ようとしている」表進行，表示某狀態、狀況就要開始或是結束。

關鍵字 **ようやく～つつある**

常與副詞「ようやく、どんどん、だんだん、しだいに、少しずつ」一起使用。如例：

- 日本に来て３か月。日本での生活にもようやく慣れつつある。
  來到日本三個月了，一切逐漸適應當中。

文法知多少？

☞ 請完成以下題目，從選項中，選出正確答案，並完成句子。

▼ 答案詳見右下角

1 親に報告する（　　）、二人は結婚届を出してしまった。

1．ことなく　　2．抜きで

2 細かい問題（　　）、双方は概ね合意に達しました。

1．はもとより　　2．を抜きにして

3 おすしは、わさび（　　）お願いします。

1．抜きで　　2．に先立ち

4 あのバンドはアジア（　　）ヨーロッパでも人気があります。

1．のみならず　　2．にかかわらず

5 彼女とは一度会った（　　）、その後会っていない。

1．きり　　2．まま

6 地球は次第に温暖化し（　　）。

1．ようとしている　　2．つつある

答案：(1) 1　(2) 2　(3) 1　(4) 1
(5) 1　(6) 2

問題1　次の文章を読んで、文章全体の内容を考えて、［1］から［5］の中に入る最もよいものを、1・2・3・4の中から一つ選びなさい。

「読書の楽しみ」

最近の若者は、本を読まなくなったとよく言われる。2009年のOECD（註1）の調査では、日本の15歳の子どもで、「趣味としての読書をしない」という人が、44%もいるということである。

私は、若者の読書離れを非常に残念に思っている。若者に、もっと本を読んで欲しいと思っている。なぜそう思うのか。

まず、本を読むのは楽しい［1］。本を読むと、いろいろな経験ができる。行ったことがない場所にも行けるし、過去にも未来にも行くことができる。自分以外の人間になることもできる。自分の知識も［2］。その楽しみを、まず知ってほしいと思うからだ。

また、本を読むと、友達ができる。私は、好きな作家の本を次々に読むが、そうすることで、その作家を知って友達になれる［3］、その作家を好きな人とも意気投合（註2）して友達になれるのだ。

しかし、特に若者に本を読んで欲しいと思ういちばんの理由は、本を読むことで、判断力を深めて欲しいと思うからである。生きていると、どうしても困難や不幸な出来事にあう。どうしていいか分からず、誰にも相談できないようなことも［4］。そんなとき、それを自分だけに特殊なことだと捉えず、ほかの人にも起こり得ることだということを教えてくれるのは、読書の効果だと思うからだ。そして、ほかの人たちが［5］その悩みや窮地（註3）を克服したのかを参考にしてほしいと思うからである。

（注1）OECD：経済協力開発機構

（注2）意気投合：たがいの気持ちがぴったり合うこと

（注3）窮地：苦しい立場

1

1　そうだ
2　ようだ
3　からだ
4　くらいだ

2

1　増える
2　増やす
3　増えている
4　増やしている

3

1　ばかりに
2　からには
3　に際して
4　だけでなく

4

1　起こった
2　起こってしまった
3　起こっている
4　起こるかもしれない

5

1　いったい
2　どうやら
3　どのようにして
4　どうにかして

▼ 翻譯與詳解請見 P.186

Lesson 06 程度、強調、同様

▶ 程度、強調、相同

date. 1 ／　　date. 2 ／

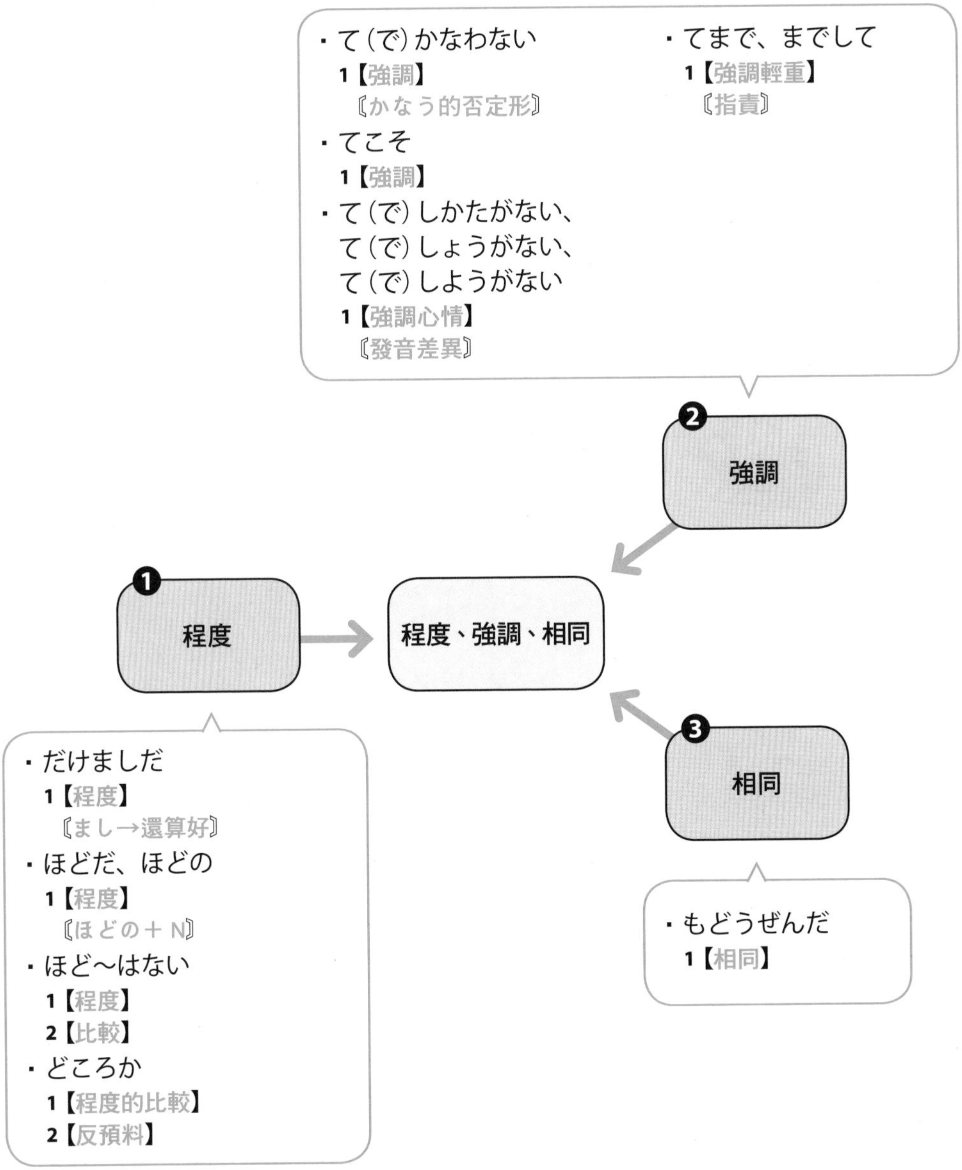

程度、強調、相同

❶ 程度

・だけましだ
1【程度】
〖まし→還算好〗

・ほどだ、ほどの
1【程度】
〖ほどの＋N〗

・ほど～はない
1【程度】
2【比較】

・どころか
1【程度的比較】
2【反預料】

❷ 強調

・て（で）かなわない
1【強調】
〖かなう的否定形〗

・てこそ
1【強調】

・て（で）しかたがない、
て（で）しょうがない、
て（で）しようがない
1【強調心情】
〖發音差異〗

・てまで、までして
1【強調輕重】
〖指責〗

❸ 相同

・もどうぜんだ
1【相同】

だけましだ

Track 1-050

類義表現
だけで
光…就…

接續方法 ▸▸▸▸ 【形容動詞詞幹な；[形容詞・動詞] 普通形】＋だけましだ

意　思 ❶

關鍵字 **程度**

表示情況雖然不是很理想，或是遇上了不好的事情，但也沒有差到什麼地步，或是有「不幸中的大幸」。有安慰人的感覺。中文意思是：「幸好、還好、好在…」。如例：

- 仕事は大変だけど、この不景気にボーナスが出るだけましだよ。
  工作雖然辛苦，幸好公司在這景氣蕭條的時代還願意提供員工分紅。

- 今日は寒いけれど、雪が降らないだけましです。
  今天雖然很冷，幸好沒有下雪。
- この会社、時給は安いけれど、交通費が出るだけましだ。
  這家公司儘管時薪不高，所幸還願意給付交通費。
- 私の家は家賃も高くて狭いけれど、駅から近いだけましだ。
  我家房租昂貴、空間又小，唯一的好處是車站近在咫尺。

比　較 ▸▸▸▸ だけで〔光…就…〕

「だけましだ」表程度，表示儘管情況不是很理想，但沒有更差，還好只到此為止；「だけで」表限定，限定只需這種數量、場所、人物或手段就可以把事情辦好。

關鍵字 **まし→還算好**

「まし」有雖然談不上是好的，但比糟糕透頂的那個比起來，算是好的之意。

ほどだ、ほどの

接續方法 ▸▸▸▸ 【名詞；形容動詞詞幹な；[形容詞・動詞] 辭書形】＋ほどだ

意　思 ❶

關鍵字　程度

表示對事態舉出具體的狀況或事例。為了說明前項達到什麼程度，在後項舉出具體的事例來，也就是具體的表達狀態或動作的程度有多高的意思。中文意思是：「幾乎…、簡直…」。如例：

- もう二度と会社に行きたくないと思うほど、大きい失敗をしたことがある。
  我曾在工作上闖了大禍，幾乎沒有臉再去公司了。
- 朝の電車は息ができないほど混んでいる。
  晨間時段的電車擠得讓人幾乎無法呼吸。

比　較 ▸▸▸▸ ぐらいだ〔簡直…〕

「ほどだ」表程度，表示最高程度；「ぐらいだ」也表程度，但表示最低程度。

關鍵字　ほどの＋N

後接名詞，用「ほどの＋名詞」。如例：

- 彼は君が尊敬するほどの人ではない。
  他不值得你的尊敬。
- 持ちきれないほどのお土産を買って帰ってきた。
  買了好多伴手禮回來，兩手都快提不動了。

ほど～はない

意　思 ❶

關鍵字　程度

【動詞辭書形】＋ほどのことではない。表示程度很輕，沒什麼大不了的「用不著…」之意。中文意思是：「用不著…」。如例：

・忘年会をいつにするかなんて、会議で話し合うほどのことではない。
忘年會應該在什麼時候舉行，這種小問題用不著開會討論。

・こんな風邪、薬を飲むほどのことではないよ。
區區小感冒，不需要吃藥嘛。

比　較 ▶▶▶ くらい～はない〔最為…〕

「ほど～はない」表程度，表示程度輕，沒什麼大不了；「くらい～はない」表程度，表示的事物是最高程度的。

意　思 ❷

關鍵字　比較

【名詞；形容動詞詞幹な；[形容詞・動詞] 辭書形】＋ほど～はない。表示在同類事物中是最高的，除了這個之外，沒有可以相比的，強調説話人主觀地進行評價的情況。中文意思是：「沒有比…更…」。如例：

・今月ほど忙しかった月はない。
一年之中沒有比這個月更忙的月份了。

・富士山ほど美しい山はないと思う。
我覺得再沒有比富士山更壯麗的山岳了。

どころか

接續方法 ▸▸▸▸【名詞；形容動詞詞幹な；[形容詞・動詞]普通形】+どころか

意　思 1

關鍵字：程度的比較

表示從根本上推翻前項，並且在後項提出跟前項程度相差很遠，表示程度不止是這樣，而是程度更深的後項。中文意思是：「哪裡還…、非但…、簡直…」。如例：

- 学費どころか、毎月の家賃も苦労して払っている。
  別說學費了，就連每個月的房租都得費盡辛苦才能付得出來。
- 漫画は、子供どころか大人にも読まれている。
  漫畫並不僅僅是兒童讀物，連大人也同樣樂在其中。

比　較 ▸▸▸▸ ばかりでなく〔不僅…而且…〕

「どころか」表程度的比較，表示「並不是如此，而是…」後項是跟預料相反的、令人驚訝的內容；「ばかりでなく」表非限定，表示「本來光前項就夠了，可是還有後項」，含有前項跟後項都…的意思，強調後項的意思。好壞事都可以用。

意　思 2

關鍵字：反預料

表示事實結果與預想內容相反，強調這種反差。中文意思是：「哪裡是…相反…」。如例：

- 雪は止むどころか、ますます降り積もる一方だ。
  雪非但沒歇，還愈積愈深了。

- 進級はしたが、頑張って学校にいくどころか、まだ一日も行っていない。
  雖然升上一個年級，但別說努力讀書了，根本連一天都沒去上學！

て(で)かなわない

接續方法 ▸▸▸▸ 【形容詞く形】＋てかなわない；【形容動詞詞幹】＋でかなわない

意　思 ❶

關鍵字　**強調**

表示情況令人感到困擾或無法忍受。敬體用「てかなわないです」、「てかないません」。中文意思是：「…得受不了、…死了」。如例：

- 今年の夏は暑くてかなわないので、外に出たくない。
  今年夏天簡直熱死人了，根本不想踏出家門一步。
- 田舎の生活は、退屈でかなわない。
  住在鄉村的日子實在無聊得要命。
- 蚊に刺されて、痒くてかなわない。
  被蚊子咬出腫包，快癢死我啦！
- あの人はいつもうるさくてかなわない。
  那個人總是嘮嘮叨叨的，真讓人受不了！

比　較 ▸▸▸▸ てたまらない〔…可受不了…〕

「て（で）かなわない」表強調，表示情況令人感到困擾、負擔過大，而無法忍受；「てたまらない」表感情，前接表示感覺、感情的詞，表示說話人的感情、感覺十分強烈，難以抑制。

關鍵字　**かなう的否定形**

「かなわない」是「かなう」的否定形，意思相當於「がまんできない」和「やりきれない」。

てこそ

接續方法 ▸▸▸▸ 【動詞て形】＋こそ

意　思 1

關鍵字 **強調**

由接續助詞「て」後接提示強調助詞「こそ」表示由於實現了前項，從而得出後項好的結果。「てこそ」後項一般接表示褒意或可能的內容。是強調正是這個理由的説法。後項是説話人的判斷。中文意思是：「只有…才（能）、正因為…才…」。如例：

- 留学できたのは、両親の協力があってこそです。
  多虧爸媽出資贊助，我才得以出國讀書。
- この問題はみんなで話し合ってこそ意味がある。
  這項議題必須眾人一同談出結論才有意義。
- 日々努力をしてこそ、将来の成功がある。
  唯有日復一日努力，方能於未來獲致成功。
- 自分で働いてこそ、お金のありがたみがわかる。
  只有親自工作掙錢，才能體會到金錢的得來不易。

比　較 ▸▸▸ ばこそ〔正因為…才…〕

「てこそ」表強調，表示由於實現了前項，才得到後項的好結果；「ばこそ」表原因，強調正因為是前項，而不是別的原因，才有後項的事態。説話人態度積極，一般用在正面評價上。

て(で)しかたがない、て(で)しょうがない、て(で)しようがない

類義表現
てたまらない
非常…

接續方法 ▸▸▸ 【形容動詞詞幹；形容詞て形；動詞て形】＋て(で)しかたがない、て(で)しょうがない、て(で)しようがない

意　思 1

關鍵字 **強調心情**

表示心情或身體，處於難以抑制，不能忍受的狀態，為口語表現。其中「て（で）しょうがない」使用頻率最高。中文意思是：「…得不得了」。形容詞、動詞用「て」接續，形容動詞用「で」接續。如例：

- 一人暮らしは、寂しくてしょうがない。
  獨自一人的生活分外空虛寂寞。

・今日は社長から呼ばれている。なんの話か気になってしようがない。
今天被總經理約談，很想快點知道找我過去到底要談什麼事。

比　較 ▸▸▸ てたまらない〔非常…〕

「てしょうがない」表強調心情，表示身體的某種感覺非常強烈，或是情緒到了一種無法抑制的地步，為一種持續性的感覺；「てたまらない」表感情，表示某種身體感覺或情緒十分強烈，特別是用在生理方面，強調當下的感覺。

關鍵字　**發音差異**

請注意「て（で）しようがない」與「て（で）しょうがない」意思相同，發音不同。如例：

・２年ぶりに帰国するので、嬉しくてしようがない。
睽違兩年即將回到家鄉，令我無比雀躍。

・最近忙しくてあまり寝ていないので、眠くてしょうがない。
最近忙得幾乎沒時間闔眼休息，實在睏得要命。

てまで、までして

意　思 ❶

關鍵字　**強調輕重**

【動詞て形】＋まで、までして。前接動詞時，用「てまで」，表示為達到某種目的，而以極大的犧牲為代價。中文意思是：「到…的地步、甚至…、不惜…」。如例：

・あのラーメン屋はとても人気があって、客は長い時間並んでまで食べたがる。
那家拉麵店名氣很大，顧客不惜大排長龍也非吃到不可。

- 自然を壊してまで、便利な世の中が必要なのか。
  人類真的有必要為了增進生活的便利而破壞大自然嗎？

- 会社のお金を使ってまで、恋人にプレゼントしていたのか。
  你居然為了送情人禮物而大膽盜用公司的錢？

比　較 ▸▸▸▸ さえ〔甚至連…〕

「てまで」表強調輕重，前接一個極端事例，表示為達目的，付出極大的代價，後項對前項陳述，帶有否定的看法跟疑問；「さえ」也表強調輕重，舉出一個程度低的極端事列，表示連這個都這樣了，別的事物就更不用提了。後項多為否定的內容。

【名詞】＋までして。表示為了達到某種目的，採取令人震驚的極端行為，或是做出相當大的犧牲。中文意思是：「不惜…來」。如例：

- 借金までして、自分の欲しい物を買おうとは思わない。
  我不願意為了買想要的東西而去借錢。

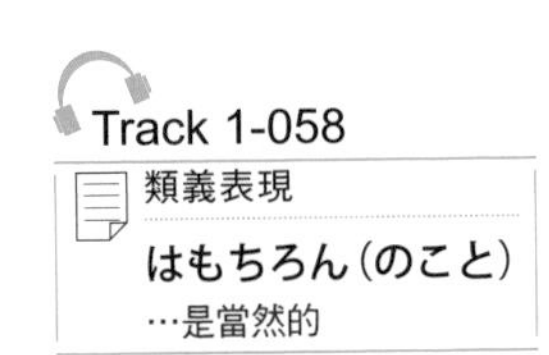

もどうぜんだ

接續方法 ▸▸▸▸ 【名詞；動詞普通形】＋も同然だ

意　思 ❶

關鍵字 相同

表示前項和後項是一樣的，有時帶有嘲諷或是不滿的語感。中文意思是：「…沒兩樣、就像是…」。如例：

- 生まれた時から一緒に暮らしている姪は私の娘も同然だ。
  姪女從出生後一直和我住在一起，幾乎就和親女兒沒兩樣。

・母からもらった大事な服を、夫はただも同然の値段で売ってしまった。
丈夫居然把家母給我的珍貴衣服賤價賣掉了！

・今夜、薬を飲めば治ったも同然です。
今晚只要吃了藥，明天就會好了。

・勝手に人のものを使うなんて、泥棒も同然だ。
擅自使用他人的物品，這種行為無異於竊盜！

比　較 ▸▸▸▸ はもちろん(のこと)〔…是當然的〕

「もどうぜんだ」表相同，表示前項跟後項是一樣的；「はもちろん」表附加，前項舉出一個比較具代表性的事物，後項再舉出同一類的其他事物。後項是強調不僅如此的新信息。

grammar 練習

文法知多少？

☞ 請完成以下題目，從選項中，選出正確答案，並完成句子。

▼ 答案詳見右下角

1 今日(きょう)は大雨(おおあめ)だけれど、台風(たいふう)が来(こ)ない（　　）。

1．だけましだ　　2．ばかりだ

2 実力(じつりょく)がない人(ひと)（　　）、自慢(じまん)したがるものだ。

1．ほど　　2．に従(したが)って

3 給食(きゅうしょく)はうまい（　　）、まるで豚(ぶた)の餌(えさ)だ。

1．ことから　　2．どころか

4 お互(たが)いに助(たす)け合(あ)っ（　　）、本当(ほんとう)の夫婦(ふうふ)と言(い)える。

1．てこそ　　2．てまで

5 お腹(なか)が空(す)いて（　　）。

1．たまらない　　2．しょうがない

6 不正(ふせい)をし（　　）、勝(か)ちたいとは思(おも)わない。

1．ないかぎり　　2．てまで

答案：(1) 1　(2) 1　(3) 2　(4) 1
(5) 2　(6) 2

問題1　つぎの文の（　　　）に入れるのに最もよいものを、1・2・3・4から一つえらびなさい。

1　勉強している（　　　）、友達が遊びに来た。

1　どころではない　　2　というはずではない
3　ほどのことではない　　4　ところに

2　彼は教師である（　　　）、すぐれた研究者でもある。

1　とのことで　　2　どころか　　3　といっしょに　　4　とともに

3　こんなに暑い日は家でじっとしている（　　　）。

1　よりほかない　　2　だけましだ
3　いっぽうだ　　4　かのようだ

4　調子も良いし、相手も強くないから、彼女が勝つ（　　　）。

1　に過ぎない　　2　ことになっている
3　ほどだ　　4　に相違ない

5　景気の回復（　　　）会社の売り上げも伸びてきた。

1　にもとづいて　　2にこたえて　　3　にともなって　　4　してこそ

6　ふるさとの母のことが気になりながら、（　　　）。

1　たまに電話をしている　　2　心配でしかたがない
3　もう3年帰っていない　　4　来月帰る予定だ

▼ 翻譯與詳解請見 P.188

Lesson 07 観点、前提、根拠、基準

▶ 觀點、前提、根據、基準

date. 1 ／　　　date. 2 ／

① 觀點

- じょう（は／では／の／も）
  1【觀點】
- にしたら、にすれば、にしてみたら、にしてみれば
  1【觀點】
  〖人＋にしたら＋推量詞〗

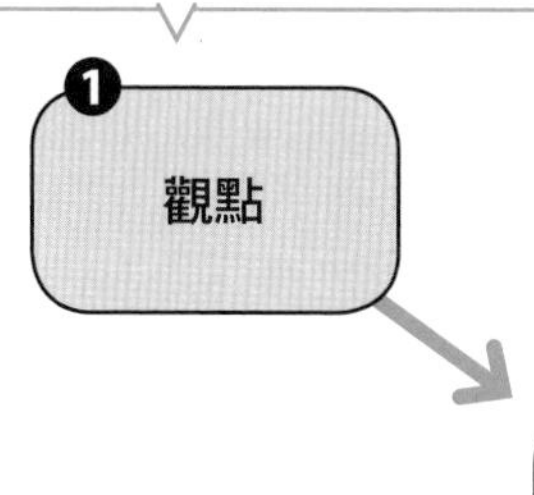

② 前提

- うえで（の）
  1【前提】
  2【目的】
- のもとで、のもとに
  1【前提】
  2【基準】
  〖星の下に生まれる〗

觀點、前提、根據、基準

③ 根據

- からして
  1【根據】
- からすれば、からすると
  1【根據】
  2【立場】
  3【基準】
- からみると、からみれば、からみて（も）
  1【根據】
  2【立場】
- ことだから
  1【根據】
  2【理由】
- のうえでは
  1【根據】
- をもとに（して／した）
  1【依據】
  〖をもとにした＋N〗
- をたよりに、をたよりとして、をたよりにして
  1【依據】

④ 基準

- にそって、にそい、にそう、にそった
  1【基準】
  2【順著】
- にしたがって、にしたがい
  1【基準】
  2【跟隨】

じょう（は／では／の／も）

Track 1-059
類義表現
うえで
在…基礎上

接續方法 ▸▸▸▸ 【名詞】＋上（は／では／の／も）

意　思 ❶

關鍵字 觀點

表示就此觀點而言，就某範圍來説。「じょう」前面直接接名詞，如「立場上、仕事上、ルール上、教育上、歴史上、法律上、健康上」等。中文意思是：「從…來看、出於…、鑑於…上」。如例：

- 彼らは法律上では、まだ夫婦だ。
  就法律觀點而言，他們仍屬於夫妻關係。
- この機械は、理論上は問題なく動くはずだが、使いにくい。
  理論上這部機器沒有任何問題，應該可以正常運作，然而使用起來卻很不順手。

- この文は、文法上は正しいですが、少し不自然です。
  這個句子雖然文法正確，但是敘述方式不太自然。
- 信号無視は法律上では２万円の罰金だが、守らない人も多い。
  根據法律規定，闖紅燈將處以兩萬圓罰鍰，卻仍有很多人不遵守這項交通規則。

比　較 ▸▸▸▸ うえで〔在…基礎上〕

「じょう」表觀點，前接名詞，表示就某範圍來説；「うえで」表前提，表示「首先，做好某事之後，再…」「在做好…的基礎上」之意。

にしたら、にすれば、にしてみたら、にしてみれば

Track 1-060
類義表現
にとって（は／も）
對於…來說

接續方法 ▸▸▸ 【名詞】＋にしたら、にすれば、にしてみたら、にしてみれば

意　思 ❶

關鍵字 觀點

前面接人物，表示站在這個人物的立場來對後面的事物提出觀點、評判、感受。中文意思是：「對…來說、對…而言」。如例：

- お酒を飲まない人にすれば、忘年会は楽しみではない。
  對不喝酒的人來說，參加忘年會是樁苦差事。
- 娘の結婚は嬉しいことだが、父親にしてみれば複雑な気持ちだ。
  身為一位父親，看著女兒即將步入禮堂，可謂喜憂參半。

比　較 ▸▸▸ にとって(は／も)〔對於…來說〕

「にしたら」表觀點，表示從說話人的角度，或站在別人的立場，對某件事情提出觀點、評判、推測；「にとって」表立場，表示從說話人的角度，或站在別人的立場或觀點上考慮的話，會有什麼樣的感受之意。

關鍵字 人＋にしたら＋推量詞

前項一般接表示人的名詞，後項常接「可能、大概」等推量詞。如例：

- 経理の和田さんにしたら、できるだけ経費をおさえたいだろう。
  就經理的和田先生而言，當然希望盡量減少支出。
- 若い世代にしたら、高齢者の寂しさは想像もできないだろう。
  從年輕世代的角度看來，恐怕很難想像年長者的寂寞吧。

grammar 003 うえで（の）

Track 1-061

類義表現

のすえに

最後…

意思 ❶

關鍵字 前提

【名詞の；動詞た形】＋上で（の）。表示兩動作間時間上的先後關係。先進行前一動作，後面再根據前面的結果，採取下一個動作。中文意思是：「在…之後、…以後…、之後（再）…」。如例：

- 家族と相談した上で、お返事します。
  我和家人商量之後再答覆您。
- この薬は説明書をよく読んだ上で、お飲みください。
  這種藥請先詳閱藥品仿單之後，再服用。

比較 ▶▶▶▶ のすえに〔最後…〕

「うえで」表前提，表示先確實做好前項，以此為條件，才能再進行後項的動作；「のすえに」表結果，強調「花了很長的時間，有了最後的結果」，暗示在過程中「遇到了各種困難，各種錯誤的嘗試」等。

意思 ❷

關鍵字 目的

【名詞の；動詞辭書形】＋上で（の）。表示做某事是為了達到某種目的，用在敘述這一過程中會出現的問題或注意點。中文意思是：「在…時、情況下、方面」。如例：

- 日本語能力試験は就職する上で必要な資格だ。
  日語能力測驗的成績是求職時的必備條件。
- オリンピックを成功させる上で、国民の協力が必要です。
  唯有全體國民的通力合作的情況下，方能成功舉辦奧運盛會。

のもとで、のもとに

接續方法 ▸▸▸▸ 【名詞】＋のもとで、のもとに

意　思 ❶

關鍵字 **前提**

表示在受到某影響的範圍內，而有後項的情況。中文意思是：「在…之下」。如例：

- 青空のもとで、子供達が元気に走りまわっています。
  在藍天之下，一群活潑的孩子正在恣意奔跑。

- 東京を離れて、大自然のもとで子供を育てたい。
  我們希望遠離東京的塵囂，讓孩子在大自然的懷抱中成長。

比　較 ▸▸▸▸ をもとに〔以…為依據〕

「のもとで」表前提，表示在受到某影響的範圍內，而有後項的情況；「をもとに」表根據，表示以前項為參考來做後項的動作。

意　思 ❷

關鍵字 **基準**

表示在某人事物的影響範圍下，或在某條件的制約下做某事。中文意思是：「在…之下」。如例：

- 恩師のもとで研究者として仕事をしたい。
  我希望繼續在恩師的門下從事研究工作。

關鍵字 **星の下に生まれる**

「星の下に生まれる」是「命該如此」、「命中註定」的意思。如例：

- お金もあってハンサムで頭もいい永瀬君は、きっといい星の下で生まれたんだね。
  聰明英俊又多金的永瀨同學，想必是含著金湯匙出生的吧！

からして

接續方法 ▸▸▸▸ 【名詞】＋からして

意　思 ❶

關鍵字　根據

表示判斷的依據。舉出一個最微小的、最基本的、最不可能的例子，接下來對其進行整體的評判。後面多是消極、不利的評價。中文意思是：「從…來看…」。如例：

・面接の話し方からして、鈴木さんは気が弱そうだ。
單從面試時的談吐表現來看，鈴木小姐似乎有些內向。

・このスープは色からして、とても辛そうだ。
這道湯從顏色上看起來好像非常辣。

・この店は遅刻をする人が多いね。店長からして毎日遅刻だ。
這家店遲到的店員真多呀！不說別的，連店長本身都天天遲到。

・このホテルは玄関からして汚いので、きっとサービスも悪いだろう。
這家旅館單看玄關就很髒，想必服務也很差吧。

比　較 ▸▸▸▸ からといって〔雖說是因為…〕

「からして」表根據，表示從前項來推測出後項；「からといって」表原因，表示「即使有某理由或情況，也無法做出正確判斷」的意思。對於「因為前項所以後項」的簡單推論或行為持否定的意見，用在對對方的批評或意見上。後項多為否定的表現。

からすれば、からすると

接續方法 ▸▸▸▸ 【[名詞・形容動詞詞幹]だ；[形容詞・動詞]普通形】＋からすれば、からすると

意　思 ❶

關鍵字　根據

表示判斷的基礎、根據。中文意思是：「根據…來考慮」。如例：

- 症状からすると、手術が必要かもしれません。
  從症狀判斷，或許必須開刀治療。
- あの車は形からすると、30年前の車だろう。
  那輛車從外型看來，應該是三十年前的車款吧。

比　較 ▸▸▸ **によれば**〔根據…〕

「からすれば」表根據，表示判斷的依據，後項的判斷是根據前項的材料；「によれば」表信息來源，用在傳聞的句子中，表示消息、信息的來源，或推測的依據。有時可以與「によると」互換。

意　思 ❷

關鍵字　立場

表示判斷的立場、觀點。中文意思是：「從…立場來看」。如例：

- 私からすれば、日本語の発音は決して難しくない。
  對我而言，日語發音並不算難。

- 今の実力からすれば、きっと勝てるでしょう。
  就目前的實力而言，一定可以取得勝利！

意　思 ❸

關鍵字　基準

表示比較的基準。中文意思是：「按…標準來看」。如例：

- 江戸時代の絵からすると、この絵はかなり高価だ。
  按江戸時代畫的標準來看，這幅畫是相當昂貴的。

からみると、からみれば、からみて（も）

Track 1-065

類義表現
によると
根據…

接續方法 ▸▸▸▸【名詞】＋から見ると、から見れば、から見て（も）

意　思 ❶

關鍵字　根據

表示判斷的依據、基礎。中文意思是：「根據…來看…的話」。如例：

- 今日の夜空から見ると、明日も天気がいいだろうな。
  從今晚的天空看來，明日應該是好天氣。
- 部屋の状態から見ると、犯人は窓から入ったのだろう。
  從房間的狀態判斷，犯人應該是從窗戶入侵的。

意　思 ❷

關鍵字　立場

表示判斷的立場、角度，也就是「從某一立場來判斷的話」之意。中文意思是：「從…來看、從…來說」。如例：

- 外国人から見ると日本の習慣の中にはおかしいものもある。
  在外國人的眼裡，日本的某些風俗習慣很奇特。
- 子供のころから見ると、世の中便利になったものだ。
  和我小時候比較，生活變得相當便利了。

比　較 ▸▸▸▸ によると〔根據…〕

「からみると」表立場，表示從前項客觀的材料（某一立場、觀點），來進行後項的判斷，而且一般這一判斷的根據是親眼看到，可以確認的。可以接在表示人物的名詞後面；「によると」表信息來源，表示前項是後項的消息、根據的來源。句末大多跟表示傳聞「そうだ/とのことだ」的表達形式相呼應。

ことだから

接續方法 ▸▸▸▸ 【名詞の】＋ことだから

意　思 ❶

表示自己判斷的依據。主要接表示人物的詞後面，前項是根據說話雙方都熟知的人物的性格、行為習慣等，做出後項相應的判斷。中文意思是：「因為是…，所以…」。如例：

- あの人のことだから、今もきっと元気に暮らしているでしょう。
  憑他的本事，想必現在一定過得很好吧！
- 日本語の上手な彼のことだから、どこでもたくさんの友達ができるはずだ。
  憑他一口流利的日語，不管到哪裡應該都能交到很多朋友。

意　思 ❷

關鍵字 理由

表示理由，由於前項狀況、事態，後項也做與其對應的行為。中文意思是：「由於」。如例：

- 今年は景気が悪かったことから、給料は上がらないことになった。
  今年因為景氣很差，所以公司決定不加薪了。

- 取引が始まったことだから、ミスをしないように全員が注意すること。
  由於交易時間已經開始了，提醒全體職員繃緊神經，千萬不得發生任何失誤！

比　較 ▸▸▸▸ ものだから〔因為…〕

「ことだから」表理由，表示根據前項的情況，從而做出後項相應的動作；「ものだから」表理由，是把前項當理由，說明自己為什麼做了後項，常用在個人的辯解、解釋，把自己的行為正當化上。後句不用命令、意志等表達方式。

のうえでは

Track 1-067

類義表現

うえで

在…之後…

接續方法 ▸▸▸▸ 【名詞】＋の上では

意　思 ❶

關鍵字 **根據**

表示「在某方面上是…」。中文意思是：「…上」。如例：

- データの上では会社の業績が伸びているけど、実感はない。
  雖然從報表上可以看出業績持續成長，但實際狀況卻讓人無感。
- 暦の上では春なのに、外は雪が降っている。
  從節氣而言已經入春了，然而窗外卻仍在下著雪。
- 会社には行っていないが、契約の上では社員のままだ。
  雖然沒去公司上班，但在合約上仍然屬在職員之列。
- 計算の上では黒字なのに、なぜか現実は毎月赤字だ。
  就帳目而言應有結餘，奇怪的是實際上每個月都是入不敷出。

比　較 ▸▸▸▸ うえで〔在…之後…〕

「のうえでは」表根據，前面接數據、契約等相關詞語，表示「根據這一信息來看」的意思；「うえで」表前提，表示「首先，做好某事之後，再…」，表達在前項成立的基礎上，才會有後項，也就是「前項→後項」兩動作時間上的先後順序。

をもとに（して／した）

Track 1-068

類義表現

にもとづいて

基於…

接續方法 ▸▸▸▸ 【名詞】＋をもとに（して）

意　思 ❶

關鍵字 依據

表示將某事物作為後項的依據、材料或基礎等，後項的行為、動作是根據或參考前項來進行的。中文意思是：「以…為根據、以…為參考、在…基礎上」。如例：

- 今までの経験をもとに、スピーチをしてください。
  請在這場演說中讓我們借鏡您的人生經驗。
- テストの結果をもとに、来月のクラスを決めます。
  將以測驗的結果做為下個月的分班依據。
- この映画は小説をもとにして作品化された。
  這部電影是根據小說改編而成的作品。

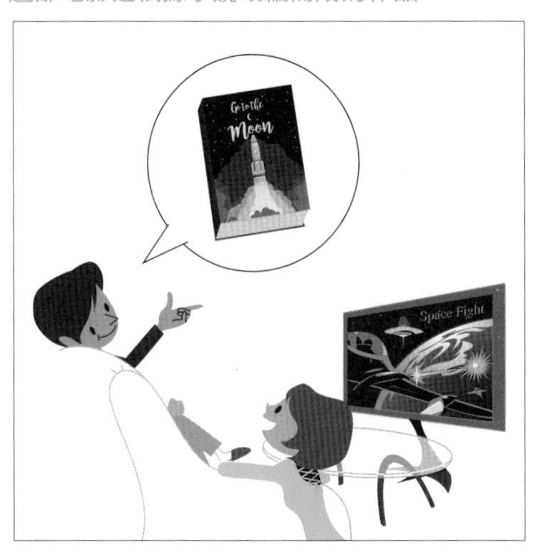

比　較 ▸▸▸▸ にもとづいて〔基於…〕

「をもとにして」表依據，表示以前項為依據，離開前項來自行發展後項的動作；「にもとづいて」表基準，表示基於前項，在不離前項的原則下，進行後項的動作。

關鍵字 をもとにした＋N

用「をもとにした」來後接名詞，或作述語來使用。如例：

- お客様のアンケートをもとにしたメニューを作りましょう。
  我們參考顧客的問卷填答內容來設計菜單吧！

をたよりに、をたよりとして、をたよりにして

Track 1-069

類義表現

によって

由於…

接續方法 ▸▸▸▸ 【名詞】＋を頼りに、を頼りとして、を頼りにして

意　思 ❶

關鍵字 依據

表示藉由某人事物的幫助，或是以某事物為依據，進行後面的動作。中文意思是：「靠著…、憑藉…」。如例：

- 海外旅行ではガイドブックを頼りに、観光地をまわった。
  出國旅行時靠著觀光指南遍覽了各地名勝。
- 田中君のこと、社長はとても頼りにしているらしいよ。
  總經理似乎非常倚重田中喔！
- 昔の人は月の明かりを頼りに勉強していた。
  古人憑藉月光展冊苦讀。
- 目が見えない彼女は、頭のいい犬を頼りにして生活している。
  眼睛看不見的她仰賴一隻聰明的導盲犬過著如同常人的生活。

比　較 ▸▸▸▸ によって〔由於…〕

「をたよりに」表依據，表藉由某人事物的幫助，或是以某事物為依據，進行後面的動作；「によって」表依據，表示所依據的方法、方式、手段。

にそって、にそい、にそう、にそった

Track 1-070

類義表現

をめぐって
圍繞著…

接續方法 ▸▸▸▸ 【名詞】＋に沿って、に沿い、に沿う、に沿った

意　思 ❶

關鍵字 基準

表示按照某程序、方針，也就是前項提出一個基準性的想法或計畫，表示為了不違背、為了符合的意思。中文意思是：「按照…」。如例：

- 園児の発表会はプログラムに沿い、順番に進められた。
  幼兒園生的成果發表會按照節目表順序進行了。
- 私の希望に沿ったバイト先がなかなか見つからない。
  遲遲沒能找到與我的條件吻合的兼職工作。

比　較 ▸▸▸▸ をめぐって〔圍繞著…〕

「にそって」表基準，多接在表期待、希望、方針、使用説明等語詞後面，表示按此行動；「をめぐって」表對象，多接在規定、條件、問題、焦點等詞後面，表示圍繞前項發生了各種討論、爭議、對立等。後項大多用意見對立、各種議論、爭議等動詞。

意　思 ❷

關鍵字 順著

接在河川或道路等長長延續的東西後，表示沿著河流、街道。中文意思是：「沿著…、順著…」。如例：

- 道に沿って、桜並木が続いている。
  櫻樹夾道，綿延不絕。

- 川岸に沿って、ファミリーマラソン大会が行われた。
  舉辦了沿著河岸步道賽跑的家庭馬拉松大賽。

にしたがって、にしたがい

Track 1-071

類義表現
ほど
越是…就…

接續方法 ▸▸▸▸【名詞；動詞辭書形】＋にしたがって、にしたがい

意　思 ①

關鍵字　基準

前面接表示人、規則、指示、根據、基準等的名詞，表示按照、依照的意思。後項一般是陳述對方的指示、忠告或自己的意志。中文意思是：「依照…、按照…、隨著…」。如例：

- 上司の指示にしたがい、計画書を変更してください。
  請遵照主管的指示更改計畫書。

意　思 ②

表示跟前項的變化相呼應，而發生後項。中文意思是：「隨著…，逐漸…」。如例：

- 子供が成長するにしたがって、食費が増えた。
  隨著孩子的成長，伙食費也跟著增加了。
- 時間がたつにしたがって、別れた恋人を思い出さなくなってきた。
  時間一久，也漸漸淡忘了分手的情人。
- 日本の生活に慣れるにしたがって、日本の習慣がわかるようになった。
  在逐漸適應日本的生活後，也愈來愈了解日本的風俗習慣了。

比　較 ▸▸▸▸ ほど〔越是…就…〕

「にしたがって」表跟隨，表示隨著前項的動作或作用，而產生變化；「ほど」表程度，表示隨著前項程度的提高，後項的程度也跟著提高。是「ば～ほど」的省略「ば」的形式。

文法知多少？

☞ 請完成以下題目，從選項中，選出正確答案，並完成句子。

▼ 答案詳見右下角

1 彼女(かのじょ)は、厳(きび)しい父母(ふぼ)（　　）育(そだ)った。

1．をもとに　　2．のもとで

2 彼(かれ)は、アクセント（　　）、東北出身(とうほくしゅっしん)だろう。

1．からといって　　2．からして

3 あの人(ひと)の成績(せいせき)（　　）、大学合格(だいがくごうかく)はとても無理(むり)だろう。

1．によれば　　2．からすれば

4 営業(えいぎょう)の成績(せいせき)（　　）、彼(かれ)はとても優秀(ゆうしゅう)なセールスマンだ。

1．から見(み)ると　　2．によると

5 数字(すうじ)（　　）同(おな)じ1敗(いっぱい)だが、同(おな)じ負(ま)けでも内容(ないよう)は大(おお)きく異(こと)なる。

1．の上(うえ)で　　2．の上(うえ)では

6 説明書(せつめいしょ)の手順(てじゅん)（　　）、操作(そうさ)する。

1．に沿(そ)って　　2．をめぐって

答案：(1) 2　(2) 2　(3) 2　(4) 1
(5) 2　(6) 1

問題1　つぎの文の（　　）に入れるのに最もよいものを、1・2・3・4から一つえらびなさい。

1 日本酒は、米（　　）造られているのを知っていますか。

1 から　2 で　3 によって　4 をもとに

2 本日の説明会は、こちらのスケジュール（　　）行います。

1 に沿って　2 に向けて　3 に応じて　4 につれて

3 気温の変化（　　）、電気の消費量も大きく変わる。

1 に基づいて　2 にしたがって　3 にかかわらず　4 に応じて

4 厳しい環境（　　）、人はよりたくましくなるものです。

1 に加えて　2 にしろ　3 ぬきでは　4 のもとで

問題2　つぎの文の＿★＿に入る最もよいものを、1・2・3・4から一つえらびなさい。

5 退職は、＿＿＿　＿＿＿　＿★＿　＿＿＿ ことです。

1 上で　2 考えた　3 よく　4 決めた

6 収入も不安定なようだし、＿＿＿　＿＿＿　＿★＿　＿＿＿、うちの娘を結婚させるわけにはいかないよ。

1 からして　2 君と　3 学生のような　4 服装

▼ 翻譯與詳解請見 P.189

Lesson 08 意志、義務、禁止、忠告、強制

▶ 意志、義務、禁止、忠告、強制

date. 1 ／ date. 2 ／

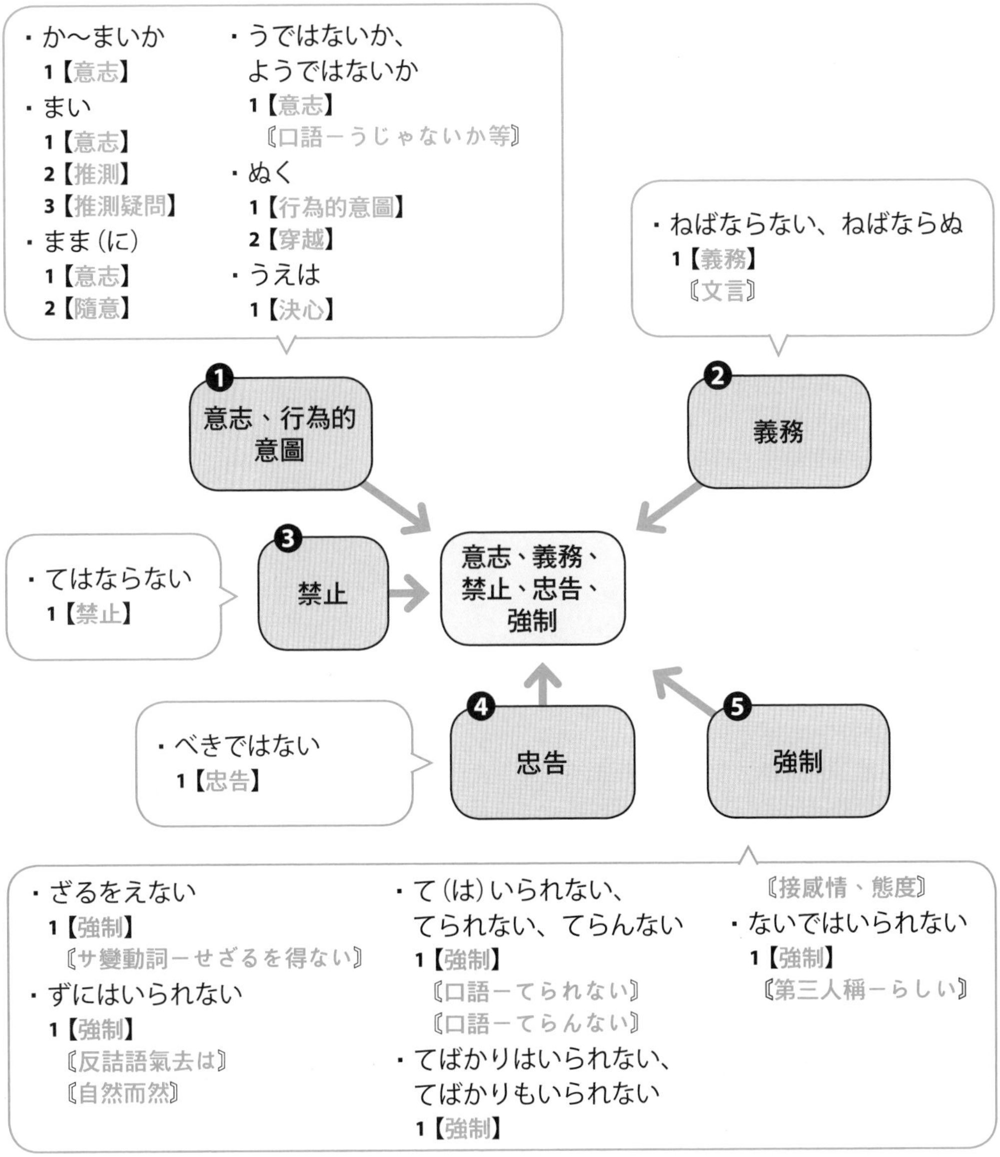

❶ 意志、行為的意圖

- か～まいか
  1【意志】
- まい
  1【意志】
  2【推測】
  3【推測疑問】
- まま（に）
  1【意志】
  2【隨意】
- うではないか、ようではないか
  1【意志】
  〔口語－うじゃないか等〕
- ぬく
  1【行為的意圖】
  2【穿越】
- うえは
  1【決心】

❷ 義務

- ねばならない、ねばならぬ
  1【義務】
  〔文言〕

❸ 禁止

- てはならない
  1【禁止】

❹ 忠告

- べきではない
  1【忠告】

❺ 強制

- ざるをえない
  1【強制】
  〔サ變動詞－せざるを得ない〕
- ずにはいられない
  1【強制】
  〔反詰語氣去は〕
  〔自然而然〕
- て（は）いられない、てられない、てらんない
  1【強制】
  〔口語－てられない〕
  〔口語－てらんない〕
- てばかりはいられない、てばかりもいられない
  1【強制】
  〔接感情、態度〕
- ないではいられない
  1【強制】
  〔第三人稱－らしい〕

意志、義務、禁止、忠告、強制

か～まいか

Track 1-072

類義表現
であろうとなかろうと
不管是不是…

接續方法 ▸▸▸▸ 【動詞意向形】＋か＋【動詞辭書形；動詞ます形】＋まいか

意　思 1

關鍵字　意志

表示說話者在迷惘是否要做某件事情，後面可以接「悩む」、「迷う」等動詞。中文意思是：「要不要…、還是…」。如例：

- パーティーに行こうか行くまいか、考えています。
  我還在思考到底要不要出席酒會。
- ダイエット中なので、このケーキを食べようか食べまいか悩んでいます。
  由於正在減重期間，所以在煩惱該不該吃下這塊蛋糕。

- 話そうか話すまいか迷ったが、結局全部話した。
  原本猶豫著該不該告訴他，結果還是和盤托出了。
- N1を受けようか受けまいか、どうしよう。
  我到底應不應該參加 N1 級的測驗呢？

比　較 ▸▸▸▸ であろうとなかろうと〔不管是不是…〕

「か～まいか」表意志，表示說話人很困惑，不知道是否該做某事，或正在思考哪個比較好；「であろうとなかろうと」表示不管前項是這樣，還是不是這樣，後項總之都一樣。

まい

Track 1-073

類義表現
ものか
才不要…

接續方法 ▸▸▸▸ 【動詞辭書形】＋まい

意　思 ❶

關鍵字 **意志**

表示說話人不做某事的意志或決心，是一種強烈的否定意志。主語一定是第一人稱。書面語。中文意思是：「不打算…」。如例：

- 彼(かれ)とは二度(にど)と会(あ)うまいと、心(こころ)に決(き)めた。
  我已經下定決心，絕不再和他見面了。
- 時間(じかん)がかかっても通勤(つうきん)できるなら、今(いま)すぐに引(ひ)っ越(こ)しをすることはあるまい。
  如果只是得多花一些通勤時間，我覺得不必趕著馬上搬家。

比　較 ▶▶▶▶ ものか〔才不要…〕

「まい」表意志，表示說話人強烈的否定意志；「ものか」表強調否定，表示說話者帶著感情色彩，強烈的否定語氣，為反詰的追問、責問的用法。

意　思 ❷

關鍵字 **推測**

表示說話人推測、想像。中文意思是：「不會…吧」。如例：

- もう４月(がつ)なので、雪(ゆき)は降(ふ)るまい。
  現在都四月了，大概不會再下雪了。

意　思 ❸

關鍵字 **推測疑問**

用「まいか」表示說話人的推測疑問。中文意思是：「不是…嗎」。如例：

- 彼女(かのじょ)は私(わたし)との結婚(けっこん)を迷(まよ)っているのではあるまいか。
  莫非她還在猶豫該不該和我結婚吧？

まま（に）

接續方法 ▸▸▸▸ 【動詞辭書形；動詞被動形】＋まま（に）

意　思 ❶

表示沒有自己的主觀判斷，被動的任憑他人擺佈的樣子。後項大多是消極的內容。一般用「られるまま（に）」的形式。中文意思是：「任人擺佈、唯命是從」。如例：

- 先生に言われるままに、進学先を決めた。
  按照老師的建議決定了升學的學校。
- 彼は社長に命令されるままに、土日も出勤している。
  他遵循總經理的命令，週六日照樣上班。

比　較 ▸▸▸▸ なり〔任憑…〕

「まま（に）」表意志，表示處在被動的立場，自己沒有主觀的判斷。後項多是消極的表現方式；「なり」也表意志，表示不違背、順從前項的意思。

意　思 ❷

表示順其自然、隨心所欲的樣子。中文意思是：「隨意、隨心所欲」。如例：

- 思いつくまま、詩を書いてみた。
  嘗試將心頭浮現的意象寫成了一首詩。
- 仕事を辞めたら、足の向くまま気の向くままに世界中を旅したい。
  等辭去工作之後，我想隨心所欲到世界各地旅行。

うではないか、ようではないか

接續方法 ▸▸▸▸ 【動詞意向形】＋うではないか、ようではないか

意　思 ①

表示在眾人面前，強烈的提出自己的論點或主張，或號召對方跟自己共同做某事，或是一種委婉的命令，常用在演講上。是稍微拘泥於形式的說法，一般為男性使用，通常用在邀請一個人或少數人的時候。中文意思是：「讓…吧、我們（一起）…吧」。如例：

・問題を解決するために、話し合おうではありませんか。
為解決這個問題，我們來談一談吧！

・自分の将来のことを、もう一度考えてみようではないか。
讓我們再一次為自己的未來而思考吧！

比　較 ▸▸▸▸ ませんか〔讓我們…好嗎〕

「うではないか」表意志，是以堅定的語氣（讓對方沒有拒絕的餘地），帶頭提議對方跟自己一起做某事的意思；「ませんか」表勸誘，是有禮貌地（為對方設想的），邀請對方跟自己一起做某事。一般用在對個人或少數人的勸誘上。不跟疑問詞「か」一起使用。

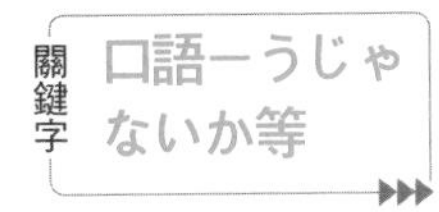

口語常說成「うじゃないか、ようじゃないか」。如例：

・誰もやらないのなら、私がやろうじゃないか。
如果沒有人願意做，那就交給我來吧！

・みんなで協力して、お祭りを成功させようじゃないか。
讓我們一起同心協力，順利完成這場祭典活動吧！

ぬく

接續方法 ▸▸▸▸ 【動詞ます形】＋抜く

意　　思 ❶

關鍵字　**行為的意圖**

表示把必須做的事，最後徹底做到最後，含有經過痛苦而完成的意思。中文意思是：「…做到底」。如例：

- 一度やると決めたからには、何があっても最後までやり抜きます。
  既然已經下定決心要做了，途中無論遭遇什麼樣的困難都必須貫徹到底！
- 外国人が日本のストレス社会で生き抜くのは、簡単なことではない。
  外國人要想完全適應日本這種高壓社會，並不是件容易的事。
- 遠泳大会で５キロを泳ぎ抜いた。
  在長泳大賽中游完了五公里的賽程。

比　　較 ▸▸▸▸ きる〔完全，到最後〕

「ぬく」表行為意圖，表示跨越重重困難，堅持一件事到底；「きる」表完了，表示沒有殘留部分，完全徹底執行某事的樣子。過程中沒有含痛苦跟困難。而「ぬく」表示即使困難，也要努力從困境走出來的意思。

意　　思 ❷

關鍵字　**穿越**

表示超過、穿越的意思。中文意思是：「穿越、超越」。如例：

- 小さい部屋がたくさんあり、使いにくいので、壁をぶち抜いて大広間にした。
  室內隔成好幾個小房間不方便使用，於是把隔間牆打掉，合併成為一個大客廳。

うえは

接續方法 ▸▸▸▸ 【動詞普通形】＋上は

意　思 ❶

前接表示某種決心、責任等行為的詞，後續表示必須採取跟前面相對應的動作。後句是說話人的判斷、決定或勸告。有接續助詞作用。中文意思是：「既然…、既然…就…」。如例：

- リーダーに選ばれた上は、頑張ります。
  既然被選拔為隊長，必定全力以赴！
- 禁煙する上は、家にある煙草は全部捨てよう。
  既然戒菸了，擺在家裡的那些香菸就統統扔了吧！
- 約束した上は、その通りにやらなくてはならない。
  既然答應了，就得遵照約定去做才行。
- 契約書にサインをした上は、規則を守っていただきます。
  既然簽了合約，就請依照相關條文執行。

比　較 ▸▸▸▸ うえに〔不僅…，而且…〕

「うえは」表決心，含有「由於遇到某種立場跟狀況，所以當然要有後項被逼迫或不得已等舉動」之意；「うえに」表附加，表示追加、補充同類的內容，先舉一個事例之後，再進一步舉出另一個事例。

ねばならない、ねばならぬ

接續方法 ▸▸▸▸ 【動詞否定形】＋ねばならない、ねばならぬ

意　　思 ❶

關鍵字 **義務**

表示有責任或義務應該要做某件事情，大多用在隨著社會道德或責任感的場合。中文意思是：「必須…、不能不…」。如例：

- 午前中(ごぜんちゅう)には、出発(しゅっぱつ)せねばならない。
  非得趕在上午出發才來得及。
- あなたの態度(たいど)は誤解(ごかい)をされやすいので、改(あらた)めねばならないよ。
  你的態度容易造成別人誤會，要改過來才行喔！

比　　較 ▸▸▸▸ ざるをえない〔不得不…〕

「ねばならない」表義務，表是從社會常識和事情的性質來看，有必要做或有義務要做。是「なければならない」的書面語；「ざるをえない」表強制，表示除此之外沒有其他的選擇，含有說話人不願意的感情。

關鍵字 **文言**

「ねばならぬ」的語感比起「ねばならない」較為生硬、文言。如例：

- 人間(にんげん)は働(はたら)かねばならぬ。
  人活著就得工作。

- 借(か)りた金(かね)は返(かえ)さねばならぬと思(おも)い、必死(ひっし)で働(はたら)いた。
  想當年我一心急著償還借款，不分日夜拚了命工作。

てはならない

接續方法 ▸▸▸▸ 【動詞て形】＋はならない

意　思 ❶

關鍵字 禁止

為禁止用法。表示有義務或責任，不可以去做某件事情。對象一般非特定的個人，而是作為組織或社會的規則，人們不許或不應該做什麼。敬體用「てはならないです」、「てはなりません」。中文意思是：「不能…、不要…、不許、不應該」。如例：

- 今(いま)聞(き)いたことを誰(だれ)にも話(はな)してはなりません。
  剛剛聽到的事絕不許告訴任何人！

- 地震(じしん)の被害(ひがい)を忘(わす)れてはならない。
  永遠不能遺忘震災帶給我們的教訓。
- 請求書(せいきゅうしょ)に間違(まちが)いがあってはならない。
  請款單上面的數字絕對不可以寫錯！
- 病院内(びょういんない)で携帯電話(けいたいでんわ)を使(つか)ってはならない。
  在醫院裡禁止使用行動電話。

比　較 ▸▸▸▸ ことはない〔不必…〕

「てはならない」表禁止，表示某行為是不被允許的，或是被某規定所禁止的，和「てはいけない」意思一樣；「ことはない」表不必要，表示說話人勸告、建議對方沒有必要做某事，或不必擔心等。

べきではない

Track 1-080

類義表現
ものではない
不應該…

接續方法 ▸▸▸▸ 【動詞辭書形】+べきではない

意　　思 ❶

關鍵字　忠告

如果動詞是「する」，可以用「すべきではない」或是「するべきではない」。表示忠告，從某種規範（如道德、常識、社會公共理念）來看做或不做某事是人的義務。含有忠告、勸説的意味。中文意思是：「不應該…」。如例：

- お金の貸し借りは絶対にするべきではない。
  絕對不可以與他人有金錢上的借貸。
- 子供に高いおもちゃを買い与えるべきではない。
  不應該買昂貴的玩具給小孩子。
- 体調が悪いときはお酒を飲むべきではない。早く寝たほうがいい。
  身體狀況不好時不應該喝酒，最好早點上床睡覺。
- 寝ながらテレビを見るべきではないですよ。
  不該邊看電視邊打盹喔。

比　　較 ▸▸▸▸ ものではない〔不應該…〕

「べきではない」表禁止，表示説話人提出意見跟想法，認為不能做某事。強調説話人個人的意見跟價值觀；「ものではない」表勸告，表示説話人出於社會上道德或常識的一般論，而給予忠告。強調不是説話人個人的看法。

ざるをえない

Track 1-081

類義表現
ずにはいられない
禁不住…

接續方法 ▸▸▸▸ 【動詞否定形(去ない)】+ざるを得ない

意　思 ❶

關鍵字 **強制**

「ざる」是「ず」的連體形。「得ない」是「得る」的否定形。表示除此之外，沒有其他的選擇。有時也表示迫於某壓力或情況，而違背良心地做某事。中文意思是：「不得不…、只好…、被迫…、不…也不行」。如例：

- 約束したからには、守らざるを得ない。
  既然答應了，就不得不遵守約定。
- 嫌な仕事でも、生活のために続けざるを得ない。
  即使是討厭的工作，為了餬口還是只能硬著頭皮繼續上班。
- 消費税が上がったら、うちの商品の値段も上げざるを得ない。
  假如消費稅提高，本店的商品價格也得被迫調漲。

比　較 ▸▸▸ ずにはいられない〔禁不住…〕

「ざるをえない」表強制，表示因某種原因，説話人雖然不想這樣，但無可奈何去做某事，是非自願的行為；「ずにはいられない」也表強制，但表示靠自己的意志是控制不住的，帶有一種情不自禁地做某事之意。

關鍵字 **サ變動詞－せざるを得ない**

前接サ行變格動詞要用「せざるを得ない」。（但也有例外，譬如前接「愛する」，要用「愛さざるを得ない」）。如例：

- 家族が病気になったら、帰国せざるを得ない。
  萬一家人生病的話，也只好回國了。

grammar 011 ずにはいられない

Track 1-082

類義表現
よりほかない
只有…

接續方法 ▸▸▸▸ 【動詞否定形(去ない)】+ずにはいられない

意　思 ❶

關鍵字 強制

表示自己的意志無法克制，情不自禁地做某事，為書面用語。中文意思是：「不得不…、不由得…、禁不住…」。如例：

・あの映画を見たら、誰でも泣かずにはいられません。
看了那部電影，沒有一個觀眾能夠忍住淚水的。

比　較 ▸▸▸▸ よりほかない〔只有…〕

「ずにはいられない」表強制，表示自己無法克制，情不自禁地做某事之意；「よりほかない」表讓步，表示問題處於某種狀態，只有一種辦法，沒有其他解決的方法，有雖然要積極地面對這樣的狀態，但情緒是無奈的。

關鍵字 反詰語氣去は

用於反詰語氣（以問句形式表示肯定或否定），不能插入「は」。如例：

・また増税するなんて。政府の方針に疑問を抱かずにいられるか。
居然又要加稅了！政府的施政方針實在不得不令人質疑。

關鍵字 自然而然

表示動作行為者無法控制所呈現自然產生的情感或反應等。如例：

・おかしくて、笑わずにはいられない。
真的太滑稽了，讓人不禁捧腹大笑。

・仕事で嫌なことがあると、飲まずにはいられないよ。
每當在工作上遇到煩心的事，不去喝一杯怎能熬得下去呢！

て(は)いられない、てられない、てらんない

接續方法 ▸▸▸▸ 【動詞て形】＋(は)いられない、られない、らんない

意　思 ❶

關鍵字 **強制**

表示無法維持某個狀態，或急著想做某事，含有緊迫感跟危機感。意思跟「している場合ではない」一樣。中文意思是：「不能再…、哪還能…」。如例：

- 外は立っていられないほどの強風が吹いている。
  門外，幾乎無法站直身軀的強風不停呼嘯。

- もうすぐ合格発表だ。とても平常心ではいられない。
  馬上就要放榜了，真讓人坐立難安。

比　較 ▸▸▸▸ てたまらない〔…得不得了〕

「ていられない」表強制，表迫於某種緊急的情況，致使心情上無法控制，而不能保持原來的某狀態，或急著做某事；「てたまらない」表感情，表示某種感情已經到了無法忍受的地步。這種感情或感覺是當下的。

關鍵字 **口語－てられない**

「てられない」為口語説法，是由「ていられない」中的「い」脱落而來的。如例：

- 暑いのでコートなんか着てられない。
  氣溫高得根本穿不住外套。

關鍵字 **口語－てらんない**

「てらんない」則是語氣更隨便的口語説法。如例：

- さあ今日から仕事だ。いつまでも寝てらんない。
  快起來，今天開始上班了，別再睡懶覺啦！

てばかりはいられない、てばかりもいられない

Track 1-084

類義表現

とばかりはいえない

不能全說…

接續方法 ▸▸▸▸ 【動詞て形】＋ばかりはいられない、ばかりもいられない

意　　思 ❶

關鍵字 **強制**

表示不可以過度、持續性地、經常性地做某件事情。表示因對現狀感到不安、不滿、不能大意，而想做改變。中文意思是：「不能一直…、不能老是…」。如例：

・体調が少し悪くても進学を考えると、学校を休んでばかりはいられない。
雖然身體有點不舒服，可是面臨升學問題，總不能一直請假不上課。

・年齢を考えると、夢を追ってばかりはいられない。
想到自己現在的年紀，不容許繼續追逐不切實際的夢想了。

・料理は苦手だけど、毎日外食してばかりもいられない。
儘管廚藝不佳，也不能老是在外面吃飯。

比　　較 ▸▸▸▸ とばかりはいえない〔不能全說…〕

「てばかりはいられない」表強制，表示說話人對現狀的不安、不滿，而想要做出改變；「とばかりはいえない」表部分肯定，表示一般都認為是前項，但說話人認為不能完全肯定都是某狀況，也有例外或另一側面的時候。

關鍵字 **接感情、態度**

常與表示感情或態度的「笑う、泣く、喜ぶ、嘆く、安心する」等詞一起使用。如例：

・主人が亡くなって1か月。今後の生活を考えると泣いてばかりはいられない。
先生過世一個月了。我不能老是以淚洗面，得為往後的日子做打算了。

ないではいられない

接續方法 ▸▸▸▸ 【動詞否定形】＋ないではいられない

意　思 ❶

關鍵字 **強制**

表示意志力無法控制，自然而然地內心衝動想做某事。傾向於口語用法。中文意思是：「不能不…、忍不住要…、不禁要…、不…不行、不由自主地…」。如例：

- 階段で、子供連れの母親の荷物を持ってあげないではいられなかった。
  在樓梯上看到牽著孩子又帶著大包小包的媽媽，忍不住上前幫忙提東西。
- 母が入院したと聞いて、国に帰らないではいられない。
  一聽到家母住院的消息，恨不得馬上飛奔回國！
- お酒を１週間やめたが、結局飲まないではいられなくなった。
  雖然已經戒酒一個星期了，結果還是禁不住破了戒。

比　較 ▸▸▸▸ ざるをえない〔只得…〕

「ないではいられない」表強制，帶有一種忍不住想去做某件事的情緒或衝動；「ざるをえない」也表強制，但表示不得不去做某件事，是深思熟慮後的行為。

關鍵字 **第三人稱－らしい**

此句型用在說話人表達自己的心情或身體感覺時，如果用在第三人稱，句尾就必須加上「らしい、ようだ、のだ」等詞。如例：

- 鈴木さんはあの曲を聞くと、昔の恋人を思い出さないではいられないらしい。
  鈴木小姐一聽到那首曲子，不禁就想起前男友。

文法知多少？

☞ 請完成以下題目，從選項中，選出正確答案，並完成句子。

▼ 答案詳見右下角

1 今年(ことし)の冬(ふゆ)は、あまり雪(ゆき)は降(ふ)る（　　）。

1．まい　　　2．ものか

2 せっかくここまで頑張(がんば)ったのだから、最後(さいご)まで（　　）。

1．やるかのようだ　　　2．やろうではないか

3 大損(おおぞん)になってしまった。こうなった（　　）首(くび)も覚悟(かくご)している。

1．上(うえ)は　　　2．上(うえ)に

4 天気(てんき)が悪(わる)いので、今日(きょう)の山登(やまのぼ)りは中止(ちゅうし)にせ（　　）。

1．ずにはいられない　　　2．ざるを得(え)ない

5 こんな嫌(いや)なことがあった日(ひ)は、酒(さけ)でも飲(の)ま（　　）。

1．ずにはいられない　　　2．よりほかない

6 あまりに痛(いた)かったので、叫(さけ)ば（　　）。

1．ざるをえなかった　　　2．ないではいられなかった

答案：(1) 1　(2) 2　(3) 1　(4) 2
(5) 1　(6) 1

問題1　次の文章を読んで、文章全体の内容を考えて、[1] から [5] の中に入る最もよいものを、1・2・3・4の中から一つ選びなさい。

自転車の事故

最近、自転車の事故が増えている。つい先日も、登校中の中学生の自転車がお年寄りに衝突し、そのお年寄りははね飛ばされて強く頭を打ち、翌日死亡するという事故があった。

自転車は、明治30年代に急速に普及すると同時に事故も増えたということだが、現代では自転車の事故が年間10万件余りも起きているそうである。

自転車の運転者が最も気をつけなければならないこと。それは、自転車は車の一種である [1] をしっかり頭に入れて運転することだ。車の一種なのだから、原則として車道を走る。「自転車通行可」の標識がある歩道のみ、歩道を走ることができる。

[2] 、その場合も、車道側を歩行者に十分気をつけて走らなければならない。また、車道を走る場合は、車道のいちばん左側を走ることと [3] 。

最近、「歩車分離式信号」という信号ができた。交差点で、同方向に進む車両と歩行者の信号機を別にする方法である。この信号機で車と歩行者の事故はかなり減ったそうであるが、自転車に乗ったまま渡る人は車の信号に従うということを自転車の運転者と車の運転手の両者が知らないと、今度は、自転車が車の被害にあうといった事故に [4] 。

また、最近自転車を見ていてハラハラするのは、イヤホンを付けての運転やケータイ電話を [5] の運転である。これらも交通規則違反なのだが、規則自体が、まだ十分には知られていないのが現状だ。

いずれにしても、自転車の事故が急増している今、行政側が何らかの対策を急ぎ講じる必要があると思われる。

1

1　というもの　　2　とのこと

3　ということ　　4　といったもの

2

1　ただ　　2　そのうえ

3　ところが　　4　したがって

3

1　決めるまい　　2　決まる

3　決めている　　4　決まっている

4

1　なりかねる　　2　なりかねない

3　なりかねている　　4　なりかねなかったのだ

5

1　使われるまま　　2　使ったきり

3　使わずじまい　　4　使いながら

▼ 翻譯與詳解請見 P.191

Lesson 09 推論、予測、可能、困難

▶ 推論、預料、可能、困難

date. 1 ／ date. 2 ／

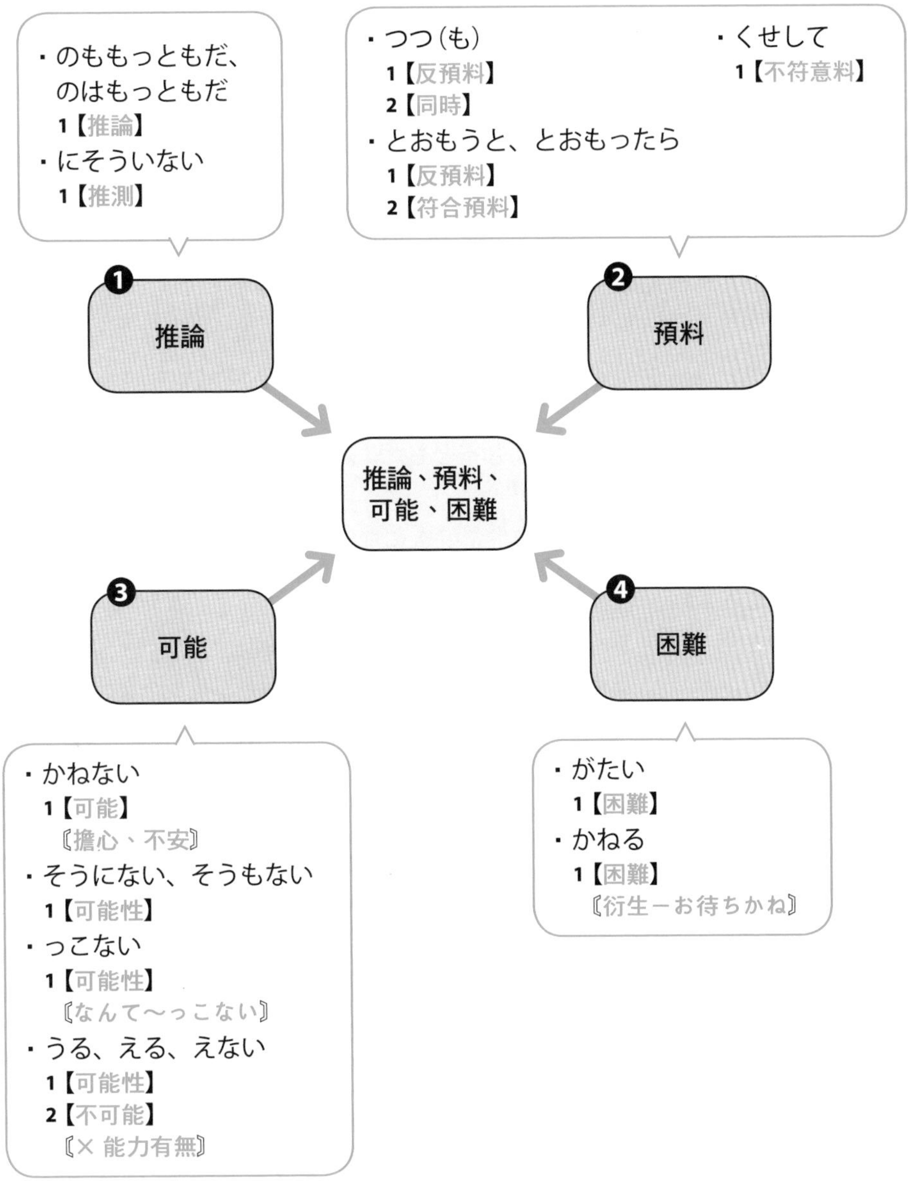

推論、預料、可能、困難

❶ 推論

・のももっともだ、のはもっともだ
1【推論】
・にそういない
1【推測】

❷ 預料

・つつ（も）
1【反預料】
2【同時】
・とおもうと、とおもったら
1【反預料】
2【符合預料】
・くせして
1【不符意料】

❸ 可能

・かねない
1【可能】
〔擔心、不安〕
・そうにない、そうもない
1【可能性】
・っこない
1【可能性】
〔なんて～っこない〕
・うる、える、えない
1【可能性】
2【不可能】
〔× 能力有無〕

❹ 困難

・がたい
1【困難】
・かねる
1【困難】
〔衍生－お待ちかね〕

のももっともだ、のはもっともだ

接續方法 ▸▸▸▸ 【形容動詞詞幹な；［形容詞・動詞］普通形】＋のももっともだ、のはもっともだ

意　思 ❶

關鍵字　推論

表示依照前述的事情，可以合理地推論出後面的結果，所以這個結果是令人信服的。中文意思是：「也是應該的、也不是沒有道理的」。如例：

・殺人事件の犯人が市長だったなんて、みんなが驚くのはもっともだ。
　凶殺案的真兇居然是市長，這讓大家怎能不瞠目結舌呢？

・日本語を勉強したことがないの。じゃあ、漢字を知らないのももっともだね。
　你從沒學過日文嗎？這樣的話，看不懂漢字也是理所當然的了。

・この料理が子供に人気がないのはもっともだよ。辛すぎる。
　也難怪小朋友對這道菜興趣缺缺，實在太辣了。

・子供たちが面白くて親切な佐藤先生を好きになるのは、もっともだと思う。
　親切又風趣的佐藤老師會受到學童們的喜歡，是再自然不過的事。

比　較 ▸▸▸▸ べきだ〔應該…〕

「のももっともだ」表推論，表示依照前述的事情，可以合理地推論出令人信服的結果；「べきだ」表勸告，表示說話人向他人勸說，做某事是一種必要的義務。

にそういない

Track 1-087
類義表現
にほかならない
全靠…

接續方法 ▸▸▸▸ 【名詞；形容動詞詞幹；［形容詞・動詞］普通形】＋に相違ない

意　思 1

關鍵字 **推測**

表示說話人根據經驗或直覺，做出非常肯定的判斷。跟「だろう」相比，確定的程度更強。跟「に違いない」意思相同，只是「に相違ない」比較書面語。中文意思是：「一定是…、肯定是…」。如例：

- 明日も雪が降り続けるに相違ない。
  明天肯定會繼續下雪！
- 彼の表情からみると、嘘をついているに相違ない。
  從他的表情判斷，一定是在說謊！
- 言っていることに相違はありませんか。
  你敢保證現在說的話絕錯不了嗎？
- この映画は、原作に相違ない。
  這部電影百分之百忠於原著。

比　較 ▸▸▸▸ にほかならない〔全靠…〕

「にそういない」表推測，表示說話者自己冷靜、理性的推測，且語氣強烈。是確信度很高的判斷、推測；「にほかならない」表斷言主張，帶有「絕對不是別的，而正是這個」的語氣，強調「除此之外，沒有別的」，多用於對事物的原因、結果的斷定。

つつ(も)

接續方法 ▸▸▸▸ 【動詞ます形】＋つつ(も)

意　思 1

關鍵字 **反預料**

表示逆接，用於連接兩個相反的事物，大多用在說話人後悔、告白的場合。中文意思是：「儘管…、雖然…」。如例：

- 悪いと知りつつも、カンニングをしてしまった。
  明知道這樣做是不對的，還是忍不住作弊了。

・忙しいと言いつつも、ゲームをしている。

嘴裡說忙得要命，卻還是只顧著打電玩。

意　思 ❷

關鍵字　同時

表示同一主體，在進行某一動作的同時，也進行另一個動作，這時只用「つつ」，不用「つつも」。中文意思是：「一邊…一邊…」。如例：

・卒業後のことは両親と相談しつつ、決めたいと思う。

關於畢業後的人生規劃，我打算和父母商量後再決定。

・昨晩友人と酒を飲みつつ、夢について語り合った。

昨晚和朋友一面舉杯對酌，一面暢談抱負。

比　較 ▶▶▶▶ ともに〔…的同時…〕

「つつ」表同時，表示兩種動作同時進行，也就是前項的主要動作進行的同時，還進行後項動作。只能接動詞連用形，不能接在名詞和形容詞後面；「ともに」也表同時，但是接在表示動作、變化的動詞原形或名詞後面，表示前項跟後項同時發生。

とおもうと、とおもったら

Track 1-089

類義表現

とおもいきや

本以為…卻

接續方法 ▶▶▶▶ 【動詞た形】＋と思うと、と思ったら；【名詞の；動詞普通形；引用文句】＋と思うと、と思ったら

意　思 ❶

關鍵字　反預料

表示本來預料會有某種情況，下文的結果有兩種：一是較常用於出乎意外地出現了相反的結果。中文意思是：「原以為…，誰知是…」。如例：

・息子は帰ってきたと思ったら、すぐ遊びに行った。

原以為兒子回來了，誰知道他又跑出去玩了！

・会社へ行っていると思っていたら、夫はずっと仕事を探していたらしい。

本來以為先生天天出門上班，沒想到他似乎一直在找工作。

・桜が咲いたなと思ったら、この雨ですっかり散ってしまった。
正想著櫻花終於開了，不料竟被這場雨打成了遍地落英。

比　較 ▸▸▸ とおもいきや〔本以為…卻〕

「とおもうと」表反預料，表示本來預料會有某情況，卻發生了後項相反的結果；「とおもいきや」表讓步，表示按照一般情況推測應該是前項，但結果卻意外的發生了後項。後項是對前項的否定。

意　思 ❷

關鍵字　符合預料

二是用在結果與本來預料是一致的，只能使用「とおもったら」。中文意思是：「覺得是…，結果果然…」。如例：

・英語が上手だなと思ったら、王さんはやはりアメリカ生まれだった。
我暗自佩服王小姐的英文真流利，後來得知她果然是在美國出生的！

くせして

接續方法 ▸▸▸ 【名詞の；形容動詞詞幹な；[形容詞・動詞] 普通形】＋くせして

意　思 ❶

關鍵字　不符意料

表示逆接。表示後項出現了從前項無法預測到的結果，或是不與前項身分相符的事態。帶有輕蔑、嘲諷的語氣。也用在開玩笑時。相當於「くせに」。中文意思是：「只不過是…、明明只是…、卻…」。如例：

・大学生のくせして、そんな簡単なことも知らないの。
都讀到大學了，連那麼簡單的事都不知道嗎？

・彼は歌が下手なくせして、いつもカラオケに行きたがる。
他歌喉那麼糟，卻三天兩頭就往卡拉 OK 店跑。

・人の話は聞かないくせして、自分の話ばかりする。
只顧著說自己的事，根本不聽別人講話。

・男のくせして、泣くんじゃない。
身為堂堂男子漢，哭什麼哭！

比　　較 ▸▸▸▸ のに〔明明…〕

「くせして」表不符意料，表示前項與後項不符合。句中的前後項必須是同一主體；「のに」也表不符意料，但句中的前後項也可能不是同一主體，例如：「彼女が求めたのに、彼は与えなかった／她要求了，但他沒有給」。

かねない

接續方法 ▸▸▸▸ 【動詞ます形】＋かねない

意　　思 ①

「かねない」是接尾詞「かねる」的否定形。表示有這種可能性或危險性。有時用在主體道德意識薄弱，或自我克制能力差等原因，而有可能做出異於常人的某種事情，一般用在負面的評價。中文意思是：「很可能…、也許會…、說不定將會…」。如例：

・飲酒運転は、事故につながりかねない。
酒駕很可能會造成車禍。

・このままだと会社は倒産しかねません。
再這樣下去，也許公司會倒閉。

・彼は毎日授業に遅刻するから、試験の日も遅刻しかねない。
他每天上課都遲到，說不定考試那天也會遲到。

・雨に濡れたままの服を着ていると、風邪を引きかねません。
穿著被雨淋濕的衣服可能會染上風寒。

比　　較 ▸▸▸▸ かねる〔難以…〕

「かねない」表可能，表示有可能出現不希望發生的某種事態，只能用在説話人對某事物的負面評價；「かねる」表困難，表示由於主觀的心理排斥因素，或客觀道義等因素，所以不能或難以做到某事。

關鍵字 擔心、不安

含有說話人擔心、不安跟警戒的心情。

Track 1-092

grammar 007 そうにない、そうもない

類義表現
わけにはいかない
不能…

接續方法 ▸▸▸▸【動詞ます形；動詞可能形詞幹】＋そうにない、そうもない

意　思 ❶

關鍵字 可能性

表示說話者判斷某件事情發生的機率很低，可能性極小，或是沒有發生的跡象。中文意思是：「不可能…、根本不會…」。如例：

- 仕事はまだまだ残っている。今日中に終わりそうもない。
  還剩下好多工作，看來今天是做不完了。

- 電車が事故で遅れているから、会議の時間までに行けそうもない。
  搭乘的電車因事故而延遲，恐怕趕不及出席會議了。
- 年末は忙しくて、忘年会には参加できそうにありません。
  年底忙得不可開交，大概沒辦法參加忘年會了。
- パーティーはあと 30 分で終わるけど、彼女、来そうにないね。
  派對還有三十分鐘就要結束了，我看她大概不來了。

比　較 ▸▸▸▸ わけにはいかない〔不能…〕

「そうにない」表可能性，前接動詞ます形，表示可能性極低；「わけにはいかない」表不能，表示出於道德、責任、人情等各種原因，不能去做某事。

っこない

接續方法 ▸▸▸▸【動詞ます形】+っこない

意　思 ❶

關鍵字　可能性

表示強烈否定，某事發生的可能性。表示說話人的判斷。一般用於口語，用在關係比較親近的人之間。中文意思是：「不可能…、決不…」。如例：

- 今の私の実力では、試験に受かりっこない。
  以我目前的實力，根本無法通過測驗！

關鍵字　なんて～っこない

常與「なんか、なんて」、「こんな、そんな、あんな（に）」前後呼應使用。如例：

- 一日でN3の漢字なんて、覚えられっこない。
  僅僅一天時間，絕不可能記住N3程度的漢字！
- 子供にそんな難しいこと言っても、わかりっこない。
  就算告訴小孩子那麼深奧的事，他也不可能聽得懂。
- 家賃20万円なんて、そんなに払えっこない。
  高達二十萬圓的房租，我怎麼付得起呢？

比　較 ▸▸▸▸ かねない〔很可能…〕

「っこない」表可能性，接在動詞連用形後面，表示強烈的否定某事發生的可能性，是說話人主觀的判斷。大多使用可能的表現方式；「かねない」表可能，表示所提到的事物的狀態、性質等，可能導致不好的結果，含有說話人的擔心、不安和警戒的心情。

うる、える、えない

類義表現
かねる
難以…

接續方法 ▸▸▸▸ 【動詞ます形】+得る

意　思 1

關鍵字 可能性

表示可以採取這一動作，有發生這種事情的可能性，有接尾詞的作用，接在表示無意志的自動詞，如「ある、できる、わかる」表示「有…的可能」。中文意思是：「可能、能、會」。如例：

- 30年以内に大地震が起こり得る。
  在三十年之內恐將發生大地震。
- 未来には人が月に住むことも有りうるのではないだろうか。
  人類未來不是沒有可能住在月球上喔！
- 考え得る場所はすべて探したが、鍵がみつからない。
  所有想得到的地點都找過了，依然沒能找到鑰匙。

意　思 2

關鍵字 不可能

如果是否定形（只有「えない」，沒有「うない」），就表示不能採取這一動作，沒有發生這種事情的可能性。中文意思是：「難以…」。如例：

- あんなにいい人が人を殺すなんて、あり得ない。
  那麼好的人居然犯下凶殺案，實在難以想像！

比　較 ▸▸▸▸ かねる〔難以…〕

「うる」表不可能，表示根據情況沒有發生這種事情的可能性；「かねる」表困難，用在說話人難以做到某事。

關鍵字 × 能力有無

用在可能性，不用在能力上的有無。

がたい

Track 1-095

類義表現

にくい

難…

接續方法 ▸▸▸▸ 【動詞ます形】+がたい

意　思 ❶

關鍵字 困難

表示做該動作難度非常高，幾乎是不可能，或者即使想這樣做也難以實現，一般用在感情因素上的不可能，而不是能力上的不可能。一般多用在抽象的事物，為書面用語。中文意思是：「難以…、很難…、不能…」。如例：

- あの人は美人だから、近寄りがたいね。
  她長得太美了，讓人不敢高攀。
- 彼はいつも嘘をつくので、この話も信じがたい。
  他經常說謊，所以這次的講法也令人存疑。
- 新製品のコーヒーは、とてもおいしいとは言いがたい。
  新生產的咖啡實在算不上好喝。

- あの二人の関係は複雑すぎて理解しがたい。
  那兩人的關係太複雜了，讓人霧裡看花。

比　較 ▸▸▸▸ にくい〔難…〕

「がたい」表困難，主要用在由於心理因素，即使想做，也沒有辦法做該動作；「にくい」也表困難，主要是指由於物理上的或技術上的因素，而沒有辦法把某動作做好，或難以進行某動作。但也含有「如果想做，只要透過努力，還是可以做到」，正負面評價都可以使用。

かねる

接續方法 ▸▸▸▸ 【動詞ます形】＋かねる

意　　思 ❶

關鍵字 困難

表示由於心理上的排斥感等主觀原因，或是道義上的責任等客觀原因，而難以做到某事，所給的條件、要求、狀況等，超出了說話人能承受的範圍。不用在能力不足而無法做的情況。中文意思是：「難以…、不能…、不便…」。如例：

- 条件(じょうけん)が合(あ)わないので、この仕事(しごと)は引(ひ)き受(う)けかねます。
  由於條件談不攏，請恕無法接下這份工作。
- 責任者(せきにんしゃ)ではないので、詳(くわ)しい事情(じじょう)は分(わ)かりかねます。
  我不是承辦人，不清楚詳細狀況。

比　　較 ▸▸▸▸ がたい〔難以…〕

「かねる」表困難，表示從說話人的狀況而言，主觀如心理上的排斥感，或客觀如某種規定、道義上的責任等，而難以做到某事，常用在服務業上，前接動詞ます形；「がたい」表困難，表示心理上或認知上很難，幾乎不可能實現某事。前面也接動詞ます形。

關鍵字 衍生－お待ちかね

「お待ちかね」為「待ちかねる」的衍生用法，表示久候多時，但請注意沒有「お待ちかねる」這種說法。如例：

- 今日(きょう)は皆(みな)さんお待(ま)ちかねのボーナスが出(で)る日(ひ)です。
  今天是大家望眼欲穿的獎金發放日。

- 待(ま)ちかねていた商品(しょうひん)がやっと販売(はんばい)された。
  期待已久的商品終於發售了！

文法知多少？

☞ 請完成以下題目，從選項中，選出正確答案，並完成句子。

▼ 答案詳見右下角

1 これだけの人材がそろえば、わが社は大きく飛躍できる（　　）。

1．に相違ない　　　2．にほかならない

2 人間は小さな失敗を重ね（　　）、成長していくものだ。

1．とともに　　　2．つつ

3 一億円もするマイホームなんて、私に買え（　　）。

1．っこない　　　2．かねない

4 この問題は、あなたの周りでも十分起こり（　　）ことなのです。

1．うる　　　2．かねる

5 弱い者をいじめるなど、許し（　　）行為だ。

1．がたい　　　2．にくい

6 ご使用後の商品の返品はお受け致し（　　）。

1．がたいです　　　2．かねます

答案：(1) 1　(2) 2　(3) 1　(4) 1
(5) 1　(6) 2

問題1　つぎの文の（　　　）に入れるのに最もよいものを、1・2・3・4から一つえらびなさい。

1　電話番号もメールアドレスも分からなくなってしまい、彼には連絡（　　　）んです。

1　しがたい　　2　しようがない
3　するわけにはいかない　　4　するどころではない

2　いい選手だからといって、いい監督になれる（　　　）。

1　かねない　　2　わけではない
3　に違いない　　4　というものだ

3　同僚の歓迎会でカラオケに行くことになった。歌は苦手だが、1曲歌わ（　　　）だろう。

1　ないに相違ない　　2　ないではいられない
3　ないわけにはいかない　　4　ないに越したことはない

4　渋滞しているね。これじゃ、午後の会議に（　　　）かねないな。

1　遅れ　　2　早く着き
3　間に合い　　4　間に合わない

5　私には、こんな難しい数学は理解（　　　）。

1　できない　　2　しがたい
3　しかねる　　4　するわけにはいかない

6　彼女は、家にある材料だけで、びっくりするほどおいしい料理を（　　　）んです。

1　作ることができる　　2　作り得る
3　作るにすぎない　　4　作りかねない

▼ 翻譯與詳解請見 P.193

Lesson 10 様子、比喻、限定、回想

▶ 様子、比喻、限定、回想

date. 1 ／ date. 2 ／

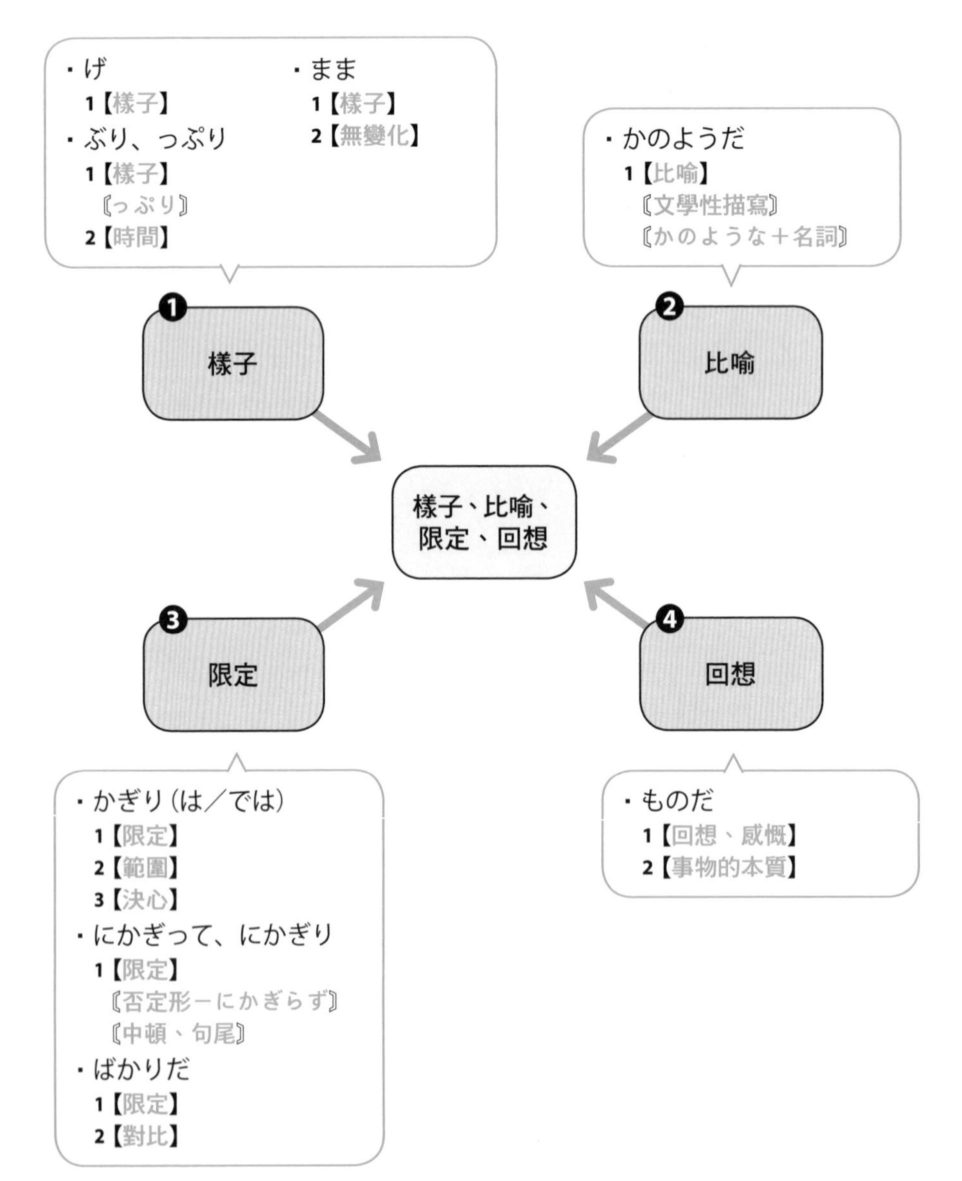

げ

接續方法 ▸▸▸▸ 【[形容詞・形容動詞]詞幹；動詞ます形】＋げ

意　思 ❶

關鍵字　樣子

表示帶有某種樣子、傾向、心情及感覺。書寫語氣息較濃。但要注意「かわいげ」（討人喜愛）與「かわいそう」（令人憐憫的）兩者意思完全不同。中文意思是：「…的感覺、好像…的樣子」。如例：

- 美加ちゃんはいつも恥ずかしげだ。
  美加小妹妹總是十分害羞的模樣。
- あやしげな男が、私の家の近くに住んでいる。
  有個形跡可疑的男人就住在我家附近。
- 公園で、子供達が楽しげに遊んでいる。
  公園裡，一群孩童玩得正開心。

- 国のニュースを聞いて、彼は不安げな顔をした。
  一聽到故鄉的那樁消息，他隨即露出了擔憂的神色。

比　較 ▸▸▸▸ っぽい〔…的傾向〕

「げ」表樣子，是接尾詞，表示外觀上給人的感覺「好像…的樣子」；「っぽい」表傾向，是針對某個事物的狀態或性質，表示有某種傾向、某種感覺很強烈，含有跟實際情況不同之意。

ぶり、っぷり

接續方法 ▸▸▸▸ 【名詞；動詞ます形】＋ぶり、っぷり

意　思 ❶

關鍵字 **様子**

前接表示動作的名詞或動詞的ます形，表示前接名詞或動詞的樣子、狀態或情況。中文意思是：「…的樣子、…的狀態、…的情況」。如例：

- 社長の口ぶりからすると、いつもより多めにボーナスが出そうだ。
  從總經理的語氣聽起來，似乎會比以往發放更多分紅。
- 彼の話ぶりからすると、毎日夜中も勉強しているのだろう。
  從他說話的樣子看來，大概每天都用功到深夜吧。

比　較 ▸▸▸▸ げ〔…的樣子〕

「ぶり」表樣子，表示事物存在的樣態和動作進行的方式、方法；「げ」表樣子，表示人的心情的某種樣態。

關鍵字 **っぷり**

有時也可以說成「っぷり」。如例：

- 彼女の飲みっぷりは、男みたいだ。
  她喝酒的豪邁程度不亞於男人。

意　思 ❷

關鍵字 **時間**

【時間；期間】＋ぶり，表示時間相隔多久的意思，含有說話人感到時間相隔很久的語意。中文意思是：「相隔…」。如例：

- ２年ぶりに帰国したら、母親が痩せて小さくなった気がした。
  闊別兩年回鄉一看，媽媽彷彿比以前更瘦小了。

まま

接續方法 ▸▸▸▸【名詞の；この／その／あの；形容詞普通形；形容動詞詞幹な；動詞た形；動詞否定形】＋まま

意　思 ❶

關鍵字　樣子

在原封不動的狀態下進行某件事情。中文意思是：「就這樣…、保持原樣」。如例：

- 社長（しゃちょう）に言（い）われたまま、部下（ぶか）に言（い）った。
  將總經理的訓示一字不漏地轉述給下屬聽。
- 洗（あら）わなくても大丈夫（だいじょうぶ）ですよ。そのまま食（た）べてください。
  請直接享用即可，不必清洗沒關係喔。
- 留守（るす）のはずなのに、電気（でんき）がついたままになっている。
  明明沒人在家，屋子裡卻燈火通明。

意　思 ❷

關鍵字　無變化

表示某種狀態沒有變化，一直持續的樣子。中文意思是：「就那樣…、依舊」。如例：

- 久（ひさ）しぶりに村（むら）を再（ふたた）び訪（おとず）れた。村（むら）は昔（むかし）のままだった。
  再次造訪了久別的村子，村子還是老樣子。
- 食（た）べたままにしないで、食器（しょっき）を洗（あら）っておいてね。
  吃完的碗筷不可以就這樣留在桌上，要自己動手洗乾淨喔！

比　較 ▸▸▸▸ きり～ない〔…之後，再也沒有…〕

「まま」表無變化，表示某狀態一直持續不變；「きり～ない」也表無變化，後接否定，表示前項的的動作完成之後，預料應該要發生的後項，卻再也沒有發生。有意外的語感。

かのようだ

Track 1-100

類義表現

ように
像…那樣

接續方法 ▸▸▸▸ 【[名詞・形容動詞詞幹](である);[形容詞・動詞]普通形】+かのようだ

意　思 ❶

關鍵字 比喻

由終助詞「か」後接「のようだ」而成。將事物的狀態、性質、形狀及動作狀態，比喻成比較誇張的、具體的，或比較容易瞭解的其他事物，經常以「かのように+動詞」的形式出現。中文意思是：「像…一樣的、似乎…」。如例：

- 彼女(かのじょ)は怖(こわ)いものでも見(み)たかのように、泣(な)いている。
  她彷彿看見了可怕的東西，哭個不停。
- 母(はは)は初(はじ)めて聞(き)いたかのように、私(わたし)の話(はなし)を聞(き)いていた。
  媽媽宛如第一次聽到那般聆聽了我的敘述。

關鍵字 文學性描寫

常用於文學性描寫，常與「まるで、いかにも、あたかも、さも」等比喻副詞前後呼應使用。如例：

- 父(ちち)が死(し)んだ日(ひ)は、まるで空(そら)も泣(な)いているかのように雨(あめ)が降(ふ)りだした。
  父親過世的那一天，天空彷彿陪著我流淚似地下起了雨。

關鍵字 かのような+名詞

後接名詞時，用「かのような+名詞」。如例：

- 今日(きょう)は冷蔵庫(れいぞうこ)の中(なか)にいるかのような寒(さむ)さだ。
  今天的氣溫凍得像在冰箱裡似的。

比　較 ▸▸▸▸ ように〔像…那樣〕

「かのようだ」表比喻，表示實際上不是那樣，可是感覺卻像是那樣；「ように」表例示，表示提到某事物的性質、形狀時，舉出最典型的例子。是根據自己的感覺，或所看到的事物，來進行形容的。

かぎり（は／では）

接續方法 ▸▸▸▸ 【動詞辭書形；動詞て形＋いる；動詞た形】＋限り（は／では）

意　思 ❶

表示在某狀態持續的期間，就會有後項的事態。含有前項不這樣的話，後項就可能會有相反事態的語感。中文意思是：「只要…就…、除非…否則…」。如例：

- 日本にいる限り、日本語が必要だ。
  只要待在日本，就必須懂得日文。
- 食生活を改めない限り、健康にはなれない。
  除非改變飲食方式，否則無法維持健康。

比　較 ▸▸▸▸ かぎりだ〔…之至〕

「かぎり」表限定，表示在前項狀態持續的期間，會發生後項的狀態或情況；「かぎりだ」表強調心情，表示現在說話人自己有種非常強烈的感覺，覺得是那樣的。

意　思 ❷

關鍵字 範圍

憑自己的知識、經驗等有限範圍做出判斷，或提出看法，常接表示認知行為如「知る（知道）、見る（看見）、聞く（聽說）」等動詞後面。中文意思是：「據…而言」。如例：

- 私の知る限りでは、この近くに本屋はありません。
  就我所知，這附近沒有書店。

意　思 ❸

關鍵字 決心

表示在前提下，說話人陳述決心或督促對方做某事。中文意思是：「既然…就算」。如例：

- 行くと言った限りは、たとえ雨でも行くつもりだ。
  既然說了要去，就算下雨也會按照原訂計畫成行。

にかぎって、にかぎり

接續方法 ▶▶▶▶ 【名詞】＋に限って、に限り

意　思 ❶

關鍵字 **限定**

表示特殊限定的事物或範圍，說明唯獨某事物特別不一樣。中文意思是：「只有…、唯獨…是…的、獨獨…」。如例：

- 勉強しようと思っているときに限って、母親に「勉強しなさい」と言われる。
  每當我打算念書的時候，好巧不巧媽媽總會催我「快去用功！」
- のどが渇いているときに限って、自動販売機が見つからない。
  每回口渴時，總是偏偏找不到自動販賣機。

比　較 ▶▶▶▶ につけ〔每當…就會…〕

「にかぎって」表限定，表示在某種情況下時，偏偏就會發生後項事件，多表示不愉快的內容；「につけ」表關連，表示偶爾處在同一情況下，都會帶著某種心情去做一件事。後句大多是自然產生的事態或感情相關的表現。

關鍵字 **否定形－にかぎらず**

「に限らず」為否定形。如例：

- 今の日本は東京に限らず、田舎でも少子化が問題となっている。
  日本的少子化問題不僅是東京的現狀，鄉村地區亦面臨同樣的考驗。
- 秋葉原は日本人に限らず、外国人にも名前が知られている。
  秋葉原遠近馳名，不僅日本人，連外國人都聽過這個地名。

關鍵字 **中頓、句尾**

「にかぎって」、「にかぎり」用在句中表示中頓；「にかぎる」用在句尾。如例：

・仕事の後は冷たいビールに限る。
工作後喝冰涼的啤酒是最享受的。

ばかりだ

Track 1-103
類義表現
いっぽうだ
越來越…

接續方法 ▸▸▸▸ 【動詞辭書形】＋ばかりだ

意　思 ❶

關鍵字 限定

表示準備完畢，只差某個動作而已，或是可以進入下一個階段，或是可以迎接最後階段的狀態。大多和「あとは、もう」等詞前後呼應使用。中文意思是：「只等…、只剩下…就好了」。如例：

・誕生日パーティーの準備はできている。あとは主役を待つばかりだ。
慶生會已經一切準備就緒，接下來只等壽星出場囉！

・出願の準備はできた。あとは提出するばかりだ。
申請文件已經準備妥當，只剩下遞交就完成手續了。

意　思 ❷

關鍵字 對比

表示事態越來越惡化，一直持續同樣的行為或狀態，多為對講述對象的負面評價，也就是事態逐漸朝着不好的方向發展之意。中文意思是：「一直…下去、越來越…」。如例：

・税金や物価は上がるばかりだ。
税金和物價呈現直線飆漲的趨勢。

・携帯電話が普及してから、手紙を書く機会が減るばかりだ。
自從行動電話普及之後，提筆寫信的機會越來越少了。

比　較 ▸▸▸▸ いっぽうだ〔越來越…〕

「ばかりだ」表對比，表示事物一直朝著不好的方向變化；「いっぽうだ」表傾向，表示事物的情況只朝著一個方向變化。好事態、壞事態都可以用。

ものだ

接續方法 ▸▸▸▸ 【形容動詞詞幹な；［形容詞・動詞］辭書形】＋ものだ

意　思 ❶

關鍵字 **回想、感慨**

表示回想過往的事態，並帶有現今狀況與以前不同的感慨含意。中文意思是：「以前…、實在是…啊」。如例：

- 若いころは夫婦で色々な場所へ旅行をしたものだ。
  我們夫妻年輕時去過了形形色色的地方旅遊。
- 学生のころは、よく朝までカラオケをしていたものだ。
  學生時代，我經常在卡拉ＯＫ店通宵飆歌。
- どんなに寝ても眠いときがあるものだ。
  有時候睡得再多也睡不飽。

意　思 ❷

關鍵字 **事物的本質**

【形容動詞詞幹な；形容詞 ・ 動詞辭書形】＋ものではない。表示對所謂真理、普遍事物，就其本來的性質，敘述理所當然的結果，或理應如此的態度。含有感慨的語氣。多用在提醒或忠告時。常轉為間接的命令或禁止。中文意思是：「就是…、本來就該…、應該…」。如例：

- 小さい子をいじめるものではない。
  不准欺負小孩子！

比　較 ▸▸▸▸ べきだ〔應當…〕

「ものだ」表事物的本質，表示不是個人的見解，而是出於社會上普遍認可的一般常識、事理，給予對方提醒或說教，帶有這樣做是理所當然的心情；「べきだ」表勸告，表示說話人從道德、常識或社會上一般的理念出發，主張「做…是正確的」。

文法知多少？

☞ 請完成以下題目，從選項中，選出正確答案，並完成句子。

▼ 答案詳見右下角

1 こんなことで一々(いちいち)怒(おこ)るなんて、あなたも大人(おとな)（　　）ないですね。

1．っぽい　　2．げ

2 友人(ゆうじん)たちは散々(さんざん)騒(さわ)いだあげく、部屋(へや)を散(ち)らかした（　　）帰(かえ)っていった。

1．おり　　2．まま

3 喧嘩(けんか)した翌日(よくじつ)、妻(つま)はまるで何事(なにごと)もなかった（　　）振舞(ふるま)っていた。

1．かのように　　2．ように

4 私(わたし)が読(よ)んだ（　　）、書類(しょるい)に誤(あやま)りはないようですが。

1．かぎりでは　　2．にかぎって

5 忙(いそが)しいとき（　　）、次(つぎ)から次(つぎ)に問(と)い合(あ)わせの電話(でんわ)が来(き)ます。

1．につけ　　2．に限(かぎ)って

6 いくらご飯(はん)をたくさん食(た)べても、よく運動(うんどう)すればまたお腹(なか)が空(す)く（　　）。

1．ものだ　　2．ようもない

答案：(1) 2 (2) 2 (3) 1 (4) 1 (5) 2 (6) 1

問題1　次の文章を読んで、文章全体の内容を考えて、［ 1 ］から［ 5 ］の中に入る最もよいものを、1・2・3・4の中から一つ選びなさい。

「自販機大国日本」

お金を入れるとタバコや飲み物が出てくる機械を自動販売機、略して自販機というが、日本はその普及率が世界一と言われる［ 1 ］、自販機大国だそうである。外国人はその数の多さに驚くとともに、自販機の機械そのものが珍しいらしく、写真に撮っている人もいるらしい。

それを見た渋谷(註1)のある商店の店主が面白い自販機を考えついた。［ 2 ］、日本土産が購入できる自販機である。その店主は、タバコや飲み物の自動販売機に、自分で手を加えて作ったそうである。

その自販機では、手ぬぐい(註2)やアクセサリーなど、日本の伝統的な品物や日本らしい絵が描かれた小物を販売している。値段は1,000円前後で、店が閉まった深夜でも利用できるそうである。利用者はほとんど外国人で、「治安の良い日本ならでは」「これぞジャパンテクノロジー(註3)だ」などと、評判も上々のようである。

商店が閉まった夜中でも買えるという点では、たしかに便利だ。［ 3 ］、買い忘れた人へのお土産を簡単に買うことができる点でもありがたいにちがいない。しかし、一言の言葉［ 4 ］物が売られたり買われたりすることにはどうも抵抗がある。特に日本の伝統的な物を外国の人に売る場合はなおのことである。例えば手ぬぐいなら、それは顔や体を拭くものであることを言葉で説明し、［ 5 ］、「ありがとう」と心を込めてお礼を言う。それが買ってくれた人への礼儀ではないかと思うからだ。

(注1) 渋谷：東京の地名

(注2) 手ぬぐい：日本式のタオル

(注3) テクノロジー：技術

1

1 ほどの　2 だけの　3 からには　4 まま

2

1 さらに　2 やはり　3 なんと　4 というと

3

1 つまり　2 それに
3 それに対して　4 なぜなら

4

1 もなしに　2 だけに
3 かぎりは　4 を抜きにしては

5

1 買えたら　2 買ってあげたら
3 買ってもらえたら　4 買ってあげられたら

▼ 翻譯與詳解請見 P.195

Lesson 11 期待、願望、当然、主張

▶ 期待、願望、當然、主張

date. 1 ／ date. 2 ／

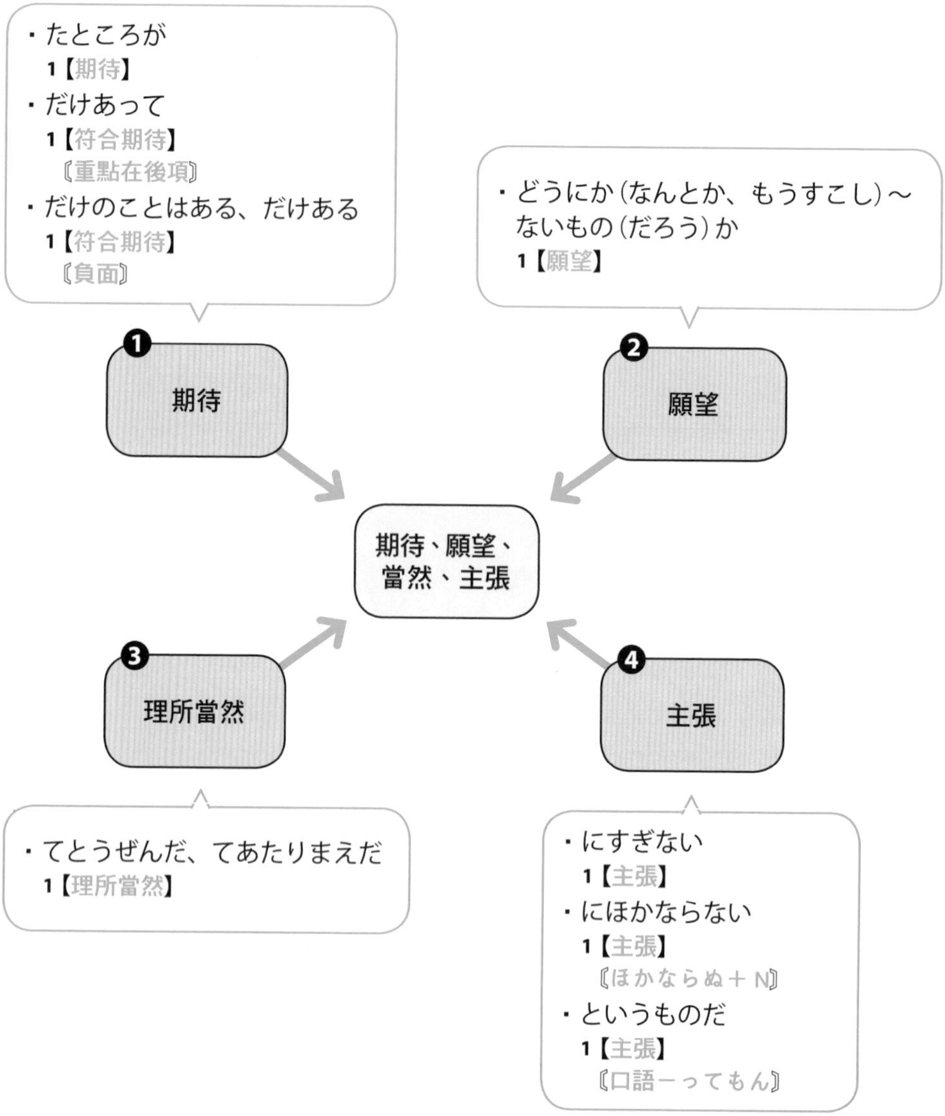

1 期待

・たところが
　1【期待】
・だけあって
　1【符合期待】
　〔重點在後項〕
・だけのことはある、だけある
　1【符合期待】
　〔負面〕

2 願望

・どうにか（なんとか、もうすこし）～ないもの（だろう）か
　1【願望】

3 理所當然

・てとうぜんだ、てあたりまえだ
　1【理所當然】

4 主張

・にすぎない
　1【主張】
・にほかならない
　1【主張】
　〔ほかならぬ＋N〕
・というものだ
　1【主張】
　〔口語－ってもん〕

期待、願望、當然、主張

たところが

接續方法 ▸▸▸▸ 【動詞た形】+たところが

意　思 ❶

這是一種逆接的用法。表示因某種目的作了某一動作，但結果與期待相反之意。後項經常是出乎意料之外的客觀事實。中文意思是：「可是…、然而…、沒想到…」。如例：

- 祭日なので、いると思って彼の家に行ったところが、留守だった。
  原以為放假日應該在家，去到他家才知道他出門了。
- 冷たいと思って飲んだところが、熱くて口の中がやけどをしてしまった。
  本來以為是冷飲，灌下一大口才發現竟是熱的，嘴裡都燙傷了。
- 彼女と結婚すれば幸せになると思ったところが、そうではなかった。
  當初以為和她結婚就是幸福的起點，誰能想到竟是事與願違呢。

- レシピどおりに作ったところが、おいしくなくて捨ててしまった。
  雖然按照食譜做了出來，可是太難吃了只好扔掉。

比　較 ▸▸▸▸ のに〔卻…〕

「たところが」表期待，表示帶著目的做前項，但結果卻跟預期相反；「のに」表讓步，前項是陳述事實，後項說明一個和此事相反的結果。

だけあって

接續方法 ▸▸▸▸【名詞；形容動詞詞幹な；[形容詞・動詞] 普通形】＋だけあって

意　　思 ❶

關鍵字 符合期待

表示名實相符，後項結果跟自己所期待或預料的一樣，一般用在積極讚美的時候。含有佩服、理解的心情。副助詞「だけ」在這裡表示與之名實相符。中文意思是：「不愧是…、也難怪…」。如例：

- さすがワールドカップだけあって、素晴らしい試合ばかりだ。
  不愧是世界盃，每一場比賽都精彩萬分！
- このホテルは高いだけあって、サービスも一流だ。
  這家旅館的服務一流，果然貴得有價值！

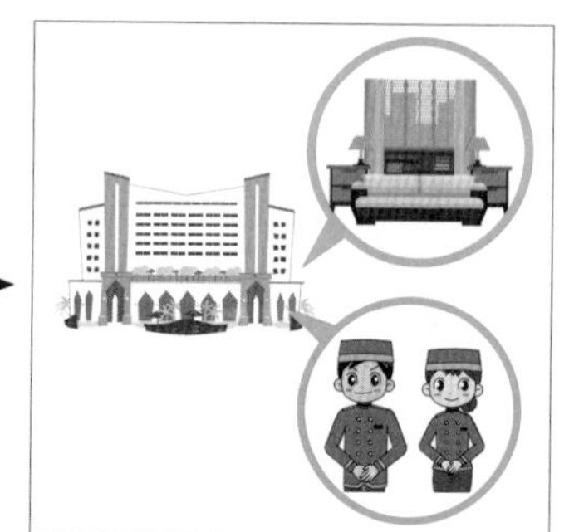

- 山口さんはアメリカに留学しただけあって、英語が上手です。
  山口先生不愧是留學美國的高材生，英語非常道地！
- この寺は世界的な観光地だけあって、人が訪れない日はない。
  這座寺院果真是世界聞名的觀光勝地，參觀人潮天天川流不息。

關鍵字 重點在後項

前項接表示地位、職業、評價、特徵等詞語，著重點在後項，後項不用未來或推測等表達方式。如例：

- 恵美さんはモデルだけあって、スタイルがいい。
  惠美小姐不愧是當模特兒，身材很好。

比　　較 ▸▸▸▸ にしては〔就…而言…〕

「だけあって」表符合期待，表示後項是根據前項，合理推斷出的結果；「にしては」表與預料不同，表示依照前項來判斷某人事物，卻出現了與一般情況不符合的後項，用在評論人或事情。

だけのことはある、だけある

接續方法 ▸▸▸▸ 【名詞；形容動詞詞幹な；[形容詞・動詞]普通形】+だけのことはある、だけある

意　思 ❶

關鍵字 **符合期待**

表示與其做的努力、所處的地位、所經歷的事情等名實相符，對其後項的結果、能力等給予高度的讚美。中文意思是：「到底沒白白…、值得…、不愧是…、也難怪…」。如例：

- 料理もサービスも素晴らしい。一流レストランだけのことはある。
  餐點和服務都無可挑剔，到底是頂級餐廳！
- 彼女はモデルをしていただけのことはあって、とても美人だ。
  她畢竟曾當過模特兒，姿色可謂國色天香。
- あの医者、顔を見ただけで病気がわかるなんて、名医と言われるだけのことはあるよ。
  那位醫師只要看患者的臉就能診斷出病名，難怪被譽為華陀再世！
- ランチが 6, 000 円なんて、有名店だけのことはあるね。
  午餐價格居然高達六千圓，果然是名店的標價！

比　較 ▸▸▸▸ どころではない〔實在不能…〕

「だけのことはある」表符合期待，表示「的確是名副其實的」。含有「不愧是、的確、原來如此」等佩服、理解的心情；「どころではない」表否定，對於期待或設想的事情，表示「根本不具備做那種事的條件」強調處於困難、緊張的狀態。

關鍵字 **負面**

可用於對事物的負面評價，表示理解前項事態。如例：

- このストッキング、一回履いただけですぐ破れるなんて、安かっただけあるよ。
  這雙絲襪才穿一次就破了，果然是便宜貨。

どうにか（なんとか、もうすこし）～ないもの（だろう）か

接續方法 ▸▸▸▸ どうにか（なんとか、もう少し）＋【動詞否定形；動詞可能形詞幹】＋ないもの（だろう）か

意　思 ❶

關鍵字 **願望**

表示説話者有某個問題或困擾，希望能得到解決辦法。中文意思是：「是不是…、能不能…」。如例：

- 明日までの仕事。誰か手伝ってくれる人はいないものだろうか。
  這件工作要在明天之前完成。有沒有人願意一起幫忙呢？
- 暑い日が続いている。もう少し涼しくならないものだろうか。
  連日來都是酷熱的天氣。到底什麼時候才能變得涼爽一些呢？
- 毎日仕事もせず、遊んで暮らせる方法はないものだろうか。
  有沒有什麼好方法可以不必工作、天天享樂度日的呢？
- 別れた恋人と、なんとかもう一度会えないものだろうか。
  能不能想個辦法讓我和已經分手的情人再見上一面呢？

比　較 ▸▸▸▸ ないかしら〔沒…嗎〕

「どうにか～ないものか」表願望，表示説話人希望能得到解決的辦法；「ないかしら」表感嘆，表示不確定的原因。

てとうぜんだ、てあたりまえだ

Track 1-109
類義表現
ものだ
實在是…啊

接續方法 ▸▸▸▸ 【形容動詞詞幹】＋で当然だ、で当たり前だ；【［動詞・形容詞］て形】＋当然だ、当たり前だ

意　思 1

關鍵字 理所當然

表示前述事項自然而然地就會導致後面結果的發生，這樣的演變是合乎邏輯的。中文意思是：「難怪…、本來就…、…也是理所當然的」。如例：

- 相手は子供。勝ってあたりまえだ。
  比賽對手是小孩，贏了也是天經地義。
- 夏だから、暑くて当たり前だ。
  畢竟是夏天，當然天氣炎熱。
- 学生なら勉強して当然です。文句言わないで試験の準備をしなさい。
  身為學生，用功讀書是本分。別抱怨了，快去準備考試！
- 試験前日も夜中まで遊んでいた彼は、不合格になって当然だ。
  他在考試前一天都還玩到三更半夜，難怪考不及格。

比　較 ▸▸▸ ものだ〔實在是…啊〕

「てとうぜんだ」表理所當然，表示合乎邏輯的導致後面的結果；「ものだ」表感慨，表示帶著感情去敘述心裡的強烈感受、驚訝、感動等。

にすぎない

接續方法 ▸▸▸ 【名詞；形容動詞詞幹である；[形容詞・動詞] 普通形】＋にすぎない

意　思 1

關鍵字 主張

表示某微不足道的事態，指程度有限，有著並不重要的沒什麼大不了的輕蔑、消極的評價語氣。中文意思是：「只是…、只不過…、不過是…而已、僅僅是…」。如例：

- 今回発覚したカンニングは、氷山の一角にすぎない。
  這次遭到揭發的作弊行為不過是冰山一角。
- ボーナスが出たと言っても、２万円にすぎない。
  雖說給了獎金，也不過區區兩萬圓而已。

・タカシ君はまだ小学生に過ぎないのだから、そんなに叱らないほうがいいよ。
隆志還只是小學生而已，用不著那麼嚴厲斥責他嘛。

・黒猫をみると不幸になるというのは、迷信にすぎない。
看到黑貓就表示不祥之兆，那不過是迷信罷了。

比　較 ▸▸▸ にほかならない〔全靠…〕

「にすぎない」表主張，表示帶輕蔑語氣説程度不過如此而已；「にほかならない」也表主張，帶有「只有這個」「正因為…」的語氣，多用在表示贊成與肯定的情況時。

にほかならない

接續方法 ▸▸▸ 【名詞】+にほかならない

關鍵字　主張

表示斷定的説事情發生的理由、原因，是對事物的原因、結果的肯定語氣，強調説話人主張「除此之外，沒有其他」的判斷或解釋。亦即「それ以外のなにものでもない（不是別的，就是這個）」的意思。中文意思是：「完全是…、不外乎是…、其實是…、無非是…」。如例：

・親が子供に厳しくいうのは、子供のためにほかならない。
父母之所以嚴格要求兒女，無非是為了他們著想。

・成功したのは、皆様のおかげにほかなりません。
今日的成功必須完全歸功於各位的付出。

比　較 ▸▸▸ というものではない〔並非…〕

「にほかならない」表主張，表示「不是別的」「正因為是這個」的強烈斷定或解釋的表達方式；「というものではない」表部分否定，用於表示對某想法，心裡覺得不恰當，而給予否定。

關鍵字　ほかならぬ＋N

相關用法：「ほかならぬ」修飾名詞，表示其他人事物無法取代的特別存在。中文意思是：

「既然是…」。如例：

- ほかならぬあなたのお願いなら、聞くほか方法はありません。
  既然是您親自請託，小弟只有全力以赴了。
- ほかならぬ君が困っているのに、知らない顔ができるわけがない。
  既然遇到困難的是你而不是外人，我怎能置之不理呢？

というものだ

接續方法 ▸▸▸▸ 【名詞；形容動詞詞幹；動詞辭書形】＋というものだ

意　思 ❶

表示對事物做出看法或批判，表達「真的是這樣，的確是這樣」的意思。是一種斷定說法，不會有過去式或否定形的活用變化。中文意思是：「也就是…、就是…」。如例：

- 1か月休みなしで働くなんて、無理というものだ。
  要我整整一個月不眠不休工作，根本是天方夜譚！
- 女性ばかり家事をするのは、不公平というものです。
  把家事統統推給女人一手包辦，實在太不公平了！

比　較 ▸▸▸▸ ということだ〔所謂的…就是…〕

「というものだ」表主張，表示說話者針對某個行為，提出自己的感想或評論；「ということだ」表結論，是說話人根據前項的情報或狀態，得到某種結論或總結說話內容。

「ってもん」是種較草率、粗魯的口語說法，是先將「という」變成「って」，再接上「もの」轉變的「もん」。如例：

- 夜中に電話してきて、「お金を貸して」と言ってくるなんて非常識ってもんだ。
  三更半夜打電話來劈頭就說「借我錢」，簡直毫無常識可言！
- 契約したら終わりだと思ってたら大きな間違いってもんだよ。
  以為簽完約後事情到此就告一段落了，那你就大錯特錯了！

文法知多少？

☞ 請完成以下題目，從選項中，選出正確答案，並完成句子。

▼ 答案詳見右下角

1 家(いえ)に電話(でんわ)した（　　）、誰(だれ)も出(で)なかった。

1．だけあって　　2．ところが

2 さすが大学(だいがく)の教授(きょうじゅ)（　　）、なんでもよく知(し)っている。

1．だけあって　　2．に決(き)まって

3 きれい。さすが人気(にんき)モデル（　　）。

1．だけのことはある　　2．どころではない

4 君(きみ)の話(はなし)は、単(たん)なる言(い)い訳(わけ)（　　）。

1．にすぎない　　2．にほかならない

5 実験(じっけん)が成功(せいこう)したのは、あなたのがんばりがあったから（　　）。ありがとう。

1．にほかならない　　2．というものではない

6 温泉(おんせん)に入(はい)って、酒(さけ)を飲(の)む。これぞ極楽(ごくらく)（　　）。

1．ということだ　　2．というものだ

答案：(1) 2　(2) 1　(3) 1　(4) 1　(5) 1　(6) 2

問題１　次の文章を読んで、文章全体の内容を考えて、［１］から［５］の中に入る最もよいものを、１・２・３・４の中から一つ選びなさい。

「結構です」

「結構です」という日本語は、使い方がなかなか難しい。

例えば、よそのお宅にお邪魔しているとき、その家のかたに、「甘いお菓子がありますが、［１］？」と言われたとする。そのとき、次のような二種類の答えが考えられる。

A「ああ、結構ですね。いただきます。」

B「いえ、結構です。」

Aの「結構」は、相手の言葉に賛成して、「いいですね」という意味を表す。

［２］、Bの「結構」は、これ以上いらないと丁寧に断る言葉である。同じ「結構」でも、まるで反対の意味を表すのだ。したがって、「いかがですか」と菓子を勧めた人は、「結構」の意味を、前後の言葉、例えばAの「いただきます」や、Bの「いえ」などによって、または、その言い方や調子によって判断する［３］。日本人には簡単なようでも、外国の人［４］使い分けが難しいのではないだろうか。

また、「結構」には、もう一つ、ちょっとあいまいに思えるような意味がある。

［５］、「これ、結構おいしいね。」「結構似合うじゃない。」などである。この「結構」は、「かなりの程度に。なかなか。」というような意味を表す。「非常に。とても。」などと比べると、少しその程度が低いのだ。

いずれにしても、「結構」という言葉は結構あいまいな言葉ではある。

［１］

1　いただきますか　　　2　くださいますか

3　いかがですか　　　　4　いらっしゃいますか

2

1　これに対して　　2　そればかりか

3　それとも　　4　ところで

3

1　わけになる　　2　だけのことはある

3　ものになる　　4　ことになる

4

1　に対しては　　2　にとっては

3　によっては　　4　にしては

5

1　なぜなら　　2　たとえば

3　そのため　　4　ということは

▼ 翻譯與詳解請見 P.197

Lesson 12 肯定、否定、対象、対応

▶ 肯定、否定、對象、對應

date. 1 ／　　　date. 2 ／

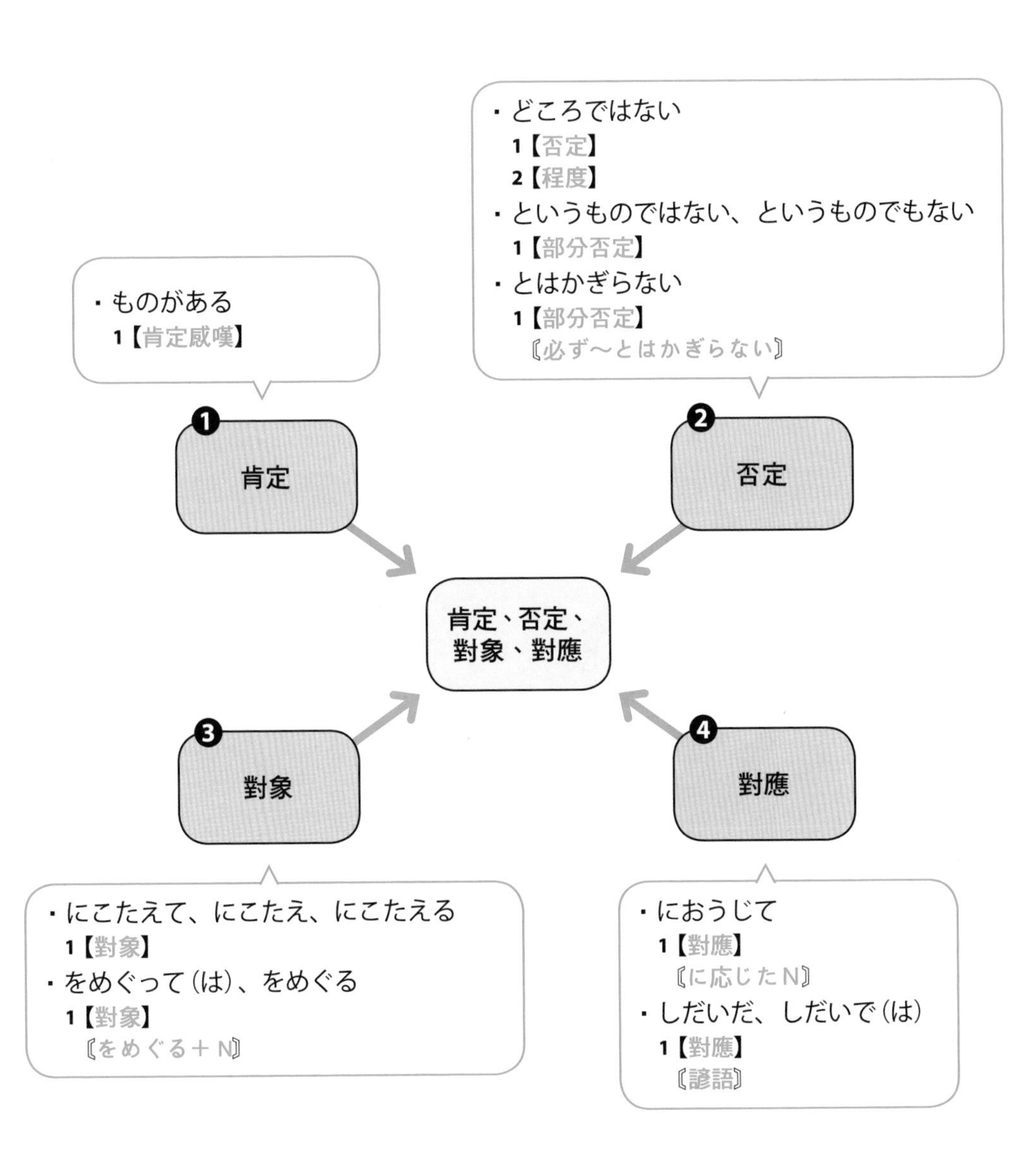

ものがある

接續方法 ▸▸▸▸ 【形容動詞詞幹な；［形容詞・動詞］辭書形】＋ものがある

意　思 ❶

關鍵字 **肯定感嘆**

表示肯定某人或事物的優點。由於說話人看到了某些特徵，而發自內心的肯定，是種強烈斷定的感嘆。中文意思是：「有…的價值、確實有…的一面、非常…」。如例：

・高校生が作詞作曲したこの歌は、人を元気づけるものがある。
由高中生作詞作曲的這首歌十分鼓舞人心。

・昨日までできなかったことが今日できる。子供の成長は目をみはるものがある。
昨天還不會的事今天就辦到了。孩子的成長真是令人嘖嘖稱奇！

・彼女の歌う声は明るいけれど、歌の内容には悲しいものがある。
她的歌聲雖然清亮，但曲子敘述的內容卻有著格外哀傷的一面。

・初代社長がのこした言葉は、何度聞いても心に響くものがある。
公司創始人留給後進的這番話語，不論聽多少次都同樣能夠激勵士氣。

比　較 ▸▸▸▸ ことがある〔有時也會…〕

「ものがある」表感嘆，用於表達說話者見物思情，有所感觸而表現出的評價和感受；「ことがある」表不定，用於表示事物發生的頻率不是很高，只是有時會那樣。

どころではない

接續方法 ▸▸▸▸ 【名詞；動詞辭書形】＋どころではない

意　思 ❶

關鍵字 **否定**

表示沒有餘裕做某事，強調目前處於緊張、困難的狀態，沒有金錢、時間或精力去進行某事。中文意思是：「哪裡還能…、不是…的時候」。如例：

- 明日（あした）はテストなので、ゲームをしているどころではない。
  明天就要考試了，哪裡還有時間打電玩呢？
- 風邪（かぜ）でのどが痛（いた）くて、カラオケ大会（たいかい）どころではなかった。
  染上感冒喉嚨痛得要命，這個節骨眼哪能去參加卡拉 OK 比賽呢？

比　較 ▸▸▸▸ よりほかない〔只好…〕

「どころではない」表否定，在此強調沒有餘力或錢財去做，遠遠達不到某程度；「よりほかない」表讓步，意為「只好」，表示除此之外沒有其他辦法。

意　思 ❷

關鍵字 **程度**

表示事態大大超出某種程度，事態與其說是前項，實際為後項。中文意思是：「何止…、哪裡是…根本是…」。如例：

- 今日（きょう）の授業（じゅぎょう）は簡単（かんたん）どころではなく、わかる問題（もんだい）が一（ひと）つもなかった。
  今天老師教的部分一點也不容易，我沒有任何一題聽得懂的。

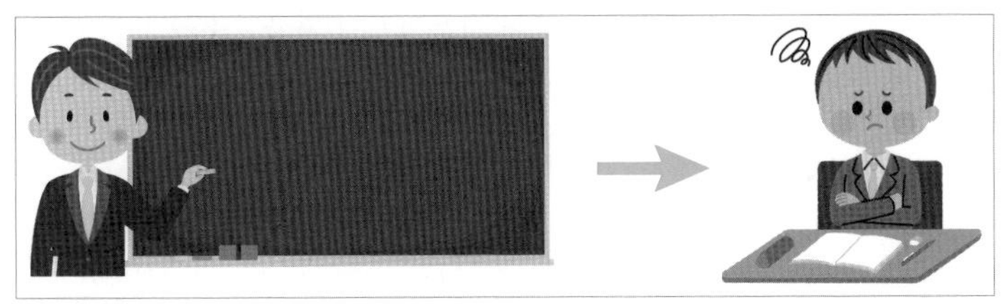

- この本（ほん）はつまらないどころか、寝（ね）ないで読（よ）んでしまうほど面白（おもしろ）かった。
  這本書哪裡無聊了？精彩的內容讓人睡意全消，讀得津津有味。

というものではない、というものでもない

接續方法 ▸▸▸▸ 【[名詞・形容詞・形容動詞・動詞]假定形】／【[名詞・形容動詞詞幹](だ)；形容詞辭書形】＋というものではない、というものでもない

意　思 ❶

關鍵字 **部分否定**

委婉地對某想法或主張，表示不能說是非常恰當、十分正確，不完全贊成，或部分否定該主張。中文意思是：「…可不是…、並不是…、並非…」。如例：

- 大企業に就職をして、お金があれば幸せというものでもない。
  在大企業上班領高薪，未必就是幸福的保證。
- 日本人だからといって日本語を教えられるというものではない。
  即便是日本人，並不等於就會教日文。

- 商品は安ければいいというものでもない。
  挑選商品並非以價格便宜做為唯一考量。
- 授業に出席さえしていればいいというものではない。
  並不是人坐在教室裡就等於認真上課。

比　較 ▸▸▸▸ （という）しまつだ〔（結果）竟然…〕

「というものでもない」表部分否定，表示說話人委婉地認為某想法等並不全面；「（という）しまつだ」表結果，表示因某人的行為，而使自己很不好做事，並感到麻煩，最終還得到了一個不好的結果或狀態。

とはかぎらない

接續方法 ▸▸▸▸ 【[名詞・形容詞・形容動詞・動詞]普通形】＋とは限らない

意　思 ❶

關鍵字 **部分否定**

表示事情不是絕對如此，也是有例外或是其他可能性。中文意思是：「也不一定…、未必…」。如例：

- 女性は痩せているほうがきれいだとは限らない。
  女性並不是越瘦越美。
- 書き言葉は日常で使わないとは限らない。
  書面用語在日常生活中未必用不到。
- 日本人だからといって、みんな寿司が好きとは限らない。
  即使是日本人，也未必人人都喜歡吃壽司。

比　較 ▸▸▸▸ ものではない〔不是…的〕

「とはかぎらない」表部分否定，表示事情絕非如此，也有例外；「ものではない」表勸告，表示並非個人的想法，而是出自道德、常識而給對方訓誡、說教。

關鍵字 **必ず～とはかぎらない**

有時會跟句型「からといって」，或副詞「必ず、必ずしも、どれでも、どこでも、何でも、いつも、常に」前後呼應使用。如例：

- 少子化だが大学を受けたところで、必ずしも全員合格できるとは限らない。
  雖說目前面臨少子化，但是大學升學考試也不一定全數錄取。

にこたえて、にこたえ、にこたえる

Track 1-117
類義表現
にそって
按照…

接續方法 ▸▸▸▸ 【名詞】+にこたえて、にこたえ、にこたえる

意　思 ❶

關鍵字　對象

接「期待」、「要求」、「意見」、「好意」等名詞後面，表示為了使前項的對象能夠實現，後項是為此而採取的相應行動或措施。也就是響應這些要求，使其實現。中文意思是：「應…、響應…、回答、回應」。如例：

- 社員の要求にこたえて、夏休みは２週間にしました。
  公司應員工要求，將夏季休假調整為兩個星期了。
- 両親の期待にこたえて、国際関係の仕事についた。
  我為了達成父母的期望而從事國際關係方面的工作。
- 学生の希望にこたえて、今後は読解を中心とした授業をする。
  為回應學生的需求，今後的授課內容將以讀解為主。
- お客様の意見にこたえて、日曜日もお店を開けることにした。
  為回應顧客的建議，星期日也改為照常營業了。

比　較 ▸▸▸▸ にそって〔按照…〕

「にこたえて」表對象，表示因應前項的對象的要求而行事；「にそって」表基準，表示不偏離某基準來行事，多接在表期待、方針、使用說明等語詞後面。

をめぐって（は）、をめぐる

接續方法 ▸▸▸▸【名詞】+をめぐって、をめぐる

意　思 ①

關鍵字：對象

表示後項的行為動作，是針對前項的某一事情、問題進行的。中文意思是：「圍繞著…、環繞著…」。如例：

- 消費税増税の問題をめぐって、国会で議論されている。
  國會議員針對增加消費稅的議題展開了辯論。
- 騒音問題をめぐって、住民同士で話合いがもたれた。
  當地居民為了噪音問題而聚在一起討論。

比　較 ▸▸▸▸ について〔關於…〕

「をめぐって」表對象，表示環繞著前項事物做出討論、辯論、爭執等動作；「について」也表對象，表示就某前項事物來提出說明、撰寫、思考、發表、調查等動作。

關鍵字：をめぐる＋N

後接名詞時，用「をめぐる＋N」。如例：

- 社長と彼女の関係をめぐる噂は社外にまで広がっている。
  總經理和她的緋聞已經傳到公司之外了。
- 父親の遺産をめぐる兄弟の争いが３年も続いている。
  為了父親的遺產，兄弟已經持續爭奪了三年。

におうじて

接續方法 ▸▸▸▸ 【名詞】＋に応じて

意　思 ①

關鍵字　對應

表示按照、根據。前項作為依據，後項根據前項的情況而發生變化。中文意思是：「根據…、按照…、隨著…」。如例：

- 学生のレベルに応じて、クラスを決める。
  依照學生的程度分班。
- その日の天気に応じて、服装を決めて出かけます。
  根據當日的天氣狀況決定外出的衣著。
- 経験に応じて給料を決めます。
  按照資歷決定薪水。

比　較 ▸▸▸▸ によっては〔有的…〕

「におうじて」表相應，表示隨著前項的情況，後項也會隨之改變；「によっては」表對應，表示後項的情況，會因為前項的人事物等不同而不同。

關鍵字　に応じたN

後接名詞時，變成「に応じたN」的形式。如例：

- ご予算に応じたパーティーメニューをご用意いたしております。
  本公司可以提供符合貴單位預算的派對菜單。

しだいだ、しだいで(は)

接續方法 ▸▸▸▸ 【名詞】＋次第だ、次第で(は)

意　思 ❶

關鍵字 **對應**

表示行為動作要實現，全憑「次第だ」前面的名詞的情況而定，也就是必須完成「しだい」前的事項，才能夠成立。「しだい」前的事項是左右事情的要素，因此而產生不同的結果。中文意思是：「全憑…、要看…而定、決定於…」。如例：

- 試合は天気次第で、中止になる場合もあります。
  倘若天候不佳，比賽亦可能取消。
- 考え方次第で、よい結果になることもある。
  若能轉換思考方向，結果也可能是好的。
- 会社の中の人間関係次第で、仕事はやりやすくもなるし、難しくもなる。
  在公司裡的人際關係，將會影響工作推展的順利與否。

比　較 ▸▸▸▸ にもとづく〔根據…〕

「しだいだ」表對應，表示前項的事物是決定事情的要素，由此而發生各種變化；「にもとづく」表依據，前項多接「考え方、計画、資料、経験」之類的詞語，表示以前項為根據或基礎，後項則在不偏離前項的原則下進行。

關鍵字 **諺語**

「地獄の沙汰も金次第／有錢能使鬼推磨。」為相關諺語。如例：

- お金があれば難しい病気も治せるし、いい治療も受けられる。地獄の沙汰も金次第ということだ。
  只要有錢，即便是疑難雜症亦能治癒，不僅如此也能接受最好的治療，真所謂有錢能使鬼推磨。

文法知多少？

☞ 請完成以下題目，從選項中，選出正確答案，並完成句子。

▼ 答案詳見右下角

1 彼女の演技には人をひきつける（　　）。

1．ことがある　　2．ものがある

2 センター試験が目前ですから、正月休み（　　）んですよ。

1．どころではない　　2．よりほかない

3 金さえあれば、幸せ（　　）。

1．というものでもない　　2．というしまつだ

4 彼はアンコール（　　）、「故郷の民謡」を歌った。

1．にそって　　2．にこたえて

5 遺産相続（　　）、兄弟が激しく争った。

1．をめぐって　　2．について

6 客の注文（　　）、カクテルを作る。

1．に応じて　　2．によって

答案：(1) 2　(2) 1　(3) 1　(4) 2
(5) 1　(6) 1

問題１　つぎの文の（　　　）に入れるのに最もよいものを、１・２・３・４から一つえらびなさい。

1 飛行機がこわい（　　　）が、事故が起きたらと思うと、できれば乗りたくない。

1　わけだ　　2　わけがない
3　わけではない　　4　どころではない

2 森林の開発をめぐって、村の議会では（　　　）。

1　村長がスピーチした　　2　反対派が多い
3　話し合いが続けられた　　4　自分の意見を述べよう

問題２　つぎの文の＿★＿に入る最もよいものを、１・２・３・４から一つえらびなさい。

3 週末は旅行に行く予定だったが、＿＿＿ ＿＿＿ ＿★＿ ＿＿＿ ではなくなってしまった。

1　突然　　2　どころ　　3　母が倒れて　　4　それ

4 この薬は、1回に1錠から3錠まで、その時の ＿＿＿ ＿＿＿ ＿★＿ ＿＿＿ ください。

1　応じて　　2　痛みに　　3　使う　　4　ようにして

5 同じ場所でも、写真にすると ＿＿＿ ＿＿＿ ＿★＿ ＿＿＿ に見えるものだ。

1　すばらしい景色　　2　次第で
3　カメラマン　　4　の腕

6 ＿＿＿ ＿＿＿ ＿★＿ ＿＿＿ 俳優を選びます。

1　物語の　　2　応じて　　3　内容に　　4　演じる

▼ 翻譯與詳解請見 P.199

Lesson 13 価値、話題、感想、不満

▶ 值得、話題、感想、埋怨

date. 1 ／ date. 2 ／

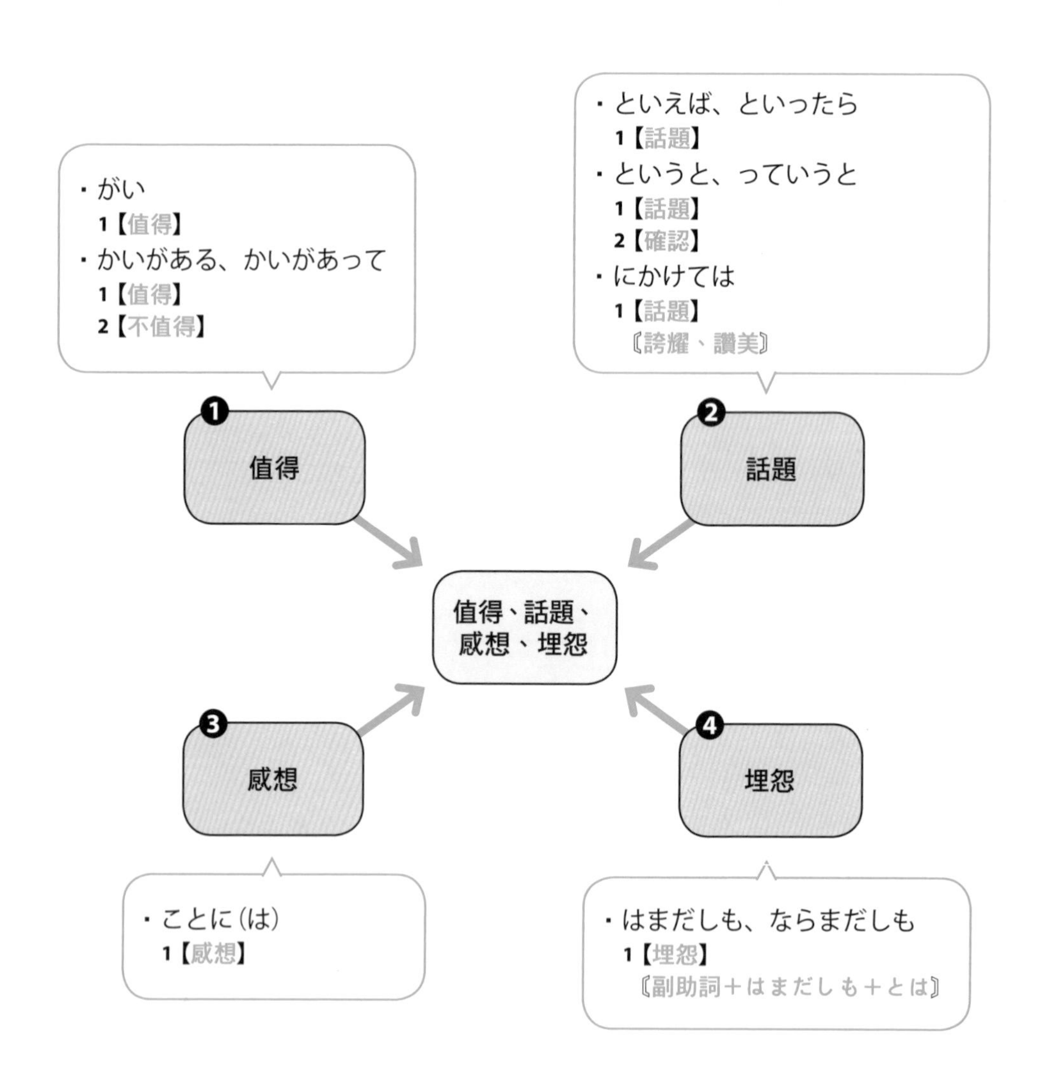

がい

接續方法 ▸▸▸▸ 【動詞ます形】+がい

意　思 ❶

關鍵字 **值得**

表示做這一動作是值得、有意義的。也就是辛苦、費力的付出有所回報，能得到期待的結果。多接意志動詞。意志動詞跟「がい」在一起，就構成一個名詞。後面常接「（の／が／も）ある」，表示做這動作，是值得、有意義的。中文意思是：「有意義的…、值得的…、…有回報的」。如例：

- この仕事（しごと）は大変（たいへん）だけど、やりがいがある。
  這件工作雖然辛苦，但是很有成就感。
- 年（とし）をとっても、何（なに）か生（い）きがいを見（み）つけたい。
  儘管上了年紀，還是想找到自我的生存價值。
- いくら教（おし）えてもうまくならないなんて、教（おし）えがいがない。
  教了老半天還是聽不懂，簡直浪費我的脣舌。
- 子供（こども）がよく食（た）べると、母（はは）にとっては作（つく）りがいがある。
  看著孩子吃得那麼香，就是媽媽最感欣慰的回報。

比　較 ▸▸▸▸ べき〔應該…〕

「がい」表值得，表示做這一動作是有意義的，值得的；「べき」表勸告，表示說話人認為做某事是做人應有的義務。

かいがある、かいがあって

接續方法 ▸▸▸▸ 【名詞の；動詞辭書形；動詞た形】＋かいがある、かいがあって

意　　思 ❶

關鍵字　值得

表示辛苦做了某件事情而有了正面的回報，或是得到預期的結果。有「好不容易」的語感。中文意思是：「總算值得、有了代價、不枉…」。如例：

- 努力(どりょく)のかいがあって、希望(きぼう)の大学(だいがく)に合格(ごうかく)した。
  不枉過去的辛苦，總算考上了心目中的大學。
- 毎日(まいにち)ジョギングしたかいがあって、５キロも痩(や)せた。
  每天慢跑總算值得了，前後瘦下整整五公斤。

比　　較 ▸▸▸▸ あっての〔正因為有…，…才成立〕

「かいがある」表值得，表示辛苦做某事，是值得的；「あっての」表強調輕重，表示有了前項才有後項。

意　　思 ❷

關鍵字　不值得

用否定形時，表示努力了，但沒有得到預期的結果，表示「沒有代價」。中文意思是：「沒有…的效果」。如例：

- 手術(しゅじゅつ)のかいもなく、会長(かいちょう)は亡(な)くなった。
  儘管做了手術，依然沒能救回董事長。
- 昨晩勉強(さくばんべんきょう)したかいもなく、今日(きょう)のテストは全(まった)くできなかった。
  昨晚的用功全都白費了，今天的考卷連一題都答不出來。

といえば、といったら

接續方法 ▸▸▸▸ 【名詞】＋といえば、といったら

意　思 ❶

關鍵字 **話題**

用在承接某個話題，從這個話題引起自己的聯想，或對這個話題進行說明。口語用「っていえば」。中文意思是：「到…、提到…就…、說起…、（或不翻譯）」。如例：

- 日本の山といったら、富士山でしょう。
  提到日本的山，首先想到的就是富士山吧。

- 春の花といったら、桜です。
  要說春天開的花，腦海中第一個浮現的就是櫻花了。
- 中国の有名な観光地といえば万里の長城だ。
  提到中國的觀光名勝，最知名的要數萬里長城了。
- 代表的な日本料理といえば、寿司を上げる人が多い。
  談起最具代表性的日本料理，相信很多人都會回答壽司。

比　較 ▸▸▸▸ とすれば〔如果…〕

「といえば」表話題，用在提出某個之前提到的話題，承接話題，並進行有關的聯想；「とすれば」表假定條件，為假設表現，帶有邏輯性，表示如果假定前項為如此，即可導出後項的結果。

というと、っていうと

Track 1-124

類義表現
といえば
說到…

接續方法 ▸▸▸▸【名詞】＋というと、っていうと

意　　思 ❶

表示承接話題的聯想，從某個話題引起自己的聯想，或對這個話題進行說明。中文意思是：「提到…、要說…、說到…」。如例：

- 経理の田中さんというと、来月結婚するらしいよ。
  說到會計部的田中先生好像下個月要結婚囉！

意　　思 ❷

關鍵字
確認

用於確認對方所說的意思，是否跟自己想的一樣。說話人再提出疑問、質疑等。中文意思是：「你說…」。如例：

- 公園に一番近いコンビニというと、この店ですか。
  你說要找離公園最近的便利商店，那就是這一家了吧？

- 国に帰るというと、もう日本には戻ってこないの。
  你說要回國了，意思是再也不回來日本了嗎？
- 身分証明書というと、写真付きの在留カードか運転免許証でいいのかな。
  所謂需檢附身分證明文件，請問可以繳交附有照片的居留證或駕照嗎？

比　　較 ▸▸▸▸ といえば〔說到…〕

「というと」表話題或確認，表示以某事物為話題是，就馬上聯想到別的畫面。有時帶有反問的語氣；「といえば」也表話題，也是提到某事，馬上聯想到別的事物，但帶有說話人感動、驚訝的心情。

にかけては

接續方法 ▸▸▸▸【名詞】+にかけては

意　思 ❶

關鍵字　話題

表示「其它姑且不論，僅就那一件事情來說」的意思。後項多接對別人的技術或能力好的評價。中文意思是：「在…方面、關於…、在…這一點上」。如例：

- 使(つか)いやすさと安(やす)さにかけては、この携帯電話(けいたいでんわ)が一番優(いちばんすぐ)れている。
  就操作簡便和價格實惠而言，這款行動電話的性價比最高。
- 日本(にほん)の食文化(しょくぶんか)にかけては、彼(かれ)の右(みぎ)にでるものはいない。
  關於日本飲食文化領域的知識，無人能出其右。
- 勉強(べんきょう)はできないが、泳(およ)ぎにかけては田中君(たなかくん)がこの学校(がっこう)で一番(いちばん)だ。
  田中同學雖然課業表現差強人意，但在游泳方面堪稱全校第一泳將！

比　較 ▸▸▸▸ にかんして〔關於…〕

「にかけては」表話題，表示前項為某人比任何人能力都強的拿手事物，後項對這一事物表示讚賞；「にかんして」表關連，前接問題、議題等，後項則接針對前項做出的行動。

關鍵字　誇耀、讚美

用在誇耀自己的能力，也用在讚美他人的能力時。如例：

- あなたを想(おも)う気持(きも)ちにかけては、誰(だれ)にも負(ま)けない。
  我有自信比世上的任何人更愛妳！

ことに(は)

Track 1-126
類義表現
ことから
因為…

接續方法 ▸▸▸▸【形容詞辭書形；形容動詞詞幹な；動詞た形】＋ことに(は)

意　思 ❶

關鍵字 感想

接在表示感情的形容詞或動詞後面，表示說話人在敘述某事之前的感想、心情。先說出以後，後項再敘述其具體內容。書面語的色彩濃厚。中文意思是：「令人感到…的是…」。如例：

・悲しいことに、子供の頃から飼っていた犬が死んでしまった。
令人傷心的是，從小養到現在的狗死了。

・嬉しいことに、来月１年ぶりに娘が帰国します。
讓人高興的是，一年前出國的女兒下個月就要回來了！

・不思議なことに、息子は祖母と同じ日の同じ時間に生まれたんです。
讓人感到不可思議的是，兒子與奶奶居然是在同一天的同一個時間出生的！

・悔しいことに、一点足りなかったので不合格だった。
令人扼腕的是，只差一分就及格了！

比　較 ▸▸▸▸ ことから〔因為…〕

「ことには」表感想，前接瞬間感情活動的詞，表示說話人先表達出驚訝後，接下來敘述具體的事情；「ことから」表根據，表示根據前項的情況，來判斷出後面的結果。

はまだしも、ならまだしも

Track 1-127
類義表現
はおろか
別說…了，就連…

接續方法 ▸▸▸▸ 【名詞】＋はまだしも、ならまだしも；【形容動詞詞幹な；［形容詞・動詞］普通形】＋（の）ならまだしも

意　思 ❶

是「まだ（還…、尚且…）」的強調説法。表示反正是不滿意，儘管如此但這個還算是好的，雖然不是很積極地肯定，但也還說得過去。中文意思是：「若是…還說得過去、（可是）…、若是…還算可以…」。如例：

・頭が痛いだけならまだしも、熱も出てきた。
如果只有頭痛還可勉強忍耐，問題是還發燒了。

・漢字はまだしも片仮名ぐらい間違えずに書きなさい。
漢字也就罷了，至少片假名不可以寫錯。

・高校生はまだしも中学生にはこの問題は難しすぎる。
這道題目高中生還有可能解得出來，但對中學生來說太難了。

比　較 ▸▸▸▸ はおろか〔別說…了，就連…〕

「はまだしも」表埋怨，表示如果是前項的話，還說的過去，還可原諒，但竟然有後項更甚的情況；「はおろか」表附加，表示別說程度較高的前項了，連程度低的後項都沒有達到。

關鍵字　副助詞＋はまだしも＋とは

前面可接副助詞「だけ、ぐらい、くらい」，後可跟表示驚訝的「とは、なんて」相呼應。如例：

・一度くらいはまだしも、何度も同じところを間違えるとは。
若是第一次犯錯尚能原諒，但是不可以重蹈覆轍！

文法知多少？

☞ 請完成以下題目，從選項中，選出正確答案，並完成句子。

▼ 答案詳見右下角

1 日々の食事制限と運動の（　　）、一か月で５キロ落ちた。

1．かいがあって　　2．あまりに

2 北海道（　　）、函館の夜景が有名ですね。

1．といえば　　2．とすれば

3 この辺の名物（　　）、温泉まんじゅうですね。

1．はとわず　　2．というと

4 幼児の扱い（　　）、彼女はプロ中のプロですよ。

1．にかけては　　2．に関して

5 一回二回（　　）、五回も六回も同じ失敗をするとはどういうことか。

1．にさきだち　　2．ならまだしも

6 悲しい（　　）、財布を落としてしまった。

1．すえに　　2．ことに

答案：(1) 1　(2) 1　(3) 2　(4) 1
(5) 2　(6) 2

問題1　つぎの文の（　　　）に入れるのに最もよいものを、1・2・3・4から一つえらびなさい。

1　A:「このドラマ、おもしろいよ。」

B:「ドラマ（　　　）、この間、原宿で女優の北川さとみを見たよ。」

1　といえば　　2　といったら　　3　とは　　4　となると

2　彼女は若いころは売れない歌手だったが、その後女優（　　　）大成功した。

1　にとって　　2　として　　3　にかけては　　4　といえば

3　それは苦情（　　　）、脅迫ですよ。

1　というにも　　2　というには

3　というと　　4　というより

4　日本の伝統的な文化（　　　）、生け花や茶道がある。

1　ということは　　2　とすると

3　といえば　　4　といっても

5　彼はサッカーの知識（　　　）誰にも負けません。

1　にかけては　　2　によっては

3　してみれば　　4　にたいしては

問題2　つぎの文の＿★＿に入る最もよいものを、1・2・3・4から一つえらびなさい。

6　＿＿＿　＿＿＿　＿★＿　＿＿＿　負けません。

1　だれにも　　2　かけては

3　ことに　　4　あきらめない

▼ 翻譯與詳解請見 P.200

答案＆解題

[　こたえ　&　かいとうヒント　]

01　關係

問題 1

＊1. 答案 2

現在不分（　），隨時都能吃到想吃的水果。

1 夏天　　2 季節
3 一年到頭　　4 從春天到秋天

▲「にかかわらず／不管…都…」前接天氣、性別等名詞，表示跟～都無關之意。例如：

・荷物の送料は、大きさにかかわらず、ひとつ300円です。
貨物的運費，不計尺寸，一律每件三百圓。

＊2. 答案 1

儘管雨勢猛烈，比賽（　）。

1 仍然持續進行了　　2 決定中止了
3 真想見啊　　4 持續比到最後吧

▲「（動詞辭書形）にもかかわらず／雖然…，但是…」表示儘管～，還是做…、不受～影響，做…的意思。例如：

・彼はバイト中にもかかわらず、いつもゲームばかりしている。
他總是不顧自己正在打工，一直打電玩。

▲從本題的題意來看「激しい雨なのに／儘管雨勢猛烈」之後應該是接「試合は続けられた／仍然持續進行了比賽」。

《其他選項》

▲「にもかかわらず…」的「…」之後應該是接表示預料之外的行動或狀態的詞語。不能接選項3的「見たいものだ／真想見啊」（表希望）或選項4的「やろう／…吧」（表意向）這樣的用法。

＊3. 答案 4

這座山規劃了各種健行的路線，（　）年齡，從小孩到長者（　）可以享受山林的樂趣喔！

1 不顧　　2 不管
3 不僅…連　　4 不分…，都…

▲「（名詞）を問わず／不分…，都…」用於表達跟～沒有關係，不管什麼都一樣之時。例如：

・この仕事は経験を問わず、誰でもできますよ。
這份工作不需要經驗，任何人都可以做喔！

《其他選項》

▲選項1「もかまわず／不顧…」表示不介意～，而做某動作。例如：

・彼女は服が汚れるのもかまわず、歩き続けた。
她那時不顧身上的衣服髒了，依然繼續往前走。

▲選項2「はともかく／不管…」表示現在暫且先不考慮～之事的意思。例如：

・お金のことはともかく、まず病気を治すことが大切ですよ。
別管錢的事了，先把病治好才要緊啊！

▲選項3「に限らず／不僅…連」表示不僅是～連也都發生某狀況之意。例如：

・中小企業に限らず、大企業でも経営の悪化が問題になっている。
不僅中小企業，連大企業也面臨經營惡化的困境。

＊4. 答案 3

這棟公寓（　）屋齡老舊，還從黎明就開始聽見平交道的噪音，實在讓人難以忍受。

1 不分　2 整整　3 先不說　4 雖說…但

▲從列舉「建物が古い／屋齡老舊」與「…音

がうるさい／…的噪音」兩個惡劣事項知道，要填入（　　）讓句子意思得以成立的是選項是３「はともかく／…先不說」。

▲「(名詞)はともかく」用於表達暫且不議論現在的～之意。暗示還有比其更重要的事項之時。例如：

・集まる場所はともかく、日にちだけでも決めようよ。

就算還沒決定集合的地點，至少總該先把日期定下來吧！

《其他選項》

▲選項１「を問わず／不分…」用於表達沒有把～當作問題，任何一個都一樣之時。例如：

・コンテストには、年齢、経験を問わず、誰でも参加できます。

競賽不分年齡和經驗，任何人都可以參加。

▲選項２「にわたって(渡って)／整整…」表示～所涉及到的整個範圍之意。指場所或時間範圍非常大的意思。例如：

・討論は３時間にわたって続けられた。

討論整整進行了三個小時。

▲選項４「といっても／雖說…，但…」用於說明實際程度與～所想像的不同時。例如：

・庭にプールがあるといっても、お風呂みたいに小さなプールなんですよ。

院子裡雖然有泳池，但只是和浴缸一樣小的池子而已嘛！

問題２

＊5. 答案 4

他 3因為 在決賽中 1踢進 決勝負的 2一球 4這件事，而一躍成為英雄人物。

1踢進　　2一球　　3因為　　4踢進

▲正確語順：彼は決勝戦で 2ゴールを 1決めた 4ことを 3きっかけに、一躍ヒーローになった。

▲從這句話知道，2「ゴールを」後面要接1「決めた」。又看到這也是句型「をきっかけに／因為，以…為契機」的運用，意思是前項的踢進決勝的一球，觸發了後項一躍成英雄人物這一狀況的開端，所以3「きっかけに」前面要接4「ことを」。接下來知道1「決めた」後面要修飾4「ことを」。正確語順是「2→1→4→3」答案是4。

＊6. 答案 1

她 2不顧 3會弄髒 身上漂亮的 3衣服，抱起了 1溺水的 4小狗。

1溺水的　　2不顧
3會弄髒衣服　　4小狗

▲正確語順：彼女はきれいな 3服が汚れる 2のもかまわず 1おぼれた 4子犬を抱き上げた。

「おぼれる(溺れる)／溺水的」指不會游泳淹沒在水中的樣子。「抱き上げた／抱起了」的前面按照順序應填入2→1→4。「きれいな／漂亮的」的後面應該連接3。

《確認文法》

▲「(名詞)もかまわず、([形容詞・動詞]普通形)のもかまわず／(連…都)不顧…」表示對～不介意，不放在心上的意思。例如：

・彼は、みんなが見ているのもかまわず、大きな声で歌い始めた。

他不顧眾目睽睽，開始大聲唱起了歌。

02 時間

問題１

「飼養寵物」

每年的9月20日至26日為動物愛護週。我想利用這次的機會，來針對愛護動物這件事來思考探討一下。

首先，針對人們生活中最親近的寵物來進行探討。飼養貓狗 1 寵物有許多好處，不僅可以安定精神，也可以讓孤獨的心靈得到慰藉，此外，還可以學習到生命的重要性。寵物確實被當作是家庭成員中的一份子。

但是，最近，看到飼養寵物卻毫無責任感可言的人，也就是在寵物小巧可人的孩童時，還能精心照顧，可是等到寵物長大了，甚至年老了，[2]棄寵物不顧的人。

只要飼養寵物，就必須負起照顧寵物一生的責任。為了不給周遭的人添麻煩，要注意牠們發出的吠叫聲，也要注重衛生習慣的培養，為了[3]而訓練牠們，衰老了也要負起責任看護照顧到最後等等。

[4]，針對野鳥或野生動物又該如何對待呢？對野生動物要注意的是，不要任意餵食。因為人類只要一餵食，[5]將會讓牠們喪失了自立更生的能力。還有，因為能得到食物，也將不再害怕人類，在不久的將來也可能加害於人類。也就是人們的親切反而造成了反效果。不要餵食，只要保持適當距離觀察、保護野生動物最原始的樣貌就好了。

（注１）愛護：愛惜並保護。

（注２）ほったらかし：不予照顧，不愛護，置之不理。

＊1. 答案 4

１說起　　２和…無關
３不僅…而且…　　４等等

▲ 文中以「犬や猫／狗和貓」為例。而「（名詞）をはじめ／等等」用於表達舉出最具代表性的例子，而其他也相同之時。

《其他選項》

▲ 選項１「といえば／說起」表承接某話題的內容，從這個話題引起別的話題之時。例如：

・きれいな花だね。花といえば、今週デパートでバラの花の展覧会をやってるよ。
好美的花唷！對了，說到花，百貨公司這星期有玫瑰花的展覽喔！

▲ 選項２「を問わず／和…無關」表示跟～沒有關係的意思。例如：

・マラソンは年齢を問わず、誰でもできるスポーツだ。
馬拉松是種不分年齡，任何人都可以參加的運動。

▲ 選項３「ばかりか／不僅…而且…」表示除了～情況之外，還有～情況之意。例如：

・ここは駅から遠いばかりか、周りに店もない。
這裡不但離車站很遠，而且附近也沒有店家。

＊2. 答案 3

１或是…但　　２從…角度看的話
３於是就會　　４與…不符

▲ 從文中的「（無責任な人は、ペットが）大きくなったり、（さらに）老いたりすると、ほったらかす／（毫無責任感可言的人，在寵物）長大了、（甚至）年老了，就棄之不顧了」來推敲。要用表示到那時候總會發生某事的「すると／於是」。例句：

・このボタンを押すと、おつりが出ます。
只要按下這顆按鈕，找零就會掉出來。

＊3. 答案 3

１寵物接受社會　　２社會接受寵物
３寵物能夠被社會所接受
４社會能夠被寵物所接受

這裡的答案是以寵物為主語所造的被動句。例如：

・私は人々に感謝される仕事がしたい。
我想要從事能得到人們感謝的職業。

＊4. 答案 1

１於此同時　　２不僅如此
３或者　　４儘管…，仍然…

▲ 相對於寵物，再舉出野生動物加以比較。

▲「一方／於此同時」用於並舉兩件事情進行比較。

《其他選項》

▲ 選項2「そればかりか／不僅如此」表示除了某事物之外再加上其他的事物。例句：

・先輩には仕事を教えてもらった。そればかりか、ご飯もよくごちそうしてもらった。
學長教了我該怎麼工作；不但如此，他還時常請我吃飯。

▲ 選項4「にも関わらず／儘管…，仍然…」表示不受～影響之意。例如：

・強い雨にも関わらず、試合は続行された。
儘管當時雨勢猛烈，比賽仍然持續進行。

＊5. 答案 2

1也許會	2恐怕會
3差點就可是…	4不需要

▲「（名の、動詞辭書形、動詞ない形）おそれがある／恐怕會…」表示有發生某不良事件的可能性。

《其他選項》

▲ 選項1「（動詞ます形）かねない／也許會…」也是表示也許有發生某不良事件的可能性，但是接續不對。

▲ 選項3「ところだった／差點就…可是…」表示過去雖然有發生某不良事件的可能性，但現在已經沒有那種可能性了。例如：

・タクシーに乗ったので間に合ったが、あのまま電車に乗っていたら、遅刻するところだった。
幸好搭計程車才趕上了，要是那時候繼續搭電車，肯定遲到了。

▲ 選項4「ことはない／不需要…」表示沒有做～的必要之意。例如：

・謝ることはないよ。君は何も悪くないんだから。
不需要道歉，因為根本錯不在你嘛。

03 原因、結果

問題 1

不同的禮儀

在日本，致贈物品時習慣向對方説一句「區區小東西，不成敬意」。但是歐美人士的做法就不同了，他們會告訴對方「這是很好的東西」或是「這是非常高檔的東西」。

並且，歐美人士對於日本人的這種習慣 [1] 認為：

「拿自己覺得沒價值的東西送給別人，實在很失禮。」

[2] 我並不這麼認為。日本人是為了強調尊崇對方，因而用這樣的説法 [3] 貶低自己的東西。我覺得日本人的言下之意，其實應該是：「您實在了不起！與您的崇高相較，送給您的這件東西只能算是粗製濫造的小東西。」

相反地，日本人也譴責歐美贈禮時的習慣，認為那是「居然自己吹捧自己的東西！」

我認為這種想法也很奇怪。歐美人士之所以把自己口中形容是很高檔、很美味的東西送給人家，就是因為覺得對方是位了不起的人物，所以告訴對方：「您真了不起！這件好東西配得上您的崇高，[4]。」

[5]，不論是日本人或是歐美人士，二者心底的想法其實都相同，同樣是為了表示對方的崇高。同樣的思惟，卻使用完全相反的話語來表達，我認為這相當值得深究。

（注1）粗末：品質不佳。

＊1. 答案 2

1那樣	2如此	3於是	4就這樣

▲ [1] 所指的是下一行的「つまらないと…失

礼だ／沒價值的～實在很失禮」這一部分。由於是緊接在後面，知道正確答案應該是指近處的「こう／如此」。「こう」跟「このように／像這樣」意思相同。而「こうして／就這樣」是「このようにして／像這樣做」的簡略説法，由於是指動作的語詞，所以不正確。

＊2. 答案 2

1 這樣想嗎	2 是這樣嗎
3 原來是這樣	4 難道不是嗎

▲ 接下來的句子是「私はそうは思わない／我並不這麼認為」。這是用在敘述相反意見時，先詢問聽話者「そうだろうか／是這樣嗎」，然後得出「いや、そうではない／不，並非如此」這一結論的用法。此為其例。

＊3. 答案 2

1 只要　2 由於過度　3 到最後　4 儘管是

▲ 從 3 前後文的關係來看，得知答案要的是順接像「だから／因此」、「それで／所以」等詞。2的「あまり／由於過度…」表示因為程度過於～之意。後面應接導致跟一般結果不同的內容。

《其他選項》

▲ 選項1「かぎり／只要…」表示限定。例如：

・ここにいる限り、あなたは安全です。
只要待在這裡，可以保證你的安全。

▲ 選項3「あげく／…到最後」表示負面的結果。例如：

・体を壊したあげく、会社を辞めた。
不僅失去了健康，到最後也只能向公司遞了辭呈。

▲ 選項4「ものの／儘管…卻…」表示逆接。例如：

・大学を卒業したものの、仕事がない。
儘管大學畢業了，卻找不到工作。

＊4. 答案 3

1 讓您收下	2 請容我收下
3 請您收下	
4（看你可憐）那我就收了吧	

▲ 這裡要回答的是敬獻給對方物品之時所説的詞語。「受け取る／收下」的主語是「あなた／您」。

《其他選項》

▲ 選項1「せる／讓…」是使役形。例如：

・子供を塾に行かせます。
我讓孩子上補習班。

▲ 選項2「せてください／請讓…做…」以使役形來請對方允許自己做某事的説法。例如：

・私も勉強会に参加させてください。
請讓我也加入讀書會。

▲ 選項4「てあげます／（為他人）做…」強調自己為對方做某事的説法。例如：

・はい、どうぞ。忙しそうだから、コピーしておいてあげましたよ。
來，這給你。看你很忙的樣子，所以幫你影印好囉！

＊5. 答案 1

1 亦即	2 然而
3 因為	4 話説回來

▲ 看到以「どちらも／不論」開始的句子，得知內容應為總結上文的內容。「つまり／亦即」是到此為止所敘述的事情，以換句話説來總結的副詞。

04 條件、逆說、例示、並列

問題 1

＊1. 答案 3

無論是什麼樣的事件，如果不親赴現場親眼目睹，就（　）能夠感動讀者（　）。

1 就能寫出精彩的報導了
2 寫下精彩的報導
3 無法寫出…的精彩報導
4 去寫精彩的報導

▲「(動詞ない形、形容詞くない、形容動詞でない、名詞でない) ことには…／要是不…」表示如果不～，也就不能…。後項一般是接否定意思的句子。例如：

・子供がもう少し大きくならないことには、働こうにも働けません。
除非等孩子再大一點，否則就算想工作也沒辦法工作。

＊2. 答案 2

假如能再給我一次機會，（　）。

1 真的太好了　　2 這回絕對不再失敗
3 絕對辦不到　　4 不要緊嗎

▲「(動詞辭書形) ものなら…／要是能…就…」表示如果可以～的話，想做…，希望做…之意。例如：

・生まれ変われるものなら、次は女に生まれたいなあ。
假如還有來世，真希望可以生為女人啊！

▲ 本題的「這回絕對不再失敗」表示說話人的決心跟希望。

＊3. 答案 3

我和現在的太太相親時，（　）難為情（　）緊張，簡直不曉得該怎麼辦才好。

1 …等等　　2 或…之類
3 既…又…　　4 無論是…亦或是…

▲「(名詞、動詞辭書形、形容詞辭書形) やら～やら／又…又…」用於列舉例子，表示又是這樣又是那樣，真受不了的情況時。例如：

・映画館では観客が泣くやら笑うやら、最後までこの映画を楽しんでいた。
觀眾在電影院裡從頭到尾又哭又笑地看完了這部電影。

《其他選項》

▲ 選項 1「や～など／…和…之類的」用在列舉名詞為例子。例如：

・今日は牛乳やバターなどの乳製品が安くなっています。
牛奶和牛油之類的乳製品如今變得比較便宜。

▲ 選項 2「とか～とか／或…之類」用於列舉名詞或表示動作的動詞，舉出同類型的例子之時。是口語形。例如：

・休むときは、電話するとかメールするとか、ちゃんと連絡してよ。
以後要請假的時候，看是打電話還是傳訊息，總之一定要先聯絡啦！

▲ 選項 4「にしろ～にしろ／不管是…，或是…」用於表達～跟～都一樣之時。例如：

・家は買うにしろ借りるにしろ、お金がかかる。
不管是買房子或是租房子，總之都得花錢。

＊4. 答案 4

苦惱了許久，（　）決定回國了。

1 由於　2 如果能　3 沒想到　4 最後

▲「(動詞た形) 末に…／經過…最後」表示表示經過各種～，最後得到…的結果之意。例如：

・何度も会議を重ねた末に、ようやく結論が出た。
經過了無數次會議之後，總算得到結論了。

《其他選項》

▲ 選項 1「せいで／都怪…」用於表達由於～的影響而導致不良的結果時。例如：

・少し太ったせいで、持っている服が着られなくなってしまった。

都怪胖了一點，現在的衣服都穿不下了。

▲ 選項 2「ものなら／如果能…」表示假定條件。例如：

・買えるものなら、今すぐ買いたい。
如果能買，真希望立即買。

▲ 選項 3「わりに（割に）／雖然…但是…」用於表達從～跟所想的程度有出入時。例如：

・母は 50 歳という年齢のわりに若く見える。
家母雖是五十歲，但看起來很年輕。

問題 2

＊5. 答案 2

家母過世了。3 真希望可以回到 1 和 溫柔的 1 媽媽 4 住在一起 的 2 孩提時光。

1 和媽媽　　2 孩提時光
3 真希望可以回到　　4 住在一起

▲ 正確語順：母が亡くなった。優しかった 1 母と 4 暮らした 2 子供のころに 3 戻れるものなら 戻りたい。

▲ 從「子供のころに戻る／回到孩提時光」來思量，順序就是 2→3。空格前的「優しかった／溫柔的」之後應接「母／家母」，如此一來順序就是 1→4。這一部分是用來修飾「子供のころ／孩提時光」的。

《確認文法》

▲「（動詞辭書形）ものなら／要是能…就…」表示如果能～的話之意。前面要接表示可能的動詞。例如：

・できるものなら、やってみろ。どうせお前にはできないだろう。
要是辦得到就試試看啊？反正你根本做不到吧！

＊6. 答案 2

4 儘管有著 1 身體的不便 卻 2 總是面帶笑容的 3 她，帶給大家無比的勇氣。

1 身體的不便　　2 總是面帶笑容的
3 她　　4 儘管有著

▲ 正確語順：1 体に障害を 4 抱えながら 2 いつも笑顔の 3 彼女は みんなに勇気を与える存在だ。

▲ 本文的主語是選項 3 的「彼女は／她」，表示「她…存在意義」的句子。

▲ 1「～障害を／身體的不便」應後接 4「抱えながら／儘管有著」。「抱える／抱著」具有攜帶行李或承受擔憂等，負擔著難以解決的事物之意涵的動詞。另外，4 的「ながら／儘管…卻…」表示逆接，1 與 4 便成為「儘管有著身體的不便」之意。

▲ 雖想以 3→1→4 這樣的順序來進行排列，但這樣一來就無法填入 2 了，考量 2 的位置，試著將 2 接在 3 之前，前面再填入 1 跟 4。

《確認文法》

▲「（名詞、名詞であり、動詞ます形、形容詞辭書形、形容動詞詞幹であり）ながら／雖然…但是…」用於表達～的狀態與預想的有所出入之時。例如：

・残念ながら、パーティーは欠席させていただきます。
很遺憾，請恕無法出席酒會。

05 附帶、附加、變化

問題 1

〈閱讀的樂趣〉

大家常說現在的年輕人不怎麼看書了。根據 OECD 於 2009 年所做的調查，在日本，高達 44%的 15 歲青少年「未將閱讀視為嗜好」。

我認為年輕人不喜歡閱讀是件很遺憾的事，希望年輕人能夠看更多書。那麼，為什麼我會有這樣的想法呢？

首先，[1] 閱讀充滿了樂趣。我們能從書本中得到各式各樣的經驗——可以去到沒去過的地方，也可以回到過去或是前往未來。我們甚至能夠變成另一個人，還可以藉此 [2] 自己的知識。所以，我期盼年輕人能先體會到這樣的樂趣。

其次，閱讀也能幫我們廣交朋友。若有喜歡的作家，我會逐一閱讀他的著作，透過這樣的方式，[3] 可以讓我了解那位作家，儼然成為他的知音，並且由於和同樣喜歡那位作家的人們志趣相投，從而與他們結為好友。

不過，我尤其盼望年輕人能夠多閱讀的最重要理由是，希望他們能夠透過閱讀來增進自身的判斷力。人生在世，免不了遇上困難或遭逢不幸。[4] 實在不知道該如何是好、也沒有辦法和任何人商量的情況。我認為當面臨這種情況時，之前的閱讀經驗可以告訴你，自己並不是唯一遭遇這種事的人，其他人也會陷於同樣的困境，並且可以拿別人 [5] 克服這種煩惱與窘境的方法當作借鏡。

（注 1）OECD：經濟合作暨發展組織。

（注 2）意気投合：意氣相投，彼此的志趣十分契合。

（注 3）窮地：困境。

＊1. 答案 3

1 據說　2 似乎　3 因為　4 頂多

▲ 前面的文章提出疑問說「なぜそう思うのか／為什麼我會有這樣的想法呢」。這裡以「まず／首先」開頭的句子來回答該提問。而針對「なぜ／為什麼」的提問，回答要用「から／因為」。

＊2. 答案 1

1 増加　2 使増加
3 正在増加　4 正使其増加

▲ 這句話在說明，閱讀書籍會有什麼狀況發生，會有什麼變化呢？句子以「知識／知識」為主語，自動詞要選「増える／增加」。

＊3. 答案 4

1 就因為　2 既然…就…
3 當…的時候　4 不僅

▲ [3] 之前提到「可以讓我了解那位作家，儼然成為他的知音」，之後提到「和同樣喜歡那位作家的人們…，與他們結為好友」。這裡是「A だけでなく B も／不僅是 A 而且 B 也」句型的應用。

《其他選項》

▲ 選項 1「ばかりに／就因為…」表示就是因為某事的緣故之意。後面要接不好的結果。例如：

・携帯を忘れたばかりに、友達と会えなかった。
只不過因為忘記帶手機，就這樣沒能見到朋友了。

▲ 選項 2「からには／既然…就…」表示「既然…，理所當然就要」的意思。例如：

・約束したからには、ちゃんと守ってくださいね。
既然已經講好了，請務必遵守約定喔！

▲ 選項 3「に際して／當…的時候」是「當…之際」的意思。例如：

・出発に際して、先生に挨拶に行った。
出發前去向老師辭行了。

＊4. 答案 4

1 發生了　2 既然發生了
3 正在發生　4 說不定會發生

▲ 作者提出「希望他們能夠透過閱讀來增進自

身的判斷力」，接下來舉出人生的各種情況後，再闡述那樣思考的理由。

▲ 情況 1

「生きていると…不幸な出来事にあう」。

人生在世，免不了遇上困難或遭逢不幸。

▲ 情況 2

「…誰にも相談できないようなことも [4]」。

人也沒有辦法和任何人商量的情況 [4]。

▲ 理由是

「そんなとき、…教えてくれるのは読書の効果だと思うからだ」

我認為當面臨這種情況時，之前的閱讀經驗可以告訴你。

▲ [4] 要填入表示可能性的 4 。

＊5. 答案 3

1 究竟　　2 看來　　3 如何　　4 想辦法

▲ 從文中的「ほかの人たちが [5] …克服したのかを…／別人 [5] …克服」這句話得知，這一部分是疑問句。而選項中的疑問詞只有 3 。

06 程度、強調、相同

問題 1

＊1. 答案 4

（　　）在學習（　　），朋友來找我玩。

1 實在不能　　2 不應該

3 沒有比…更…　　4 正當…的時候

▲ 選項 1「どころではない／實在不能…」表否定，表示沒有做某事的財力或閒暇等。

▲ 選項 2「というはずではない／不應該…」表逆接的反預測。

▲ 選項 3「ほど～はない／沒有比…更…」表比較，強調說話人主觀認為某事物是最高的之意。例如：

・今年の冬ほど寒い冬はない。

沒有比今年冬天更冷的冬天了。

▲ 選項 4「ところに／正當…的時候」表時點。表示正在做某事時，發生了另外一件事。

▲ 從整個句子的意思來看，答案應該是「時間、時點」的表達形式。正確答案是 4。

＊2. 答案 4

他是教師（　　）也是一位優秀的研究員。

1 據說　　2 別說　　3 跟…一起　　4 同時

▲ 選項 1「とのことで／據說…」表傳聞，用來說明從他人那裡聽到的事情時。

▲ 選項 2「どころか／別說…」表對比，表示後項內容大多跟前項所說的相反。

▲ 選項 3「といっしょに／跟…一起」表對象，前接對象，表示跟某人一起做某事的意思。

▲ 選項 4「とともに／同時」表同時，表示前項跟後項同時發生。

▲ 從句意來看，選項 1 、 2 、 3 都不符狀況，答案應該是「同時」的表達形式。正確答案是 4。

＊3. 答案 1

這麼炎熱的日子，（　　）乖乖待在家裡了。

1 只好　　2 幸好

3 越來越　　4 就好像是

▲ 選項 1「よりほかない／只好…」表讓步。指除此之外，沒有其他的方法或選項。

▲ 選項 2「だけましだ／幸好…」表程度，表示情況雖不太好，但沒有更嚴重，幸好只到此為止。

▲ 選項 3「いっぽうだ／越來越…」表傾向，表示事物的狀況，朝著某方向不斷地發展。

▲ 選項4「かのようだ／就好像是…」表比喻，表示就像某事物，或跟它類似的東西一樣。

▲ 從句意來看，本句的答案是表示讓步的1，而2表程度，3表傾向，4表比喻，在本句中意思不通。

＊4. 答案 4

狀況也好，對手又不強，我（　）她（　）會獲勝。
1只不過　　2按規定
3達到…的程度　　4認為一定

▲ 選項1「に過ぎない／只不過…」表主張，表示程度不過是那麼一點兒。

▲ 選項2「ことになっている／按規定…」表約定，表示形成規矩、預定、習慣等。

▲ 選項3「ほどだ／達到…的程度」表程度，表示某狀態到了什麼程度。

▲ 選項4「に相違ない／認為一定…」表判斷，表示確信度很高的判斷、推測。

▲ 從句意可以看出，這是說話人通過自己的觀察，在進行判斷、推測，而選項1、2、3在本句裡，意思不通，所以正確答案是4。

＊5. 答案 3

（　）景氣的回復，公司的銷售額也（　）增加。
1基於　　2按照…的要求
3隨著…逐漸　　4正因為…才…

▲ 選項1「にもとづいて／基於…」表依據，表示以某思想為方針，來做某事。

▲ 選項2「にこたえて／按照…的要求」表相應，表示按其要求行事。

▲ 選項3「にともなって／隨著…逐漸」表平行，表示在前項變化的牽動下，後項也隨著同步變化。

▲ 選項4「てこそ／正因為…才…」表原因，表示做了～才明白了某些事理、才有辦法成為…。例如：

・自分で作ってこそ、その難しさがわかる。
只有自己親自做了，才能明白其中的難處。

▲ 本句是表示「後項跟前項同步平行發生變化」的意思，這樣看來，1、2、4三個選項都不能用。正確答案是3。

＊6. 答案 3

心裡雖然放不下故鄉的母親，卻（　）。
1偶爾打電話給她　　2擔心得不得了
3已經三年沒回去了　　4預計下個月回去

▲ 「ながら／儘管…」是雖然～、明明～卻～的逆接用法。例如：

・彼が苦しんでいるのを知っていながら、僕は何もできなかった。
儘管知道他當時正承受著痛苦的折磨，我卻什麼忙也幫不上。

▲ 本題答案要能選出接在「心裡雖然放不下母親，卻…」這一意思後面的選項。

07 觀點、前提、根據、基準

問題1

＊1. 答案 1

你知道日本酒（　）米釀製而成的嗎？
1是由　　2是以　　3由　　4以…為本

▲ 這是表示原料的被動形。例如：

・日本の醤油は大豆から造られています。
日本的醬油是用黃豆釀製而成的。

※ 表示材料的被動形。例如：

・この寺は木で造られています。
這間寺院是以木材建造的。

＊2. 答案 1

今天的說明會，將（　）這份時間表進行。
1 依照　2 朝著　3 按照　4 隨著

▲「（名詞）に沿って／按照…」表示符合～，遵循～之意。例如：

・本校では、年間の学習計画に沿って授業を進めています。
本校依循年度學習計劃進行授課。

《其他選項》

▲ 選項 2「（名詞）に向けて／朝著」表示方向或目的地，也表示對象或目標。例如：

・警察は建物の中の犯人に向けて説得を続けた。
警察當時向房子裡的犯嫌持續喊話。

・試合に向けて、厳しい練習をする。
為了比賽而嚴格訓練。

▲ 選項 3「（名詞）に応じて／按照…」表示根據～的情況而進行改變、發生變化。例如：

・納める税金の額は収入に応じて変わります。
繳納的稅額依照收入而有所不同。

▲ 選項 4「（名詞、動詞辭書形）につれて／隨著…」用於表達一方產生變化，另一方也隨之發生相應的變化時。例如：

・時間が経つにつれて、気持ちも落ち着いてきた。
隨著時間過去，心情也平靜下來了。

＊3. 答案 2

（　）溫度的變化，電力消費量也跟著大幅修改。

1 根據	2 隨著
3 無論…與否…	4 按照

▲「（名詞（する動詞的語幹）、動詞辭書形）にしたがって／隨著…」表示隨著一方的變化，與此同時另一方也跟著發生變化。例如：

・父は年をとるにしたがって、怒りっぽくなっていった。
隨著年事漸高，父親愈來愈容易發脾氣了。

《其他選項》

▲ 選項 1「に基づいて…／根據…」表示以～為根據做…的意思。例如：

・この映画は歴史的事実に基づいて作られています。
這部電影是根據史實而製作的。

▲ 選項 3「にかかわらず／無論…與否…」表示與～無關，都不是問題之意。例如：

・試験の結果は、合否にかかわらず、ご連絡します。
不論考試的結果通過與否，都將與您聯繫。

▲ 選項 4「に応じて…／按照…」表示前項如果發生變化，後項也將根據前項而發生變化、進行改變。例如：

・お客様のご予算に応じて、さまざまなプランをご提案しています。
我們可以配合顧客的預算，提供您各式各樣的規劃案。

▲ 從後項將根據前項而相應發生變化這一點來看，4 是不正確的。

＊4. 答案 4

嚴苛的環境（　），人才能更為堅強啊！

1 加上	2 就算…，也…
3 沒有…	4 在…之下

▲ 選項 1「に加えて／加上…」表附加，表示在現有的事物上，再加上類似的事物。

▲ 選項 2「にしろ／就算…，也…」表逆接條件，表示退一步承認前項，並在後項中提出跟前面相反的意見。

▲ 選項 3「ぬきでは／沒有…」表非附帶狀態，後接否定，表示除去一般應該有的前項，那後項將無從談起。

▲ 選項 4「のもとで／在…之下」表前提，表示在受到某影響的範圍內，而有後項的情況。

▲ 1、2 意思不符合題意，3 後面一般接否定。正確答案是 4。

問題 2

＊5. 答案 1

關於離職這件事，我是 1經過 3仔細的 2思考之後 才做出了 4決定。

1經過　　2思考之後
3仔細的　　4決定

▲ 正確語順：退職は、3よく 2考えた 1上で 4決めた ことです。

▲ 選項1「上で／在…之後」表示先進行～，再做～的意思。從2與4的意思得知順序是2→1→4。而3應該接在2的前面。

《確認文法》

▲「(動詞た形、名詞の) うえで…／之後(再)…」用於表達先進行前面的…，後面再採取下一個動作做…時。

＊6. 答案 3

你的收入似乎不太穩定，而且 1從 4穿著打扮 1看起來 也還 3像個學生，所以我實在不能同意 2你和 我女兒結婚。

1從…看起來　　2你和
3像個學生　　4穿著打扮

▲ 正確語順：収入も不安定なようだし、4服装 1からして 3学生のような 2君と、うちの娘を結婚させるわけにはいかないよ。

▲ 由於選項1「からして／從…來看…」前面應接名詞，所以1要連接4。從句意知道要連接「君と娘を結婚…／你和我女兒結婚…」，因此4、1、3是用來修飾2。

《確認文法》

▲「(名詞) からして／從…來看…」用在舉出不重要的例子，表示重要部分當然也是如此的意思。例如：

・大田さんとは性格が合わないんです。彼女の甘えたようなしゃべり方からして好きじゃありません。
我和大田小姐個性不合，一點都不喜歡她那種撒嬌似的說話方式。

▲「(動詞辭書形) わけにはいかない／沒有辦法…」表示有原因而無法做某事之意。例如：

・これは大切な写真だから、あなたにあげるわけにはいかないんですよ。
這是很珍貴的照片，所以實在沒辦法給你喔！

08 意志、義務、禁止、忠告、強制

問題 1

〈自行車釀成的交通事故〉

近來，自行車釀成的交通事故日漸增加。就在幾天前才發生了一起這樣的車禍——某個中學生騎乘自行車上學的途中撞到了一位老人家，老人家應聲彈飛出去，落地時頭部受到嚴重的撞擊，於隔天離開了人世。

自行車是從明治三十年代開始大量普及的，於此同時，也逐漸發生了相關的交通事故。根據統計，近年來自行車所導致的車禍，竟然每年超過了十萬件。自行車騎士最需要注意的是，在騎乘自行車的時候，必須將「自行車也屬於某種車輛」[1] 牢牢記在腦海裡。既然屬於車輛，原則上就應該行駛於車道，除非是標示著「自行車得以通行」的人行道才可以騎在上面。

[2]，即使是在人行道上，騎乘的時候也必須非常留意走在靠近車道的行人。此外，當騎在車道上的時候，[3] 騎在車道的最左側。

最近，路上裝設了「人車分離式交通號誌」，也就是在十字路口，朝相同方向前進的車輛和行人的交通號誌各不相同。據說自從裝設這種交通號誌之後，大幅減少

了車輛與行人的交通事故。但是，假如自行車騎士和車輛駕駛人都不知道騎著自行車過馬路的人必須遵守車輛的號誌，這時候 4 自行車反倒會遭到車輛的追撞而發生事故。

除此之外，我最近在路上還目睹了令人心驚膽戰的自行車騎法，例如戴著耳機騎車，或者 5 行動電話一邊騎車。這些舉動同樣都違反了交通規則，但是目前大眾不太了解有這樣的規則。

總而言之，值此自行車造成的車禍急遽增加的現況，我認為行政單位必須盡快做出因應的對策。

＊1. 答案 3

1 像這樣的事	2 之事
3 這件事	4 據説是那樣的東西

▲「ということ／這件事」用於具體説明內容之時。本文針對在騎乘自行車的時候，必須牢牢記在腦海裡的事情是「自転車は車の一種である／自行車是屬於車子的一種」這一具體的説明。例如：

・この文書には歴史的価値があるということは、あまり知られていない。
知道這份文件具有歷史價值的人並不多。

＊2. 答案 1

1 然而	2 不僅如此
3 可是	4 因此

▲推敲 2 前後文的關係，前文是敘述有「歩道を走ることができる／得以通行在人行道上」的情況，而後文則敘述在該情況下的條件。

▲選項 1「ただ／然而，但是」用在先進行全面性敘述，再追加條件及例外的情況。例如：

・森田先生は生徒に厳しい。ただ、努力は認めてくれる。
森田老師對學生很嚴格；但是，他也會把學生的努力看在眼裡。

《其他選項》

▲選項 2「そのうえ／不僅如此」表示再增添上相同的事物。例如：

・先輩にご飯をおごってもらった。そのうえタクシーで送ってもらった。
學長請我吃了飯，不僅如此，他還讓我一起搭計程車送我回家了。

▲選項 3「ところが／可是…」用在表示根據前項進行推測，但卻出現了與預料相反的後項。例如：

・昨日は暖かかった。ところが今日は酷く寒い。
昨天很暖和，可是今天卻異常寒冷。

▲選項 4「したがって／因此」表示以前文為理由，並連接後文。例如：

・大雪警報が出ています。したがって本日の講義は休講とします。
已經發布大雪特報，因此今天停課。

＊3. 答案 4

1 決不認定	2 決定	3 認定	4 一定要

▲表示規定要用自動詞「決まる／決定」的「ている形」變成「(～と) 決まっている／一定要…」，來表示持續著的狀態。與「(～することに) なっている／按規定…」用法相同。

《其他選項》

▲選項 1「まい／決不…」表意志，表示強烈的否定意志。例如：

・彼と二度と会うまい。
決不再跟他碰面。

＊4. 答案 2

1 肯定	2 或許	3 正在肯定	4 過去或許

▲「(動詞ます形) かねない／也許會…」表示有發生不良結果的可能性之意。「或許會發

生事故」是「可能會發生事故」的意思。

《其他選項》

▲ 選項 4 由於說的是最近所裝設的交通號誌的可能性，而並非敘述過去的事情。

＊5. 答案 4

1 任憑使用	2 使用完之後就…
3 沒能使用就…	4 一邊使用

▲ 由於「戴著耳機騎車」與「 5 行動電話一邊騎車」兩件事並列。「付けて／戴著」表示配戴著的狀態。而表示正在使用中這一狀態的是，表達同時進行兩個動作的 4「（動詞ます形）ながら／…邊…邊」。例如：

・寝（ね）ながら勉強（べんきょう）する方法（ほうほう）があるらしい。
據說有一面睡覺一面學習的方法。

《其他選項》

▲ 選項 1「まま／任人擺佈」表意志，表示立場被動，沒有自己的主觀判斷。例如：

・店員（てんいん）に勧（すす）められるままに、高（たか）い洋服（ようふく）を買（か）ってしまった。
任由店員推薦，就買了一件昂貴的洋裝。

▲ 選項 2「きり／自從…就一直…」表示自～以後，便未發生某事態之意。例如：

・息子（むすこ）は朝出（あさで）かけたきり、まだ帰（かえ）りません。
我兒子自從早上出了門，到現在還沒回來。

▲ 選項 3「ずじまいだ／（結果）沒能…」表示沒能做成…，就這樣結束了之意。例如：

・幸子（さちこ）さんとはとうとう会（あ）えずじまいだった。
終究沒能和幸子小姐見上一面。

09 推論、預料、可能、困難

問題 1

＊1. 答案 2

不管是電話號碼還是電子郵件帳號統統不知道，根本（　　）聯絡上他。

1 難以	2 沒辦法
3 總不能	4 不是那個時候

▲ 從題目可以知道，目前的狀況是說話者沒有聯絡對方的管道。「（動詞ます形）ようがない／無法…」用在想表達即使想～也沒有方法，以致於辦不到的時候。例如：

・彼（かれ）には頑張（がんば）ろうという気持（きも）ちがないんです。助（たす）けたくても私（わたし）にはどうしようもありません。
他根本沒有努力的決心，就算我想幫忙也幫不上忙。

《其他選項》

▲ 選項 1「がたい／難以…」表示難以實現該動作的意思。例如：

・彼（かれ）の態度（たいど）は許（ゆる）しがたい。
他的態度讓人無法原諒。

▲ 選項 3「わけにはいかない／不能不…」用於表達根據社會上的、道德上的、心理上的因素，而無法做～之意。例如：

・今日（きょう）の食事会（しょくじかい）には先生（せんせい）もいらっしゃるから、時間（じかん）に遅（おく）れるわけにはいかない。
今天的餐會老師也將出席，所以實在不好意思遲到。

▲ 選項 4「どころではない／不是…的時候」用於表達因某緣由，沒有餘裕做～的情況時。例如：

・明日試験（あしたしけん）なので、テレビを見（み）るどころじゃないんです。
明天就要考試了，現在可不是看電視的時候。

＊2. 答案 2

即使是優秀的運動員，也（　）就能成為優秀的教練。
1 說不定　　2 未必
3 肯定是　　4 就是這樣

▲「(普通形) からといって／即使…，也不能…」後面伴隨著部分否定的表達方式，表示「（即使）根據～這一理由，也會跟料想的有所不同」之意。例如：

・アメリカで生まれたからといって、英語ができるとは限らない。
雖說是在美國出生的，未必就會說英語。

▲選項2「わけではない／並不是…」表示不能說全部都～，是部分否定的表達方式。例如：

・着物を自分で着るのは難しい。日本人なら誰でも着物が着られるというわけではない。
自己穿和服很不容易，並不是任何一個日本人都懂得如何穿和服。

▲本題要說的是不能以優秀的運動員為理由，就說所有的人都能成為優秀的教練。

《其他選項》

▲選項1「(動詞ます形) かねない／說不定將會…」表示有發生～這種不良結果的可能性。例如：

・そんな乱暴な運転では、事故を起こしかねない。
開車那樣橫衝直撞，說不定會引發交通意外。

＊3. 答案 3

同事的迎新會決定去唱卡拉 OK 了。我雖然歌唱得不好，（　）連一首都不唱吧。
1 肯定是不　　2 實在忍不住不
3 總不能　　4 若能不…就再好不過了

▲「(動詞ない形) ないわけにはいかない／總不能…」表示由於某緣故不能不做～之意。例如：

・責任者なので、私が先に帰るわけにはいかないんです。
由於是負責人，我總不能自己先回去。

《其他選項》

▲選項1「名詞；形容動詞詞幹；[形容詞・動詞] 普通形＋に相違ない／肯定是…」表示說話人根據經驗或直覺，做出非常肯定的判斷。例如：

・努力家の彼ならきっと合格するに相違ない。
以他那麼努力，一定會通過測驗的！

▲選項2「(動詞ない形) ないではいられない／不由自主地…」表示意志力無法控制地做～，不由自主地做～的心情之意。例如：

・被災地のことを思うと、一日も早い復興を願わないではいられません。
一想到災區，忍不住衷心祈禱早日恢復原貌。

▲選項4「([形容詞・動詞] 普通形現在) に越したことはない／最好是…」表示理所當然以～為好的意思。例如：

・何でも安いに越したことはないよ。
什麼都比不上便宜來得好！

＊4. 答案 1

我們遇上塞車了。照這樣下去，說不定下午的會議會（　）哦！
1 遲到　　2 提早到達
3 趕上　　4 趕不上

▲「(動詞ます形) かねない／很可能…」用於表達有發生～這種不良結果的可能性之時。例如：

・彼はすごいスピードを出すので、あれでは事故を起こしかねないよ。
他車子開得那麼快，不出車禍才奇怪哩！

《其他選項》

▲選項2、3意思是相反的。選項4由於「かねない」的前面不能接否定形，因此不正確。

✽ 5. 答案 1

對我來說，(　　)理解這麼難的數學。
1 沒辦法　2 難以　　3 無法　　4 不能做

▲ 能夠用於表示沒有能力的只有選項 1。

《其他選項》

▲ 選項 2、3、4 雖都表示無法～之意。但都不能用於表示沒有能力的意思上。

▲ 選項 2「がたい(難い)／難以…」表示難以實現該動作的意思。例如：

・あの優しい先生があんなに怒るなんて、信じがたい気持ちだった。
我實在難以想像那位和藹的老師居然會那麼生氣！

▲ 選項 3「かねる／無法…」用於表達在該狀況或條件，該人的立場上，難以做～時。例如：

・お客様の電話番号は、個人情報ですので、お教え出来かねます。
由於顧客的電話號碼屬於個資，請恕無法告知。

▲ 選項 4「わけにはいかない／不能…」用在由於社會上、道德上、心理因素等約束，無法做～之時。

✽ 6. 答案 1

她光用家裡現有的材料，就(　　)足以讓人大為吃驚的菜餚。
1 能夠做出　2 得到製作　　3 X　　4 X

▲ 從「她光用…的材料，美味的菜餚」意思來推敲，得知要選擇「作ることができる／能夠做出」。

《其他選項》

▲ 選項 2「得る／可能」雖然表示可能，有發生～的可能性之意，但不使用在特定的人之一般能力（如會做菜等）相關事項上。例如：

・両国の関係は話し合いの結果次第では改善し得るだろう。
兩國的關係在會談之後應當呈現好轉吧！

▲ 選項 3「にすぎない／只不過…」表示只不過是～而已，僅此而已沒有再更多的了。例如：

・歓迎会の準備をしたのは鈴木さんです。私はちょっとお手伝いしたにすぎないんです。
負責籌辦迎新會的是鈴木同學，我只不過幫了一點小忙而已。

▲ 選項 4「かねない／很可能…」表示有可能出現不希望發生的某種事態。例如：

・あいつなら、お金のためには人を殺しかねない。
那傢伙的話，為了錢甚至很可能會殺人。

10　樣子、比喻、限定、回想

問題 1

〈自動販賣機的王國——日本〉

只要投錢進去就會掉出香菸或飲料的機器稱為自動販賣機，日文簡稱「自販機」，在日本的普及率 1 高達世界第一，因此日本稱得上是自動販賣機的王國。外國人對於日本的自動販賣機數量之多感到驚訝，聽說甚至有人覺得新奇，還特地拍下自動販賣機的照片。

有一位在澀谷開店的老闆在看到那些外國人的反應之後，靈機一動，2 設計出能夠購買日本伴手禮的自動販賣機。據說那位老闆是將一般販賣香菸或飲料的自動販賣機，親手加工改造而成的。

那台自動販賣機銷售的是日式手巾、飾品等等日本傳統的物品與繪有日本風情圖案的小玩意，價格訂為一千日圓左右，即使店鋪打烊之後的深夜時分也能購買。絕大多數的顧客都是外國人，他們對這個巧思讚不絕口：「果然只有在治安良好的日本才能採用這種銷售方式！」、「真不愧是先進的日本技術！」

商店打烊之後的夜裡也能購買，就這點而言確實便利；[3] 能夠輕鬆容易買到漏買的贈禮，這一點也相當讓人感謝。然而，我實在無法認同這種 [4] 一句話 [4] 就銷售或購買物品的交易方式。尤其是將具有日本傳統文化的物品賣給外國人的時候，更是如此。比方賣日式手巾的時候，應該以口頭説明那是用來擦拭臉部和身體的用品，[5] 如果顧客買下，就該誠心誠意向顧客道謝説聲「感謝」，那才是對購買商品的客人應盡的禮儀，不是嗎？

（注 1）渋谷：澀谷，東京地名。

（注 2）手ぬぐい：日式手巾。

（注 3）テクノロジー：技術。

＊1. 答案 1

1 堪稱　　2 能夠…的…
3 既然…就…　　4 依舊

▲ 這裡是針對日本自動販賣機的普及率有多高而進行説明。強調程度的高度時用「ほど(の)／堪稱」。例如：

・今回の君の失敗は、会社がつぶれるほどの大きな問題なんだよ。
你這次失敗是相當嚴重的問題，差一點就害公司倒閉了！

▲ ※「ほど」與「くらい／到…程度」意思相同。

《其他選項》

▲ 選項 2「だけの／能夠…的…」表示範圍。例如：

・できるだけのことは全部しました。
能夠做的部分，已經統統都做了。

▲ 選項 3「からには／既然…，就…」表示既然～，就理所當然的意思。例如：

・やるからには全力でやります。
既然要做，就得竭盡全力！

▲ 選項 4「まま／依舊」表樣子，表示保持原始的樣貌、狀態等。例如：

・この辺りは相変わらず不毛なままだ。
這一帶至今還是一塊不毛的荒地。

＊2. 答案 3

1 更加　2 果然　3 居然　4 一提起

▲「なんと／居然」是對接下來即將敘述的內容表現出驚訝或感動的語詞。例如：

・おめでとうございます。なんと 100 万円の旅行券が当たりましたよ。
恭喜！您抽中了價值百萬圓的旅遊券喔！

《其他選項》

▲ 選項 1「さらに／更加」表示程度比現在更有甚之。例如：

・バターを少し入れると、さらにおいしくなります。
只要加入一點點奶油，就會變得更美味。

▲ 選項 2「やはり／果然」是和預想的一樣的意思。也用「やっぱり」的形式。

▲ 選項 4「というと／一提到…」表示從某個話題引起聯想之意。例如：

・上海というと、夜景がきれいだったのを思い出す。
一提到上海，就會回憶起那裡的美麗夜景。

＊3. 答案 2

1 換句話説　2 況且　3 相較於此　4 因為

▲ 前文有「便利」，後文有「相當讓人感謝」。由於前後説的都是好事，所以選表示再添加上相同事物之意的 2「それに／況且」。

《其他選項》

▲ 選項 1「つまり／換句話説」用在以別的説法來換句話説之時。例如：

・この人は母の姉、つまり伯母です。
這一位是媽媽的姊姊，也就是我的阿姨。

▲ 選項 3「それに対して／相較於此」用於比較兩件事物之時。

▲ 選項 4「なぜなら／因為」用於說明理由的時候。

＊4. 答案 1

1 連…也沒有	2 正因為
3 只要…就…	4 沒有…就（不能）…

▲ 本題要從前後文的「一句話」與「就銷售或購買物品的交易方式」兩句話的關係進行推敲。在「自動販賣機」購物「一句話」都不用講。作者指出實在無法認同，因此，必須選出意思為「一句話都沒有說的狀態下」的選項出來。

《其他選項》

▲ 選項 3「かぎりは／只要…就…」表限定，表示在前項狀態持續期間，就會發生後項的狀態。例如：

・返済（へんさい）に追（お）われているかぎり、人生（じんせい）は変（か）えられないだろう。
只要債務不斷纏身，人生就難以改變吧！

▲ 選項 4「を抜きにしては／沒有…就（不能）…」用於表示沒有～，…就很難成立之意。例如：

・鈴木選手（すずきせんしゅ）の活躍（かつやく）を抜（ぬ）きにしては、優勝（ゆうしょう）はあり得（え）なかった。
沒有鈴木運動員活躍的表現，就不可能獲勝了。

＊5. 答案 3

1 如果能買	2 如果買給他
3 如果顧客買下	4 如果能夠為他買下

▲ 前一句話有「賣給外國人的時候」，得知主語是賣方的業主。站在業主的角度的話，句子就成為「我（給外國人）…說明，道謝…」了。這樣一來 [5] 就要填入意思為「（我）在外國人買下日式手巾的時候」的內容。

11 期待、願望、當然、主張

問題 1

「結構です」

該如何正確運用「結構です」這句日語，相當不容易掌握。

比方說，到別人家作客時，主人說：「家裡有甜點，[1] ？」這時候，有以下兩種回答的方式：

A：「喔，好啊，那就不客氣了。」

B：「不，不用了。」

回答 A 的「結構」意思是「好呀」，表示贊同對方。

[2] ，回答 B 的「結構」則是委婉拒絕對方，表示不再需要了。同樣一句「結構」，卻含有完全相反的語意。因此，當邀請對方吃甜點的人說出「要不要嚐一些呢」之後，在聽到對方回答「結構」時，必須根據其前後的語句，比如回答 A 的「那就不客氣了」或是回答 B 的「不」，以及對方說話的口吻和語氣 [3] 。這在日本人看來很簡單，但 [4] 外國人 [4] 或許很難辨別該如何正確運用。

此外，「結構」還有另一個有點模糊的含意。

[5] ，「這個還滿好吃的唷！」「挺適合你的嘛！」。這裡的「結構」，意思是「相當地、頗為」。與「非常、極為」相較之下，程度略低一些。

總而言之，「結構」是一個頗為模糊的詞語。

＊1. 答案 3

1 可以給我嗎	2 能不能給我
3 要不要嚐一些呢	4 您在不在

▲ 這是推薦事物所用的語詞。「いかがですか／要不要嚐一些呢」是有禮貌的說法。

＊2. 答案 1

1相較於此	2不僅如此
3還是說	4即便

▲ [2] 前面的文章是在說明A，後面的文章是在說明B。

▲ 「(名詞、[形容詞・動詞]普通形＋の)に対して／對(於)…」表示與～相比較，與～情況不同的意思。例如：

・工場建設について住民の意見は、賛成20%に対して、反対は60%にのぼった。
關於建蓋工廠，當地居民有20%贊成，至於反對的人則高達了了60%。

＊3. 答案 4

1 X	2不愧是	3成為	4總是

▲ 「ことになる／總是…」用在表達從事實或情況來看，當然會有如此結果時。例如：

・頭のいい彼とゲームをすると、結局いつも僕が負けることになるんだ。
每次和頭腦聰明的他比賽，結果總是我輸。

《其他選項》

▲ 選項2「だけのことはある／不愧是」表符合期待，表示正面的評價，的確是名副其實的意思，含佩服、理解的心情。例如：

・この建物は実にいい、さすが有名な建築家が作っただけのことはある。
這棟建築物真是精巧美麗，果然不愧是名建築家的手筆。

＊4. 答案 2

1相對於…	2對…而言
3因為…而	4就…來說

▲ 相較於「這在日本人看來很簡單」，而「但 [4] 外國人 [4] 或許很難」。「(名詞)にとって／對於…來說」表示站在～的立場，來判斷的意思。

《其他選項》

▲ 選項1請參閱 [2]

▲ 選項3「によっては／因為…」表示就是因為～的意思。例如：

・少子化によって小学校の閉鎖が続いている。
受到少子化的影響，小學一所接著一所停辦。

▲ 選項4「にしては／就…而言算是…」表示以～這一現實的情況，跟預想的出入很大的意思。例如：

・今日は5月にしては暑いね。
以五月來說，今天真熱呀！

＊5. 答案 2

1那是因為	2舉例來說
3也因此	4也就是說

▲ [5] 前面的文章說的是「結構／非常」的另一層意思。後面的文章則舉例加以說明。而2是用在舉例進行說明的時候。

《其他選項》

▲ 選項1「なぜなら／那是因為」用在說明原因、理由的時候。例如：

・彼を信用してはいけない。なぜなら彼は今までに何度も嘘をついたからだ。
不可以相信他！因為他到目前為止，已經撒過好幾次謊了。

▲ 選項3「そのため／也因此」用在敘述原因、理由之後，說明導致其結果的時候。例如：

・担任が変わった。そのためクラスの雰囲気も大きく変わった。
班級導師換人了，因此班上的氣氛也有了很大的變化。

▲ 選項4「ということは／也就是說」以簡單易懂的方式進行解釋的時候。例如：

・今期は営業成績がよくない。ということはボーナスも期待できないということだ。
這一期的業務績效並不佳；也就是說，獎金沒指望了。

12 肯定、否定、對象、對應

問題 1

＊1. 答案 3

（　）害怕搭飛機，但一想到萬一發生意外，可以的話還是盡量避免搭乘。

1 難怪　　2 不可能
3 雖不至於　　4 何止

▲「盡量避免搭乘（飛機）」的理由，是因為前面的「一想到萬一發生意外」。由此得知答案（　）要選擇表示否定前面「害怕搭飛機」的理由的語詞。

▲「([形容詞・動詞] 普通形) わけではない／並不是…」用在想說明並不是特別～的時候。例如：

・私は映画はほとんど見ないが、映画が嫌いなわけじゃない。時間がないだけなんです。
我雖然幾乎不看電影，但並不是討厭電影，只是因為沒空。

※「わけではない／並不是…」其他還用在表示並非全部～的部分否定的意思。例如：

・大学には行きたいけど、どこでもいいわけではない。
雖然想上大學，但並不是隨便哪一所學校都無所謂。

《其他選項》

▲ 選項 1「わけだ／難怪…」用於表達必然導致這樣的結果時。例如：

・寒いわけだ。窓が開いてるよ。
難怪覺得冷，原來窗子開著嘛！

▲ 選項 2「わけがない／不可能…」用於表達絕對不可能的時候。例如：

・こんな難しい問題、できるわけがない。
這麼難的問題，我怎麼可能會！

▲ 選項 4「どころではない／何止…；哪裡還能…」有以下兩個意思。

▲ ①程度不同。例如：

・彼は日本語が話せるどころではない、日本の大学を卒業している。
他豈止會講日語，人家還是從日本的大學畢業的。

▲ ②因某緣由，沒有餘裕做～的情況。例如：

・仕事が忙しくて、ゆっくり食事をするどころじゃないんです。
工作忙得要命，哪有時間慢慢吃飯！

＊2. 答案 2

關於開發森林的議題，在村會議中（　）。

1 由村長舉行了演說　2 反對派占多數
3 持續了討論　　4 陳述自己的意見吧

▲「(名詞) をめぐって／圍繞著…」用在針對（　）的內容進行議論、爭執、爭論的時候。例如：

・親の残した遺産を巡って兄弟は醜い争いを続けた。
兄弟姊妹為了爭奪父母留下來的遺產而不斷骨肉相殘。

＊3. 答案 4

原本已經計畫好這個週末出門旅行，沒想到 3家母 1突然 3病倒了，根本沒 4那個 2心情 去玩了。

1 突然　　2 心情　　3 病倒了　4 那個

▲ 正確語順：週末は旅行に行く予定だったが、1突然　3母が倒れて　4それ　2どころ　ではなくなってしまった。

▲ 留意 2 的「どころ／心情」部分，可知這是句型「どころではない／哪裡還能…」的應用。「どころではない」前面要填入的是名詞的 4。而之前應填入 1 與 3。

《確認文法》

▲「(名詞、動詞辭書形) どころではない」用於表達沒有餘裕做～的時候。例如：

・明日は大雨だよ。登山どころじゃないよ。
明天會下大雨啦，怎麼可以爬山呢！

＊4. 答案 3

這種藥的 3服用 4方式，請 1依照 當下 2疼痛的程度，每次吃一粒至最多三粒。

1 依照　　2 疼痛的程度
3 服用　　4 方式

▲ 正確語順：この薬は、1回に1錠から3錠まで、その時の 2痛みに 1応じて 3使う 4ようにして ください。

▲ 選項2的「痛み／疼痛」是形容詞「痛い／痛」的名詞化用法。「(名詞) に応じて／依照…」表示依據～的情況，而發生變化的意思，由此得知2與1連接。「(動詞辭書形) ようにします／為了…」表示為了使該狀態成立，而留意、小心翼翼的做某事之意。得知3與4連接，並填在「ください／請…」之前。

▲ 從句尾的「てください／請…」得知這是醫生在說明藥物的使用方法。

《確認文法》

▲ 「(名詞) に応じて／依照…」的例子。

・有給休暇の日数は勤続年数に応じて決まります。
有薪年假的日數依年資而定。

＊5. 答案 2

即使是在同樣的地方，2視 3攝影師 4的技術，有時候可以拍出 1壯觀的風景。

1 壯觀的風景　　2 視
3 攝影師　　4 的技術

▲ 正確語順：同じ場所でも、写真にすると 3カメラマン 4の腕 2次第で 1すばらしい景色 に見えるものだ。

▲ 「に見える／展現出」前面應填入1。接下來雖然想讓3、2相連，但由於「腕／技術」是表示技術的意思，所以3的後面應該連接4，之後再接2。

《確認文法》

▲ 「(名詞) 次第だ／要看…而定」用於表達全憑～的情況而決定的意思。例如：

・試験の結果次第では、奨学金がもらえるので、がんばりたい。
獎學金能否申領，端視考試結果而定，所以我想努力準備。

＊6. 答案 2

2根據 1故事的 3內容，挑選 4演出 的演員。

1 故事的　2 根據　3 內容　4 演出

▲ 正確語順：1物語の 3内容に 2応じて、4演じる 俳優を選びます。

▲ 首先注意2的「応じて／按照」部分，知道這是句型「に応じて／根據…」的運用，所以3要連接2。從句意知道，「内容に応じて／根據內容」前面要填入1的「物語の／故事的」；後面要填入4的「演じる／演出的」，來修飾「俳優／演員」。正確語順是「1→3→2→4」。

13 值得、話題、感想、埋怨

問題 1

＊1. 答案 1

A：「這部影集很好看喔！」
B：「（　　）影集，我上次在原宿看到了那個女演員北川里美喔！」

1 說到　2 提到　3 所謂　4 如果…就…

▲ 「(提起的話題) といえば／說到…」用在承接某個話題的內容，並由這個話題引起另一個相關話題的時候。例如：

・A：このドラマ、いいですよ。
這齣影集很好看喔！」

・B：ドラマといえば、昨日、駅前でドラマの撮影をしていたよ。

說到影集，昨天有劇組在車站前拍攝喔！」

《其他選項》

▲ 選項 2「といったら／提到…」用在從某～的內容，馬上聯想到另一個相關話題的時候。例如：

・日本の花といったらやはり桜ですね。
提到日本的花，第一個想到的就是櫻花吧！

▲ 選項 3「とは／所謂…」前接～對該內容進行說明定義的用法。例如：

・「逐一」とは、一つ一つという意味です。
所謂「逐一」的意思是指一項接著一項。

▲ 選項 4「となると／如果…就…」表示如果發展到～情況，就理所當然導向某結論、某動作。例如：

・沢田さんが海外に赴任となると、ここも寂しくなりますね。
要是澤田小姐派駐國外以後，這裡就要冷清了呢。

＊2. 答案 2

她年輕時雖是個默默無聞的歌手，但是後來（　）了名氣響叮噹的女明星。
1 對…而言　　2 成（成為）
3 在…這一點上　　4 談到

▲「(名詞) として…／以…身份」表示以～的立場、資格、身份之意。「…」後面要接表示行動或狀態的敘述。例如：

・私は交換留学生として日本に来ました。
我是以交換學生的身分來到日本留學的。例如：

・彼は絵本作家として世界で高く評価されています。
他是享譽世界的繪本作家。

《其他選項》

▲ 選項 1「(名詞) にとって／對於…來說」大多以人為主語，表示以該人的立場來進行判斷之意。例如：

・彼女にとって、歌はこの世で一番大切なものでした。
對她來說，歌唱曾經是世界上最重要的事。

▲ 選項 3「(名詞) にかけては／在…這一點上」表示（名詞）在技術或能力上比任何人都優秀之意。例如：

・私は声の大きさにかけては誰にも負けません。
我的大嗓門絕不輸給任何人。

▲ 選項 4「(承接話題) といえば／談到…」用在承接某個話題，並由這個話題引起另一個相關話題的時候。例如：

・A：このレストラン、おいしいと評判ですよ。
大家都稱讚這家餐廳好吃喔！

・B：おいしいといえば、この間もらった京都土産のお菓子、とってもおいしかったです。
說到好吃，上次收到從京都帶回來的糕餅伴手禮，真是太好吃了！

＊3. 答案 4

（　）那是抱怨訴苦，（　）是恐嚇啊。
1 說是也　　2 說是
3 說起　　4 與其說…，還不如說…

▲ 選項 3「というと／說起…（就會想起）」表話題，表示承接話題，並進行有關的聯想。

▲ 選項 4「というより／與其說…，還不如說…」表比較。表示在比較過後，後項的說法比前項更恰當。

▲ 本句是表示「與其說…（轉換說法），不如說…更為合適」的意思，這樣看來，1、2、3 三個選項都不能用。正確答案是 4。

＊4. 答案 3

（　）日本的傳統文化，（　）有插花跟茶道。
1 所謂的…就是…　　2 如果…
3 說起…（就會想起）　　4 雖說…但…

▲ 選項 1「ということは／所謂的…就是…」表話題，用在帶著感情說明事情的特徵、本質等，後接感慨句子。

▲ 選項 2「とすると／如果…」表假定條件，表示如果是那樣的話，將會發生什麼。

▲ 選項 3「といえば／說起…（就會想起）」表話題，表示承接話題，並進行有關的聯想。

▲ 選項 4「といっても／雖說…但…」表逆接讓步。雖說前項是事實，但程度很低。

▲ 這是順接的句子，先承接前項的話題，然後引起後項另一個相關話題的句子。而 1 後面要接感慨句子，2 、 4 不符句子的意思。所以正確答案是 3。

＊5. 答案 1

（　）足球知識（　），誰也比不過他。
1 在…方面　　2 根據…
3 對…來說　　4 對…

▲ 選項 1「にかけては／在…方面」表話題，表示比任何人能力都強之意。

▲ 選項 2「によっては／根據…」表對應，表示後項的情況，會因為前項的人事物等不同而不同。

▲ 選項 3「してみれば／對…來說」表立場，接人的名詞後，表示說話人跟其他人相比有不同的看法時。

▲ 選項 4「にたいしては／對…；相對的是…」表對象跟對比，表示動作針對的對象，也表示前後敘述的是兩個相反的內容。

▲ 從句子的整體意思來看，應該是用「話題」的表現方式，所以只能用選項 1。

＊6. 答案 2

在 4絕不放棄 3這一點 2上 我絕不輸 1給任何人。
1 給任何人　　2 …上
3 這一點　　4 絕不放棄

▲ 正確語順：4あきらめない　3ことに　2かけては　1だれにも　負(ま)けません。

▲ 本題應從「だれにも負けません／絕不輸給任何人」這句話開始解題。「～にかけては／在…這一點上」句型中「～」處應填入 4 與 3 。

《確認文法》

▲ 「（名詞）にかけては」表示比任何人能力都強之意。例如：

・しゃべることにかけては、ホンさんがクラスで一番(いちばん)です。
在講話方面，洪同學稱得上全班第一。

Index

索引

Index 索引

あ

い

う

お

か

き

く

け

こ

さ

し

す

そ

た

つ

て

と

な

に

ぬ

ね

の

は

ふ

へ

ほ

ま

も

や

を

JLPT

考試分數大躍進
累積實力
百萬考生見證
應考秘訣

考試相關概要
根據日本國際交流基金

N1

快速通關
絕對合格
日檢［文法］
新制對應

QR code

日檢權威山田社 持續追蹤最新日檢題型變化！

吉松由美, 田中陽子, 西村惠子, 大山和佳子, 林勝田, 山田社日檢題庫小組　合著

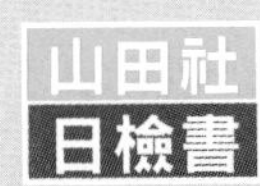

前言 preface

《絕對合格 全攻略！新制日檢 N1 必背必出文法》

秒記文法心智圖＋瞬間回憶關鍵字＋
直擊考點全真模擬考題＋「5W+1H」細分使用狀況
最具權威日檢金牌教師，竭盡所能，濃縮密度，
讓您學習效果再次翻倍！

《絕對合格 全攻略！新制日檢 N1 必背必出文法》百分百全面日檢學習對策，讓您制勝考場：

★「以一帶十機能分類」幫您歸納，腦中文法不再零亂分散，概念更紮實，學習更精熟！
★「秒記文法心智圖」圖解文法考試重點，像拍照一樣，一看就記住！
★「瞬間回憶關鍵字」濃縮文法精華成膠囊，考試瞬間打開記憶寶庫。
★「5W+1H」細分使用狀況，絕對貼近日檢考試，高效學習不漏接！
★ 類義文法用法辨異，掃清盲點，突出易混點，高分手到擒來！
★ 小試身手分類題型立驗學習成果，加深記憶軌跡！
★ 必勝全真模擬試題，直擊考點，全解全析，100% 命中考題！

本書提供 100%全面的文法學習對策，讓您輕鬆取證，致勝考場！特色有：

1 100%分類 「以一帶十機能分類」，以功能化分類，快速建立文法體系！

書中將文法機能進行分類，按時間、目的、可能、程度、評價、限定、列舉、感情、主張…等共 14 章節，幫您歸納，以一帶十，把零散的文法句型系統列出，讓學習更有效果，文法概念更為紮實，學習更為精熟。

2 100%秒記 「秒記文法心智圖」圖解文法考試重點，像拍照一樣，一看就記住！

本書幫您精心整理超秒記文法心智圖，透過有效歸納、整理的關鍵字及圖表，讓您學習思維在一夕間蛻變，讓您學習思考化被動為主動。

化繁為簡的「心智圖」中，「放射狀聯想」讓記憶圍繞在中央的關鍵字，不偏離主題；「群組化」利用關鍵字，來分層、分類，讓記憶更有邏輯；「全體檢視」可以讓您不遺漏也不偏重某項目。這樣自然能夠將文法重點，長期的停留在腦中，像拍照一樣，達到永久記憶的效果。

3 100%濃縮 「瞬間回憶關鍵字」濃縮文法精華成膠囊，考試瞬間打開記憶寶庫！

文法解釋為什麼總是那麼抽象又複雜，每個字都讀得懂，但卻很難讀進腦袋裡？本書貼心在每項文法解釋前加上「關鍵字」，也就是將大量資料簡化的「重點字句」，去蕪存菁濃縮文法精華成膠囊，幫助您以最少時間就能輕鬆抓住重點，刺激聯想，進而達到長期記憶的效果！有了這項記憶法寶，絕對讓您在考試時瞬間打開記憶寶庫，高分手到擒來！

100%細分　「5W+1H」細分使用狀況，絕對貼近日檢考試，高效學習不漏接！

學習日語文法，要讓日文像一股活力，打入自己的體內，就要先掌握文法中的人事時地物（5W+1H）等要素，了解每一項文法、文型，是在什麼場合、什麼時候、對誰使用、為何使用，這樣學文法就能慢慢跳脱死記死背的方式，進而變成一個真正屬於您且實用的知識！

因此，書中將所有符合 N1 文法程度的 5 個 W 跟 1 個 H 等使用狀況細分出來，並列出相對應的例句，讓您看到考題，答案立即選出！

5 100%辨異　類義文法用法辨異，掃清盲點，突出易混點，高分手到擒來！

書中每項文法，還特別將難分難解刁鑽易混淆的文法項目，用「比一比」的方式進行整理、歸類，並分析易混淆文法間的意義、用法、語感、接續…等的微妙差異。讓您在考場中不必再「左右為難」「一知半解」，一看題目就能迅速找到答案，一舉拿下高分！

6 100%實戰　立驗成果文法小練習，身經百戰，成功自然手到擒來！

每個單元後面，先附上文法小練習，幫助您在學習完文法概念後，「小試身手」一下！提供您豐富的實戰演練，當您身經百戰，成功自然手到擒來！

7 100%命中　必勝全真模擬試題，直擊考點，全解全析，100% 命中考題！

每單元最後又附上，金牌日檢教師以專業與實力精心撰寫必勝模擬試題，試題完整掌握新制日檢出題傾向，並參考國際交流基金和及財團法人日本國際教育支援協會對外公佈的，日本語能力試驗文法部分的出題標準。最後並作了翻譯及直擊考點的解題分析！讓您可以即時演練、即時得知解題技巧，就像有個貼身日語教師幫您全解全析，帶您 100% 命中考題！

8 100%情境　日籍教師親自錄音，發音、語調、速度都力求符合新日檢考試情境！

書中所有日文句子，都由日籍教師親自錄音，發音、語調、速度都要求符合 N1 新日檢聽力考試情境，讓您一邊學文法，一邊還能熟悉 N1 情境的發音，這樣眼耳並用，為您打下堅實基礎，全面提升日語力！

目錄

contents

N1 題型分析

測驗科目（測驗時間）		試題內容				
		題型			小題題數＊	分析
語言知識、讀解（110分）	文字、語彙	1	漢字讀音	◇	6	測驗漢字語彙的讀音。
		2	選擇文脈語彙	○	7	測驗根據文脈選擇適切語彙。
		3	同義詞替換	○	6	測驗根據試題的語彙或說法，選擇同義詞或同義說法。
		4	用法語彙	○	6	測驗試題的語彙在文句裡的用法。
	文法	5	文句的文法1（文法形式判斷）	○	10	測驗辨別哪種文法形式符合文句內容。
		6	文句的文法2（文句組構）	◆	5	測驗是否能夠組織文法正確且文義通順的句子。
		7	文章段落的文法	◆	5	測驗辨別該文句有無符合文脈。
	讀解＊	8	理解內容（短文）	○	4	於讀完包含生活與工作之各種題材的說明文或指示文等，約200字左右的文章段落之後，測驗是否能夠理解其內容。
		9	理解內容（中文）	○	9	於讀完包含評論、解說、散文等，約500字左右的文章段落之後，測驗是否能夠理解其因果關係或理由。
		10	理解內容（長文）	○	4	於讀完包含解說、散文、小說等，約1000字左右的文章段落之後，測驗是否能夠理解其概要或作者的想法。
		11	綜合理解	◆	3	於讀完幾段文章（合計600字左右）之後，測驗是否能夠將之綜合比較並且理解其內容。
		12	理解想法（長文）	◇	4	於讀完包含抽象性與論理性的社論或評論等，約1000字左右的文章之後，測驗是否能夠掌握全文想表達的想法或意見。
		13	釐整資訊	◆	2	測驗是否能夠從廣告、傳單、提供各類訊息的雜誌、商業文書等資訊題材（700字左右）中，找出所需的訊息。
聽解（60分）		1	理解問題	◇	6	於聽取完整的會話段落之後，測驗是否能夠理解其內容（於聽完解決問題所需的具體訊息之後，測驗是否能夠理解應當採取的下一個適切步驟）。
		2	理解重點	◇	7	於聽取完整的會話段落之後，測驗是否能夠理解其內容（依據剛才已聽過的提示，測驗是否能夠抓住應當聽取的重點）。
		3	理解概要	◇	6	於聽取完整的會話段落之後，測驗是否能夠理解其內容（測驗是否能夠從整段會話中理解說話者的用意與想法）。
		4	即時應答	◆	14	於聽完簡短的詢問之後，測驗是否能夠選擇適切的應答。
		5	綜合理解	◇	4	於聽完較長的會話段落之後，測驗是否能夠將之綜合比較並且理解其內容。

＊「小題題數」為每次測驗的約略題數，與實際測驗時的題數可能未盡相同。此外，亦有可能會變更小題題數。

＊有時在「讀解」科目中，同一段文章可能會有數道小題。

＊符號標示：「◆」舊制測驗沒有出現過的嶄新題型；「◇」沿襲舊制測驗的題型，但是更動部分形式；「○」與舊制測驗一樣的題型。

資料來源：《日本語能力試驗JLPT官方網站：分項成績・合格判定・合否結果通知》。2016年1月11日，取自：http://www.jlpt.jp/tw/guideline/results.html

本書使用說明

Point 1 秒記文法心智圖

有效歸納、整理的關鍵字及圖表，讓您學習思維在一夕間蛻變，思考化被動為主動！

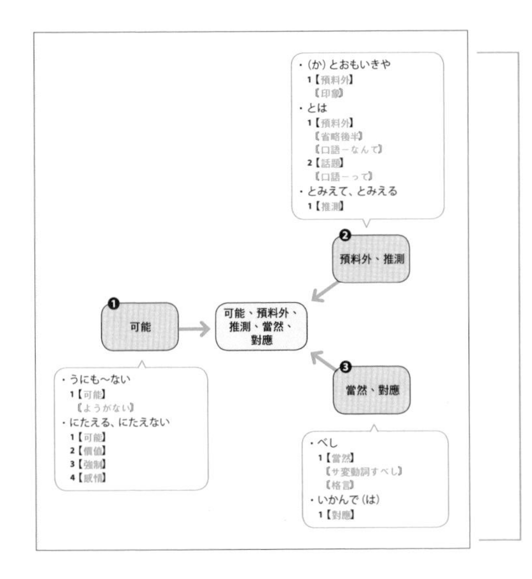

所有文法的類型通通一覽無遺！搭配文法關鍵字，記憶更快速！

Point 2 瞬間回憶關鍵字

每項文法解釋前加上「關鍵字」，也就是將大量資料簡化的「重點字句」，幫助您以最少時間就能輕鬆抓住重點，刺激聯想，進而達到長期記憶的效果！

文法關鍵字

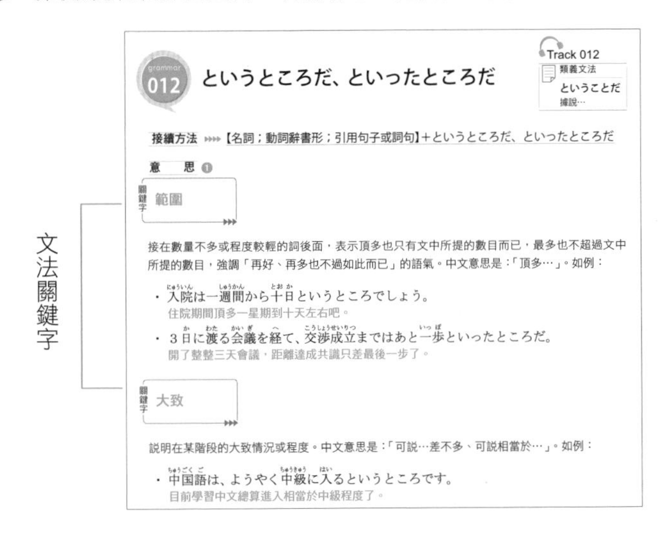

Point 3 「5W+1H」細分使用狀況

將所有符合 N1 文法程度的 5 個 W 跟 1 個 H 等使用狀況細分出來，並列出相對應的例句，讓您看到考題，答案立即選出！

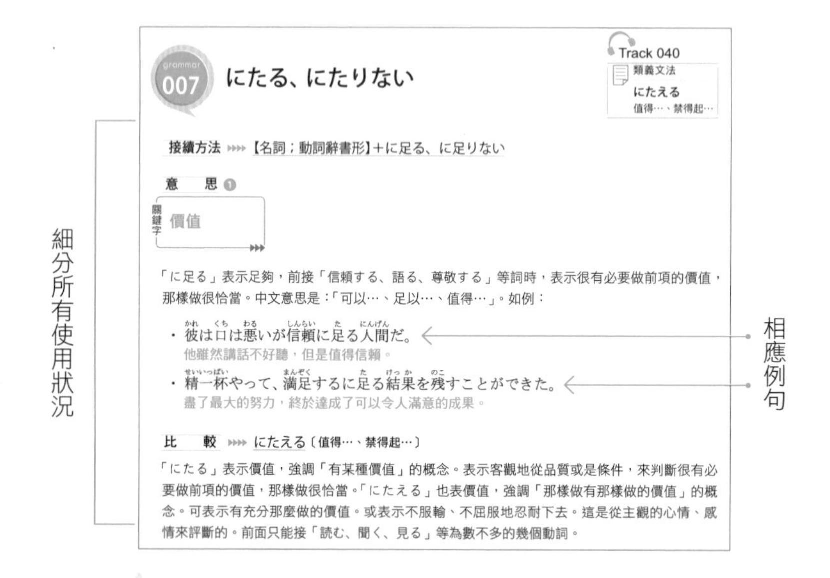

Point 4 類義文法用法辨異

每項文法特別將難分難解刁鑽易混淆的文法項目，用「比一比」的方式進行整理、歸類，並分析易混淆文法間的意義、用法、語感、接續…等的微妙差異。讓您在考場中一看題目就能迅速找到答案，一舉拿下高分！

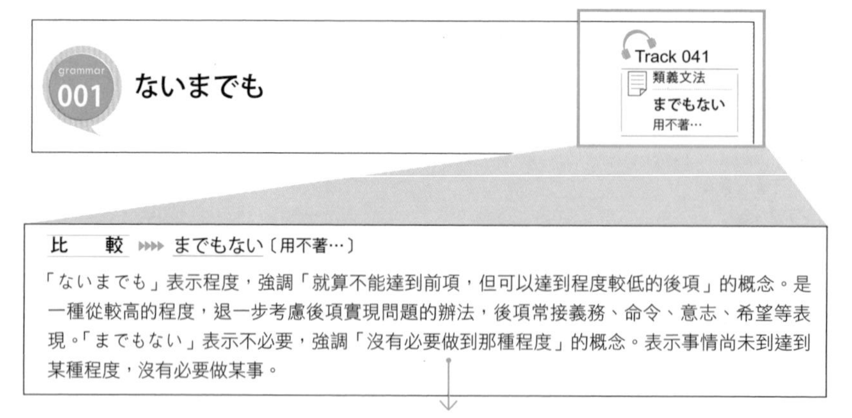

Point 5 小試身手＆必勝全真模擬試題＋解題攻略

學習完每章節的文法內容，馬上為您準備小試身手，測驗您學習的成果！接著還有金牌日檢教師以專業與實力精心撰寫必勝模擬試題，試題完整掌握新制日檢出題傾向，還附有翻譯及直擊考點的解題分析！讓您可以即時演練、即時得知解題技巧，就像有個貼身日語教師幫您全解全析，帶您 100% 命中考題！

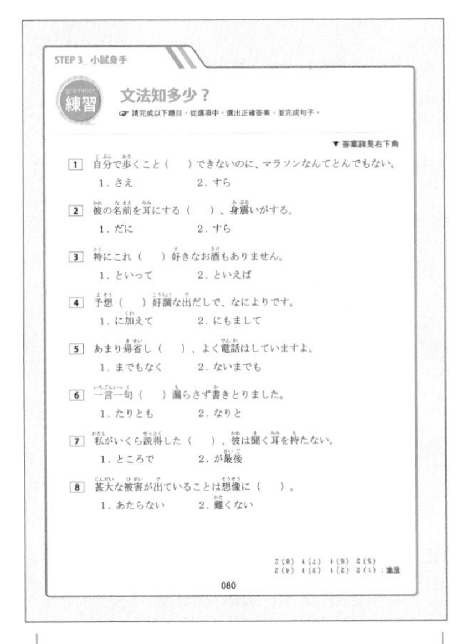

STEP 3_小試身手

練習 文法知多少？

請完成以下題目，從選項中，選出正確答案，並完成句子。

▼ 答案詳見右下角

1 自分で歩くこと（　）できないのに、マラソンなんてとんでもない。
1. さえ　2. すら

2 彼の名前を耳にする（　）、身震いがする。
1. だに　2. すら

3 特にこれ（　）好きなお酒もありません。
1. といって　2. といえば

4 予想（　）好調な出だしで、なによりです。
1. に加えて　2. にもまして

5 あまり帰省し（　）、よく電話はしていますよ。
1. までもなく　2. ないまでも

6 一言一句（　）漏らさず書きとりました。
1. たりとも　2. なりと

7 私がいくら説得した（　）、彼は聞く耳を持たない。
1. ところで　2. が最後

8 甚大な被害が出ていることは想像に（　）。
1. あたらない　2. 難くない

080

文法小試身手

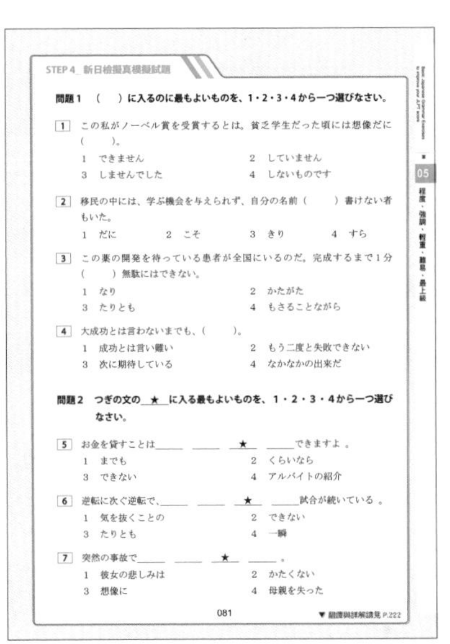

STEP 4_新日檢擬真模擬試題

問題1 （　）に入るのに最もよいものを、1・2・3・4から一つ選びなさい。

1 この私がノーベル賞を受賞するとは。貧乏学生だった頃には想像だに（　）。
1 できません　2 していません
3 しませんでした　4 しないものです

2 移民の中には、学ぶ機会を与えられず、自分の名前（　）書けない者もいた。
1 だに　2 こそ　3 きり　4 すら

3 この薬の開発を待っている患者が全国にいるのだ。完成するまで1分（　）無駄にはできない。
1 なり　2 かたがた
3 たりとも　4 もさることながら

4 大成功とは言わないまでも、（　）。
1 成功とは言い難い　2 もう二度と失敗できない
3 次に期待している　4 なかなかの出来だ

問題2 つぎの文の ★ に入る最もよいものを、1・2・3・4から一つ選びなさい。

5 お金を貸すことは＿＿ ＿＿ ★ ＿＿できますよ。
1 までも　2 くらいなら
3 できない　4 アルバイトの紹介

6 逆転に次ぐ逆転で、＿＿ ＿＿ ★ ＿＿試合が続いている。
1 気を抜くことの　2 できない
3 たりとも　4 一瞬

7 突然の事故で＿＿ ＿＿ ★ ＿＿。
1 彼女の悲しみは　2 かたくない
3 想像に　4 母親を失った

05 程度、強調、輕重、難易、最上級

081

▼ 翻譯與詳解請見 P.222

全真模擬考題

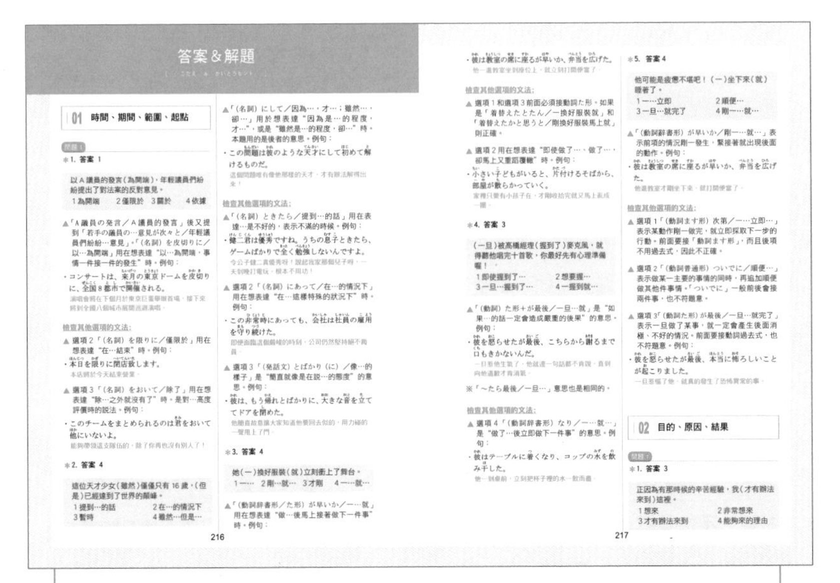

答案＆解題

01 時間、期間、範圍、起點

問題1

＊1. 答案 1

以Ａ議員的發言（為開端），年輕議員們紛紛提出了對法案的反對意見。
1 為開端　2 僅限於　3 關於　4 依據

▲「Ａ議員の発言／Ａ議員的發言」後又提到「若手の議員の…意見が次々と／年輕議員們紛紛…意見」。「（名詞）を皮切りに／以…為開端」用在想表達“以…為開端，事情一件接一件的發生”時。例句：

・コンサートは、来月の東京ドームを皮切りに、全国８都市で開催される。
演唱會將在下個月於東京巨蛋舉辦首場，接下來將到全國八個城市展開巡迴演唱。

檢查其他選項的文法：

▲ 選項２「（名詞）を限りに／僅限於」用在想表達“在…結束”時。例句：

・本日を限りに閉店致します。
本店將於今天結束營業。

▲ 選項３「（名詞）をおいて／除了」用在想表達“除…之外就沒有了”時。是對…高度評價時的說法。例句：

・このチームをまとめられるのは君をおいて他にいないよ。
能夠帶領這支隊伍的，除了你再也沒有別人了！

＊2. 答案 4

這位天才少女（雖然）僅僅只有16歲，（但是）已經達到了世界的顛峰。
1 提到…的話　2 在…的情況下
3 暫時　4 雖然…但是…

▲「（名詞）にして／因為…，才…；雖然…，卻…」用於想表達“因為是…的程度，才…”，或是“雖然是…的程度，卻…”時。本題用的是後者的意思。例句：

・この問題は彼のような天才にして初めて解けるものだ。
這個問題唯有像他那樣的天才，才有辦法解得出來！

檢查其他選項的文法：

▲「（名詞）ときたら／提到…的話」用在表達…是不好的，表示不滿的時候。例句：

・健二君は優秀ですね。うちの息子ときたら、ゲームばかりで全く勉強しないんですよ。
令公子健二真優秀呀！說起我家那個兒子呀，一天到晚打電玩，根本不用功！

▲ 選項２「（名詞）にあって／在…的情況下」用在想表達“在…這樣特殊的狀況下”時。例句：

・この非常時にあっても、会社は社員の雇用を守り続けた。
即便面臨這個艱峻的時刻，公司仍然堅持締不裁員。

▲ 選項３「（発話文）とばかり（に）／像…的樣子」是“簡直就像是在說…的態度”的意思。例句：

・彼は、もう帰れとばかりに、大きな音を立ててドアを閉めた。
他簡直故意讓大家知道他要回去似的，用力砰的一聲甩上了門。

＊3. 答案 4

她（一）換好服裝（就）立刻衝上了舞台。
1 一…　2 剛…就…　3 才剛　4 一…就…

▲「（動詞辭書形／た形）が早いか／一…就」用在想表達“做…後馬上接著做下一件事”時。例句：

216

・彼は教室の席に座るが早いか、弁当を広げた。
他一進教室坐到座位上，就立刻打開便當了。

檢查其他選項的文法：

▲ 選項１和選項３前面必須接動詞た形。如果是「着替えたとたん／一換好服裝就」和「着替えたかと思うと／剛換好服裝馬上就」則正確。

▲ 選項２用在想表達“即使做了…，做了…，卻馬上又重蹈覆轍”時。例句：

・小さい子どもがいると、片付けるそばから、部屋が散らかっていく。
家裡只要有小孩子在，才剛收拾完就又馬上亂成一團。

＊4. 答案 3

（一旦）被高橋經理（握到了）麥克風，就得聽他唱完十首歌，你最好先有心理準備喔！
1 即使握到了…　2 想要握…
3 一旦…握到了…　4 一握到就…

▲「（動詞）た形＋が最後／一旦…就」是“如果…的話一定會造成嚴重的後果”的意思。例句：

・彼を怒らせたが最後、こちらから謝るまで口もきかないんだ。
一旦惹他生氣了，他就連一句話都不肯說，直到向他道歉才肯消氣。

※「～たら最後／一旦…」意思也是相同的。

檢查其他選項的文法：

▲ 選項４「（動詞辭書形）なり／一…就…」是“做了…後立即做下一件事”的意思。例句：

・彼はテーブルに着くなり、コップの水を飲み干した。
他一到桌前，立刻把杯子裡的水一飲而盡。

＊5. 答案 4

他可能是疲憊不堪吧！（一）坐下來（就）睡著了。
1 一…立即　2 順便…
3 一旦…就完了　4 剛一…就…

▲「（動詞辭書形）が早いか／剛一…就…」表示前項的情況剛一發生，緊接著就出現後面的動作。例句：

・彼は教室の席に座るが早いか、弁当を広げた。
他進教室才剛坐下來，就打開便當了。

檢查其他選項的文法：

▲ 選項１「（動詞ます形）次第／一…立即…」表示某動作剛一做完，就立即採取下一步的行動。前面要接「動詞ます形」，而且後項不用過去式，因此不正確。

▲ 選項２「（動詞普通形）ついでに／順便…」表示做某一主要的事情的同時，再追加順便做其他件事情。「ついでに」一般前後會接兩件事，也不符題意。

▲ 選項３「（動詞た形）が最後／一旦…就完了」表示一旦做了某事，就一定會產生後面消極、不好的情況。前面要接動詞過去式，也不符題意。例句：

・彼を怒らせたが最後、本当に怖ろしいことが起こりました。
一旦惹惱了他，就真的發生了恐怖異常的事。

02 目的、原因、結果

問題1

＊1. 答案 3

正因為有那時候的辛苦經驗，我（才有辦法來到）這裡。
1 想來　2 非常想來
3 才有辦法來到　4 能夠來的理由

217

模擬考題解題

詞性說明

詞　性	定　義	例（日文 ／中譯）
名詞	表示人事物、地點等名稱的詞。有活用。	門（大門）
形容詞	詞尾是い。說明客觀事物的性質、狀態或主觀感情、感覺的詞。有活用。	細い（細小的）
形容動詞	詞尾是だ。具有形容詞和動詞的雙重性質。有活用。	静かだ（安靜的）
動詞	表示人或事物的存在、動作、行為和作用的詞。	言う（說）
自動詞	表示的動作不直接涉及其他事物。只說明主語本身的動作、作用或狀態。	花が咲く（花開。）
他動詞	表示的動作直接涉及其他事物。從動作的主體出發。	母が窓を開ける（母親打開窗戶。）
五段活用	詞尾在ウ段或詞尾由「ア段＋る」組成的動詞。活用詞尾在「ア、イ、ウ、エ、オ」這五段上變化。	持つ（拿）
上一段活用	「イ段＋る」或詞尾由「イ段＋る」組成的動詞。活用詞尾在イ段上變化。	見る（看） 起きる（起床）
下一段活用	「エ段＋る」或詞尾由「エ段＋る」組成的動詞。活用詞尾在エ段上變化。	寝る（睡覺） 見せる（讓…看）
變格活用	動詞的不規則變化。一般指カ行「来る」、サ行「する」兩種。	来る（到來） する（做）
カ行變格活用	只有「来る」。活用時只在カ行上變化。	来る（到來）
サ行變格活用	只有「する」。活用時只在サ行上變化。	する（做）
連體詞	限定或修飾體言的詞。沒活用，無法當主詞。	どの（哪個）
副詞	修飾用言的狀態和程度的詞。沒活用，無法當主詞。	余り（不太…）
副助詞	接在體言或部分副詞、用言等之後，增添各種意義的助詞。	～も（也…）
終助詞	接在句尾，表示說話者的感嘆、疑問、希望、主張等語氣。	か（嗎）
接續助詞	連接兩項陳述內容，表示前後兩項存在某種句法關係的詞。	ながら（邊…邊…）
接續詞	在段落、句子或詞彙之間，起承先啟後的作用。沒活用，無法當主詞。	しかし（然而）
接頭詞	詞的構成要素，不能單獨使用，只能接在其他詞的前面。	御～（貴〈表尊敬及美化〉）
接尾詞	詞的構成要素，不能單獨使用，只能接在其他詞的後面。	～枚（…張〈平面物品數量〉）
寒暄語	一般生活上常用的應對短句、問候語。	お願いします（麻煩…）

關鍵字及符號表記說明

符號表記	文法關鍵字定義	呈現方式
【 】	該文法的核心意義濃縮成幾個關鍵字。	【義務】
〖 〗	補充該文法的意義。	〖決心〗

文型接續解說

▶ 形容詞

活　用	形容詞（い形容詞）	形容詞動詞（な形容詞）
形容詞基本形（辭書形）	大(おお)きい	綺麗(きれい)だ
形容詞詞幹	大(おお)き	綺麗(きれい)
形容詞詞尾	い	だ
形容詞否定形	大(おお)きくない	綺麗(きれい)でない
形容詞た形	大(おお)きかった	綺麗(きれい)だった
形容詞て形	大(おお)きくて	綺麗(きれい)で
形容詞く形	大(おお)きく	×
形容詞假定形	大(おお)きければ	綺麗(きれい)なら（ば）
形容詞普通形	大(おお)きい 大(おお)きくない 大(おお)きかった 大(おお)きくなかった	綺麗(きれい)だ 綺麗(きれい)ではない 綺麗(きれい)だった 綺麗(きれい)ではなかった
形容詞丁寧形	大(おお)きいです 大(おお)きくありません 大(おお)きくないです 大(おお)きくありませんでした 大(おお)きくなかったです	綺麗(きれい)です 綺麗(きれい)ではありません 綺麗(きれい)でした 綺麗(きれい)ではありませんでした

▶ 名詞

活　用	名　詞
名詞普通形	雨(あめ)だ 雨(あめ)ではない 雨(あめ)だった 雨(あめ)ではなかった
名詞丁寧形	雨(あめ)です 雨(あめ)ではありません 雨(あめ)でした 雨(あめ)ではありませんでした

▶ 動詞

活 用	五 段	一 段	カ 変	サ 変
動詞基本形（辭書形）	書(か)く	集(あつ)める	来(く)る	する
動詞詞幹	書(か)	集(あつ)	0（無詞幹詞尾區別）	0（無詞幹詞尾區別）
動詞詞尾	く	める	0	0
動詞否定形	書(か)かない	集(あつ)めない	来(こ)ない	しない
動詞ます形	書(か)きます	集(あつ)めます	来(き)ます	します
動詞た形	書(か)いた	集(あつ)めた	来(き)た	した
動詞て形	書(か)いて	集(あつ)めて	来(き)て	して
動詞命令形	書(か)け	集(あつ)めろ	来(こ)い	しろ
動詞意向形	書(か)こう	集(あつ)めよう	来(こ)よう	しよう
動詞被動形	書(か)かれる	集(あつ)められる	来(こ)られる	される
動詞使役形	書(か)かせる	集(あつ)めさせる	来(こ)させる	させる

動詞使役被動形	書かされる	集めさせられる	来させられる	させられる
動詞可能形	書ける	集められる	来られる	できる
動詞假定形	書けば	集めれば	来れば	すれば
動詞命令形	書け	集めろ	来い	しろ
動詞普通形	行く 行かない 行った 行かなかった	集める 集めない 集めた 集めなかった	来る 来ない 来た 来なかった	する しない した しなかった
動詞丁寧形	行きます 行きません 行きました 行きませんでした	集めます 集めません 集めました 集めませんでした	来ます 来ません 来ました 来ませんでした	します しません しました しませんでした

N1 JLPT

MEMO

Lesson 01 時間、期間、範囲、起点

▶ 時間、期間、範圍、起點

date. 1 ／ date. 2 ／

時間、期間、範圍、起點

❶ 時間

- にして
  - 1【時點】
  - 2【列舉】
  - 3【逆接】
  - 4【短時間】
- にあって（は／も）
  - 1【時點・場合－順接】〔逆接〕
- まぎわに（は）、まぎわの
  - 1【時點】〔間際の N〕
- ぎわに、ぎわの
  - 1【時點】
  - 2【界線】
  - 3【位置】
- を～にひかえて
  - 1【時點】〔N がひかえて〕〔をひかえた N〕
- や、やいなや
  - 1【時間前後】
- がはやいか
  - 1【時間前後】〔がはやいか～た〕
- そばから
  - 1【時間前後】
- なり
  - 1【時間前後】

❷ 期間、範圍、起點

- この、ここ～というもの
  - 1【強調期間】
- ぐるみ
  - 1【範圍】
- というところだ、といったところだ
  - 1【範圍】〔大致〕〔口語－ってとこだ〕
- をかわきりに、をかわきりにして、をかわきりとして
  - 1【起點】

にして

接續方法 ▸▸▸▸ 【名詞】＋にして

意　思 ❶

關鍵字 時點

前接時間、次數、年齡等，表示到了某階段才初次發生某事，也就是「直到…才…」之意，常用「名詞＋にしてようやく」、「名詞＋にして初めて」的形式。中文意思是：「在…（階段）時才…」。如例：

- 男は 50 歳にして初めて人の優しさに触れたのだ。
  那個男人直到五十歲才首度感受到了人間溫情。

比　較 ▸▸▸▸ におうじて〔根據…〕

「にして」表示時點，強調「階段」的概念。表示到了前項這個時間、人生等階段，才初次產生後項，難得可貴、期盼已久的事。常和「初めて」相呼應。「におうじて」表示相應，強調「根據某變化來做處理」的概念。表示依據前項不同的條件、場合或狀況，來進行與其相應的後項。後面常接相應變化的動詞，如「変える、加減する」。

意　思 ❷

關鍵字 列舉

表示兼具兩種性質和屬性，可以用於並列。中文意思是：「是…而且也…」。如例：

- 彼女は女優にして、5 人の子供の母親でもある。
  她不僅是女演員，也是五個孩子的母親。

意　思 ❸

關鍵字 逆接

可以用於逆接。中文意思是：「雖然…但是…」。如例：

- 宗教家にして、このような贅沢が人々の共感を得られるはずもない。
  雖身為宗教家，但如此鋪張的作風不可能得到眾人的認同。

意　思 ④

關鍵字　短時間

表示極短暫，或比預期還短的時間，表示「僅僅在這短時間的範圍」的意思。前常接「一瞬、一日」等。中文意思是：「僅僅…」。如例：

- 大切なデータが一瞬にして消えてしまった。
  重要的資料僅僅就在那一瞬間消失無影了。

にあって（は／も）

接續方法 ▸▸▸ 【名詞】＋にあって（は／も）

意　思 ①

關鍵字　時點・場合—順接

「にあっては」前接場合、地點、立場、狀況或階段，強調因為處於前面這一特別的事態、狀況之中，所以有後面的事情，這時候是順接。中文意思是：「在…之下、處於…情況下；即使身處…的情況下」。如例：

- この国は発展途上にあって、市内は活気に満ちている。
  這裡雖然還處於開發中國家，但是城裡洋溢著一片蓬勃的氣息。

- このような寒冷地にあっては、自給自足など望むべくもない。
  像這樣寒冷的地方，恐怕無法寄望過上自給自足的生活了。
- 災害などの非常時にあっては、地域のリーダーの果たす役割は大きい。
  萬一遇上受災的非常時期，該地區領導人的角色相形重要。

關鍵字 **逆接**

使用「あっても」基本上表示雖然身處某一狀況之中，卻有後面的跟所預測不同的事情，這時候是逆接。接續關係比較隨意。屬於主觀的説法。説話者處在當下，描述感受的語氣強。書面用語。如例：

- 戦時下にあっても明るく逞しく生きた一人の女性の人生を描く。
  這部作品描述的是一名女子即使身處戰火之中，依然開朗而堅毅求生的故事。

比　較 ▸▸▸▸ にして〔直到…才…〕

「にあって（は／も）」表示時點、場合，強調「處於這一特殊狀態等」的概念。表示在前項的立場、身份、場合之下，所以會有後面的事情。「にあっては」用在順接，「にあっても」用在逆接。「にして」表示時點，強調「階段」的概念。表示到了前項那一個階段，才產生後項。前面常接「～才、～回目、～年目」等，後面常接難得可貴的事項。可以是並列，也可以是逆接。

まぎわに（は）、まぎわの

接續方法 ▸▸▸▸ 【動詞辭書形】＋間際に（は）、間際の＋【名詞】

意　思 ❶

關鍵字 **時點**

表示事物臨近某狀態，或正當要做什麼的時候。中文意思是：「迫近…、…在即」。如例：

- 帰る間際に部長に仕事を頼まれた。
  臨回去前被經理交辦了事務。
- 家を出る間際に、突然大雨が降り出した。
  正要走出家門的時候，忽然下起大雨來了。
- 寝る間際にはパソコンやスマホの画面を見ないようにしましょう。⋯▸
  我們一起試著在睡前不要看電腦和手機螢幕吧！

關鍵字 **間際のN**

後接名詞，用「間際の＋名詞」的形式。如例：

・試合終了間際の同点ゴールに会場は沸き返った。
在比賽即將結束的前一刻追平比分，在場觀眾頓時為之沸騰。

比　較 ▸▸▸▸ にさいして〔在…之際〕

「まぎわに」表示時點，強調「臨近前項的狀態，發生後項的事情」的概念。表示事物臨近某狀態。前接事物臨近某狀態，後接在那一狀態下發生的事情。含有緊迫的語意。「にさいして」也表時點，強調「以某事為契機，進行後項的動作」的概念。也就是動作的時間或場合。

ぎわに、ぎわの

意　思 ①

【動詞ます形】＋ぎわに、ぎわの＋【名詞】。表示事物臨近某狀態，或正當要做什麼的時候。常用「瀬戸際（關鍵時刻）、今わの際（臨終）」的表現方式。中文意思是：「臨到…、在即…、迫近…」。如例：

・これは祖父が死に際に残した言葉です。
這是先祖父臨終前的遺言。

・勝つか負けるかの瀬戸際だぞ。諦めずに頑張れ。
現在正是一決勝負的關鍵時刻！不要放棄，堅持下去！

比　較 ▸▸▸▸ がけ(に)〔臨…時…、…時順便…〕

「ぎわに」表示時點，強調「臨近前項的狀態，發生後項的事情」的概念。前接事物臨近的狀態，後接在那一狀態下發生的事情，表示事物臨近某狀態，或正當要做什麼的時候。「がけ（に）」表示附帶狀態，がけ（に）是接尾詞，強調「在前一行為開始後，順便又做其他動作」的概念。

意　思 ②

關鍵字　界線

【動詞ます形】＋ぎわに；【名詞の】＋きわに。表示和其他事物間的分界線，特別注意的是「際」原形讀作「きわ」，常用「名詞の＋際」的形式。中文意思是：「邊緣」。如例：

・日が昇って、山際が白く光っている。
太陽升起，沿著山峰的輪廓線泛著耀眼的白光。

表示在某物的近處。中文意思是：「旁邊」。如例：

・戸口の際にベッドを置いた。
將床鋪安置在房門邊。

を～にひかえて

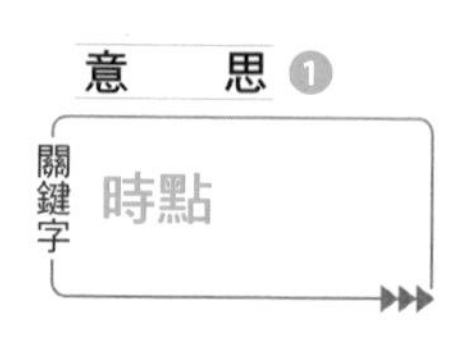

【名詞】＋を＋【時間；場所】＋に控えて。「に控えて」前接時間詞時，表示「を」前面的事情，時間上已經迫近了；前接場所時，表示空間上很靠近的意思，就好像背後有如山、海、高原那樣宏大的背景。中文意思是：「臨進…、靠近…、面臨…」。如例：

・結婚を来年に控えて、姉はどんどんきれいになっている。
隨著明年的婚期一天天接近，姊姊變得愈來愈漂亮。

・首脳会談を明日に控えて、現地には大勢のマスコミ関係者が押し寄せている。
隨著即將於明天展開的首腦會談，當地湧入大批媒體相關人士。

【名詞】＋が控えて。一般也有使用「が」的用法。如例：

・この病院は目の前には海が広がり、後ろには山が控えた自然豊かな環境にある。
這家醫院的地理位置前濱海、後靠山，享有豐富的自然環境。

を控えた＋【名詞】。也可以省略「【時間；場所】＋に」的部分。還有，後接名詞時用「を～に控えた＋名詞」的形式。如例：

- 開店を控えたオーナーは、食材探しに忙しい。
  即將開店的老闆，因為尋找食材而忙得不可開交。
- 大学受験を目前に控えた娘は、緊張のあまり食事も喉を通らない。
  眼看著大學入學考試一天天逼近，女兒緊張得食不下嚥。

比　較 ▸▸▸▸ を～にあたって〔在…的時候〕

「を～にひかえて」表示時點，強調「時間上已經迫近了」的概念。「にひかえて」前接時間詞時，表示「を」前面的事情，時間上已經迫近了。「を～にあたって」也表時點，強調「事情已經到了重要階段」的概念。表示某一行動，已經到了事情重要的階段。它有複合格助詞的作用。一般用在致詞或感謝致意的書信中。

や、やいなや

接續方法 ▸▸▸▸ 【動詞辭書形】＋や、や否や

意　思 1

關鍵字 時間前後

表示前一個動作才剛做完，甚至還沒做完，就馬上引起後項的動作。兩動作時間相隔很短，幾乎同時發生。語含受前項的影響，而發生後項意外之事。多用在描寫現實事物。書面用語。前後動作主體可不同。中文意思是：「剛…就…、一…馬上就…」。如例：

- 遠くに警察官の姿を見るや、男は帽子を被って走り出した。
  那男人遠遠地一瞥見警官的身影，立刻戴上帽子撒腿跑了。
- テレビに速報が流れるや、事務所の電話が鳴り始めた。
  電視新聞快報一播出，事務所的電話就開始響個不停了。
- 病室のドアを閉めるや否や、彼女はポロポロと涙をこぼした。
  病房的門扉一闔上，她豆大的淚珠立刻撲簌簌地落了下來。
- この映画が公開されるや否や、世界中から称賛の声が届いた。
  這部電影甫上映旋即博得了世界各地的讚賞。

比　較 ▸▸▸▸ そばから〔才剛…就…〕

「や、やいなや」表示時間前後，強調「前後動作無間隔地連續進行」的概念。後項是受前項影響而發生的意外，前後句動作主體可以不一樣。「そばから」也表時間前後，強調「前項剛做完，後項馬上抵銷前項的內容」的概念。多用在反覆進行相同動作的場合。且大多用在不喜歡的事情。

grammar 007 がはやいか

Track 007

類義文法
たとたんに
剛…就…

接續方法 ▸▸▸▸ 【動詞辭書形】＋が早いか

意　思 ❶

關鍵字 時間前後

表示剛一發生前面的情況，馬上出現後面的動作。前後兩動作連接十分緊密，前一個剛完，幾乎同時馬上出現後一個。由於是客觀描寫現實中發生的事物，所以後句不能用意志句、推量句等表現。中文意思是：「剛一…就…」。如例：

・父は、布団に入るが早いか、もういびきをかいている。
爸爸才躺進被窩裡就鼾聲大作了。

・息子は靴を脱ぐが早いか、ゲーム機に飛びついた。
兒子剛脫了鞋就迫不急待地衝去拿遊戲機了。

・彼は壇上に上がるが早いか、研究の必要性について喋り始めた。
他一站上講台，隨即開始闡述研究的重要性。

・この掃除機は、先月発売されるが早いか、全て売り切れてしまった。
這台吸塵器上個月一上市立刻銷售一空。

關鍵字 がはやいか～た

後項是描寫已經結束的事情，因此大多以過去時態「た」來結束。

比　較 ▸▸▸▸ たとたんに〔剛…就…〕

「がはやいか」表示時間前後，強調「一…就馬上…」的概念。後項伴有迫不及待的語感。是一種客觀描述，後項不用意志、推測等表現。「たとたんに」也表時間前後，強調「同時、那一瞬間」的概念。後項伴有意外的語感。前後大多是互有關連的事情。這個句型要接動詞過去式。

grammar 008 そばから

Track 008

類義文法
たとたんに
剛…就…

接續方法 ▸▸▸▸ 【動詞辭書形；動詞た形；動詞ている】＋そばから

意　思 ❶

關鍵字 時間前後

表示前項剛做完，其結果或效果馬上被後項抹殺或抵銷。用在同一情況下，不斷重複同一事物，且說話人含有詫異的語感。大多用在不喜歡的事情。前項多為「動詞ている」的接續形式。中文意思是：「才剛…就（又）…、隨…隨…」。如例：

- 毎日新しい単語を習うが、覚えるそばから、忘れてしまう。
  雖然每天都學習新的單詞，可是剛背完一眨眼又忘了。
- 仕事を片付けるそばから、次の仕事を頼まれる。
  才剛解決完一項工作，下一樁任務又交到我手上了。

- 夫は禁煙すると言ったそばから、煙草を探している。
  我先生才嚷嚷著要戒菸，沒多久又找起他的菸來。
- 子供たちは作っているそばから、みんな食べてしまう。
  才剛煮完上桌，下一秒孩子們就吃得盤底朝天了。

比　較 ▸▸▸▸ たとたんに〔剛…就…〕

「そばから」表示時間前後，強調「前項剛做完，後項馬上抵銷前項的內容」的概念。多用在反覆進行相同動作的場合。且大多用在不喜歡的事情。「たとたんに」也表時間前後，強調「同時，那一瞬間」兩個行為間沒有間隔的概念。後項伴有意外的語感。前後大多是互有關連的事情。這個句型要接動詞過去式，表示突然、立即的意思。

なり

接續方法 ▸▸▸▸【動詞辭書形】＋なり

意　思 ❶

表示前項動作剛一完成，後項動作就緊接著發生。後項的動作一般是預料之外的、特殊的、突發性的。後項不能用命令、意志、推量、否定等動詞。也不用在描述自己的行為，並且前後句的動作主體必須相同。中文意思是：「剛…就立刻…、一…就馬上…」。如例：

- 子供は母親の姿を見るなり泣き出した。
  孩子一見到媽媽立刻放聲大哭。
- 娘は家に帰るなり、部屋に閉じこもって出てこない。
  女兒一回到家就馬上把自己關進房間不肯出來。

- 相談に来た学生は、椅子に座るなり喋り始めた。
  前來諮商的學生剛落座就開始侃侃而談了。
- 鈴木君は転校して来るなり学校中の人気者になった。
  鈴木同學才剛轉學立刻成為全校矚目的焦點。

比　較 ▸▸▸▸しだい〔（一旦）…立刻…〕

「なり」表示時間前後，強調「前項動作剛完成，緊接著就發生後項的動作」的概念。後項是預料之外的事情。後項不接命令、否定等動詞。前後句動作主體相同。「しだい」也表時間前後，強調「前項動作一結束，後項動作就馬上開始」的概念。或前項必須先完成，後項才能夠成立。後項多為說話人有意識、積極行動的表達方式。前面動詞連用形，後項不能用過去式。

この、ここ～というもの

接續方法 ▸▸▸▸ この、ここ＋【期間・時間】＋というもの

意　思 ❶

關鍵字 **強調期間**

前接期間、時間等表示最近一段時間的詞語，表示時間很長，「這段期間一直…」的意思。說話人對前接的時間，帶有感情地表示很長。後項的狀態一般偏向消極的，是跟以前不同的、不正常的。中文意思是：「整整…、整個…以來」。如例：

- この1か月というもの、一度も雨が降っていない。
  近一個月以來連一場雨都沒下過。
- この半年というもの、娘とろくに話していない。
  整整半年了，我和女兒幾乎沒好好說過話。
- ここ数日というもの、部長の機嫌がやたらにいい。
  這幾天以來，經理堪稱龍心大悅。
- ここ10年というもの、景気は悪くなる一方だ。
  整整十年以來，景氣一年比一年衰退。

比　較 ▸▸▸ **というこどだ**〔據說…〕

「この、ここ～というもの」表示強調期間，前接期間、時間的詞語，強調「在這期間發生了後項的事」的概念。含有說話人感嘆這段時間很長的意思。「ということだ」表示傳聞，強調「直接引用，獲得的情報」的概念。表示說話人把得到情報，直接引用傳達給對方，用在具體表示說話、事情、知識等內容。

ぐるみ

接續方法 ▸▸▸ 【名詞】＋ぐるみ

意　思 ❶

表示整體、全部、全員。前接名詞時，通常為慣用表現。中文意思是：「全…、全部的…、整個…」。如例：

- 借金に借金を重ね、とうとう身ぐるみ剥がされた。
  債臺高築，終究淪落到一窮二白的地步了。
- お隣さんとは、家族ぐるみのお付き合いをしています。
  我們和隔鄰的一家人往來熱絡。

- 高齢者を騙す組織ぐるみの犯罪が後を絶たない。
  專門鎖定銀髮族下手的詐騙集團犯罪層出不窮。

- 我が町は子育て世代を地域ぐるみで応援しています。
  本鎮傾全區之力協助育兒家庭。

比　較 ▸▸▸▸ ずくめ〔充滿了…〕

「ぐるみ」表示範圍，強調「全部都」的概念。前接名詞，表示連同該名詞都包括，全部都…的意思。是接尾詞。「ずくめ」表示樣態，強調「全部都是同一狀態」的概念。前接名詞，表示在身邊淨是某事物、狀態或清一色都是…。也是接尾詞。

というところだ、といったところだ

接續方法 ▸▸▸▸ 【名詞；動詞辭書形；引用句子或詞句】＋というところだ、といったところだ

意　思 ❶

關鍵字 **範圍**

接在數量不多或程度較輕的詞後面，表示頂多也只有文中所提的數目而已，最多也不超過文中所提的數目，強調「再好、再多也不過如此而已」的語氣。中文意思是：「頂多…」。如例：

- 入院は一週間から十日というところでしょう。
  住院期間頂多一星期到十天左右吧。
- ３日に渡る会議を経て、交渉成立まではあと一歩といったところだ。
  開了整整三天會議，距離達成共識只差最後一步了。

關鍵字 **大致**

說明在某階段的大致情況或程度。中文意思是：「可說…差不多、可說就是…、可說相當於…」。如例：

- 中国語は、ようやく中級に入るというところです。
  目前學習中文總算進入相當於中級程度了。

關鍵字 **口語－ってとこだ**

「ってとこだ」為口語用法。是自己對狀況的判斷跟評價。如例：

・「試験どうだった。」「うん、ぎりぎり合格ってとこだね。」
「考試結果還好嗎？」「嗯，差不多低空掠過吧。」

比　較 ▸▸▸▸ ということだ〔據說…〕

「というところだ」表示範圍，強調「大致的程度」的概念。接在數量不多或程度較輕的詞後面，表示頂多也只有文中所提的數目而已，最多也不超過文中所提的程度。「ということだ」表示傳聞，強調「從外界聽到的傳聞」的概念。直接引用傳聞的語意很強，所以也可以接命令形。句尾不能變成否定形。

をかわきりに、をかわきりにして、をかわきりとして

接續方法 ▸▸▸▸【名詞】＋を皮切りに、を皮切りにして、を皮切りとして

意　思 ❶

關鍵字　起點

前接某個時間、地點等，表示以這為起點，開始了一連串同類型的動作。後項一般是繁榮飛躍、事業興隆等內容。中文意思是：「以…為開端開始…、從…開始」。如例：

・来年は２月の東京公演を皮切りに、全国ツアーを予定している。
目前計畫以明年二月的東京公演為第一站，此後展開全國巡迴演出。

・モデル業を皮切りに、歌手、女優と彼女の活躍の場は広がる一方だ。
她從伸展台出道，此後陸續跨足唱壇與戲劇界，在各個表演領域都相當活躍。

・営業部長の発言を皮切りに、各部署の責任者が次々に発言を始めた。
業務部長率先發言，緊接著各部門的主管也開始逐一發言。

・Ｂ市を皮切りに、民主化を求めるデモは全国各地に広がった。
最早的引爆點是Ｂ市，此後要求民主化的示威活動陸續遍及全國。

比　較 ▸▸▸▸ (が) あっての〔有了…之後…才能…〕

「をかわきりに」表示起點，強調「起點」的概念。表示以前接時間點為開端，後接同類事物，接二連三地隨之開始，通常是事業興隆等內容。助詞要用「を」。前接名詞。「(が) あっての」表示強調，強調一種「必要條件」的概念。表示因為有前項的條件，後項才能夠存在。含有如果沒有前面的條件，就沒有後面的結果了。助詞要用「が」。前面也接名詞。

文法知多少？

☞ 請完成以下題目，從選項中，選出正確答案，並完成句子。

▼ 答案詳見右下角

1 彼女(かのじょ)は1年間休養(ねんかんきゅうよう)していたが、3月(がつ)に行(おこな)うコンサートを（　　）芸能界(げいのうかい)に復帰(ふっき)します。

1．あっての　　　2．皮切(かわき)りに

2 いかなる厳(きび)しい状況(じょうきょう)（　　）、冷静(れいせい)さを失(うしな)ってはならない。

1．にあっても　　　2．にして

3 アメリカは44代目(だいめ)に（　　）はじめて黒人大統領(こくじんだいとうりょう)が誕生(たんじょう)した。

1．して　　　2．おうじて

4 ここ1年(ねん)（　　）、転職(てんしょく)や大病(たいびょう)などいろいろなことがありました。

1．というもの　　　2．ということ

5 就寝(しゅうしん)する（　　）には、あまり食(た)べないほうがいいですよ。

1．間際(まぎわ)　　　2．に際(さい)して

6 大学(だいがく)の合格発表(ごうかくはっぴょう)を明日(あす)に（　　）、緊張(きんちょう)で食事(しょくじ)もろくにのどを通(とお)りません。

1．当(あ)たって　　　2．控(ひか)えて

7 ホテルに着(つ)く（　　）、さっそく街(まち)にくりだした。

1．がはやいか　　　2．や

8 注意(ちゅうい)する（　　）、転(ころ)んでけがをした。

1．とたんに　　　2．そばから

答案：(1) 2　(2) 1　(3) 1　(4) 1
(5) 1　(6) 2　(7) 1　(8) 2

問題1 （　）に入るのに最もよいものを、1・2・3・4から一つ選びなさい。

1 A議員の発言を（　　　）、若手の議員から法案に対する反対意見が次々と出された。

1 皮切りに　　2 限りに
3 おいて　　4 もって

2 この天才少女は、わずか16歳（　　　）、世界の頂点に立ったのだ。

1 ときたら　　2 にあって
3 とばかり　　4 にして

3 私が稼ぐ（　　　）妻が使ってしまう。

1 とたん　　2 そばから
3 かと思うと　　4 が早いか

4 高橋部長がマイクを（　　　）最後、10曲は聞かされるから、覚悟しておけよ。

1 握っても　　2 握ろうと
3 握ったが　　4 握るなり

5 よっぽど疲れていたのだろう、座る（　　）寝てしまった。

1 次第　　2 ついでに
3 が最後　　4 が早いか

▼ 翻譯與詳解請見 P.220

Lesson 02 目的、原因、結果

▶ 目的、原因、結果

date. 1　　／　　date. 2　　／

- がゆえ(に)、がゆえの、(が)ゆえだ
  - 1【原因】
    - 〖故の＋N〗
    - 〖省略に〗
- ことだし
  - 1【原因】
    - 〖ことだし＝し〗
- こととて
  - 1【原因】
    - 〖古老表現〗
  - 2【逆接條件】
- てまえ
  - 1【原因】
  - 2【場所】
- とあって
  - 1【原因】
    - 〖後－意志或判斷〗
- にかこつけて
  - 1【原因】
- ばこそ
  - 1【原因】
    - 〖ばこそ～のだ〗

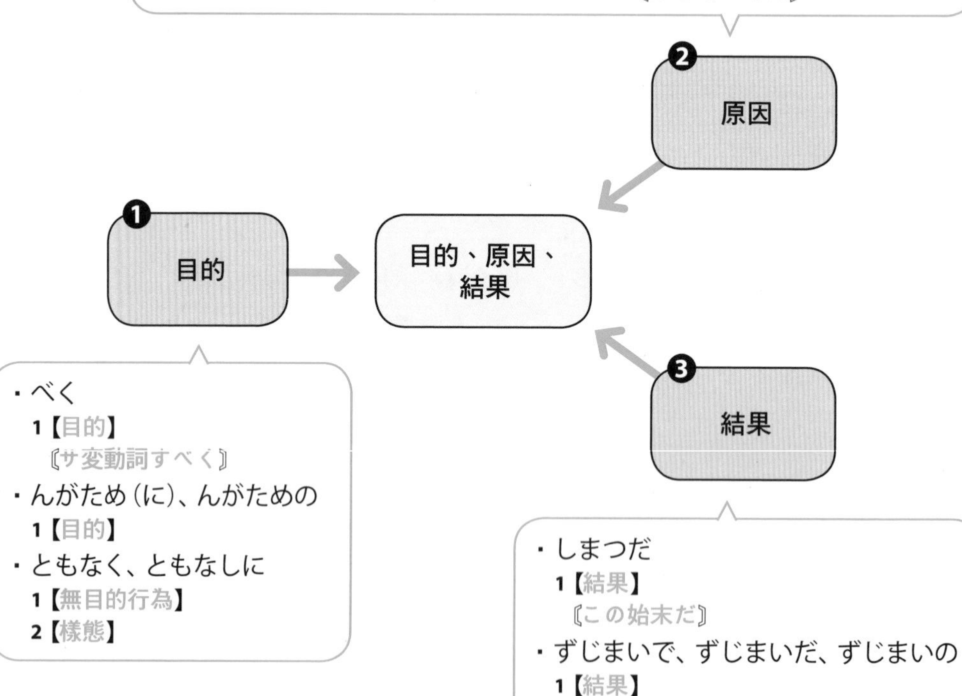

- べく
  - 1【目的】
    - 〖サ変動詞すべく〗
- んがため(に)、んがための
  - 1【目的】
- ともなく、ともなしに
  - 1【無目的行為】
  - 2【樣態】

- しまつだ
  - 1【結果】
    - 〖この始末だ〗
- ずじまいで、ずじまいだ、ずじまいの
  - 1【結果】
    - 〖せずじまい〗
- にいたる
  - 1【結果】
  - 2【到達】

grammar 001 べく

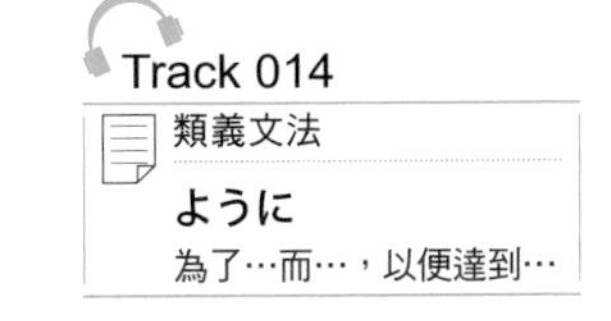

接續方法 ▸▸▸ 【動詞辭書形】＋べく

意　思 ❶

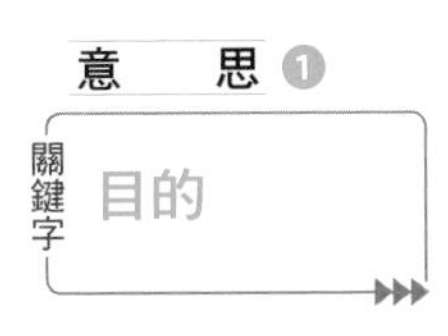

表示意志、目的。是「べし」的ます形。表示帶著某種目的，來做後項。語氣中帶有這樣做是理所當然、天經地義之意。雖然是較生硬的説法，但現代日語有使用。後項不接委託、命令、要求的句子。中文意思是：「為了…而…、想要…、打算…」。如例：

- 息子さんはお父さんの期待に応えるべく頑張っていますよ。
  令郎為了達到父親的期望而一直努力喔！
- 来年開催のワールドカップに間に合わせるべく、競技場の建設が進められている。
  競技場正加緊施工當中，以便趕上明年舉行的世界盃大賽。
- バスの運転手は長時間労働を強いられていた。これは起こるべくして起こった事故だ。
  那名巴士司機被迫長時間出勤。這是一起無可避免的事故！

關鍵字　サ変動詞すべく

前面若接サ行變格動詞，可用「すべく」、「するべく」，但較常使用「すべく」(「す」為古日語「する」的辭書形)。如例：

- 新薬を開発すべく、日夜研究を続けている。
  為了研發出新藥而不分晝夜持續研究。

比　較 ▸▸▸ ように〔為了…而…，以便達到…〕

「べく」表示目的，強調「帶著某種目的，而做後項」的概念。前接想要達成的目的，後接為了達成目的，所該做的內容。後項不接委託、命令、要求的句子。這個句型要接動詞辭書形。「ように」也表目的，強調「為了實現前項，而做後項」的概念。是行為主體的希望。這個句型也接動詞辭書形，但也可以接動詞否定形。後接表示説話人的意志句。

んがため(に)、んがための

接續方法 ▸▸▸▸【動詞否定形（去ない）】+んがため（に）、んがための

意　思 ❶

關鍵字　目的

表示目的。用在積極地為了實現目標的説法，「んがため（に）」前面是想達到的目標，後面常是雖不喜歡，不得不做的動作。含有無論如何都要實現某事，帶著積極的目的做某事的語意。書面用語，很少出現在對話中。要注意前接サ行變格動詞時為「せんがため」，接「来る」時為「来（こ）んがため」；用「んがための」時後面要接名詞。中文意思是：「為了…而…（的）、因為要…所以…（的）」。如例：

- 我が子の命を救わんがため、母親は街頭募金に立ち続けた。
  當時為了拯救自己孩子的性命，母親持續在街頭募款。

- 研究の成果を一日も早く発表せんがため、徹夜の作業が続いた。
  那時為了盡早發表研究成果而日復一日熬夜奮戰。
- 部長の自らの身を守らんがための発言には、皆がうんざりしていた。
  經理那套形同撇清關係的論調大家已經聽膩了。
- 私は今、自分の生き方を見直さんがための貧乏旅行中です。
  我正在窮遊的旅途中，目的是重新檢視自己的生活態度。

比　較 ▸▸▸▸ べく〔為了…而…〕

「んがため（に）」表示目的，強調「無論如何都要實現某目的」的概念。前接想要達成的目的，後接因此迫切採取的行動。語氣中帶有迫切、積極之意。前接動詞否定形。「べく」也表目的，強調「帶著某種目的，而做後項」的概念。語氣中帶有這樣做是理所當然、天經地義之意。是較生硬的説法。前接動詞辭書形。

ともなく、ともなしに

意　思 ❶

關鍵字　無目的行為

【疑問詞（＋助詞）】＋ともなく、ともなしに。前接疑問詞時，則表示意圖不明確。表示在對象或目的不清楚的情況下，採取了那種行為。中文意思是：「雖然不清楚是…，但…」。如例：

- どこからともなく列車の走る音が聞こえてくる。
  火車的行駛聲不知從何處傳來。
- 多田君はいつからともなしに、みんなのリーダー的存在となっていた。
  不知道從什麼時候起，多田同學成為班上的領導人物了。

意　思 ❷

關鍵字　樣態

【動詞辭書形】＋ともなく、ともなしに。表示並不是有心想做，但還是發生了後項這種意外的情況。也就是無意識地做出某種動作或行為，含有動作、狀態不明確的意思。中文意思是：「無意地、下意識的、不知…、無意中…」。如例：

- 父は一日中見るともなくテレビを見ている。
  爸爸一整天漫不經心地看著電視。

- 言うともなしに言った言葉が、友人を傷つけてしまった。
  不經大腦說出來的話傷了朋友的心。

比　較 ▸▸▸▸ とばかりに〔幾乎要說…〕

「ともなく」表示樣態，強調「無意識地做出某種動作」的概念。表示並不是有心想做後項，卻發生了這種意外的情況。「とばかりに」也表樣態，強調「幾乎要表現出來」的概念。表示雖然沒有說出來，但簡直就是那個樣子，來做後項動作猛烈的行為。後續內容多為不良的結果或狀態。常用來描述別人。書面用語。

がゆえ（に）、がゆえの、（が）ゆえだ

接續方法 ▸▸▸▸【[名詞・形容動詞詞幹]（である）；[形容詞・動詞]普通形】＋（が）故（に）、（が）故の、（が）故だ

意　思 ❶

關鍵字 **原因**

是表示原因、理由的文言説法。中文意思是：「因為是…的關係；…才有的…」。如例：

・外国人（がいこくじん）であるが故（ゆえ）に差別（さべつ）されることは少（すく）なくない。
由於外籍人士的身分而受到歧視的情形並不罕見。

・子供（こども）に厳（きび）しくするのも、子供（こども）の幸（しあわ）せを思（おも）うが故（ゆえ）なのだ。
之所以如此嚴格要求孩子的言行舉止，也全是為了孩子的幸福著想。

關鍵字 **故の＋N**

使用「故の」時，後面要接名詞。如例：

・勇太（ゆうた）くんのわがままは、寂（さび）しいが故（ゆえ）の行動（こうどう）と言（い）えるでしょう。
勇太小任性的行為表現，應當可以歸因於其寂寞的感受。

關鍵字 **省略に**

「に」可省略。書面用語。如例：

・貧（まず）しさ故（ゆえ）（に）非行（ひこう）に走（はし）る子供（こども）もいる。
部分兒童由於家境貧困而誤入歧途。

比　較 ▸▸▸▸ べく〔為了…而…〕

「がゆえ（に）」表示原因，表示因果關係，強調「前項是因，後項是果」的概念。也就是前項是原因、理由，後項是導致的結果。是較生硬的説法。「べく」表示目的，強調「帶著某種目的，而做後項」的概念。語氣中帶有這樣做是理所當然、天經地義之意。也是較生硬的説法。

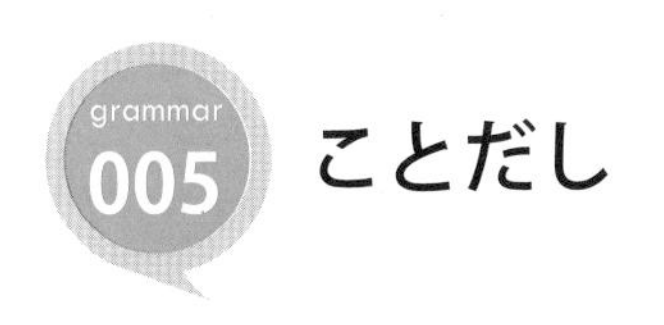

ことだし

接續方法 ▸▸▸▸ 【[名詞・形容動詞詞幹] である；形容動詞詞幹な；[形容詞・動詞] 普通形】＋ことだし

意　　思 ❶

後面接決定、請求、判斷、陳述等表現，表示之所以會這樣做、這樣認為的理由或依據。表達程度較輕的理由，語含除此之外，還有別的理由。是口語用法，語氣較為輕鬆。中文意思是：「由於…、因為…」。如例：

- まだ病気も初期であることだし、手術せずに薬で治せますよ。
  所幸病症還屬於初期階段，不必開刀，只要服藥即可治癒囉。

- こっちの方が安全なことだし、時間はかかるけど広い道を行きましょう。
  由於走這條路比較安全，雖然會多花一些時間，我們還是選擇寬敞的道路吧。
- 今日は天気も悪いことだし、花見は来週にしませんか。
  今天天氣不好，要不要延到下星期再去賞花？
- まだ5時前だけど、今日はみんな疲れてることだし、もう帰ろう。
  雖然還不到五點，但由於今天大家都累了，我看還是回去好了。

意義、用法和單獨的「し」相似，但「ことだし」更得體有禮。

比　　較 ▸▸▸▸ こともあって〔也是由於…〕

「ことだし」表示原因，表示之所以會這樣做、這樣認為的其中某一個理由或依據。語含還有其他理由的語感，後項經常是某個決定的表現方式。「こともあって」也表原因，列舉其中某一、二個原因，暗示除了提到的理由之外，還有其他理由的語感。後項大多是解釋說明的表現方式。

こととて

Track 019

類義文法
がゆえ（に）
因為是…的關係

接續方法 ▸▸▸▸【名詞の；形容動詞詞幹な；[形容詞・動詞] 普通形】＋こととて

意　思 ❶

關鍵字 原因

表示順接的理由、原因。常用於道歉或請求原諒時，後面伴隨著表示道歉、請求原諒的理由，或消極性的結果。中文意思是：「（總之）因為…」。如例：

- 初めてのこととて、ご報告が遅れ、申し訳ございません。
  由於是首次承辦，報告有所延遲，懇請見諒。
- 子供のやったこととて、大目に見て頂けませんか。
  既然是小孩犯的錯誤，能否請您海涵呢？

關鍵字 古老表現

是一種正式且較為古老的表現方式，因此前面也常接古語。「こととて」是「ことだから」的書面語。如例：

- 慣れぬこととて、大変お待たせしてしまい、大変失礼致しました。
  因為還不夠熟悉，非常抱歉讓您久等了。

比　較 ▸▸▸▸ がゆえ（に）〔因為是…的關係〕

「こととて」表示原因，表示順接的原因。強調「前項是因，後項是消極的果」的概念。常用在表示道歉的理由，前項是理由，後項是因前項而產生的消極性結果，或是道歉等內容。是正式的表達方式。「がゆえ（に）」也表原因，表示句子之間的因果關係。強調「前項是因，後項是果」的概念。

意　思 ❷

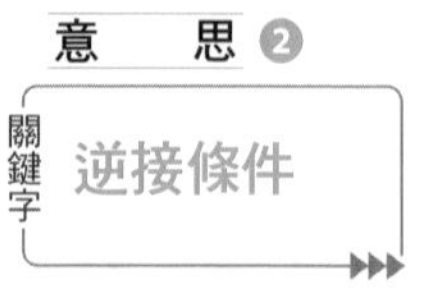

關鍵字 逆接條件

表示逆接的條件，表示承認前項，但後項還是有不足之處。中文意思是：「雖然是…也…」。如例：

- 知らぬこととて、ご迷惑をおかけしたことに変わりはありません。申し訳ありませんでした。
  由於我不知道相關規定，以致於造成各位的困擾，在此致上十二萬分的歉意。

てまえ

接續方法 ▸▸▸▸ 【名詞の；動詞普通形】＋手前

意　　思 ❶

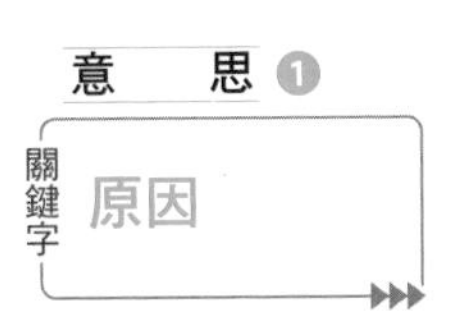

強調理由、原因，用來解釋自己的難處、不情願。有「因為要顧自己的面子或立場必須這樣做」的意思。後面通常會接表示義務、被迫的表現，例如：「なければならない」、「しないわけにはいかない」、「ざるを得ない」、「しかない」。中文意思是：「由於…所以…」。如例：

- 応援してくれた人たちの手前、ここで諦めるわけにはいかない。
  為了幫我加油打氣的人們，我絕不能在這一刻退縮棄權！
- ここは伯父に紹介してもらった手前、簡単に退職できないんだ。
  由於這個工作是承蒙伯父引薦的，因此我無法輕言辭職。
- こちらから誘った手前、今さら断れないよ。
  是我開口邀約對方的，事到如今自己怎能打退堂鼓呢？

比　　較 ▸▸▸▸ からには〔既然…，就…〕

「てまえ」表示原因，表示做了前項之後，為了顧全自己的面子或立場，而只能做後項。後項一般是應採取的態度，或強烈決心的句子。「からには」也表原因，表示既然到了前項這種情況，後項就要理所當然堅持做到底。後項一般是被迫覺悟、個人感情表現的句子。

意　　思 ❷

關鍵字 場所

表示場所，不同於表示前面之意的「まえ」，此指與自身距離較近的地方。中文意思是：「…前、…前方」。如例：

- 本棚は奥に、テーブルはその手前に置いてください。……▸
  請將書櫃擺在最後面、桌子則放在它的前面。

とあって

Track 021

類義文法

とすると

假如…的話…

接續方法 ▸▸▸▸【名詞；[名詞・形容詞・形容動詞・動詞]普通形；形容動詞詞幹】＋とあって

意　思 ❶

關鍵字　原因

表示理由、原因。由於前項特殊的原因，當然就會出現後項特殊的情況，或應該採取的行動。後項是說話人敘述自己對某種特殊情況的觀察。書面用語，常用在報紙、新聞報導中。中文意思是：「由於…（的關係）、因為…（的關係）」。如例：

- 20年ぶりの記録更新とあって、競技場は興奮に包まれた。
  那一刻打破了二十年來的紀錄，競技場因而一片歡聲雷動。

- 例年より桜の開花が10日も早いとあって、旅行社やホテルは対応に追われている。
  由於櫻花比往年足足提早了十天開花，旅行社和飯店旅館紛紛忙著安排因應計畫。
- 小山議員はハンサムな上に庶民的とあって、国民の人気は高まる一方だ。
  小山議員不僅長相帥氣，行事作風又接地氣，民眾的支持度於是急遽飆漲。
- 今日検査の結果が分かるとあって、朝から父は落ち着かない。
  因為今天即將收到檢驗報告，爸爸從一早就坐立難安。

關鍵字　後－意志或判斷

後項要用表示意志或判斷，不能用推測、命令、勸誘、祈使等表現方式。

比　較 ▸▸▸▸ とすると〔假如…的話…〕

「とあって」表示原因，強調「有前項才有後項」的概念，表示因為在前項的特殊情況下，所以出現了後項的情況。前接特殊的原因，後接因而引起的效應，說話人敘述自己對前面特殊情況的觀察。「とすると」表示條件，表示順接的假定條件。表示對當前不可能實現的事物的假設，強調「如果前項是事實，後項就會實現」的概念。常伴隨「かりに（假如）、もし（如果）」等。

にかこつけて

類義文法
にひきかえ
和…比起來

接續方法 ▸▸▸▸ 【名詞】＋にかこつけて

意　思 ❶

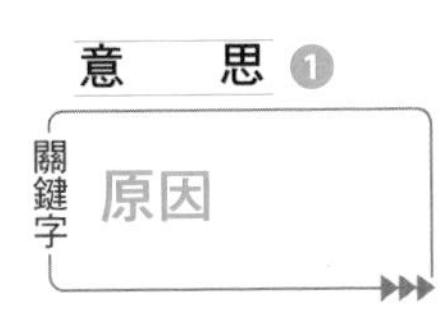

前接表示原因的名詞，表示為了讓自己的行為正當化，用無關的事做藉口。後項大多是可能會被指責的事情。中文意思是：「以…為藉口、托故…」。如例：

・就職にかこつけて、東京で一人暮らしを始めた。
　我用找到工作當藉口，展開了一個人住在東京的新生活。

・学生の頃は試験勉強にかこつけて、友人の家に集まったものだ。
　學生時代常拿準備考試當藉口，一群人湊在朋友家玩。

・祖母の介護にかこつけて、度々実家に帰っている。
　我經常以照料祖母作為回娘家的藉口。

・彼はよく仕事にかこつけて、喫茶店でサボっている。
　他常藉口外出工作，其實是溜到咖啡廳摸魚偷閒。

比　較 ▸▸▸▸ にひきかえ〔和…比起來〕

「にかこつけて」表示原因，強調「以前項為藉口，去做後項」的概念。前接表示原因的名詞，表示為了讓自己的行為正當化，用無關的事，不是事實的事做藉口。「にひきかえ」表示對比，強調「前後兩項，正好相反」的概念。比較兩個相反或差異性很大的人事物。含有說話人個人主觀的看法。

ばこそ

接續方法 ▸▸▸▸ 【[名詞・形容動詞詞幹] であれ；[形容詞・動詞] 假定形】＋ばこそ

意　思 ❶

關鍵字　原因

強調原因。表示強調最根本的理由。正是這個原因，才有後項的結果。強調說話人以積極的態度說明理由。中文意思是：「就是因為…才…、正因為…才…」。如例：

- 体が健康であればこそ、仕事も頑張ることができる。
  要靠健康的身體才能夠努力工作。
- 辛い経験が多ければこそ、彼女のような思いやりに溢れた人になったのだ。
  多虧過去嘗過那許許多多的辛酸，才能夠成為像她那樣充滿關懷之心的人。
- 君のためを思えばこそ、厳しいことを言うんだよ。
  就是為了你著想，才會那麼嚴厲地訓斥呀！
- あなたの支えがあればこそ、私は今までやって来られたんです。
  承蒙你的支持，我才得以一路走到了今天。

關鍵字　ばこそ～のだ

句尾用「の（ん）だ」、「の（ん）です」時，有「加強因果關係的說明」的語氣。一般用在正面的評價。書面用語。

比　較 ▸▸▸▸ すら〔就連…都〕

「ばこそ」表示原因，有「強調某種結果的原因」的概念。表示正是這個最根本必備的理由，才有後項的結果。一般用在正面的評價。常和「の（ん）です」相呼應，以加強肯定語氣。「すら」表示強調，有「特別強調主題」的作用。舉出一個極端例子，強調就連前項都這樣了，其他就更不用提了。後面跟否定相呼應。有導致消極結果的傾向。後面只接負面評價。

しまつだ

接續方法 ▸▸▸▸ 【動詞辭書形；この／その／あの】＋始末だ

意　思 ❶

關鍵字　**結果**

表示經過一個壞的情況，最後落得一個不理想的、更壞的結果。前句一般是敘述事情發生的情況，後句帶有譴責意味地，對結果竟然發展到這樣的地步的無計畫性，表示詫異。有時候不必翻譯。中文意思是：「（結果）竟然…、落到…的結果」。如例：

- 木村君は日頃から遅刻がちだが、今日はとうとう無断欠勤する始末だ。
  木村平時上班就常遲到，今天居然乾脆曠職！
- あの監督は女優へのセクハラ発言が問題になっていたが、今度はパワハラで訴えられる始末だ。
  那位導演以前就曾發生過以言語騷擾女演員的醜聞，這回終究逃不過被控告職權騷擾的命運了。
- 恋愛経験のない彼が恋をしたのはいいが、結局ストーカー扱いされる始末だ。
  從沒談過戀愛的他終於墜入情網了，問題是到後來居然被人當成了跟蹤狂。

關鍵字　**この始末だ**

固定的慣用表現「この始末だ／淪落到這般地步」，對結果竟是這樣，表示詫異。後項多和「とうとう、最後は」等詞呼應使用。如例：

- そんなに借金を重ねたら会社が危ないとあれほど忠告したのに、やっぱりこの始末だ。
  之前就苦口婆心勸你不要一而再、再而三借款，否則會影響公司的營運，現在果然週轉不靈了吧！

比　較 ▸▸▸▸ しだいだ〔因此〕

「しまつだ」表示結果，強調「不好的結果」的概念。表示經過一個壞的情況，最後落得一個更壞的結果。前句一般是敘述事情發生的情況，後句帶有譴責意味地，陳述結果竟然發展到這樣的地步。「しだいだ」也表結果，強調「事情發展至此的理由」的概念。表示說明因某情況、理由，導致了某結果。

ずじまいで、ずじまいだ、ずじまいの

Track 025

類義文法
ずに
不知道…

接續方法 ▸▸▸【動詞否定形（去ない）】＋ずじまいで、ずじまいだ、ずじまいの＋【名詞】

意　思 ❶

關鍵字 結果

表示某一意圖，由於某些因素，沒能做成，而時間就這樣過去了，最後沒能實現，無果而終。常含有相當惋惜、失望、後悔的語氣。多跟「結局、とうとう」一起使用。使用「ずじまいの」時，後面要接名詞。中文意思是：「（結果）沒…（的）、沒能…（的）、沒…成（的）」。如例：

- せっかく大阪（おおさか）へ行（い）ったのに、時間（じかん）がなくて実家（じっか）へ寄（よ）らずじまいで帰（かえ）って来（き）た。
  難得去一趟大阪，可惜沒空順道回老家探望，辦完事就直接回到這邊了。
- 旅行中（りょこうちゅう）は雨続（あめつづ）きで、結局山（けっきょくやま）には登（のぼ）らずじまいだった。
  旅遊途中連日陰雨，無奈連山都沒爬成，就這麼失望而歸了。

- カメラを修理（しゅうり）に出（だ）したが、故障（こしょう）の原因（げんいん）は分（わ）からずじまいだった。
  雖然把相機送修了，結果還是沒能查出故障的原因。
- ３年前（ねんまえ）に書（か）いた百合子（ゆりこ）さん宛（あ）ての渡（わた）せずじまいの手紙（てがみ）を、今日（きょう）とうとう捨（す）てた。
  三年前寫給百合子小姐卻終究沒能交給她的那封信，今天終於狠下心來扔掉了。

關鍵字 せずじまい

請注意前接サ行變格動詞時，要用「せずじまい」。如例：

- デザインはよかったが、妥協（だきょう）せずじまいだった。
  設計雖然很好，但最終沒能得到彼此認同。

比　較 ▸▸▸ ずに〔不知道…〕

「ずじまいで」表示結果，強調「由於某原因，無果而終」的概念。表示某一意圖，由於某些因素，沒能做成，而時間就這樣過去了。常含有相當惋惜的語氣。多跟「結局、とうとう」一起使用。「ずに」表示否定，強調「沒有在前項的狀態下，進行後項」的概念。「ずに」是否定助動詞「ぬ」的連用形。後接「に」表示否定的狀態。「に」有時可以省略。

にいたる

意　思 ❶

關鍵字　結果

【名詞；動詞辭書形】＋に至る。表示事物達到某程度、階段、狀態等。含有在經歷了各種事情之後，終於達到某狀態、階段的意思，常與「ようやく、とうとう、ついに」等詞相呼應。中文意思是：「最後…、到達…、發展到…程度」。如例：

- ３時間に及ぶトップ会談の末、両者は合意するに至った。
  經過了長達三個小時的高峰會談，雙方終於達成了共識。
- 少年が傷害事件を起こすに至ったのには、それなりの背景がある。
  少年之所以會犯下傷害案件有其背後的原因。

- 夫婦は 10 年間の別居生活を経て、ついに離婚に至った。
  夫妻於分居十年之後，最終步上了離婚的結局。

比　較 ▸▸▸ にいたって(は)〔到…階段(オ)〕

「にいたる」表示結果，表示連續經歷了各種事情之後，事態終於到達某嚴重的地步。「にいたって(は)」也表結果，表示直到極端事態出現時，才察覺到後項，或才發現該做後項。

意　思 ❷

【場所】＋に至る。表示到達之意。偏向於書面用語。翻譯較靈活。中文意思是：「最後…」。如例：

- この川は関東平野を南に流れ、東京湾に至る。
  這條河穿越關東平原向南流入東京灣。

文法知多少？

☞ 請完成以下題目，從選項中，選出正確答案，並完成句子。

▼ 答案詳見右下角

1 彼の本心を聞く（　　）、二人きりで話してみようと思う。

1．べく　　2．ように

2 この企画を（　　）、徹夜で頑張りました。

1．通さんべく　　2．通さんがために

3 あまりの寒さ（　　）、声が出ません。

1．ゆえに　　2．べく

4 不慣れな（　　）、多々失礼があるかと存じますが、どうぞ温かく見守ってください。

1．こととて　　2．ゆえに

5 大人気のお菓子（　　）、開店するや、瞬く間に売り切れた。

1．とすると　　2．とあって

6 何かと忙しいのに（　　）、ついついトレーニングをサボってしまいました。

1．かこつけて　　2．ひきかえ

7 彼女を思えば（　　）、厳しいことを言ったのです。

1．すら　　2．こそ

8 結局、彼女の話は最後まで（　　）じまいだった。

1．聞けずに　　2．聞けず

答案：（1）1　（2）2　（3）1　（4）1
（5）2　（6）1　（7）2　（8）2

問題1　（　　）に入るのに最もよいものを、1・2・3・4から一つ選びなさい。

1　あの時の辛い経験があればこそ、僕はここまで（　　　）。

1　来たいです　　2　来たかったです
3　来られたんです　　4　来られた理由です

2　戦争の悲惨さを後世に（　　　）べく、体験記を出版する運びとなった。

1　伝わる　　2　伝える
3　伝えられる　　4　伝わらない

3　子供のいじめを見て見ぬふりをするとは、教育者に（　　　）行為だ。

1　足る　　2　あるまじき
3　堪えない　　4　に至る

問題2　つぎの文の＿★＿に入る最もよいものを、1・2・3・4から一つ選びなさい。

4　＿＿＿　＿＿＿　＿★＿　＿＿＿、どの選手も緊張を隠せない様子だった。

1　とあって　　2　をかけた
3　試合　　4　オリンピック出場

5　採用面接では、志望動機　＿＿＿　＿＿＿　＿★＿　＿＿＿　、細かく質問された 。

1　家族構成　　2　から
3　至るまで　　4　に

▼ 翻譯與詳解請見 P.221

Lesson 03 可能、予想外、推測、当然、対応

▶ 可能、預料外、推測、當然、對應

date. 1 ／ date. 2 ／

可能、預料外、推測、當然、對應

❶ 可能

・うにも～ない
1【可能】
〔ようがない〕
・にたえる、にたえない
1【可能】
2【價值】
3【強制】
4【感情】

❷ 預料外、推測

・(か) とおもいきや
1【預料外】
〔印象〕
・とは
1【預料外】
〔省略後半〕
〔口語－なんて〕
2【話題】
〔口語－って〕
・とみえて、とみえる
1【推測】

❸ 當然、對應

・べし
1【當然】
〔サ変動詞すべし〕
〔格言〕
・いかんで (は)
1【對應】

うにも～ない

Track 027

類義文法
っこない
不可能…

接續方法 ▸▸▸▸ 【動詞意向形】＋うにも＋【動詞可能形的否定形】

意　　思 ❶

表示因為某種客觀的原因的妨礙，即使想做某事，也難以做到，不能實現。是一種願望無法實現的説法。前面要接動詞的意向形，表示想達成的目標。後面接否定的表達方式，可接同一動詞的可能形否定形。中文意思是：「即使想…也不能…」。如例：

- 体(からだ)がだるくて、起(お)きようにも起(お)きられない。
  全身倦怠，就算想起床也爬不起來。

- 彼女(かのじょ)に言(い)われた酷(ひど)い言葉(ことば)は忘(わす)れようにも忘(わす)れられない。
  她當年深深刺傷了我的那句話，我始終難以忘懷。

關鍵字　ようがない

後項不一定是接動詞的可能形否定形，也可能接表示「沒辦法」之意的「ようがない」。另外，前接サ行變格動詞時，除了用「詞幹＋しようがない」，還可用「詞幹＋のしようがない」。如例：

- こうはっきり証拠(しょうこ)が残(のこ)ってるのでは、ごまかそうにもごまかしようがないな。
  既然留下了如此斬釘截鐵的證據，就算想瞞也瞞不了人嘍！
- 事情(じじょう)を話(はな)してくださらないと、協力(きょうりょく)しようにも協力(きょうりょく)のしようがありませんよ。
  如果不先把前因後果說清楚，即使想幫忙也無從幫起呀！

比　　較 ▸▸▸▸ っこない〔不可能…〕

「うにも～ない」表示可能，強調「因某客觀原因，無法實現願望」的概念。表示因為某種客觀的原因，即使想做某事，也難以做到。是一種願望無法實現的説法。前面要接動詞的意向形，後面接否定的表達方式。「っこない」也表可能，強調「某事絕不可能發生」的概念。表示説話人強烈否定，絕對不可能發生某事。相當於「絶対に～ない」。

にたえる、にたえない

Track 028

類義文法
にかたくない
不難…

意思 1

關鍵字 可能

【名詞；動詞辭書形】＋にたえる；【名詞】＋にたえられない。表示可以忍受心中的不快或壓迫感，不屈服忍耐下去的意思。否定的説法用不可能的「たえられない」。中文意思是：「經得起…、可忍受…」。如例：

・受験を通して、不安や焦りにたえる精神力を強くすることができる。
透過考試，可以對不安或焦慮的耐受力進行考驗，強化意志力。

意思 2

關鍵字 價值

【名詞；動詞辭書形】＋にたえる；【名詞】＋にたえない。表示值得這麼做，有這麼做的價值。這時候的否定説法要用「たえない」，不用「たえられない」。中文意思是：「值得…」。如例：

・これは彼の９歳のときの作品だが、それでも十分鑑賞にたえるものだ。
這是他九歲時的作品，但已具備供大眾欣賞的資格了。

意思 3

關鍵字 強制

【動詞辭書形】＋にたえない。表示情況嚴重得不忍看下去，聽不下去了。這時候是帶著一種不愉快的心情。前面只能接「読む、聞く、見る」等為數不多的幾個動詞。中文意思是：「不堪…、忍受不住…」。如例：

・ネットニュースの記事は見出しばかりで、読むにたえないものが少なくない。
網路新聞充斥著標題黨，不值一讀的文章不在少數。

比　較 ▸▸▸▸ にかたくない〔不難…〕

「にたえない」表示強制，強調「因某心理因素，難以做某事」的概念。表示忍受不了所看到的或所聽到的事。這時候是帶著一種不愉快的心情。「にかたくない」表示難易，強調「從現實因素，不難想像某事」的概念。表示從某一狀況來看，不難想像，誰都能明白的意思。前面多用「想像する、理解する」等詞，書面用語。

關鍵字 感情

【名詞】＋にたえない。前接「感慨、感激」等詞，表示強調前面情感的意思，一般用在客套話上。中文意思是：「不勝…」。如例：

・いつも私を見守ってくださり、感謝の念にたえません。
真不知道該如何感謝你一直守護在我的身旁。

（か）とおもいきや

接續方法 ▸▸▸▸ 【[名詞・形容詞・形容動詞・動詞]普通形；引用的句子或詞句】＋（か）と思いきや

意　思 1

關鍵字 預料外

表示按照一般情況推測，應該是前項的結果，但是卻出乎意料地出現了後項相反的結果，含有說話人感到驚訝的語感。後常跟「意外に（も）、なんと、しまった、だった」相呼應。本來是個古日語的說法，而古日語如果在現代文中使用通常是書面語，但「（か）と思いきや」多用在輕鬆的對話中，不用在正式場合。是逆接用法。中文意思是：「原以為…、誰知道…、本以為…居然…」。如例：

・誰も来ないかと思いきや、子供たちの作品展には大勢の人が訪れた。
原以為小朋友的作品展不會有人來看，沒想到竟有大批人潮前來參觀。

・手紙を読んだ彼女は、喜ぶかと思いきや、なぜか怒り出した。
本來以為她讀了信應該會很高興，不料居然發起脾氣來。

・今夜は暴風雨かと思いきや、台風は1時間前に日本付近を通過したそうだ。
原先以為今天恐將有個風雨交加的夜晚，然而根據報導颱風已於一個小時前在日本附近通過逐漸遠離了。

・今年は合格間違いなしと思いきや、今年もダメだった。
原本有十足的把握今年一定可以通過考試，誰曉得今年竟又落榜了。

關鍵字　印象

前項是説話人的印象或瞬間想到的事，而後項是對此進行否定。

比　較 ▸▸▸▸ ながらも〔雖然…但是…〕

「(か) とおもいきや」表示預料外，原以為應該是前項的結果，但是卻出乎意料地出現了後項相反或不同的結果。含有説話人感到驚訝的語氣。「ながらも」也表預料外，表示雖然是能夠預料的前項，但卻與預料不同，實際上出現了後項。是一種逆接的表現方式。

とは

接續方法 ▸▸▸▸ 【名詞；[形容詞・形容動詞・動詞] 普通形；引用句子】＋とは

意　思 ❶

關鍵字　預料外

由格助詞「と」＋係助詞「は」組成，表示對看到或聽到的事實（意料之外的），感到吃驚或感慨的心情。前項是已知的事實，後項是表示吃驚的句子。中文意思是：「連…也、沒想到…、…這…、竟然會…」。如例：

・江戸時代の水道設備がこんなに高度だったとは、本当に驚きだ。
江戶時代居然有如此先進的水利設施，實在令人驚訝。

關鍵字　省略後半

有時會省略後半段，單純表現出吃驚的語氣。如例：

・たった1年でN1に受かるとは。君の勉強方法をおしえてくれ。
只用一年時間就通過了N1級測驗！請教我你的學習方法。

關鍵字 口語一なんて

口語用「なんて」的形式。如例：

- あのときの赤ちゃんがもう大学生だなんて。
  想當年的小寶寶居然已經是大學生了！

比　　較 ▶▶▶ ときたら〔提起…來〕

「とは」表示預料外，強調「感嘆或驚嘆」的概念。前接意料之外看到或遇到的事實，後接說話人對其感到感嘆、吃驚心情。「ときたら」表示話題，強調「帶著負面的心情提起話題」的概念。前面一般接人名，後項是譴責、不滿和否定的內容。

意　　思 ❷

關鍵字 話題

前接名詞，也表示定義，前項是主題，後項對這主題的特徵、意義等進行定義。中文意思是：「所謂…、是…」。如例：

- 「急がば回れ」とは、急ぐときは遠回りでも安全な道を行けという意味です。
  所謂「欲速則不達」，意思是寧走十步遠，不走一步險（著急時，要按部就班選擇繞行走一條安全可靠的遠路）。

關鍵字 口語一って

口語用「って」的形式。如例：

- 「はとこってなに。」「親の従兄弟の子のことだよ。」
  「什麼是『從堂（表）兄弟姐妹』？」「就是爸媽的堂（表）兄弟姐妹的孩子。」

とみえて、とみえる

接續方法 ▸▸▸▸ 【名詞（だ）；形容動詞詞幹（だ）；[形容詞・動詞] 普通形】＋とみえて、とみえる

意　思 ❶

關鍵字 **推測**

表示前項是敘述推測出來的結果，後項是陳述這一推測的根據。前項為後項的根據、原因、理由，表示説話者從現況、外觀、事實來自行推測或做出判斷。中文意思是：「看來…、似乎…」。如例：

- お隣は留守とみえて、玄関も窓も真っ暗だ。
  鄰居好像不在家，玄關和窗戶都是黑漆漆的。
- 母は穏やかな表情で顔色もよい。回復は順調とみえる。
  媽媽不僅露出舒坦的表情，氣色也挺不錯的，看來恢復狀況十分良好。

- 窓の光が眩しいとみえて、赤ん坊は目をパチパチさせている。
  從窗口射入的光線似乎十分刺眼，只見小寶寶不停眨巴著眼睛。
- 春はそこまで来ているとみえて、桜のつぼみが薄く色づいている。
  春天的腳步似乎近了，櫻花的花苞已經染上一抹淡淡的緋紅。

比　較 ▸▸▸▸ ともなると〔要是…那就…〕

「とみえて」表示推測，表示前項是推測出來的結果，後項是這一推測的根據。「ともなると」表示評價的觀點，表示如果在前項的條件或到了某一特殊時期，就會出現後項的不同情況。含有強調前項，敘述果真到了前項的情況，就當然會出現後項的語意。

べし

Track 032
類義文法
べからざる
禁止…

接續方法 ▸▸▸▸ 【動詞辭書形】＋べし

意　思 ❶

關鍵字 **當然**

是一種義務、當然的表現方式。表示說話人從道理上、公共理念上、常識上考慮，覺得那樣做是應該的，理所當然的。用在說話人對一般的事情發表意見的時候，含有命令、勸誘的語意，只放在句尾。是種文言的表達方式。中文意思是：「應該…、必須…、值得…」。如例：

- ゴミは各自持ち帰るべし。
  垃圾必須各自攜離。

- 学生たるものしっかり勉強に励むべし。
  學生的本分就是努力用功讀書。

關鍵字 **サ変動詞すべし**

前面若接サ行變格動詞，可用「すべし」、「するべし」，但較常使用「すべし」（「す」為古日語「する」的辭書形）。如例：

- 問題が発生した場合は速やかに報告すべし。
  萬一發生異狀，必須盡快報告。

關鍵字 **格言**

用於格言。如例：

- 「後生畏るべし」という言葉がある。若者は大切にすべきだ。
  有句話叫「後生可畏」。我們切切不可輕視年輕人。

比　較 ▸▸▸ べからざる〔禁止…〕

「べし」表示當然，強調「那樣做是一種義務」的概念。表示說話人從道理上考慮，覺得那樣做是應該的，理所當然的。用在說話人對一般的事情發表意見的時候。只放在句尾。「べからざる」表示禁止，強調「強硬禁止」的概念。是一種強硬的禁止說法，文言文式的說法，多半出現在告示牌、公佈欄、演講標題上。現在很少見。

いかんで（は）

Track 033

類義文法
におうじて
根據…

接續方法 ▸▸▸▸ 【名詞（の）】+いかんで（は）

意　思 ❶

關鍵字 對應

表示後面會如何變化，那就要取決於前面的情況、內容來決定了。「いかん」是「如何」之意，「で」是格助詞。中文意思是：「要看…如何、取決於…」。如例：

- 出席するかどうかは、当日の父の体調のいかんで決めさせてください。
  請恕在下需視家父當天的身體狀況，才能判斷當天能否出席。
- コーチの指導方法いかんで、選手はいくらでも伸びるものだ。
  運動員能否最大限度發揮潛能，可以說是取決於教練的指導方法。

- 来場者数いかんでは、映画の上映中止もあり得る。
  假如票房慘澹（視到場人數的多寡），電影也可能隨時下檔。
- あなたの今後の態度のいかんでは、退学も止むを得ませんね。
  如果你今後的態度仍然不佳，校方恐怕不得不做出退學處分喔。

比　較 ▸▸▸▸ におうじて〔根據…〕

「いかんで（は）」表示對應，表示後項會如何變化，那就要取決於前項的情況、內容來決定了。「におうじて」也表對應，表示後項會根據前項的情況，而發生變化。

文法知多少？

☞ 請完成以下題目，從選項中，選出正確答案，並完成句子。

▼ 答案詳見右下角

1 彼女(かのじょ)がこんなに綺麗(きれい)になる（　　）、想像(そうぞう)もしなかった。

1．とは　　2．ときたら

2 チョコレートか（　　）、なんとキャラメルでした。

1．ときたら　　2．と思(おも)いきや

3 風邪(かぜ)をひいて声(こえ)が出(で)ないので、話(はな)（　　）話(はな)せない。

1．そうにも　　2．に

4 イライラしたときこそ努(つと)めて冷静(れいせい)に、客観的(きゃっかんてき)に自分(じぶん)を見(み)つめる（　　）。

1．べし　　2．べからざる

5 彼(かれ)の身勝手(みがって)な言(い)い訳(わけ)は聞(き)くに（　　）。

1．たえない　　2．難(かた)くない

6 ぬいぐるみの売(う)れ行(ゆ)き（　　）では、すぐに増産(ぞうさん)ということもあるでしょう。

1．かぎり　　2．いかん

答案：(1) 1　(2) 2　(3) 1　(4) 1
(5) 1　(6) 2

問題１　次の文章を読んで、文章全体の内容を考えて、［１］から［５］の中に入る最もよいものを、１・２・３・４の中から一つ選びなさい。

若者言葉

いつの時代も、若者特有の若者言葉というものがあるようである。電車の中などで、中・高生グループの会話を聞いていると、大人にはわからない言葉がポンポン出てくる。［１］通じない言葉を使うことによって、彼らは仲間意識を感じているのかもしれない。

携帯電話やスマートフォンでのSMSやラインでは、それこそ暗号（注１）のような若者言葉が飛び交っているらしい。

どんな言葉があるか、ネットで［２］覗いてみた。

「フロリダ」とは、「風呂に入るから一時離脱（注２）する」という意味だそうだ。お風呂に入るので会話を中断するよ、という時に使うらしい。似た言葉に「イチキタ」がある。「一時帰宅する」の略で、１度家に帰ってから出かけよう、というような時に使うそうだ。どちらも漢字の［3-a］を組み合わせた［3-b］だ。

「り」「りょ」は、「了解」、「おこ」は「怒っている」ということ。ここまで極端に［４］と思うのだが、若者はせっかち（注３）なのだろうか。

「ディする」は、英語disrespect（軽蔑する）を日本語の動詞的に使って「軽蔑する」という意味。「メンディー」は英語っぽいが「面倒くさい」という意味だという。

「ガチしょんぼり（注４）沈殿（注５）丸」は、何かで激しくしょんぼりしている状態を表すそうだが、これなどちょっと可愛く、センスもあると思われる。

これらの若者言葉を使っている若者たちも、何年か後には「若者」でなくなり、若者言葉を卒業することだろう。［５］、言葉の遊びを楽しむのもいいことかもしれない。

（注 1）暗号：秘密の記号。

（注 2）離脱：離れて抜け出すこと。

（注 3）せっかち：短気な様子。

（注 4）しょんぼり：がっかりして元気がない様子。

（注 5）沈殿：底に沈むこと。

1

1　若者にしか　　2　若者には

3　若者だけには　　4　若者は

2

1　じっと　　2　かなり

3　ちらっと　　4　さんざん

3

1　a 読み／b 略語　　2　a 意味／b 略語

3　a 形／b 言葉　　4　a 読み／b 熟語

4

1　略してもいいのでは　　2　組み合わせてもいいのでは

3　判断してはいけないのでは　　4　略しなくてもいいのでは

5

1　困ったときには　　2　しばしの間

3　永久に　　4　さっそく

▼ 翻譯與詳解請見 P.223

Lesson 04 様態、傾向、価値

▶ 樣態、傾向、價值

date. 1 ／　　date. 2 ／

- といわんばかりに、とばかりに
  1【樣態】
  2【樣態】
- ながら、ながらに、ながらの
  1【樣態】
  〖ながらにして〗
  2【讓步】
- まみれ
  1【樣態】
  〖困擾〗
- ずくめ
  1【樣態】
- めく
  1【傾向】
  〖めいた〗
- きらいがある
  1【傾向】
  〖どうも～きらいがある〗
  〖すぎるきらいがある〗

樣態、傾向、價值

- にたる、にたりない
  1【價值】
  2【無價值】
  3【不足】

grammar 001 といわんばかりに、とばかりに

接續方法 ▸▸▸▸【名詞；簡體句】＋と言わんばかりに、とばかり（に）

意　思 ❶

關鍵字 樣態

「とばかりに」表示看那樣子簡直像是的意思，心中憋著一個念頭或一句話，幾乎要說出來，後項多為態勢強烈或動作猛烈的句子，常用來描述別人。中文意思是：「幾乎要說…；簡直就像…、顯出…的神色、似乎…般地」。如例：

- ドアを開けると、「寂しかったよ」とばかりに犬が走ってきた。
  一開門，滿臉寫著「我好孤單喔」的愛犬立刻朝我飛奔而來。
- 彼らがステージに現れると、待ってましたとばかりにファンの歓声が鳴り響いた。
  他們一出現在舞台上，滿場迫不及待的粉絲立刻發出了歡呼。
- キャプテンが退場すると、今がチャンスとばかりに敵が攻撃を仕掛けてきた。
  我方隊長一離場，敵隊立刻抓住這個機會發動了攻勢。

比　較 ▸▸▸▸ ばかりに〔就因為…〕

「といわんばかりに」表示樣態，強調「幾乎要表現出來」的概念。表示雖然沒有說出來，但簡直就是那個樣子，來做後項動作猛烈的行為。「ばかりに」表示原因，強調「正是因前項，導致後項不良結果」的概念。就是因為某事的緣故，造成後項不良結果或發生不好的事情。說話人含有後悔或遺憾的心情。

意　思 ❷

關鍵字 樣態

「といわんばかりに」雖然沒有說出來，但是從表情、動作、樣子、態度上已經表現出某種信息，含有幾乎要說出前項的樣子，來做後項的行為。如例：

- もう我慢できないといわんばかりに、彼女は洗濯物を投げ捨てて出て行った。
  她彷彿再也無法忍受似地把待洗的髒衣服一扔，衝出了家門。

ながら、ながらに、ながらの

接續方法 ▸▸▸▸ 【名詞；動詞ます形】＋ながら、ながらに、ながらの＋【名詞】

意　思 ❶

關鍵字 **樣態**

前面的詞語通常是慣用的固定表達方式。表示「保持…的狀態下」，表明原來的狀態沒有發生變化，繼續持續。用「ながらの」時後面要接名詞。中文意思是：「保持…的狀態」。如例：

- この辺りは昔ながらの街並みが残っている。
  這一帶還留有古時候的街景。
- 男性は幼い頃の記憶を涙ながらに語った。
  那名男士一邊流淚一邊敘述了兒時的記憶。

關鍵字 **ながらにして**

「ながらに」也可使用「ながらにして」的形式。如例：

- インターネットがあれば、家に居ながらにして世界中の人と交流できる。
  只要能夠上網，即使人在家中坐，仍然可以與全世界的人交流。

比　較 ▸▸▸▸ のままに〔仍舊〕

「ながら」表示樣態，強調「做某動作時的狀態」的概念。前接在某狀態之下，後接在前項狀態之下，所做的動作或狀態。「のままに」表示狀態，強調「仍然保持原來的狀態」的概念。表示過去某一狀態，到現在仍然持續不變。

意　思 ❷

關鍵字 **讓步**

讓步逆接的表現。表示「實際情形跟自己所預想的不同」之心情，後項是「事實上是…」的事實敘述。中文意思是：「雖然…但是…」。如例：

・彼女が国に帰ったことを知りながら、どうして僕に教えてくれなかったんだ。
你明明知道她已經回國了，為什麼不告訴我這件事呢！

まみれ

接續方法 ▸▸▸▸ 【名詞】＋まみれ

意　思 ❶

關鍵字 **樣態**

表示物體表面沾滿了令人不快或骯髒的東西，非常骯髒的樣子，前常接「泥、汗、ほこり」等詞，表示在物體的表面上，沾滿了令人不快、雜亂、負面的事物。中文意思是：「沾滿…、滿是…」。如例：

・息子の泥まみれのズボンをゴシゴシ洗う。
我拚命刷洗兒子那件沾滿泥巴的褲子。

・取り押さえられた男の鞄の中から血まみれのナイフが発見された。
從被制服的男人的皮包裡找到了一把布滿血跡的刀子。

・ようやく本棚の後ろから出てきた子猫は体中ほこりまみれだった。
終於從書架後面鑽出來的小貓咪渾身都是灰塵。

關鍵字 **困擾**

表示處在叫人很困擾的狀況，如「借金」等令人困擾、不悅的事情。如例：

・借金まみれの人生。宝くじで一発逆転だ。
這輩子負債累累。我要靠樂透逆轉人生！

・結婚して初めて、夫が借金まみれであることを知った。
婚後才得知丈夫負債累累。

比　較 ▸▸▸▸ ぐるみ〔連…〕

「まみれ」表示樣態，強調「全身沾滿了不快之物」的概念。表示全身沾滿了令人不快的、骯髒的液體或砂礫、灰塵等細碎物。「ぐるみ」表示範圍，強調「全部都」的概念。前接名詞，表示連同該名詞都包括，全部都…的意思。如「家族ぐるみ（全家）」。是接尾詞。

ずくめ

接續方法 ▸▸▸▸ 【名詞】+ずくめ

意　思 ❶

前接名詞，表示全都是這些東西、毫不例外的意思。可以用在顏色、物品等；另外，也表示事情接二連三地發生之意。前面接的名詞通常都是固定的慣用表現，例如會用「黒ずくめ」，但不會用「赤ずくめ」。中文意思是：「清一色、全都是、淨是…、充滿了」。如例：

・黒ずくめの男たちが通りの向こうへ走り去って行った。
　全身黑衣的幾名男子衝向馬路對面，就此消失了身影。

・息子の結婚、娘の出産と、今年はめでたいことずくめでした。
　今年好事接連臨門，先是兒子結婚，然後女兒也生了寶寶。

・君の持って来る弁当は、いつもごちそうずくめだな。羨ましいよ。
　你帶來的飯盒總是裝著滿滿的山珍海味，真讓人羨慕死囉！

・今月に入って残業ずくめで、もう倒れそうだ。
　這個月以來幾乎天天加班，都快撐不下去了。

比　較 ▸▸▸▸ だらけ〔全是…〕

「ずくめ」表示樣態，強調「在…範圍中都是…」的概念。在限定的範圍中，淨是某事物。正、負面評價的名詞都可以接。「だらけ」也表樣態，強調「數量過多」的概念。也就是某範圍中，雖然不是全部，但絕大多數都是前項名詞的事物。常伴有「骯髒」、「不好」等貶意，是說話人給予負面的評價。所以後面不接正面、褒意的名詞。

grammar 005 めく

Track 038

類義文法
ぶり
假裝…

接續方法 ▸▸▸▸ 【名詞】＋めく

意　思 ①

關鍵字 傾向

「めく」是接尾詞，接在詞語後面，表示具有該詞語的要素，表現出某種樣子。前接詞很有限，習慣上較常說「春めく（有春意）、秋めく（有秋意）」。但「夏めく（有夏意）、冬めく（有冬意）」就較少使用。中文意思是：「像…的樣子、有…的意味、有…的傾向」。如例：

- 凍るような寒さも去り、街は少しずつ春めいてきた。
  嚴寒的冷冬終於離去，街上漸漸散發出春天的氣息了。
- 今朝の妻の謎めいた微笑はなんだろう。
  今天早上妻子那一抹神祕的微笑究竟是什麼意思呢？

- 冗談めいた言い方だったけど、何か怒ってるみたいだった。
  他當時雖然用半開玩笑的口吻說話，但似乎隱含著某種怒氣。

關鍵字 めいた

五段活用後接名詞時，用「めいた」的形式連接。如例：

- あの先生はすぐに説教めいたことを言うので、生徒から煙たがれている。
  那位老師經常像在訓話似的，學生無不對他望之生畏。

比　較 ▸▸▸▸ ぶり〔假裝…〕

「めく」表示傾向，強調「帶有某感覺」的概念。接在某事物後面，表示具有該事物的要素，表現出某種樣子的意思。「めく」是接尾詞。「ぶり」表示樣子，強調「擺出某態度」的概念。表示給予負面的評價，有意擺出某種態度的樣子，「明明…卻要擺出…的樣子」的意思。也是接尾詞。

きらいがある

Track 039

類義文法
おそれがある
恐怕會…

接續方法 ▸▸▸▸【名詞の；動詞辭書形】＋きらいがある

意　思 ❶

關鍵字　傾向

表示某人有某種不好的傾向，容易成為那樣的意思。多用在對這不好的傾向，持批評的態度。而這種傾向從表面是看不出來的，是自然而然容易變成那樣的。它具有某種本質性，漢字是「嫌いがある」。中文意思是：「有一點…、總愛…、有…的傾向」。如例：

・あの子はなんでもおおげさに言うきらいがあるんです。
　那個小孩有凡事誇大的傾向。

・彼は有能だが人を下に見るきらいがある。
　他能力很強，但也有點瞧不起人。

・夫は優しい人ですが、人の意見に流されるきらいがあります。
　外子脾氣好，可是耳根子軟，容易被別人影響。

關鍵字　どうも～きらいがある

一般以人物為主語。以事物為主語時，多含有背後為人物的責任。書面用語。常用「どうも～きらいがある」。如例：

・このテレビ局はどうも、時の政権に反対の立場をとるきらいがある。
　這家電視台似乎傾向於站在反對當時政權的立場。

關鍵字　すぎるきらいがある

常用「すぎるきらいがある」的形式。如例：

・彼女は物事を深く考えすぎるきらいがある。
　她對事情總是容易顧慮過多。

比　較 ▸▸▸▸ おそれがある〔恐怕會…〕

「きらいがある」表示傾向，強調「有不好的性質、傾向」的概念。表示從表面看不出來，但具有某種本質的傾向。多用在對這不好的傾向，持批評的態度上。「おそれがある」表示推量，強調「可能發生不好的事」的概念。表示有發生某種消極事件的可能性。只限於用在不利的事件。常用在新聞或報導中。

grammar 007 にたる、にたりない

接續方法 ▸▸▸▸ 【名詞；動詞辭書形】＋に足る、に足りない

意　思 ❶

「に足る」表示足夠，前接「信賴する、語る、尊敬する」等詞時，表示很有必要做前項的價值，那樣做很恰當。中文意思是：「可以…、足以…、值得…」。如例：

- 彼は口は悪いが信頼に足る人間だ。
  他雖然講話不好聽，但是值得信賴。
- 精一杯やって、満足するに足る結果を残すことができた。
  盡了最大的努力，終於達成了可以令人滿意的成果。

比　較 ▸▸▸▸ にたえる〔值得…、禁得起…〕

「にたる」表示價值，強調「有某種價值」的概念。表示客觀地從品質或是條件，來判斷很有必要做前項的價值，那樣做很恰當。「にたえる」也表價值，強調「那樣做有那樣做的價值」的概念。可表示有充分那麼做的價值。或表示不服輸、不屈服地忍耐下去。這是從主觀的心情、感情來評斷的。前面只能接「読む、聞く、見る」等為數不多的幾個動詞。

意　思 ❷

關鍵字　無價值

「に足りない」含又不是什麼了不起的東西，沒有那麼做的價值的意思。中文意思是：「不足以…、不值得…」。如例：

- そんな取るに足りない小さな問題を、いちいち気にするな。
  不要老是在意那種不值一提的小問題。

「に足りない」也可表示「不夠…」之意。如例：

- ひと月の收入は、二人分を合わせても新生活を始めるに足りなかった。
  那時兩個人加起來的一個月收入依然不夠他們展開新生活。

文法知多少？

☞ 請完成以下題目，從選項中，選出正確答案，並完成句子。

▼ 答案詳見右下角

1 申(もう)し訳(わけ)ないと思(おも)い（　　）、彼女(かのじょ)にお願(ねが)いするしかない。

1．つつも　　2．ながらも

2 彼(かれ)はどうだ（　　）私(わたし)たちを見(み)た。

1．と言(い)わんばかりに　　2．ばかりに

3 彼(かれ)には生(う)まれ（　　）、備(そな)わっている品格(ひんかく)があった。

1．のままに　　2．ながらに

4 彼女(かのじょ)はいつも上(うえ)から下(した)までブランド（　　）です。

1．だらけ　　2．ずくめ

5 汗(あせ)（　　）になって畑仕事(はたけしごと)をするのが好(す)きです。

1．ぐるみ　　2．まみれ

6 法律(ほうりつ)の改正(かいせい)には、国民(こくみん)が納得(なっとく)するに（　　）説明(せつめい)が必要(ひつよう)だ。

1．足(た)る　　2．たえる

7 彼(かれ)は思(おも)いこみが強(つよ)く、独断専行(どくだんせんこう)の（　　）がある。

1．嫌(きら)い　　2．恐(おそ)れ

答案：(1) 1　(2) 1　(3) 2　(4) 2
(5) 2　(6) 1　(7) 1

問題１　次の文章を読んで、文章全体の内容を考えて、［1］から［5］の中に入る最もよいものを、1・2・3・4の中から一つ選びなさい。

旅の楽しみ

テレビでは、しょっちゅう旅行番組をやっている。それを見ていると、居ながらにしてどんな遠い国にも［1］。一流のカメラマンが素晴らしい景色を写して見せてくれる。旅行のための面倒な準備もいらないし、だいいち、お金がかからない。番組を見ているだけで、［2-a］その国に［2-b］気になる。

だからわざわざ旅行には行かない、という人もいるが、私は、番組を見て旅心を誘われるほうである。その国の自然や人々の生活に関する想像が膨らみ、行ってみたいという気にさせられる。

旅の楽しみとは、まずは、こんなことではないだろうか。心の中で想像を膨らますことだ。［3-a］その想像は美化(注1)されすぎて、実際に行ってみたらがっかりすることも［3-b］。しかし、それでもいいのだ。自分自身の目で見て、そのギャップ(注2)を実感することこそ、旅の楽しみでも［4］。

もう一つの楽しみとは、旅先から自分の国、自分の家、自分の部屋に帰る楽しみである。帰りの飛行機に乗った途端、私は早くもそれらの楽しみを思い浮かべる。ほんの数日間離れていただけなのに、空港に降り立ったとき、日本という国のにおいや美しさがどっと身の回りに押し寄せる。家の小さな庭の草花や自分の部屋のことが心に［5］。

帰宅すると、荷物を片付ける間ももどかしく(注3)、懐かしい自分のベッドに倒れこむ。その瞬間の嬉しさは格別である。

旅の楽しみとは、結局、旅に行く前と帰る時の心の高揚(注4)にあるのかもしれない。

(注 1) 美化：実際よりも美しく素晴らしいと考えること。

(注 2) ギャップ：差。

(注 3) もどかしい：早くしたいとあせる気持ち。

(注 4) 高揚：気分が高まること。

1

1　行くのだ　　2　行くかもしれない

3　行くことができる　　4　行かない

2

1　a まるで／b 行く　　2　a あたかも／b 行くような

3　a または／b 行ったかのような　　4　a あたかも／b 行ったかのような

3

1　a もしも／b あるだろう

2　a もしかしたら／b あるかもしれない

3　a もし／b あるに違いない

4　a たとえば／b ないだろう

4

1　ないかもしれない　　2　あるだろうか

3　あるからだ　　4　ないに違いない

5

1　浮かべる　　2　浮かぶ

3　浮かばれる　　4　浮かべた

▼ 翻譯與詳解請見 P.224

Lesson 05 程度、強調、軽重、難易、最上級

▶ 程度、強調、輕重、難易、最上級

date. 1　／　　date. 2　／

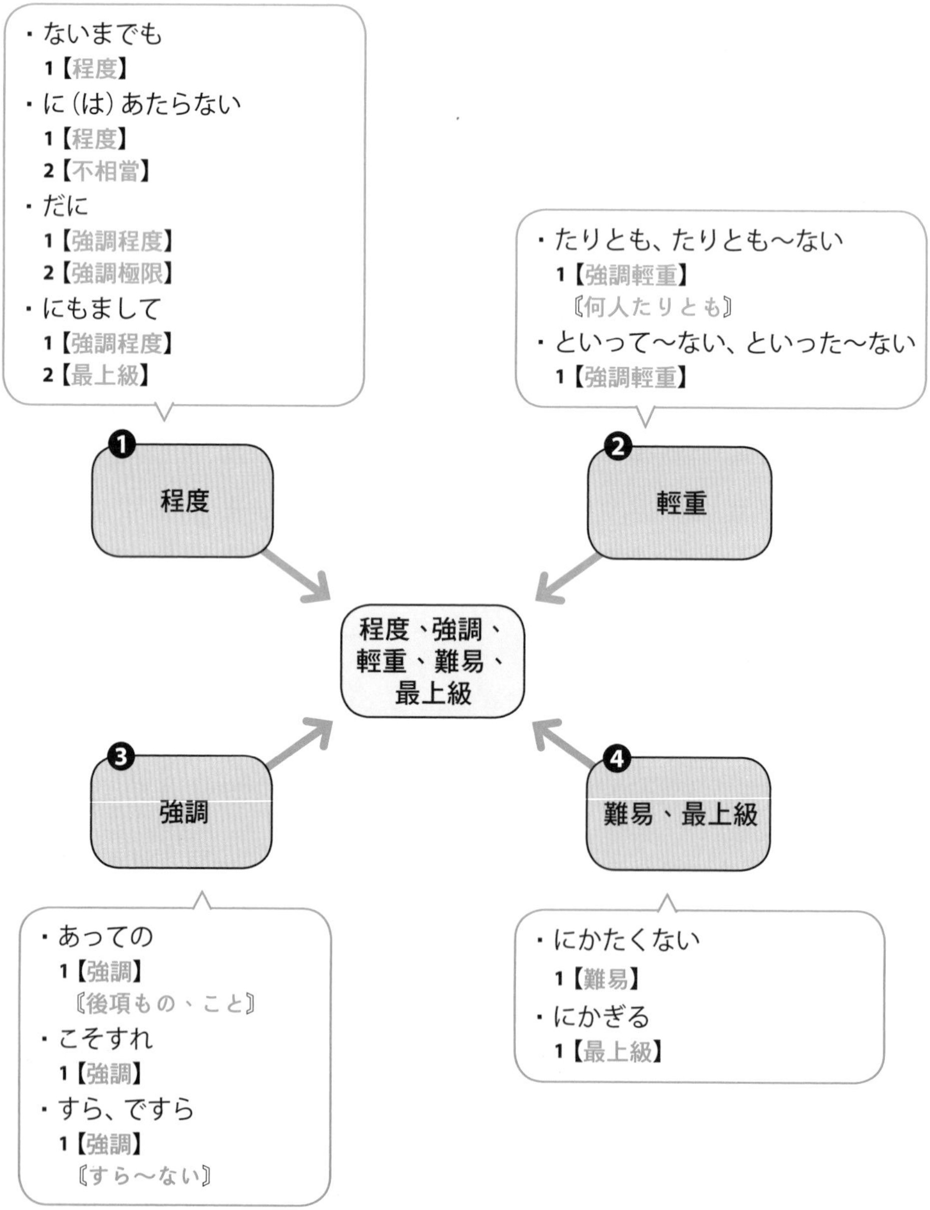

- ないまでも
  1【程度】
- に(は)あたらない
  1【程度】
  2【不相當】
- だに
  1【強調程度】
  2【強調極限】
- にもまして
  1【強調程度】
  2【最上級】

- たりとも、たりとも～ない
  1【強調輕重】
  〖何人たりとも〗
- といって～ない、といった～ない
  1【強調輕重】

❶ 程度
❷ 輕重

程度、強調、輕重、難易、最上級

❸ 強調
❹ 難易、最上級

- あっての
  1【強調】
  〖後項もの、こと〗
- こそすれ
  1【強調】
- すら、ですら
  1【強調】
  〖すら～ない〗

- にかたくない
  1【難易】
- にかぎる
  1【最上級】

Track 041

類義文法
までもない
用不著…

ないまでも

接續方法 ▸▸▸▸【名詞で（は）；動詞否定形】＋ないまでも

意　思 ❶

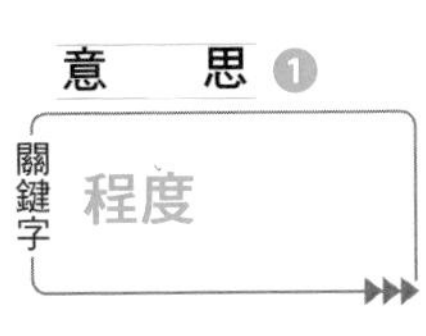

前接程度比較高的，後接程度比較低的事物。表示雖然不至於到前項的地步，但至少有後項的水準，或只要求做到後項的意思。後項多為表示義務、命令、意志、希望、評價等內容。後面為義務或命令時，帶有「せめて、少なくとも」（至少）等感情色彩。中文意思是：「就算不能…、沒有…至少也…、就是…也該…、即使不…也…」。如例：

- ヒット商品とは言えないまでも、毎月そこそこ売れています。
  即使說不上暢銷商品，每個月還能維持基本的銷量。
- 高級でないまでも、少しはおしゃれな服が着たい。
  不敢奢求多麼講究，只是想穿上漂亮一點的衣服。
- ピアニストにはなれないまでも、音楽に関わる仕事をしていきたい。
  就算無法成為鋼琴家，依然希望從事音樂相關工作。
- 毎日とは言わないまでも、週に１、２回は連絡してちょうだい。
  就算沒辦法天天保持聯絡，至少每星期也要聯繫一兩次。

比　較 ▸▸▸▸ までもない〔用不著…〕

「ないまでも」表示程度，強調「就算不能達到前項，但可以達到程度較低的後項」的概念。是一種從較高的程度，退一步考慮後項實現問題的辦法，後項常接義務、命令、意志、希望等表現。「までもない」表示不必要，強調「沒有必要做到那種程度」的概念。表示事情尚未到達到某種程度，沒有必要做某事。

に(は)あたらない

Track 042

類義文法

にたりない

不足以…

意　思 ❶

關鍵字 程度

【動詞辭書形】＋に（は）当たらない。接動詞辭書形時，為沒必要做某事，或對對方過度反應到某程度，表示那樣的反應是不恰當的。用在說話人對於某事評價較低的時候，多接「賞賛する（稱讚）、感心する（欽佩）、驚く（吃驚）、非難する（譴責）」等詞之後。中文意思是：「不需要…、不必…、用不著…」。如例：

- 彼の実力からすると、今回の受賞は驚くに当たらない。
  以他的實力，此次獲獎乃是實至名歸，無須大驚小怪。
- この程度の発言は表現の自由の範囲内だ。非難するには当たらない。
  這種程度的發言屬於言論自由的範圍，不應當受到指責。
- 若いうちの失敗は嘆くに当たらないよ。「失敗は成功の母」というじゃないか。
  不必怨嘆年輕時的失敗嘛。俗話說得好：「失敗為成功之母」，不是嗎？

比　較 ▸▸▸ にたりない〔不足以…〕

「に（は）あたらない」表示程度，強調「沒有必要做某事」的概念。表示沒有必要做某事，那樣的反應是不恰當的。用在說話人對於某事評價較低的時候。「にたりない」表示無價值，強調「沒有做某事的價值」的概念。前接「信頼する、尊敬する」等詞，表示沒有做前項的價值，那樣做很不恰當。

意　思 ❷

關鍵字 不相當

【名詞】＋に（は）当たらない。接名詞時，則表示「不相當於…」的意思。中文意思是：「不相當於…」。如例：

- ちょっとトイレに行っただけです。駐車違反には当たらないでしょう。
  我只是去上個廁所而已，不至於到違規停車吃紅單吧？

grammar 003 だに

Track 043

類義文法
すら
就連…都

接續方法 ▸▸▸▸ 【名詞；動詞辭書形】＋だに

意　思 ❶

關鍵字 **強調程度**

前接「考える、想像する、思う、聞く、思い出す」等心態動詞時，則表示光只是做一下前面的心理活動，就會出現後面的狀態了。有時表示消極的感情，這時後面多為「ない」或「怖い、つらい」等表示消極的感情詞。中文意思是：「一…就…、只要…就…、光…就…」。如例：

- 致死率 90% の伝染病など、考えるだに恐ろしい。
  致死率高達 90% 的傳染病，光想就令人渾身發毛。
- 新人の彼女が主演女優賞を取るとは、誰も予想だにしなかった。
  誰也沒有想到新晉女演員的她竟能奪得最佳女主角的獎項！

意　思 ❷

關鍵字 **強調極限**

前接名詞時，舉一個極端的例子，表示「就連前項也（不）…」的意思。中文意思是：「連…也（不）…」。如例：

- 有罪判決が言い渡された際も、男は微動だにしなかった。
  就連宣布有罪判決的時候，那個男人依舊毫無反應。
- この人の論文など一顧だに値しない。
  這個人的論文不值一看。

比　較 ▸▸▸▸ すら〔就連…都〕

「だに」表示強調極限，舉一個極端的例子，表示「就連…都不能…」的意思。後項多和否定詞一起使用。「すら」表示強調，舉出一個極端的例子，表示連前項都這樣了，別的就更不用提了。後接否定。有導致消極結果的傾向。含有輕視的語氣，只能用在負面評價上。

にもまして

意　思 ❶

關鍵字 **強調程度**

【名詞】＋にもまして。表示兩個事物相比較。比起前項，後項更為嚴重，更勝一籌，前面常接時間、時間副詞或是「それ」等詞，後接比前項程度更高的內容。中文意思是：「更加地…、加倍的…、比…更…、比…勝過…」。如例：

・来年の就職が不安だが、それにもまして不安なのは母の体調だ。
明年要找工作的事固然讓人憂慮，但更令我擔心的是媽媽的身體。

・もともと無口な子だが、転校してからは以前にもまして喋らなくなってしまった。
這孩子原本就不太說話，自從轉學後，比以前愈發沉默寡言了。

比　較 ▸▸▸▸ にくわえて〔而且…〕

「にもまして」表示強調程度，強調「在此之上，程度更深一層」的概念。表示兩個事物相比較。前接程度很高的前項，後接比前項程度更高的內容，比起程度本來就很高的前項，後項更為嚴重，程度更深一層。「にくわえて」表示附加，強調「在已有的事物上，再追加類似的事物」的概念。表示在現有前項的事物上，再加上後項類似的別的事物。經常和「も」前後呼應使用。

意　思 ❷

關鍵字 **最上級**

【疑問詞】＋にもまして。表示「比起其他任何東西，都是程度最高的、最好的、第一的」之意。中文意思是：「最…、第一」。如例：

・今日の森部長はいつにもまして機嫌がいい。
森經理今天的心情比往常都要來得愉快。

・母は私たち兄弟の幸せを何にもまして望んでいる。
媽媽最大的期盼是我們兄弟的幸福。

たりとも、たりとも～ない

類義文法
なりと（も）
不管…、…之類

接續方法 ▸▸▸▸ 【名詞】+たりとも、たりとも～ない；【數量詞】+たりとも～ない

意　思 ❶

關鍵字 **強調輕重**

前接「一＋助數詞」的形式，舉出最低限度的事物，表示最低數量的數量詞，強調最低數量也不能允許，或不允許有絲毫的例外，是一種強調性的全盤否定的説法，所以後面多接否定的表現。書面用語。也用在演講、會議等場合。中文意思是：「哪怕…也不（可）…、即使…也不…」。如例：

・お客が書類にサインするまで、一瞬たりとも気を抜くな。
在顧客簽署文件之前，哪怕片刻也不許鬆懈！

・親切にして頂いたご恩は、一日たりとも忘れたことはありません。
當年您善心關照的大恩大德，我連一天都不曾忘記。

・子供たちが寄付してくれたお金です。一円たりとも無駄にできません。
這是小朋友們捐贈的善款，即使是一塊錢也不可以浪費。

關鍵字 **何人たりとも**

「何人たりとも」為慣用表現，表示「不管是誰都…」。如例：

・何人たりともこの神聖な地に足を踏み入れることはできない。
無論任何人都不得踏入這片神聖之地。

比　較 ▸▸▸▸ なりと（も）〔不管…、…之類〕

「たりとも」表示強調輕重，強調「不允許有絲毫例外」的概念。前接表示最低數量的數量詞，表示連最低數量也不能允許。是一種強調性的全盤否定的説法。「なりと（も）」表示無關，強調「全面的肯定」的概念。表示無論什麼都可以按照自己喜歡的進行選擇。也就是表示全面的肯定。如果用［N＋なりと（も）］，就表示例示，表示從幾個事物中舉出一個做為例子。

といって～ない、といった～ない

Track 046

類義文法

といえば

說到…

接續方法 ▸▸▸▸【これ；疑問詞】＋といって～ない、といった＋【名詞】～ない

意　思 ❶

關鍵字　強調輕重

前接「これ、なに、どこ」等詞，後接否定，表示沒有特別值得一提的東西之意。為了表示強調，後面常和助詞「は」、「も」相呼應；使用「といった」時，後面要接名詞。中文意思是：「沒有特別的…、沒有值得一提的…」。如例：

・今週(こんしゅう)はこれといって予定(よてい)がありません。
　這個星期沒有重要的行程。

・私(わたし)の特技(とくぎ)ですか。これといってないですね。
　您問我有沒有特殊專長嗎？似乎沒有什麼與眾不同的長處。

・何(なん)といった目的(もくてき)もなく、なんとなく大学(だいがく)に通(かよ)っている学生(がくせい)も少(すく)なくない。
　沒有特定目標，只是隨波逐流地進入大學就讀的學生並不在少數。

・夫(おっと)はこれといった長所(ちょうしょ)もないが、短所(たんしょ)もない。
　外子沒有值得一提的優點，但也沒有缺點。

比　較 ▸▸▸▸ といえば〔說到…〕

「といって～ない」表示強調輕重，前接「これ、なに、どこ」等詞，後面跟否定相呼應，表示沒有特別值得提的話題或事物之意。「といえば」表示話題，強調「提起話題」的概念，表示以自己心裡想到的事情為話題，後項是對有關此事的敘述，或又聯想到另一件事。

あっての

Track 047

類義文法

からこそ

正因為…才…

接續方法 ▸▸▸▸【名詞】＋あっての＋【名詞】

意　思 ❶

關鍵字 **強調**

表示因為有前面的事情，後面才能夠存在，強調後面能夠存在，是因為有至關重要的前面的條件，如果沒有前面的條件，就沒有後面的結果了。中文意思是：「有了…之後…才能…、沒有…就不能（沒有）…」。如例：

- 生徒(せいと)あっての学校(がっこう)でしょう。生徒(せいと)を第一(だいいち)に考(かんが)えるべきです。
  沒有學生哪有學校？任何考量都必須將學生放在第一順位。

- 消費者(しょうひしゃ)あっての商品開発(しょうひんかいはつ)だから、いくらいい物(もの)でも値段(ねだん)がこう高(たか)くちゃね。
  產品研發的一切基礎是消費者。即使是卓越的商品，如此高昂的訂價，恐怕會影響購買意願。

關鍵字 **後項もの、こと**

「あっての」後面除了可接實體的名詞之外，也可接「もの、こと」來代替實體。如例：

- この発見(はっけん)は私一人(わたしひとり)の功績(こうせき)ではない。優秀(ゆうしゅう)な研究(けんきゅう)チームあってのものです。
  這項發現並不是我一個人的功勞，應當歸功於這支優秀的研究團隊！
- 彼(かれ)の現在(げんざい)の成功(せいこう)は、20年(ねん)にわたる厳(きび)しい修業時代(しゅぎょうじだい)あってのことだ。
  他今日獲致的成功，乃是長達二十年嚴格研修歲月所累積而成的心血結晶。

比　較 ▶▶▶▶ からこそ〔正因為…才…〕

「あっての」表示強調，強調一種「必要條件」的概念。表示因為有前項事情的成立，後項才能夠存在。含有後面能夠存在，是因為有前面的條件，如果沒有前面的條件，就沒有後面的結果了。「からこそ」表示原因，強調「主觀原因」的概念。表示特別強調其原因、理由。「から」是說話人主觀認定的原因，「こそ」有強調作用。

008 こそすれ

Track 048

類義文法

てこそ

正因為…才…

接續方法 ▸▸▸▸ 【名詞；動詞ます形】＋こそすれ

意　思 ❶

關鍵字 強調

後面通常接否定表現，用來強調前項才是正確的，而不是後項。中文意思是：「只會…、只是…」。如例：

- あなたのこれまでの努力(どりょく)には感謝(かんしゃ)こそすれ、不服(ふふく)に思(おも)うことなどひとつもありません。
  對於您這段日子的努力只有無盡的感謝，沒有一絲一毫的不服氣。
- 昔(むかし)の君(きみ)なら、困難(こんなん)に挑戦(ちょうせん)こそすれ、やる前(まえ)に諦(あきら)めたりはしなかった。
  換做是從前的你，只會勇於接受艱難的挑戰，從來不曾臨陣打退堂鼓。
- 子供(こども)のいたずらじゃないか。誰(だれ)だって笑(わら)いこそすれ、本気(ほんき)で怒(おこ)ったりしないよ。
  這不過是小孩子的惡作劇嘛。換成是誰都會一笑置之，沒有人會當真動怒的。
- 彼女(かのじょ)の行(おこな)いには呆(あき)れこそすれ、同情(どうじょう)の余地(よち)はない。
  她的行為令人難以置信，完全不值得同情。

比　較 ▸▸▸▸ てこそ〔正因為…才…〕

「こそすれ」表示強調，後面通常接否定表現，用來強調前項（名詞）才是正確的，否定後項。「てこそ」也表強調，表示由於實現了前項，從而得出後項好的結果。也就是沒有前項，後項就無法實現的意思。後項是判斷的表現。後項一般接表示褒意或可能的內容。

009 すら、ですら

Track 049

類義文法

さえ～ば

只要（就）…

接續方法 ▸▸▸▸ 【名詞（＋助詞）；動詞て形】＋すら、ですら

意　思 ❶

關鍵字 **強調**

舉出一個極端的例子，強調連他（它）都這樣了，別的就更不用提了。有導致消極結果的傾向。可以省略「すら」前面的助詞「で」，「で」用來提示主語，強調前面的內容。和「さえ」用法相同。中文意思是：「就連…都、甚至連…都」。如例：

- 人(ひと)に迷惑(めいわく)をかけたら謝(あやま)ることくらい、子供(こども)ですら知(し)ってますよ。
  就連小孩子都曉得，萬一造成了別人的困擾就該向人道歉啊！

關鍵字 **すら～ない**

用「すら～ない（連…都不…）」是舉出一個極端的例子，來強調「不能…」的意思。中文意思是：「連…都不…」。如例：

- フランスに一年(ねん)いましたが、通訳(つうやく)どころか、日常会話(にちじょうかいわ)すらできません。
  在法國已經住一年了，但別說是翻譯了，就連日常交談都辦不到。

- あまりにも悲(かな)しいと、人(ひと)は泣(な)くことすらできないものだ。
  當一個人傷心欲絕的時候，是連眼淚都掉不下來的。
- 論文(ろんぶん)を書(か)くというから大切(たいせつ)な本(ほん)を貸(か)したのに、まだ読(よ)んですらないのか。
  你說寫論文需要參考文獻，我才把那本珍貴的書借給你的，居然到現在連一個字都還沒讀？

比　較 ▸▸▸▸ さえ～ば〔只要（就）…〕

「すら」表示強調，有「強調主題」的作用。舉出一個極端例子，強調就連前項都這樣了，其他就更不用提了。後面跟否定相呼應。有導致消極結果的傾向。後面只接負面評價。「さえ～ば」表示條件，強調「只要有前項最基本的條件，就能實現後項」。後面跟假設條件的「ば、たら、なら」相呼應。後面可以接正、負面評價。

grammar 010 にかたくない

Track 050

類義文法
に（は）あたらない
不需要…

接續方法 ▸▸▸▸【名詞；動詞辭書形】＋に難くない

意　思 ❶

關鍵字　難易

表示從某一狀況來看，不難想像，誰都能明白的意思。前面多用「想像する、理解する」等理解、推測的詞，書面用語。中文意思是：「不難…、很容易就能…」。如例：

- 店を首になった彼が絶望して犯行に及んだことは、想像に難くない。
  不難想像遭到店家開除的他陷入絕望以致於鋌而走險，踏上犯罪。
- このままでは近い将来、赤字経営になることは、予想するに難くない。
  不難想見若是照這樣下去，公司在不久的未來將會虧損。

- 大切なお金を騙し取られた祖母の悔しさは、察するに難くない。
  不難感受到祖母寶貴的錢財遭到詐騙之後的萬分懊惱。
- 投票するまでもなく、社長のお気に入りの田中部長が選ばれるであろうことは、想像するに難くない。
  其實不必投票就能想像得到將會由備受總經理寵愛的田中經理出線。

比　較 ▸▸▸▸ に（は）あたらない〔不需要…〕

「にかたくない」表示難易，強調「從現實因素，不難想像某事」的概念。「不難、很容易」之意。表示從前面接的這一狀況來看，不難想像某事態之意。書面用語。「に（は）あたらない」表示程度，強調「沒有必要做某事」的概念。表示沒有必要做某事，那樣的反應是不恰當的。用在說話人對於某事評價較低的時候。

にかぎる

接續方法 ▸▸▸▸ 【名詞（の）；形容詞辭書形（の）；形容動詞詞幹（なの）；動詞辭書形；動詞否定形】＋に限る

意　思 ❶

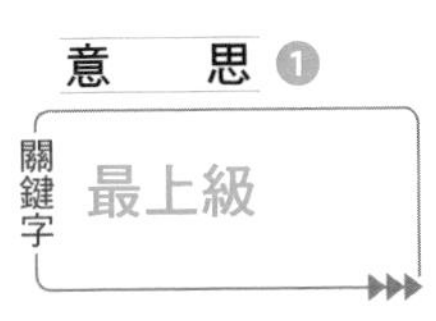

除了用來表示說話者的個人意見、判斷，意思是「…是最好的」，相當於「が一番だ」，一般是被普遍認可的事情。還可以用來表示限定，相當於「だけだ」。中文意思是：「就是要…、…是最好的」。如例：

- 仕事の後は、冷えたビールに限る。
  工作結束後來一杯透心涼的啤酒真是人生一大樂事。
- 靴はファッションもいいが、とにかく歩き易いのに限る。
  鞋子固然要講究時髦，最重要的還是要舒適合腳。
- 疲れたときは、ゆっくりお風呂に入るに限る。
  疲憊的時候若能泡個舒舒服服的熱水澡簡直快樂似神仙。

- 奥さんといい関係を築きたければ、嘘はつかないに限るよ。
  想要和太太維持融洽的夫妻關係，最要緊的就是不能有任何欺瞞。

比　較 ▸▸▸▸ いたり〔…之至〕

「にかぎる」表示最上級，表示說話人主觀地主張某事物是最好的。前接名詞、形容詞、形容動詞跟動詞。「いたり」也表最上級，表示一種強烈的情感，達到最高的狀態。前接名詞。

文法知多少？

☞ 請完成以下題目，從選項中，選出正確答案，並完成句子。

▼ 答案詳見右下角

1 自分(じぶん)で歩(ある)くこと（　　）できないのに、マラソンなんてとんでもない。

1．さえ　　2．すら

2 彼(かれ)の名前(なまえ)を耳(みみ)にする（　　）、身震(みぶる)いがする。

1．だに　　2．すら

3 特(とく)にこれ（　　）好(す)きなお酒(さけ)もありません。

1．といって　　2．といえば

4 予想(よそう)（　　）好調(こうちょう)な出(で)だしで、なによりです。

1．に加(くわ)えて　　2．にもまして

5 あまり帰省(きせい)し（　　）、よく電話(でんわ)はしていますよ。

1．までもなく　　2．ないまでも

6 一言一句(いちごんいっく)（　　）漏(も)らさず書(か)きとりました。

1．たりとも　　2．なりと

7 私(わたし)がいくら説得(せっとく)した（　　）、彼(かれ)は聞(き)く耳(みみ)を持(も)たない。

1．ところで　　2．が最後(さいご)

8 甚大(じんだい)な被害(ひがい)が出(で)ていることは想像(そうぞう)に（　　）。

1．あたらない　　2．難(かた)くない

答案：(1) 2　(2) 1　(3) 1　(4) 2
(5) 2　(6) 1　(7) 1　(8) 2

問題1　(　　)に入るのに最もよいものを、1・2・3・4から一つ選びなさい。

1 この私がノーベル賞を受賞するとは。貧乏学生だった頃には想像だに(　　　)。

1　できません　　2　していません
3　しませんでした　　4　しないものです

2 移民の中には、学ぶ機会を与えられず、自分の名前(　　　)書けない者もいた。

1　だに　　2　こそ　　3　きり　　4　すら

3 この薬の開発を待っている患者が全国にいるのだ。完成するまで1分(　　　)無駄にはできない。

1　なり　　2　かたがた
3　たりとも　　4　もさることながら

4 大成功とは言わないまでも、(　　　)。

1　成功とは言い難い　　2　もう二度と失敗できない
3　次に期待している　　4　なかなかの出来だ

問題2　つぎの文の＿★＿に入る最もよいものを、1・2・3・4から一つ選びなさい。

5 お金を貸すことは＿＿＿　＿＿＿　＿★＿　＿＿＿できますよ。

1　までも　　2　くらいなら
3　できない　　4　アルバイトの紹介

6 逆転に次ぐ逆転で、＿＿＿　＿＿＿　＿★＿　＿＿＿試合が続いている。

1　気を抜くことの　　2　できない
3　たりとも　　4　一瞬

7 突然の事故で＿＿＿　＿＿＿　＿★＿　＿＿＿。

1　彼女の悲しみは　　2　かたくない
3　想像に　　4　母親を失った

▼ 翻譯與詳解請見 P.226

Lesson 06 話題、評価、判断、比喩、手段

▶ 話題、評價、判斷、比喻、手段

date. 1 ／　date. 2 ／

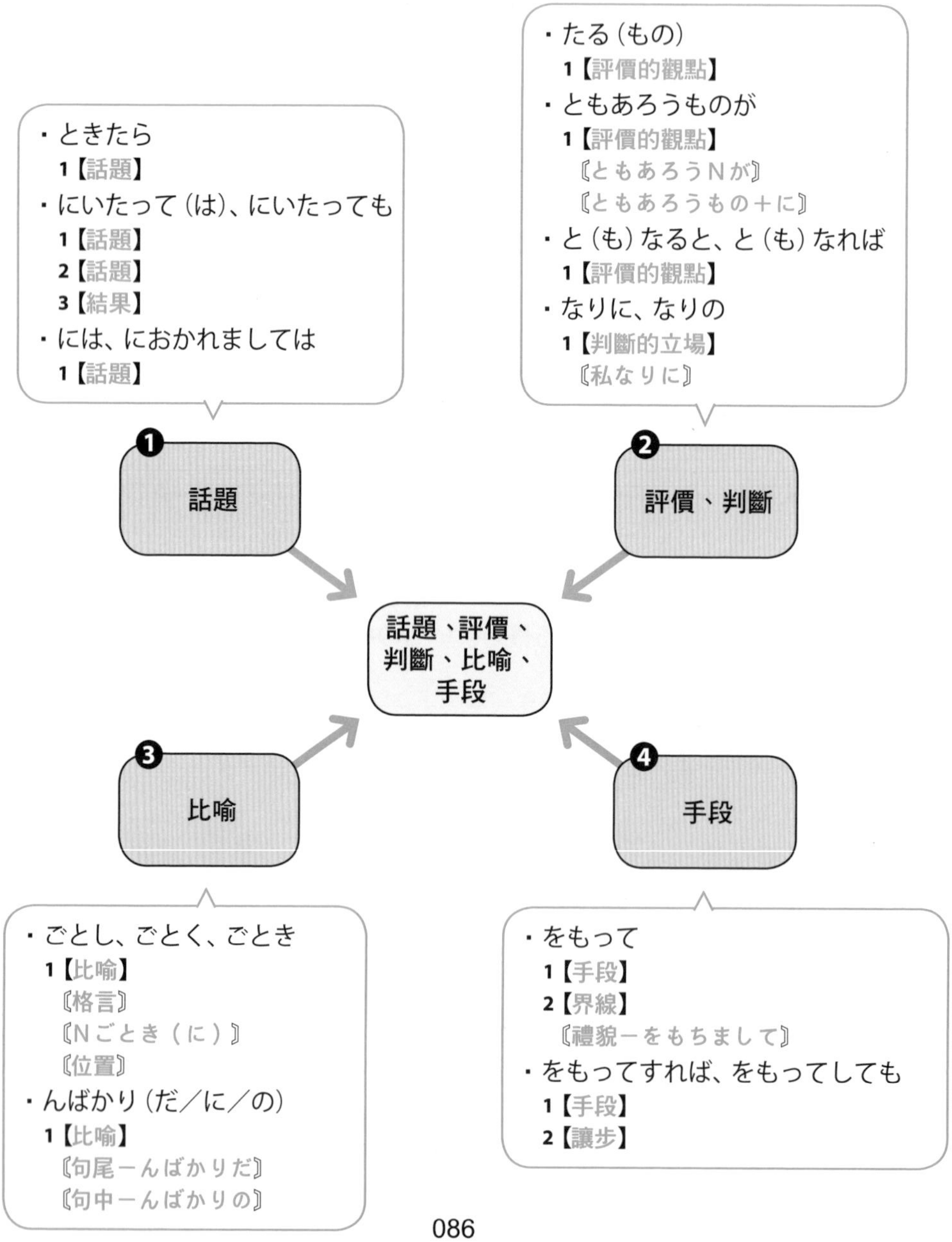

話題、評價、判斷、比喻、手段

❶ 話題

- ときたら
  1【話題】
- にいたって（は）、にいたっても
  1【話題】
  2【話題】
  3【結果】
- には、におかれましては
  1【話題】

❷ 評價、判斷

- たる（もの）
  1【評價的觀點】
- ともあろうものが
  1【評價的觀點】
  〔ともあろうNが〕
  〔ともあろうもの＋に〕
- と（も）なると、と（も）なれば
  1【評價的觀點】
- なりに、なりの
  1【判斷的立場】
  〔私なりに〕

❸ 比喻

- ごとし、ごとく、ごとき
  1【比喻】
  〔格言〕
  〔Nごとき（に）〕
  〔位置〕
- んばかり（だ／に／の）
  1【比喻】
  〔句尾－んばかりだ〕
  〔句中－んばかりの〕

❹ 手段

- をもって
  1【手段】
  2【界線】
  〔禮貌－をもちまして〕
- をもってすれば、をもってしても
  1【手段】
  2【讓步】

ときたら

Track 052

類義文法
といえば
說到…

接續方法 ▸▸▸▸【名詞】+ときたら

意　思 ❶

表示提起話題，說話人帶著譴責和不滿的情緒，對話題中與自己關係很深的人或事物的性質進行批評，後也常接「あきれてしまう、嫌になる」等詞。批評對象一般是說話人身邊，關係較密切的人物或事。用於口語。有時也用在自嘲的時候。中文意思是：「說到…來、提起…來」。如例：

- 弟ときたら、また寝坊したようだ。
  說起我那個老弟真是的，又睡過頭了。
- 親父ときたら、いつも眼鏡を探している。
  提起我那位老爸，一天到晚都在找眼鏡。
- このパソコンときたら、肝心なときにフリーズするんだ。
  說起這台電腦簡直氣死人，老是在緊要關頭當機！
- 小山課長の説教ときたら、同じ話を３回は繰り返すからね。
  要說小山課長的訓話總是那套模式，同一件事必定重複講三次。

比　　較 ▸▸▸▸ **といえば**〔說到…〕

「ときたら」表示話題，強調「帶著負面的心情提起話題」的概念。消極地承接某人提出的話題，而對話題中的人或事，帶著譴責和不滿的情緒進行批評。比「といえば」還要負面、被動。「といえば」也表話題，強調「提起話題」的概念，表示在某一場合下，某人積極地提出某話題，或以自己心裡想到的事情為話題，後項是對有關此事的敘述，或又聯想到另一件事。

grammar 002

にいたって（は）、にいたっても

Track 053

類義文法
にしては
與…不符…

接續方法 ▸▸▸▸【名詞；動詞辭書形】＋に至って（は）、に至っても

意　思 ❶

關鍵字　話題

「に至っても」表示即使到了前項極端的階段的意思，屬於「即使…但也…」的逆接用法。後項常伴隨「なお（尚）、まだ（還）、未だに（仍然）」或表示狀態持續的「ている」等詞。中文意思是：「即使到了…程度」。如例：

・死者が出るに至っても、国はまだ法律の改正に動こうとしない。
即便已經有人因此罹難，政府仍然沒有啟動修法的程序。

意　思 ❷

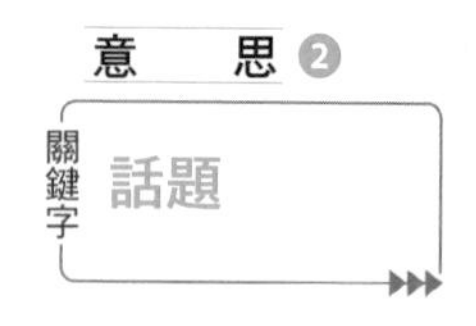
關鍵字　話題

「に至っては」用在引出話題。表示從幾個消極、不好的事物中，舉出一個極端的事例來說明。中文意思是：「至於、談到」。如例：

・いじめ問題について、教師たちはみな見て見ぬふりをし、校長に至っては「いじめられる子にも問題がある」などと言い出す始末だ。
關於校園霸凌問題，教師們都視而不見，校長甚至還說出「受霸凌的學童本身也有問題」諸如此類的荒唐論調。

・数学も化学も苦手だ。物理に至っては、外国語を聞いているようだ。
我的數學和化學科目都很差，至於提到物理課那簡直像在聽外語一樣。

比　較 ▸▸▸ にしては〔與…不符…〕

「にいたっては」表示話題，強調「引出話題」的概念。表示從幾個消極、不好的事物中，舉出一個極端的事例來進行說明。「にしては」表示反預料，強調「前後情況不符」的概念。表示以前項的比較標準來看，後項的現實情況是不符合的。是評價的觀點。

意　思 ❸

關鍵字　結果

「に至って」表示到達某極端狀態的時候，後面常接「初めて、やっと、ようやく」。中文意思是：「到…階段（才）」。如例：

・印刷の段階に至って、初めて著者名の誤りに気がついた。
直到了印刷階段，才初次發現作者姓名誤植了。

には、におかれましては

Track 054

類義文法
にて
以…、用…；因…

接續方法 ▸▸▸ 【名詞】＋には、におかれましては

意　思 ❶

關鍵字　話題

提出前項的人或事，問候其健康或經營狀況等表現方式。前接地位、身份比自己高的人或事，表示對該人或事的尊敬。語含最高的敬意。「におかれましては」是更鄭重的表現方法。前常接「先生、皆様」等詞。中文意思是：「在…來說」。如例：

・紅葉の季節となりました。皆様におかれましてはいかがお過ごしでしょうか。
時序已入楓紅，各位是否別來無恙呢？

・先生にはお変わりなくお過ごしのことと存じます。
相信老師您依然硬朗如昔。

・寒さ厳しい折、川崎様におかれましてはくれぐれもお体を大切になさってくださいませ。
時值寒冬，川崎先生務請保重玉體。

- 貴社におかれましては、皆様ますますご活躍のこととお喜び申し上げます。
  敬祝貴公司鴻圖大展。

比　　較 ▸▸▸▸ にて〔以…、用…；因…〕

「には」表示話題，前接地位、身份比自己高的人，或是對方所屬的組織、團體的尊稱，表示對該人的尊敬，後項後接為請求或詢問健康、近況、祝賀或經營狀況等的問候語。語含最高的敬意。「にて」表示時點，表示時間、年齡跟地點，相當於「で」；也表示手段、方法、原因或限度，後接所要做的事情或是突發事件。屬於客觀的說法，宣佈、告知的語氣強。

Track 055

たる（もの）

接續方法 ▸▸▸▸【名詞】＋たる（者）

意　　思 ①

關鍵字　評價的觀點

表示斷定或肯定的判斷。前接高評價的事物、高地位的人、國家或社會組織，表示照社會上的常識、認知來看，應該會有合乎這種身分的影響或做法，所以後常和表示義務的「べきだ、なければならない」等相呼應。「たる」給人有莊嚴、慎重、誇張的印象。演講及書面用語。中文意思是：「作為…的…、位居…、身為…」。如例：

- 経営者たる者は、まず危機管理能力がなければならない。
  既然位居經營階層，首先非得具備危機管理能力不可。
- キャプテンたる者、部員のことを第一に考えて当然だ。
  身為隊長，當然必須把隊員擺在第一優先考量。
- 教師たる者、どんな理由があろうとも子供に嘘をつくわけにはいかない。
  既是身為教師，不論有任何理由都絕不能欺騙學童。
- 国の代表たる組織が、こんなミスをするとは情けない。
  堂堂一個代表國家的組織竟然犯下如此失誤，實在有損體面。

比　　較 ▸▸▸▸ なる〔變成…〕

「たる（もの）」表示評價的觀點，強調「價值跟資格」的概念。前接某身份、地位，後接符合其身份、地位，應有姿態、影響或做法。「なる」表示變化，強調「變化」的概念，表示事物的變化。是一種無意圖，物體本身的自然變化。

ともあろうものが

接續方法 ▸▸▸▸【名詞】＋ともあろう者が

意　思 ❶

關鍵字 **評價的觀點**

表示具有聲望、職責、能力的人或機構，其所作所為，就常識而言是與身份不符的。「ともあろう者が」後項常接「とは／なんて、～」，帶有驚訝、憤怒、不信及批評的語氣，但因為只用「ともあろう者が」便可傳達說話人的心情，因此也可能省略後項驚訝等的語氣表現。前接表示社會地位、身份、職責、團體等名詞，後接表示人、團體等名詞，如「者、人、機関」。中文意思是：「身為…卻…、堂堂…竟然…、名為…還…」。如例：

- 教育者ともあろう者が、一人の先生を仲間外れにするとは、呆れてものが言えない。
  身為杏壇人士，居然刻意排擠某位教師，這種行徑簡直令人瞠目結舌。

- 外務大臣ともあろう者が漢字を読み間違えるとは、情けないことだ。
  堂堂一位外交部部長竟然讀錯漢字，實在可悲。

關鍵字 **ともあろうNが**

若前項並非人物時，「者」可用其它名詞代替。如例：

- A新聞ともあろう新聞社が、週刊誌のような記事を載せて、がっかりだな。
  鼎鼎大名的 A 報報社居然登出無異於週刊之流的低俗報導，太令人失望了。

關鍵字 **ともあろうもの＋に**

「ともあろう者」後面常接「が」，但也可接其他助詞。如例：

- 差別発言を繰り返すとは、政治家ともあろうものにあってはならないことだ。
  身為政治家，無論如何都不被容許一再做出歧視性發言。

比　　較 ▸▸▸▸ たる(もの)〔作為…的人…〕

「ともあろうものが」表示評價的觀點，前接表示具有社會地位、具有聲望、身份的人。後接所作所為與身份不符，帶有不信、驚訝及批評的語氣。「たる（もの）」也表評價的觀點，強調「立場」的概念。前接高地位的人或某種責任的名詞，後接符合其地位、身份，應有的姿態的內容。書面或演講等正式場合的用語。

と（も）なると、と（も）なれば

接續方法 ▸▸▸▸【名詞；動詞普通形】＋と（も）なると、と（も）なれば

意　　思 ❶

關鍵字 評價的觀點

前接時間、職業、年齡、作用、事情等名詞或動詞，表示如果發展到某程度，用常理來推斷，就會理所當然導向某種結論、事態、狀況及判斷。後項多是與前項狀況變化相應的內容。中文意思是：「要是…那就…、如果…那就…、一旦處於…就…、每逢…就…、既然…就…」。如例：

- この砂浜（すなはま）は週末（しゅうまつ）ともなると、カップルや家族連（かぞくづ）れで賑（にぎ）わう。
  這片沙灘每逢週末總是擠滿了一雙雙情侶和攜家帶眷的遊客。

- 中学生（ちゅうがくせい）ともなれば、好（す）きな子（こ）の一人（ひとり）や二人（ふたり）いるだろう。
  一旦上了中學，想必總有一兩個心儀的對象吧？
- 学会（がっかい）で発表（はっぴょう）するとなると、もっと詳細（しょうさい）なデータが必要（ひつよう）だ。
  既然是要在學會發表的論文，必須補列更詳盡的數據。
- 現職（げんしょく）の知事（ちじ）が破（やぶ）れたとなれば、議会（ぎかい）は方向転換（ほうこうてんかん）を迫（せま）られる。
  既然現任縣長未能連任成功，議會不得不更動議案主軸。

比　　較 ▸▸▸▸ とあれば〔如果…那就…〕

「と（も）なると」表示評價的觀點，強調「如果發展到某程度，當然就會出現某情況」的概念。含有強調前項，敘述果真到了前項的情況，就當然會出現後項的語意。可以陳述現實性狀況，也能陳述假定的狀況。「とあれば」表示條件，表示假定條件。強調「如果出現前項情況，就採取後項行動」的概念。表示如果是為了前項所提的事物，是可以接受的，並採取後項的行動。後句不能出現表示請求或勸誘的句子。

なりに、なりの

類義文法
ならではの
正因為…才

接續方法 ▸▸▸▸【名詞；形容動詞詞幹；[形容詞・動詞] 普通形】＋なりに、なりの

意　思 ❶

關鍵字 **判斷的立場**

表示根據話題中人切身的經驗、個人的能力所及的範圍，含有承認前面的人事物有欠缺或不足的地方，在這基礎上，依然盡可能發揮或努力地做後項與之相符的行為。多有「幹得相當好、已經足夠了、能理解」的正面評價意思。用「なりの名詞」時，後面的名詞，是指與前面相符的事物。中文意思是：「與…相適、從某人所處立場出發做…、那般…（的）、那樣…（的）、這套…（的）」。如例：

- あの子も子供なりに親に気を遣って、欲しいものも欲しいと言わないのだ。
  那孩子知道自己不能增添父母的煩惱，想要的東西也不敢開口索討。
- 100 円ショップは便利でいいが、安いなりの品質のものも多い。
  百圓商店雖然便利，但多數都是些價錢低廉的便宜貨。
- 外国人に道を聞かれて、英語ができないなりに頑張って案内した。
  外國人向我問路，雖然我不會講英語，還是努力比手畫腳地為他指了路。

關鍵字 **私なりに**

要用種謙遜、禮貌的態度敘述某事時，多用「私なりに」等。如例：

- 私なりに精一杯やりました。負けても後悔はありません。
  我已經竭盡自己的全力了。就算輸了也不後悔。

比　較 ▸▸▸▸ ならではの〔正因為…才〕

「なりに」表示判斷的立場，強調「與立場相符的行為等」的概念。表示根據話題中人，切身的經驗、個人的能力所及的範圍，含有承認話題中人有欠缺或不足的地方，在這基礎上，做後項與之相符的行為。多有正面的評價的意思。「ならでの」表示限定，強調「後項事物能成立的唯一條件」的概念。表示對「ならでは」前面的某人事物的讚嘆，正因為是這人事物才會這麼好。是一種高度評價的表現方式。

ごとし、ごとく、ごとき

意　思 ❶

【名詞の；動詞辭書形；動詞た形】＋（が）如し、如く、如き。好像、宛如之意，表示事實雖然不是這樣，如果打個比方的話，看上去是這樣的，「ごとし」是「ようだ」的古語。中文意思是：「如…一般（的）、同…一樣（的）」。如例：

・彼は演劇界に彗星のごとく現れた、100 年に一人の天才だ。
　他猶如戲劇界突然升起的一顆新星，可謂百年難得一見的奇才。

・病室の母の寝顔は、微笑むがごとく穏やかなものだった。
　當時躺在病房裡的母親睡顏，彷彿面帶微笑一般，十分安詳。

關鍵字 格言

出現於中國格言中。如例：

・光陰矢の如し。
　光陰似箭。

・過ぎたるは猶及ばざるが如し。
　過猶不及。

關鍵字 Nごとき（に）

【名詞】＋如き（に）。「ごとき（に）」前接名詞如果是別人時，表示輕視、否定的意思，相當於「なんか（に）」；如果是自己「私」時，則表示謙虚。如例：

・この俺様が、お前ごときに負けるものか。
　本大爺豈有敗在你手下的道理！

關鍵字 位置

「ごとし」只放在句尾；「ごとく」放在句中；「ごとき」可以用「ごとき＋名詞」的形式，形容「宛如…的…」。

比　較 ▸▸▸ らしい〔好像…〕

「ごとし」表示比喻，強調「説明某狀態」的概念。表示事實雖然不是這樣，如果打個比方的話，看上去是這樣的。「らしい」表示據所見推測，強調「觀察某狀況」的概念。表示從眼前可觀察的事物等狀況，來進行判斷；也表示樣子，表示充分反應出該事物的特徵或性質的意思。「有…風度」之意。

Track 060

類義文法
(か)とおもいきや
原以為…

grammar 009 んばかり(だ／に／の)

接續方法 ▸▸▸【動詞否定形(去ない)】＋んばかり(に／だ／の)

意　思 ❶

關鍵字 比喻

表示事物幾乎要達到某狀態，或已經進入某狀態了。前接形容事物幾乎要到達的狀態、程度，含有程度很高、情況很嚴重的語意。「んばかりに」放句中。中文意思是：「簡直是…、幾乎要…(的)、差點就…(的)」。如例：

- この子猫が、「私を助けて」と言わんばかりに僕を見つめたんだ。
  這隻小貓直勾勾地望著我，彷彿訴說著「求求你救救我」。
- 彼は、あと１週間だけ待ってくれ、と泣き出さんばかりに訴えた。
  那時他幾乎快哭出來似地央求我再給他一個星期的時間。

關鍵字 句尾ーんばかりだ

「んばかりだ」放句尾。如例：

- 空港は、彼女を一目見ようと押し寄せたファンで溢れんばかりだった。
  機場湧入了只為見她一面的大批粉絲。

關鍵字 句中ーんばかりの

「んばかりの」放句中，後接名詞。口語少用，屬於書面用語。如例：

- 王選手(おうせんしゅ)がホームランを打(う)つと、球場(きゅうじょう)は割(わ)れんばかりの拍手(はくしゅ)に包(つつ)まれた。
  王姓運動員揮出一支全壘打，球場立刻響起了熱烈的掌聲。

比　較 ▸▸▸▸ (か) とおもいきや〔原以為…〕

「んばかり」表示比喻，強調「幾乎要達到的程度」的概念。表示事物幾乎要達到某狀態，或已經進入某狀態了。書面用語。「（か）とおもいきや」表示預料外，強調「結果跟預料不同」的概念。表示按照一般情況推測，應該是前項的結果，但是卻出乎意料地出現了後項相反的結果。含有說話人感到驚訝的語感。用在輕快的口語中。

をもって

接續方法 ▸▸▸▸ 【名詞】＋をもって

意　思 ①

關鍵字 手段

表示行為的手段、方法、材料、中介物、根據、仲介、原因等，用這個做某事之意。中文意思是：「以此…、用以…」。如例：

- 事故(じこ)の被害者(ひがいしゃ)には誠意(せいい)をもって対応(たいおう)したい。
  我將秉持最大的誠意與事故的受害者溝通協調。
- 本日(ほんじつ)の面接(めんせつ)の結果(けっか)は、後日書面(ごじつしょめん)をもってお知(し)らせします。
  今日面談的結果將於日後以書面通知。

比　較 ▸▸▸▸ とともに〔和…一起〕

「をもって」表示手段，表示在前項的心理狀態下進行後項。前接名詞。「とともに」表示並列，表示前項跟後項一起進行某行為。前面也接名詞。

意 思 2

表示限度或界線，接在「これ、以上、本日、今回」之後，用來宣布一直持續的事物，到那一期限結束了，常見於會議、演講等場合或正式的文件上。中文意思是：「至…為止」。如例：

- 以上をもって本日の講演を終わります。
  以上，今天的演講到此結束。

關鍵字 禮貌ーをもちまして

較禮貌的説法用「をもちまして」的形式。如例：

- これをもちまして、第 40 回卒業式を終了致します。
  第四十屆畢業典禮到此結束。禮成。

をもってすれば、をもってしても

接續方法 ▸▸▸▸ 【名詞】＋をもってすれば、をもってしても

意 思 1

原本「をもって」表示行為的手段、工具或方法、原因和理由，亦或是限度和界限等意思。「をもってすれば」後為順接，從「行為的手段、工具或方法」衍生為「只要用…」的意思。中文意思是：「只要用…」。如例：

- 君の人気と実力をもってすれば、当選は間違いない。
  只要憑藉你的人氣和實力，保證可以當選。
- 現代の科学技術をもってすれば、生命誕生の神秘に迫ることも夢ではない。
  只要透過現代的科學技術，探究出生命誕生的奧秘將不再是夢。

比　較 ▸▸▸▸ からといって〔即使…，也不能…〕

「をもってすれば」表示手段，強調「只要是（有／用）…的話就…」，屬於順接。前接行為的手段、工具或方法，表示只要用前項，後項就有機會成立，常接正面積極的句子。「からといって」表示原因，強調「不能僅因為…就…」的概念。屬於逆接。表示不能僅僅因為前面這一點理由，就做後面的動作，後面常接否定的說法。

意　思 ❷

「をもってしても」後為逆接，從「限度和界限」成為「即使以…也…」的意思，後接否定，強調使用的手段或人選。含有「這都沒辦法順利進行了，還能有什麼別的方法呢」之意。中文意思是：「即使以…也…」。如例：

・最新(さいしん)の医学(いがく)をもってしても、原因(げんいん)が不明(ふめい)の難病(なんびょう)は少(すく)なくない。
即使擁有最先進的醫學技術，找不出病因的難治之症依然不在少數。

・彼女(かのじょ)の真心(まごころ)をもってしても、傷(きず)ついた少女(しょうじょ)の心(こころ)を開(ひら)くことはできなかった。
即使她付出了真心，仍舊無法打開那位心靈受創少女的心扉。

文法知多少？

☞ 請完成以下題目，從選項中，選出正確答案，並完成句子。

▼ 答案詳見右下角

1 略儀(りゃくぎ)ながら書中(しょちゅう)（　　）ごあいさつ申(もう)し上(あ)げます。

1．にあって　　2．をもって

2 現代(げんだい)の科学(かがく)をもって（　　）、証明(しょうめい)できないとも限(かぎ)らない。

1．しても　　2．すれば

3 彼(かれ)はリーダー（　　）者(もの)に求(もと)められる素質(そしつ)を具(そな)えている。

1．なる　　2．たる

4 近頃(ちかごろ)の若者(わかもの)（　　）、わがままといったらない。

1．といえば　　2．ときたら

5 貴社(きしゃ)（　　）、所要(しょよう)の対応(たいおう)を行(おこな)うようお願(ねが)い申(もう)し上(あ)げます。

1．におかれましては　　2．にて

6 東京都内(とうきょうとない)の一軒家(いっけんや)（　　）、とても手(て)が出(で)ません。

1．とあれば　　2．となれば

7 現在(げんざい)に（　　）、10年前(ねんまえ)の交通事故(こうつうじこ)の後遺症(こういしょう)に悩(なや)まされている。

1．至(いた)っても　　2．至(いた)り

答案：(1) 2　(2) 2　(3) 2　(4) 2
(5) 1　(6) 2　(7) 1

問題1　（　　）に入るのに最もよいものを、1・2・3・4から一つ選びなさい。

1　複雑な過去を持つこの主人公を演じられるのは、彼を（　　　）他にいないだろう。

1　よそに　　2　おいて
3　もって　　4　限りに

2　A社の技術力（　　　）、時代の波には勝てなかったというわけだ。

1　に至っては　　2　にとどまらず
3　をものともせずに　　4　をもってしても

3　この問題について、私（　　　）考えを述べさせていただきます。

1　なりの　　2　ゆえに
3　といえば　　4　といえども

問題2　つぎの文の＿★＿に入る最もよいものを、1・2・3・4から一つ選びなさい。

4　初めてアルバイトをしてみて、世間の ＿＿ ＿＿ ＿★＿ ＿＿ 。

1　もって　　2　知った
3　厳しさを　　4　身を

5　いつもは静かな＿＿ ＿＿ ＿★＿ ＿＿国内外からの多くの観光客で賑わう。

1　ともなると　　2　紅葉の季節
3　も　　4　この寺

▼ 翻譯與詳解請見 P.228

Lesson 07 限定、無限度、極限

▶ 限定、無限度、極限

date. 1 ／ date. 2 ／

限定、無限度、極限

❶ 限定

・をおいて、をおいて～ない
1【限定】
2【優先】
・をかぎりに、かぎりで
1【限定】
2【限度】
・ただ～のみ
1【限定】
・ならでは（の）
1【限定】
〖ならでは～ない〗
・にとどまらず（～も）
1【非限定】
・にかぎったことではない
1【非限定】
・ただ～のみならず
1【非限定】

❷ 無限度、極限

・たらきりがない、ときりがない、ばきりがない、てもきりがない
1【無限度】
・かぎりだ
1【極限】
2【限定】
・きわまる
1【極限】
〖N（が）きわまって〗
〖前接負面意義〗
・きわまりない
1【極限】
〖前接負面意義〗
・にいたるまで
1【極限】
・のきわみ（だ）
1【極限】

をおいて、をおいて～ない

Track 063
類義文法
をもって
至…為止

接續方法 ▸▸▸▸【名詞】＋をおいて、をおいて～ない

意　思 ❶

關鍵字 限定

限定除了前項之外，沒有能替代的，這是唯一的，也就是在某範圍內，這是最積極的選項。多用於給予很高評價的場合。中文意思是：「除了…之外（沒有）」。如例：

・これほど精巧（せいこう）な仕掛（しか）けが作（つく）れるのは、あの男（おとこ）をおいてない。
能夠做出如此精巧的機關，除了那個男人別無他人。

・スポーツ医科学（いかがく）について学（まな）ぶなら、この大学（だいがく）をおいて他（ほか）にないだろう。
想要學習運動醫療科學相關知識，除了這所大學不作他想。

・佐々木（ささき）さんをおいて、この仕事（しごと）を安心（あんしん）して任（まか）せられる人（ひと）はいない。
除了佐佐木小姐以外，這項工作沒有可以安心交託的人了。

比　較 ▸▸▸▸ をもって〔至…為止〕

「をおいて」表示限定，強調「除了某事物，沒有合適的」之概念。表示從某範圍中，挑選出第一優先的選項，説明這是唯一的，沒有其他能替代的。多用於高度評價的場合。「をもって」表示界線，強調「以某時間點為期限」的概念。接在「以上、本日、今回」之後，用來宣布一直持續的事物，到那一期限結束了。

意　思 ❷

關鍵字 優先

用「何をおいても」表示比任何事情都要優先。中文意思是：「以…為優先」。如例：

・あなたにもしものことがあったら、私（わたし）は何（なに）をおいても駆（か）けつけますよ。
要是你有個萬一，我會放下一切立刻趕過去的！

をかぎりに、かぎりで

Track 064

類義文法
をかわきりに
以…為開端

接續方法 ▸▸▸▸ 【名詞】＋を限りに、限りで

意　思 ❶

關鍵字 限定

前接某時間點，表示在此之前一直持續的事，從此以後不再繼續下去。多含有從説話的時候開始算起，結束某行為之意。表示結束的詞常有「やめる、別れる、引退する」等。正、負面的評價皆可使用。中文意思是：「從…起…、從…之後就不（沒）…、以…為分界」。如例：

- 今日（きょう）を限（かぎ）りに禁煙（きんえん）します。
  我從今天起戒菸。

- 角（かど）のスーパーは今月限（こんげつかぎ）りで閉店（へいてん）するそうだ。
  轉角那家超市聽説到這個月就要結束營業了。
- 大田選手（おおたせんしゅ）は今季（こんき）を限（かぎ）りに引退（いんたい）することとなった。
  大田運動員於本賽季結束後就要退休了。

比　較 ▸▸▸▸ をかわきりに〔以…為開端〕

「をかぎりに」表示限定，強調「結尾」的概念。前接以某時間點、某契機，做為結束後項的分界點，後接從今以後不再持續的事物。正負面評價皆可使用。「をかわきりに」表示起點，強調「起點」的概念，以前接的時間點為開端，發展後面一連串興盛發展的事物。後面常接「地點＋を回る」。

意　思 ❷

關鍵字 限度

表示達到極限，也就是在達到某個限度之前做某事。中文意思是：「盡量」。如例：

- 彼（かれ）らは、波間（なみま）に見（み）えた船（ふね）に向（む）かって、声（こえ）を限（かぎ）りに叫（さけ）んだ。
  他們朝著那艘在海浪間忽隱忽現的船隻聲嘶力竭地大叫。

ただ～のみ

Track 065

類義文法

ならではだ

正因為…才

接續方法 ▸▸▸▸ ただ＋【名詞（である）；形容詞辭書形；形容動詞詞幹である；動詞辭書形】＋のみ

意　思 ❶

關鍵字　限定

表示限定除此之外，沒有其他。「ただ」跟後面的「のみ」相呼應，有加強語氣的作用，強調「沒有其他」集中一點的狀態。「のみ」是嚴格地限定範圍、程度，是規定性的、具體的。「のみ」是書面用語，意思跟「だけ」相同。中文意思是：「只有…才…、只…、唯…、僅僅、是」。如例：

- 彼女を動かしているのは、ただ医者としての責任感のみだ。
  是醫師的使命感驅使她，才一直堅守在這個崗位上。

- ただ価格が安いのみでは、消費者にとって魅力的な商品とはいえない。
  倘若價格低廉是其唯一的優勢，還稱不上是件足以吸引消費者購買的商品。
- 細かいことを言うな。人間はただ寛容であるのみだ。
  別雞蛋裡挑骨頭了。做人得心胸寬大才好。
- 親は子の幸せをただ祈るのみだ。
  身為父母，唯一的心願就是兒女的幸福。
- ただ頂点を極めた者のみが、この孤独を知っている。
  唯有站在高峰絕頂之人，方能了解這一種孤寂。

比　較 ▸▸▸▸ ならではだ〔正因為…才〕

「ただ～のみ」表示限定，強調「限定具體範圍」的概念。表示除此範圍之外，都不列入考量。正、負面的內容都可以接。「ならではだ」也表限定，但強調「只有某獨特才能等才能做得到」的概念。表示對「ならでは」前面的某人事物的讚嘆，正因為是這人事物才會這麼好。多表示積極的含意。

ならでは(の)

接續方法 ▸▸▸▸【名詞】+ならでは(の)

意　思 ❶

關鍵字　限定

表示對「ならでは(の)」前面的某人事物的讚嘆，含有如果不是前項，就沒有後項，正因為是這人事物才會這麼好。是一種高度評價的表現方式，所以在商店的廣告詞上，有時可以看到。置於句尾的「ならではだ」，表示肯定之意。中文意思是：「正因為…才有(的)、只有…才有(的)」。如例：

- 台南には古都ならではの趣がある。
  台南有一種古都獨特的風情。
- この作品には、子供ならではの自由な発想が溢れている。
  這部作品洋溢著孩童特有的奔放想像。
- この店のケーキのおいしさは手作りならではだ。
  這家店的蛋糕如此美妙的滋味只有手工烘焙才做得出來。

關鍵字　ならでは～ない

「ならでは～ない」的形式，強調「如果不是…則是不可能的」的意思。中文意思是：「若不是…是不…(的)」。如例：

- 街中を大勢のマスクをした人が行き交うのは、東京ならでは見られない光景だ。
  街上有非常多戴著口罩的人來來往往，這是在東京才能看見的景象。

比　較 ▸▸▸▸ ながらの〔一樣〕

「ならでは(の)」表示限定，強調「只有…才有的」的概念。表示感慨正因為前項這一唯一條件，才會有後項這高評價的內容。是一種高度的評價。「の」是代替「できない、見られない」等動詞的。「ながらの」表示樣態，強調「保持原有的狀態」的概念。表示原來的樣子，原封不動，沒有發生變化的持續狀態。是一種固定的表達方式。「の」後面要接名詞。

にとどまらず（～も）

Track 067

類義文法
はおろか
別說…了，就連…也

接續方法 ▸▸▸▸【名詞（である）；動詞辭書形】＋にとどまらず（～も）

意　思 1

關鍵字 非限定

表示不僅限於前面的範圍，更有後面廣大的範圍。前接一窄狹的範圍，後接一廣大的範圍。有時候「にとどまらず」前面會接格助詞「だけ、のみ」來表示強調，後面也常和「も、まで、さえ」等相呼應。中文意思是：「不僅…還也…、不限於…、不僅僅…」。如例：

・この漫画は小、中学生にとどまらず、大人にも熱心な読者がたくさんいる。
　這部漫畫不僅廣受中、小學生的喜愛，也擁有許多成年人的忠實書迷。

・大気汚染による健康被害は国内にとどまらず、近隣諸国にも広がっているそうだ。
　據說空氣汙染導致的健康危害不僅僅是國內受害，還殃及臨近各國。

・私にとって妻は妻であるにとどまらず、人生を共にする戦友でもある。
　對我而言，妻子不僅僅是配偶，亦是同甘共苦的人生戰友。

・男は大声を出すにとどまらず、とうとうテーブルを叩いて暴れ始めた。
　那個男人不但大聲咆哮，最後甚至拍桌發起飆來。

比　較 ▸▸▸▸ はおろか〔別說…了，就連…也〕

「にとどまらず」表示非限定，強調「後項範圍進一步擴大」的概念。表示不僅限於某個範圍。表示某事已超過了前接的某一窄狹範圍，事情已經涉及到後接的這一廣大範圍了。後面和「も、まで、さえ」相呼應。「はおろか」表示附加，強調「後項程度更高」的概念。表示前項的一般情況沒有說明的必要，以此來強調後項較極端的事態也不例外。含有說話人吃驚、不滿的情緒，是一種負面評價。後面多接否定詞。

にかぎったことではない

Track 068

類義文法
にかぎらず
不只…

接續方法 ▸▸▸▸【名詞】＋に限ったことではない

意　思 ❶

關鍵字　非限定

表示事物、問題、狀態並不是只有前項這樣，其他場合也有同樣的問題等。經常用於表示負面的情況。中文意思是：「不僅僅…、不光是…、不只有…」。如例：

- あの家から怒鳴り声が聞こえてくるのは今日に限ったことじゃないんです。
  今天並非第一次聽見那戶人家傳出的怒斥聲。
- 彼が本番で緊張のあまり失敗するのは、今回に限ったことではない。
  他這不是第一次在正式上場時由於緊張過度而失敗了。
- 上司が威張っているのは何も君の部署に限ったことじゃないよ。
  主管擺臭架子並不是只發生在你那個部門的情形呀！
- 少子化問題は日本に限ったことではない。
  少子化並非僅僅發生於日本的問題。

比　較 ▸▸▸▸ にかぎらず〔不只…〕

「にかぎったことではない」表示非限定，表示不僅限於前項，還有範圍不受限定的後項。「にかぎらず」也表非限定，表示不僅止是前項，還有範圍更廣的後項。

ただ～のみならず

Track 069

接續方法 ▸▸▸▸ ただ＋【名詞（である）；形容詞辭書形；形容動詞詞幹である；動詞辭書形】＋のみならず

意　思 ❶

關鍵字　非限定

表示不僅只前項這樣，後接的涉及範圍還要更大、還要更廣，前項和後項的內容大多是互相對照、類似或並立的。後常和「も」相呼應，比「のみならず」語氣更強。是書面用語。中文意思是：「不僅…而且、不只是…也」。如例：

- 彼はただ芸術家であるのみならず、良き教育者でもあった。
  他不僅是一名藝術家，亦是一位出色的教育家。

- この図鑑はただ項目が多いのみならず、それぞれの説明が簡潔で分かり易い。
  這本圖鑑不僅收錄條目豐富，每一則解說更是淺顯易懂。
- この病気はただ治療が困難であるのみならず、一度回復しても再発に苦しむ人が多いそうだ。
  這種病不但不易治療，即使一度治癒，仍有許多患者會受復發所苦。

- 男はただ酔って騒いだのみならず、店員を殴って逃走した。
  那個男人非但酒後鬧事，還在毆打店員之後逃離現場了。

比　較 ▸▸▸ はいうまでもなく〔不用說…（連）也〕

「ただ～のみならず」表示非限定，強調「非限定具體範圍」的概念。表示不僅只是前項，還涉及範圍還更大，前項和後項一般是類似或互為對照、並立的內容。後面常和「も」相呼應。是書面用語。「はいうまでもなく」表示不必要，強調「沒有說明前項的必要」的概念。表示前項很明顯沒有說明的必要，後項較極端的事例也不例外。是一種遞進、累加的表現。常和「も、さえも、まで」等相呼應。

たらきりがない、ときりがない、ばきりがない、てもきりがない

Track 070
類義文法
にあって
處於…狀況之下

接續方法 ▸▸▸ 【動詞た形】＋たらきりがない；【動詞て形】＋てもきりがない；【動詞辭書形】＋ときりがない；【動詞假定形】＋ばきりがない

意　思 ❶

關鍵字 **無限度**

前接動詞，表示是如果做前項的動作，會永無止盡，沒有限度、沒有結束的時候。中文意思是：「沒完沒了」。如例：

- 花嫁姿を見せたいのは分かるけど、友達みんなを招待してたらきりがないよ。
  我可以體會妳想讓大家見證自己當新娘的幸福模樣，但若想邀請所有的朋友來參加婚宴，這份賓客名單恐怕連寫都寫不完了。
- 細かいことを言うときりがないから、全員１万円ずつにしよう。
  逐一分項計價實在太麻煩了，乾脆每個人都算一萬圓吧！

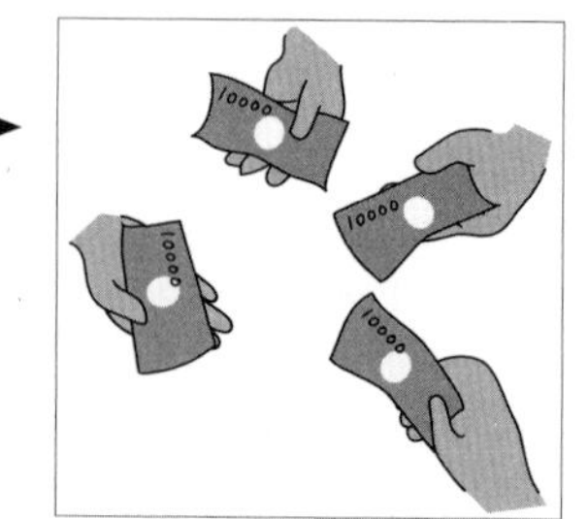

- この資料は酷いな。間違いを挙げればきりがない。
  這份資料簡直糟糕透頂。錯誤百出，就算挑上三天三夜都挑不完。
- そうやってくよくよしていてもきりがないよ。済んだことは忘れて、前を向こう。
  再繼續沮喪下去可要沒完沒了。過去的事就拋到腦後，繼續前進吧！

比　較 ▸▸▸▸ にあって〔處於…狀況之下〕

「たらきりがない」表示無限度，前接動詞，表示如果觸及了前項的動作，會永無止境、沒有限度、沒有終結。「にあって」表示時點，前接時間、地點及狀況等詞，表示處於前面這一特別的事態、狀況之中，所以有後面的事情。順接、逆接都可以。屬於主觀的說法。

かぎりだ

接續方法 ▸▸▸▸ 【名詞；形容詞辭書形；形容動詞詞幹な】＋限りだ

關鍵字　極限

表示喜怒哀樂等感情的極限。這是說話人自己在當時，有一種非常強烈的感覺，這個感覺別人是不能從外表客觀地看到的。由於是表達說話人的心理狀態，一般不用在第三人稱的句子裡。中文意思是：「真是太…、…得不能再…了、極其…」。如例：

- 君から結婚式の招待状が届くとは、嬉しい限りです。
  真的非常高興收到你的喜帖！
- この公園を潰して、マンションを建てるそうだ。残念な限りだ。
  據說這座公園將被夷為平地，於原址建起一棟大廈。實在太令人遺憾了。

- こんなに広いお庭があるとは、羨ましい限りです。
  能擁有如此寬廣的庭院，真讓人羨慕無比。
- 君も就職して結婚か、めでたい限りじゃないか。
  就業與結婚雙喜臨門，真的要好好恭喜你呀！

比　較 ▸▸▸▸ のいたりだ〔…之極〕

「かぎりだ」表示極限，表示說話人喜怒哀樂等心理感情的極限。用在表達說話人心情的，不用在第三人稱上。前面可以接名詞、形容詞及形容動詞，常接「うれしい、羨ましい、残念な」等詞。「のいたりだ」也表極限，表示說話人要表達一種程度到了極限的強烈感情。前面接名詞，常接「光栄、感激、赤面」等詞。

關鍵字 限定

如果前接名詞時，則表示限定，這時大多接日期、數量相關詞。中文意思是：「只限…、以…為限」。如例：

・父は今年限りで定年退職です。
家父將於今年屆齡退休。

きわまる

意　思 ❶

關鍵字 極限

【形容動詞詞幹】＋きわまる。形容某事物達到了極限，再也沒有比這個更為極致了。這是說話人帶有個人感情色彩的說法。是書面用語。中文意思是：「極其…、非常…、…極了」。如例：

・部長の女性社員に対する態度は失礼極まる。
經理對待女性職員的態度極度無禮。

・教科書を読むだけの林先生の授業は、退屈極まるよ。
林老師上課時只把教科書從頭讀到尾，簡直無聊透頂！

關鍵字 N（が）きわまって

【名詞（が）】＋きわまって。前接名詞。如例：

・多忙が極まって、体を壊した。
由於忙得不可開交，結果弄壞了身體。

・表彰台の上の金選手は感極まって泣き出した。
站在領獎台上的金姓運動員由於非常感動而哭了出來。

關鍵字 **前接負面意義**

常接「勝手、大胆、失礼、危険、残念、贅沢、卑劣、不愉快」等，表示負面意義的形容動詞詞幹之後。

比　較 ▸▸▸ ならでは(の)〔正因為…才〕

「きわまる」表示極限，形容某事物達到了極限，再也沒有比這個程度還要高了。帶有說話人個人主觀的感情色彩。是古老的表達方式。「ならでは（の）」表示限定，表示對「ならでは」前面的某人事物的讚嘆，正因為是這人事物才會這麼好。是一種高度評價的表現方式，所以在公司或商店的廣告詞上，常可以看到。

Track 073

類義文法
のきわみ
真是…極了

きわまりない

接續方法 ▸▸▸【形容詞辭書形こと；形容動詞詞幹（なこと）】+きわまりない

意　思 1

關鍵字 **極限**

「きわまりない」是「きわまる」的否定形，雖然是否定形，但沒有否定意味，意思跟「きわまる」一樣。「きわまりない」是形容某事物達到了極限，再也沒有比這個更為極致了，這是說話人帶有個人感情色彩的說法，跟「きわまる」一樣。中文意思是：「極其…、非常…」。如例：

- 事業に失敗して借金を抱え、生活が苦しいこと極まりない。
  事業失敗後欠下大筆債務，生活陷入了極度困頓。
- いきなり電話を切られ、不愉快極まりなかった。
  冷不防被掛了電話，令人不悅到了極點。

- 裁判所の出した判決は残念極まりないものだった。
  法院做出的判決令人倍感遺憾。
- 行列に割り込むとは、非常識なこと極まりない。
  插隊是一種極度缺乏常識的行徑。

關鍵字　**前接負面意義**

前面常接「残念、残酷、失礼、不愉快、不親切、不可解、非常識」等負面意義的漢語。另外，「きわまりない」還可以接在「形容詞、形容動詞＋こと」的後面。

比　　較 ▸▸▸▸ のきわみ〔真是…極了〕

「きわまりない」表示極限，強調「前項程度達到極限」的概念。形容某事物達到了極限，再也沒有比這個更為極致了。「Ａきわまりない」表示非常的Ａ，強調Ａ的表現。這是說話人帶有個人感情色彩的說法。「のきわみ」也表極限，強調「前項程度高到極點」的概念。「Ａのきわみ」表示Ａ的程度高到極點，再沒有比Ａ更高的了。

にいたるまで

Track 074

類義文法
から～にかけて
從…到…

接續方法 ▸▸▸▸ 【名詞】＋に至るまで

意　　思 ❶

關鍵字　**極限**

表示事物的範圍已經達到了極端程度，對象範圍涉及很廣。由於強調的是上限，所以接在表示極端之意的詞後面。前面常和「から」相呼應使用，表示從這裡到那裡，此範圍都是如此的意思。中文意思是：「…至…、直到…」。如例：

- 帰国するので、冷蔵庫からコップに至るまで、みんなネットで売り払った。
  由於要回國了，因此大至冰箱小至杯子統統上網賣掉了。
- うちの会社では毎朝、若手社員から社長に至るまで全員でラジオ体操をします。
  我們公司每天早上從新進職員到總經理的全體員工都要做國民健身操（廣播體操）。

- 旅行の予定は集合時間から、お土産を買う時間に至るまで、細かく決められている。
  旅遊的行程表從集合時刻到買土特產的時間全部詳細規定載明。
- 警察は事件現場に残された血の付いた衣服から、髪の毛の１本に至るまで、全てを調べ上げた。
  警方從遺留在案發現場的物件，包括沾有血跡的衣服乃至於一根毛髮，全都鉅細靡遺地調查過了。

比　較 ▸▸▸▸ から～にかけて〔從…到…〕

「にいたるまで」表示極限，強調「事物已到某極端程度」的概念。前接從理所當然，到每個細節的事物，後接全部概括毫不例外。除了地點之外，還可以接人事物。常與「から」相呼應。「から～にかけて」表示範圍，強調「籠統地跨越兩個領域」的概念。籠統地表示，跨越兩個領域的時間或空間。不接時間或是空間以外的詞。

grammar 013 のきわみ（だ）

Track 075

類義文法
ことだ
就得…

接續方法 ▸▸▸▸ 【名詞】＋の極み（だ）

意　思 ❶

關鍵字 極限

形容事物達到了極高的程度。強調這程度已經超越一般，到達頂點了。大多用來表達説話人激動時的那種心情。前面可接正面或負面、或是感情以外的詞。前接情緒的詞表示感情激動，接名詞則表示程度極致。「感激の極み（感激萬分）、痛恨の極み（極為遺憾）」是常用的形式。中文意思是：「真是…極了、十分地…、極其…」。如例：

- このような激励会を開いていただき、感激のきわみです。
  承蒙舉行如此盛大的勵進會，小弟銘感五內。
- 今月に入ってから一日も休んでいない。疲労のきわみだ。
  這個月以來我連一天都沒有休息，已經累到極點了。
- このレストランのコース料理は贅沢のきわみと言えよう。
  這家餐廳的套餐可說是極盡豪華之能事。

- 最後の最後に私のミスで逆転負けしてしまい、痛恨のきわみです。
  在最後一刻由於我的失誤使對手得以逆轉勝，堪稱痛心疾首。

比　較 ▸▸▸▸ ことだ〔就得…〕

「のきわみ（だ）」表示極限，強調「事物達到極高程度」的概念。形容事物達到了極高的程度。強調這程度已到達頂點了。大多用來表達説話人激動時的那種心情。前面可接正面或負面的詞。「ことだ」表示忠告，強調「某行為是正確的」之概念。表示一種間接的忠告或命令。説話人忠告對方，某行為是正確的或應當的，或某情況下將更加理想。口語中多用在上司、長輩對部屬、晚輩。

文法知多少？

☞ 請完成以下題目，從選項中，選出正確答案，並完成句子。

▼ 答案詳見右下角

1 彼はテレビからパソコンに（　　）、すべて最新のものをそろえている。

1．かけて　　2．いたるまで

2 今年 12 月を（　　）、退職することにしました。

1．限りに　　2．皮切りに

3 私の役割は、ただみなの意見を一つにまとめること（　　）です。

1．のみ　　2．ならでは

4 街はクリスマス（　　）のロマンティックな雰囲気にあふれている。

1．ならでは　　2．ながら

5 同僚で英語ができる人といえば、鈴木さんを（　　）いない。

1．もって　　2．おいて

6 キンモクセイはただその香り（　　）、花も美しい。

1．は言うまでもなく　　2．のみならず

7 彼女は雑誌の編集（　　）、表紙のデザインも手掛けています。

1．はおろか　　2．にとどまらず

答案：(1) 2　(2) 1　(3) 1　(4) 1
(5) 2　(6) 2　(7) 2

問題1　次の文章を読んで、文章全体の内容を考えて、［ 1 ］から［ 5 ］の中に入る最もよいものを、1・2・3・4の中から一つ選びなさい。

日本の敬語

人に物を差し上げるとき、日本人は、「ほんの［ 1-a ］物ですが、おひとつ。」などと言う。これに対して外国人は「とても［ 1-b ］物ですので、どうぞ。」と言うそうだ。そんな外国人にとって、日本人のこの言葉はとても不思議で［ 2 ］という。なぜ、「つまらない物」を人にあげるのかと、不思議に思うらしいのだ。

なぜこのような違いがあるのだろうか。

日本人は、相手の心を考えて話すからであると思われる。どんなに立派な物でも、「とても立派なものです。」「高価なものです。」と言われれば、［ 3 ］いる気がして、いい気持ちはしない。そんな嫌な気持ちにさせないために、自分の物を低めて「つまらない物」「ほんの少し」などと言うのだ。いわば、謙譲語(注1)の一つである。

謙譲語の精神は、自分の側を謙遜して言うことによって、相手をいい気持ちにさせるということである。例えば、自分の息子のことを「愚息」というのも［ 4 ］である。人の心というのは不思議なもので、「私の優秀な息子です。」と紹介されれば自慢されているようで反発を感じるし、逆に「愚息です。」と言われると、なんとなく安心する気持ちになるのだ。

尊敬語(注2)は、［ 5-a ］だけでなく［ 5-b ］にもあると聞く。何かしてほしいと頼んだりするとき、命令するような言い方ではなく、へりくだった態度で丁寧に頼む言い方であるが、それは日本語の謙譲語とは異なる。「立派な物」「高価な物」と言って贈り物をする彼らのことだから、多分謙譲語というものはないのではなかろうか。

(注1) 謙譲語：敬語の一種で、自分をへりくだって控えめに言う言葉。

(注2) 尊敬語：敬語の一種で、相手を高めて尊敬の気持ちを表す言い方。

1

1　a おいしい／b つまらない

2　a つまらない／b おいしい

3　a おいしくない／b おいしい

4　a 差し上げる／b いただく

2

1　理解しがたい　　2　理解できる

3　理解したい　　4　よくわかる

3

1　馬鹿にされて　　2　追いかけられて

3　困って　　4　威張られて

4

1　いる　　2　あれ

3　それ　　4　一種で

5

1　a 外国語／b 日本語　　2　a 日本語／b 外国語

3　a 敬語／b 謙譲語　　4　a それ／b これ

▼ 翻譯與詳解請見 P.230

Lesson 08 列挙、反復、数量

▶ 列舉、反覆、數量

date. 1 ／　　date. 2 ／

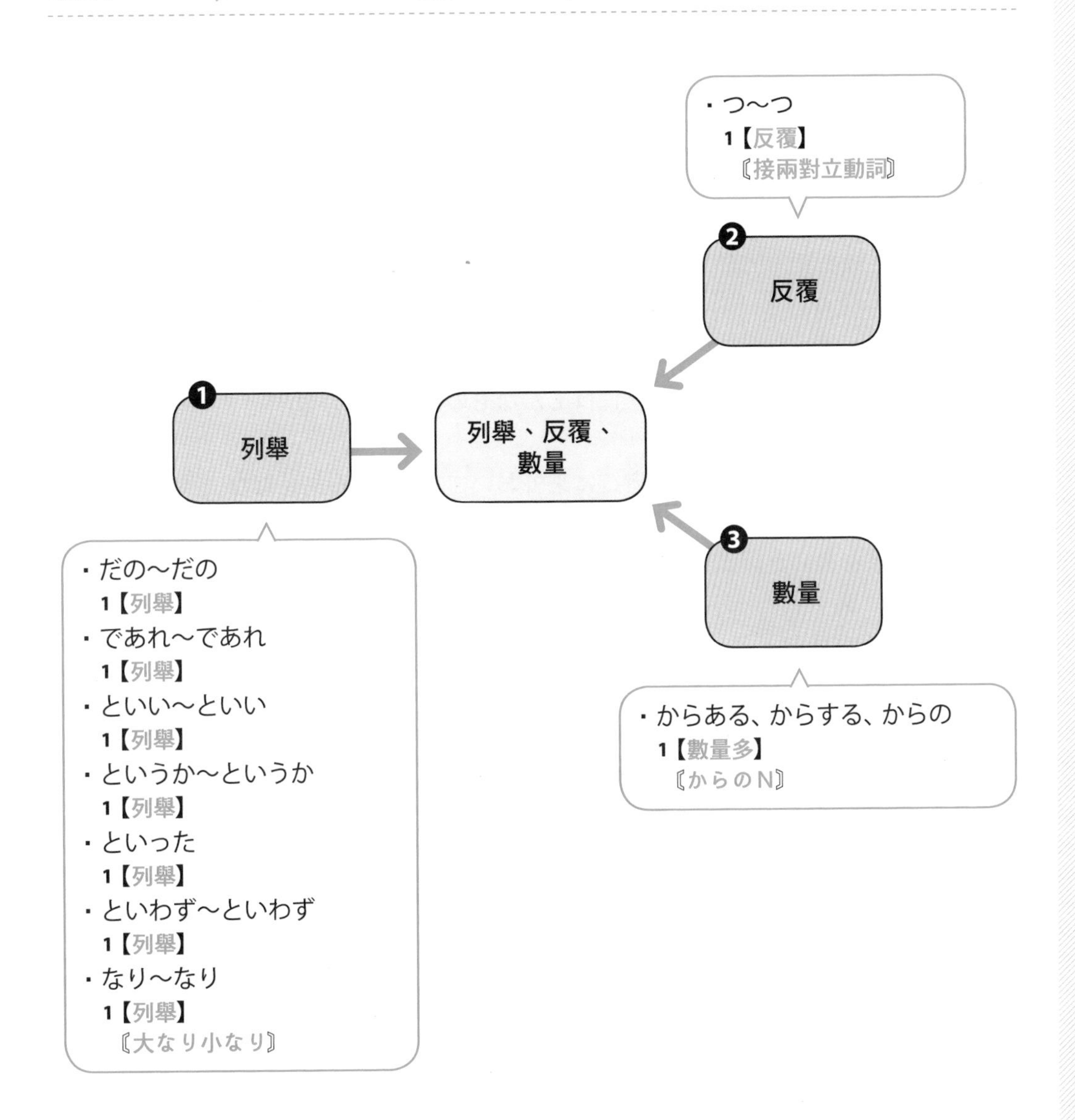

だの～だの

Track 076

類義文法
なり～なり
或是…或是

接續方法 ▸▸▸▸ 【[名詞・形容動詞詞幹]（だった）；[形容詞・動詞] 普通形】＋だの～【[名詞・形容動詞詞幹]（だった）；[形容詞・動詞] 普通形】＋だの

意　思 ❶

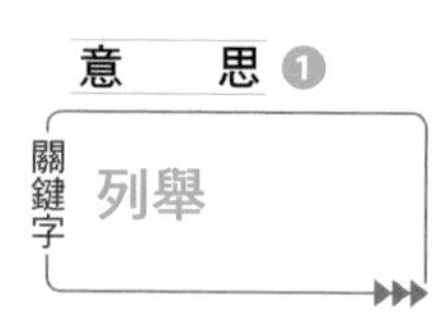

列舉用法，在眾多事物中選出幾個具有代表性的。多半帶有負面的語氣，常用在抱怨事物總是那麼囉唆嘮叨的叫人討厭。是口語用法。中文意思是：「又是…又是…、一下…一下…、…啦…啦」。如例：

・シャネルだのエルメスだの、僕にはそんなものは買えないよ。
什麼香奈兒啦、愛馬仕啦，那些名牌貨我買不起啊！

・狭いだの暗いだの、人の家に遊びに来ておいて、ずいぶん失礼だな。
來到別人家裡作客，居然一下子嫌小、一下子嫌暗的，真沒禮貌啊！

・郊外に家を買いたいが、交通が不便だの、買い物に不自由だの、妻は文句ばかり言う。
雖然想在郊區買了房子，可是太太抱怨連連，說是交通不便啦、買東西也不方便什麼的。

・ノルマが厳しいだの、先輩が怖いだの言っていたけど、一年間頑張って、すっかり逞しくなったじゃないか。
你早前抱怨業績標準太高啦、前輩太嚴格啦等等，結果堅持這一年下來，不是就徹底茁壯成長起來了嗎？

比　較 ▸▸▸▸ なり～なり〔或是…或是…〕

「だの～だの」表示列舉，表示在眾多事物中選出幾個具有代表性的，一般帶有抱怨、負面的語氣。「なり～なり」也表列舉，表示從列舉的同類或相反的事物中，選其中一個。暗示列舉之外，還有其他更好的選擇。後項大多是命令、建議等句子。一般不用在過去的事物。

であれ～であれ

接續方法 ▸▸▸▸ 【名詞】＋であれ＋【名詞】＋であれ

意　思 ❶

關鍵字 列舉

表示不管哪一種人事物，後項都可以成立。先舉出幾個例子，再指出這些全部都適用之意。列舉的內容大多是互相對照、並立或類似的。中文意思是：「即使是…也…、無論…都、也…也…、無論是…或是…、不管是…還是…、也好…也好…、也是…也是…」。如例：

- 都会であれ田舎であれ、人と人の繋がりが大切だ。
  無論是在城市或者鄉村，人與人之間的羈絆都同樣重要。
- 男であれ女であれ、働く以上、責任が伴うのは同じだ。
  不管是男人也好、女人也好，既然接下工作，就必須同樣肩負起責任。

- 禁煙であれ禁酒であれ、軽い気持ちではできない。
  不管是戒菸或是戒酒，如果沒有下定決心就將注定失敗。
- この法案に賛成であれ反対であれ、国の将来を思う気持ちに変わりはない。
  無論贊成抑或反對這項法案，大家對國家未來前途的殷切期盼都是相同的。

比　較 ▸▸▸▸ にしても～にしても〔無論是…還是…〕

「であれ～であれ」表示列舉，舉出對照、並立或類似的例子，表示所有都適用的意思。後項是説話人主觀的判斷。「にしても～にしても」也表列舉，「ＡであれＢであれ」句型中，Ａ跟Ｂ都要用名詞。但如果是動詞，就要用「にしても～にしても」，這一句型舉出相對立或相反的兩項事物，表示無論哪種場合都適用，或兩項事物無一例外之意。

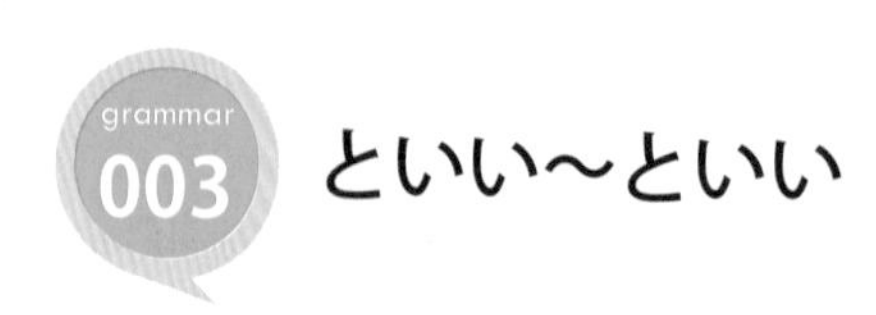

とといい～といい

接續方法 ▸▸▸▸ 【名詞】＋といい＋【名詞】＋といい

意　思 ❶

關鍵字　列舉

表示列舉。為了做為例子而並列舉出具有代表性，且有強調作用的兩項，後項是對此做出的評價。含有不只是所舉的這兩個例子，還有其他也如此之意。用在批評和評價的場合，帶有吃驚、灰心、欽佩等語氣。與全體為焦點的「といわず～といわず（不論是…還是）」相比，「といい～といい」的焦點聚集在所舉的兩個事物上。中文意思是：「不論…還是、…也好…也好」。如例：

- 娘といい息子といい、いい年をして就職する気がてんでない。
  我家的女兒也好、兒子也罷，都長到這個年紀了卻壓根沒打算去找工作。
- 風呂といいトイレといい、狭くてこれじゃ刑務所だ。
  不管是浴室還是廁所都太小了，簡直像在監獄裡似的。
- この映画は、鮮やかな映像といい、美しい音楽といい、見る人の心に残る作品だ。
  這部電影無論是華麗的影像還是優美的音樂，都是一個令人印象深刻的作品。
- このワインは滑らかな舌触りといい、フルーツのような香りといい、女性に人気です。
  這支紅酒從口感順喉乃至於散發果香，都是受到女性喜愛的特色。

比　較 ▸▸▸▸ だの～だの〔…啦…啦〕

「といい～といい」表示列舉，舉出同一事物的兩個不同側面，表示都很出色，後項是對此做出總體積極評價。帶有欽佩等語氣。「だの～だの」也表列舉，表示單純的列舉，是對具體事項一個個的列舉。內容多為負面的。

というか～というか

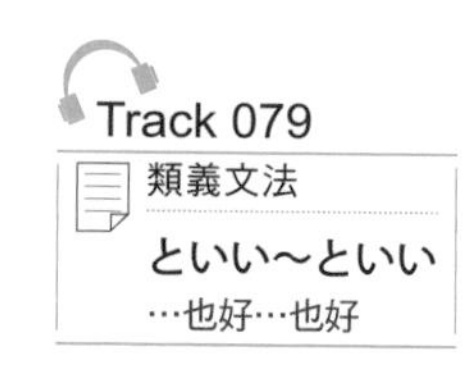

接續方法 ▸▸▸▸ 【名詞；形容詞辭書形；形容動詞詞幹】＋というか＋【名詞；形容詞辭書形；形容動詞詞幹】＋というか

意　思 ①

關鍵字 列舉

用在敘述人事物時，說話者想到什麼就說什麼，並非用一個詞彙去形容或表達，而是列舉一些印象、感想、判斷，變換各種說法來說明。後項大多是總結性的評價。更隨便一點的說法是「っていうか～っていうか」。中文意思是：「該說是…還是…」。如例：

- 娘というか孫というか、彼女は私にとって、そんな存在だ。
  該說是女兒還是孫女呢，總之在我眼中的她就是如此親近的晚輩。

- プロポーズされたときは恥ずかしいというかびっくりしたというか、喜ぶどころではなかった。
  被求婚的那一刻不曉得該說是難為情還是驚訝才好，總之來不及反應過來享受那份喜悅。

- あいつは素直というか馬鹿正直というか、人を疑うことを知らない。
  真不知道該說那傢伙是老實還是憨直，總之他從來不懂得對人懷有戒心。

- 船の旅は豪華というか贅沢というか、夢のような時間でした。
  那趟輪船之旅該形容是豪華還是奢侈呢，總之是如作夢一般的美好時光。

比　較 ▸▸▸▸ といい～といい〔…也好…也好〕

「というか～というか」表示列舉，表示舉出來的兩個方面都有，或難以分辨是哪一方面，後項多是總結性的判斷。帶有說話人的感受或印象語氣。可以接名詞、形容詞跟動詞。「といい～といい」也表列舉，表示舉出同一對象的兩個不同的側面，後項是對此做出評價。帶有欽佩等語氣。只能接名詞。

といった

接續方法 ▸▸▸▸ 【名詞】＋といった＋【名詞】

意　思 ①

關鍵字 列舉

表示列舉。舉出兩項以上具體且相似的事物，表示所列舉的這些不是全部，還有其他。前接列舉的兩個以上的例子，後接總括前面的名詞。中文意思是：「…等的…、…這樣的…」。如例：

- 日本で寿司や天ぷらといった日本料理を食べました。
  在日本吃了壽司、炸物等等日本料理。

- ここでは象やライオンといったアフリカの動物たちを見ることができる。
  在這裡可以看到包括大象和獅子之類的非洲動物。
- 奈良県には、東大寺や法隆寺といった歴史的建造物がたくさんあります。
  奈良縣目前仍保存著東大寺、法隆寺等諸多歷史建築。

- この学校はシンガポールやインドネシアといった東南アジア出身の留学生が多い。
  這所學校有許多來自新加坡和印尼等來自東南亞的留學生。

比　較 ▸▸▸▸ といって～ない〔沒有特別的…〕

「といった」表示列舉，前接兩個相同類型的事例，表示所列舉的兩個事例都屬於這範圍，暗示還有其他一樣的例子。「といって～ない」表示強調輕重，前接「これ」或疑問詞「なに、どこ」等，後面接否定，表示沒有特別值得一提的東西之意。

といわず～といわず

接續方法 ▸▸▸▸ 【名詞】＋といわず＋【名詞】＋といわず

意　思 ❶

關鍵字 列舉

表示所舉的兩個相關或相對的事例都不例外，都沒有差別。也就是「といわず」前所舉的兩個事例，都不例外會是後項的情況，強調不僅是例舉的事例，而是「全部都…」的概念。後項大多是客觀存在的事實。中文意思是：「無論是…還是…、…也好…也好…」。如例：

- この交差点は昼といわず夜といわず、人通りが絶えない。
  這處十字路口不分晝夜總是車水馬龍。
- 彼は壁といわず天井といわず、部屋中に好きなバンドのポスターを貼っている。
  他把喜愛的樂團海報從牆壁到天花板，貼滿了一整個房間。
- カメラマンの夫は国内といわず海外といわず、一年中あちこち飛び回っている。
  從事攝影工作的外子一年到頭搭飛機穿梭於國內外奔波。
- 久しぶりに運動したせいか、腕といわず脚といわず体中痛い。
  大概是太久沒有運動了，不管是手臂也好還是腿腳也好，全身上下沒有一處不痠痛的。

比　　較 ▸▸▸▸ といい～といい〔…也好…也好〕

「といわず～といわず」表示列舉，列舉具代表性的兩個事物，表示「全部都…」的狀態。隱含不僅只所舉的，其他幾乎全部都是。「といい～といい」也表列舉，表示前項跟後項是從全體來看的一個側面「都很出色」。表示列舉的兩個事例都不例外，後項是對此做出的積極評價。

なり～なり

接續方法 ▸▸▸▸ 【名詞；動詞辭書形】＋なり＋【名詞；動詞辭書形】＋なり

意　　思 ❶

關鍵字 **列舉**

表示從列舉的同類、並列或相反的事物中，選擇其中一個。暗示在列舉之外，還可以其他更好的選擇，含有「你喜歡怎樣就怎樣」的語氣。後項大多是表示命令、建議等句子。一般不用在過去的事物。由於語氣較為隨便，不用在對長輩跟上司。中文意思是：「或是…或是…、…也好…也好」。如例：

- ロンドンなりニューヨークなり、英語圏の専門学校を探しています。
  我正在慣用英語的城市裡，尋找適合就讀的專科學校，譬如倫敦或是紐約。

- 結果が分かったら、電話なりメールなりで教えてください。
  一得知結果，請用電話或是簡訊告訴我。

- 何か飲むなり、庭を散歩するなり、ゆっくりしてくださいね。
  請盡情享受悠閒的時光，看是要喝點飲料，或是到庭院散步都好。

- ここで心配してないで、弁護士に相談するなり警察に行くなりしたほうがいい。
  看是要找律師諮詢或是去警局報案，都比待在這裡乾著急來得好。

關鍵字 **大なり小なり**

「大なり小なり（或大或小）」不可以說成「小なり大なり」。如例：

- 人は人生の中で、大なり小なりピンチに立たされることがある。
  人在一生中，或多或少都可能身陷於危急局面中。

比　　較 ▸▸▸▸ うと～まいと〔不管…還是不…〕

「なり～なり」表示列舉，強調「舉出中的任何一個都可以」的概念。表示從列舉的互為對照、並列或同類等，可以想得出的事物中，選擇其中一個。後項常接命令、建議或希望的句子。不用在過去的事物上。說法隨便。「うと～まいと」表示無關，強調「不管前項如何，後項都會成立」的概念。表示逆接假定條件。表示無論前面的情況是不是這樣，後面都是會成立的，是不會受前面約束的。

つ～つ

接續方法 ▸▸▸▸ 【動詞ます形】＋つ＋【動詞ます形】＋つ

意　　思 ❶

表示同一主體，在進行前項動作時，交替進行後項對等的動作。用同一動詞的主動態跟被動態，如「抜く、抜かれる」這種重複的形式，表示兩方相互之間的動作。中文意思是：「(表動作交替進行)一邊…一邊…、時而…時而…」。如例：

- ゴール直前、レースは抜きつ抜かれつの激しい展開となった。
  在抵達終點之前展開了一段彼此互有領先的激烈競逐。
- バーゲン会場は押しつ押されつ、まるで満員電車のようだった。
  特賣會場上你推我擠的，簡直像在載滿了乘客的電車車廂裡。
- お互い小さな会社ですから、持ちつ持たれつで協力し合っていきましょう。
  我們彼此都是小公司，往後就互相幫襯、同心協力吧。

可以用「行く(去)、戻る(回來)」兩個意思對立的動詞，表示兩種動作的交替進行。書面用語。多作為慣用句來使用。如例：

- 買おうかどうしようか決めかねて、店の前を行きつ戻りつしている。
  在店門前走過來又走過去的，遲遲無法決定到底該不該買下來。

比　　較 ▸▸▸▸ なり～なり〔或是…或是〕

「つ～つ」表示反覆，強調「動作交替」的概念。用同一動詞的主動態跟被動態，表示兩個動作在交替進行。書面用語。多作為慣用句來使用。「なり～なり」表示列舉，強調「列舉事物」的概念。表示從列舉的同類或相反的事物中，選其中一個。暗示列舉之外，還有其他更好的選擇。後項大多是命令、建議等句子。一般不用在過去的事物。

Track 084

からある、からする、からの

類義文法
だけある
不愧是…

接續方法 ▸▸▸▸ 【名詞（數量詞）】＋からある、からする、からの

意　　思 ❶

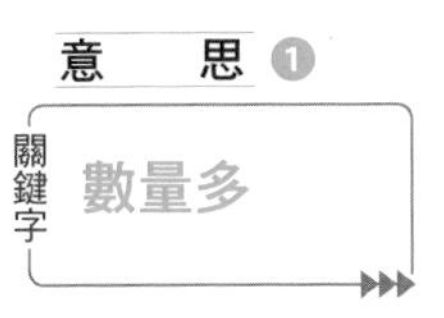

前面接表示數量的詞，強調數量之多。含有「目測大概這麼多，說不定還更多」的意思。前接的數量，多半是超乎常理的。前面接的數字必須為尾數是零的整數，一般數量、重量、長度跟大小用「からある」，價錢用「からする」。中文意思是：「足有…之多…、值…、…以上、超過…」。如例：

- 駅からホテルまで5キロからあるよ。タクシーで行こう。
  從車站到旅館足足有五公里遠耶！我們搭計程車過去吧。
- 私は20キロからある荷物を毎日背負って歩いています。
  我天天揹著重達二十公斤的物品走路。
- 彼のしている腕時計は200万円からするよ。
  他戴的手錶價值高達兩百萬圓喔！

關鍵字　からのN

後接名詞時，「からの」一般用在表示人數及費用時。如例：

- 野外コンサートには1万人からの人々が押し寄せた。
  戶外音樂會湧入了多達一萬名聽眾。

比　　較 ▸▸▸▸ だけある〔不愧是…〕

「からある」表示數量多，前面接表示數量的詞，而且是超於常理的數量，強調數量之多。「だけある」表示符合期待，表示名實相符，前接與其相稱的身份、地位、經歷等，後項接正面評價的句子。強調名不虛傳。

文法知多少？

☞ 請完成以下題目，從選項中，選出正確答案，並完成句子。

▼ 答案詳見右下角

1 上野動物園（うえのどうぶつえん）ではパンダやラマと（　　）珍（めずら）しい動物（どうぶつ）も見（み）られますよ。

1．いって　　2．いった

2 父（ちち）が2メートル（　　）クリスマスツリーを買（か）ってきた。

1．からある　　2．だけある

3 映画（えいが）を（　　）、ショッピングに（　　）、ちょっとはリラックスしたらどうですか。

1．見（み）るなり／行（い）くなり　　2．見（み）ようと／行（い）くまいと

4 コップ（　　）、グラス（　　）、飲（の）めればそれでいいよ。

1．として／として　　2．であれ／であれ

5 話（はな）し方（かた）（　　）雰囲気（ふんいき）（　　）、タダ者（もの）じゃないね。

1．だの／だの　　2．といい／といい

6 休日（きゅうじつ）（　　）平日（へいじつ）（　　）、お客（きゃく）さんがいっぱいだ。

1．といわず／といわず　　2．によらず／によらず

7 灯篭（とうろう）は浮（う）き（　　）沈（しず）み（　　）流（なが）されていった。

1．なり／なり　　2．つ／つ

答案：（1）2　（2）1　（3）1　（4）2
（5）2　（6）1　（7）2

問題1　次の文章を読んで、文章全体の内容を考えて、［ 1 ］から［ 5 ］の中に入る最もよいものを、1・2・3・4の中から一つ選びなさい。

暦

昔の暦は、自然と人々の暮らしとを結びつけるものであった。新月(注1)が満ちて欠けるまでをひと月としたのが太陰暦、地球が太陽を一周する期間を1年とするのが太陽暦。その両方を組み合わせたものを太陰太陽暦（旧暦）といった。

旧暦に基づけば、1年に11日ほどのずれが生じる。それを［ 1 ］数年に一度、13か月ある年を作っていた。［ 2-a ］、そうすると、暦と実際の季節がずれてしまい、生活上大変不便なことが生じる。［ 2-b ］考え出されたのが「二十四節気」「七十二候」という区分である。二十四節気は、一年を二十四等分に区切ったもの、つまり、約15日。「七十二候」は、それをさらに三等分にしたもので、［ 3-a ］古代中国で［ 3-b ］ものである。七十二候の方は、江戸時代(注2)に日本の暦学者によって、日本の気候風土に合うように改訂されたものである。ちなみに「気候」という言葉は、「二十四節気」の「気」と、「七十二候」の「候」が組み合わさって出来た言葉だそうである。

「二十四節気」「七十二候」によれば、例えば、春の第一節気は「立春」、暦の上では春の始まりだ。その第1候は「東風氷を解く」、第2候は「うぐいすなく」、第3候は「魚氷を上る」という。どれも、短い言葉でその季節の特徴をよく言い表している。

現在使われているのはグレゴリオ暦で、単に太陽暦（新暦）といっている。

この［ 4 ］では、例えば「3月5日」のように、月と日にちを数字で表す単純なものだが、たまに旧暦の「二十四節気」「七十二候」に目を向けてみて、自然に密着(注3)した日本人の生活や美意識(注4)を再認識してみたいものだ。それに、昔の人の知恵が、現代の生活に［ 5 ］とも限らない。

（注 1）新月：陰暦で、月の初めに出る細い月。

（注 2）江戸時代：1603 年～ 1867 年。徳川幕府が政権を握っていた時代。

（注 3）密着：ぴったりとくっついていること。

（注 4）美意識：美しさを感じ取る感覚。

1

1　解決するのは　　2　解決するために

3　解決しても　　4　解決しなければ

2

1　a それで／b しかし　　2　a ところで／b つまり

3　a しかし／b そこで　　4　a だが／b ところが

3

1　a もとは／b 組み合わせた　　2　a 最近／b 考え出された

3　a 昔から／b 考えられる　　4　a もともと／b 考え出された

4

1　旧暦　　2　新月

3　新暦　　4　太陰太陽暦

5

1　役に立たない　　2　役に立つ

3　役に立たされる　　4　役に立つかもしれない

▼ 翻譯與詳解請見 P.231

Lesson 09 付加、付帯

▶ 附加、附帶

date. 1 ／ date. 2 ／

附加、附帶

- と～（と）があいまって、が／は～とあいまって
  1【附加】
- はおろか
  1【附加】
  〖はおろか～も等〗
- ひとり～だけで（は）なく
  1【附加】
- ひとり～のみならず～（も）
  1【附加】
- もさることながら～も
  1【附加】

- かたがた
  1【附帶】
- かたわら
  1【附帶】
  2【身旁】
- がてら
  1【附帶】
- ことなしに、なしに
  1【非附帶】
  2【必要條件】

Track 085

と～（と）があいまって、が／は～とあいまって

類義文法
とともに
隨著…

接續方法 ▸▸▸▸【名詞】＋と＋【名詞】＋（と）が相まって

意　思 ❶

關鍵字　附加

表示某一事物，再加上前項這一特別的事物，產生了更加有力的效果或增強了某種傾向、特徵之意。書面用語，也用「が／は～と相まって」的形式。此句型後項通常是好的結果。中文意思是：「…加上…、與…相結合、與…相融合」。如例：

・彼女は生まれながらの美しさと外国育ちの雰囲気とがあいまって、映画界になくてはならない存在となっている。
天生麗質加上在國外成長的洋氣，塑造她成為影壇不可或缺的耀眼巨星。

・彼の才能が人一倍の努力とあいまって、この結果を生み出したといえよう。
可以說是與生俱來的才華加上比別人加倍的努力，這才造就出他今日的成果。

・この白いホテルは周囲の緑とあいまって、絵本の中のお城のように見える。
這棟白色的旅館在周圍的綠意掩映之下，宛如圖畫書中的一座城堡。

・攻撃的な性格が貧しい環境とあいまって、男はますます社会から孤立していった。
具攻擊性的性格，再加上生長環境的貧困，使得那個男人在社會生活中愈發孤僻了。

比　較 ▸▸▸▸ ともに〔隨著…〕

「と～（と）があいまって」表示附加，強調「兩個方面同時起作用」的概念。表示某事物，再加上前項這一特別的事物，產生了後項效果更加顯著的內容。前項是原因，後項是結果。「とともに」表示相關關係，強調「後項隨前項並行變化」的概念。前項發生變化，後項也隨著並行發生變化。

はおろか

類義文法
をとわず
無論…

接續方法 ▸▸▸▸ 【名詞】＋はおろか

意　思 ❶

關鍵字 附加

後面多接否定詞。意思是別説程度較高的前項了，就連程度低的後項都沒有達到。表示前項的一般情況沒有説明的必要，以此來強調後項較極端的事例也不例外。中文意思是：「不用説…、就連…」。如例：

- 私(わたし)は車(くるま)はおろか、自転車(じてんしゃ)も持(も)っていません。
  別說汽車了，我連腳踏車都沒有。
- 遊(あそ)ぶお金(かね)はおろか、毎日(まいにち)の食費(しょくひ)にも苦労(くろう)している。
  別說娛樂的花費了，我連一天三餐圖個溫飽的錢都賺得很辛苦。
- 意識(いしき)が戻(もど)ったとき、事故(じこ)のことはおろか、自分(じぶん)の名前(なまえ)すら憶(おぼ)えていなかった。
  等到恢復了意識以後，別說事故當下的經過，他連自己的名字都想不起來了。
- この仕事(しごと)は週末(しゅうまつ)はおろか、盆(ぼん)も正月(しょうがつ)も休(やす)めない。
  這份工作別說週休二日了，就連中元節和過年都沒得休息。

關鍵字 はおろか～も等

後項常用「も、さえ、すら、まで」等強調助詞。含有説話人吃驚、不滿的情緒，是一種負面評價。不能用來指使對方做某事，所以不接命令、禁止、要求、勸誘等句子。

比　較 ▸▸▸▸ をとわず〔無論…〕

「はおろか」表示附加，強調「後項程度更高」的概念。後面多接否定詞。表示不用説程度較輕的前項了，連程度較重的後項都這樣，沒有例外。常跟「も、さえ、すら」等相呼應。「をとわず」表示無關，強調「沒有把它當作問題」的概念。表示沒有把前接的詞當作問題、跟前接的詞沒有關係。多接在「男女、昼夜」這種對義的單字後面。

ひとり～だけで（は）なく

Track 087

類義文法
にかぎらず
不只…

接續方法 ▸▸▸▸ ひとり＋【名詞】＋だけで（は）なく

意　思 ❶

關鍵字　附加

表示不只是前項，涉及的範圍更擴大到後項。後項內容是説話人所偏重、重視的。一般用在比較嚴肅的話題上。書面用語。口語用「ただ～だけでなく～」。中文意思是：「不只是…、不單是…、不僅僅…」。如例：

- ひとり田中さんだけでなく、クラス全員が私を避けているように感じた。
  我當時覺得不光是田中同學一個人，似乎全班同學都在躲著我。
- 朝の清掃活動は、ひとり我が校だけでなく、この地区の全ての小学校に広めていきたい。
  晨間清掃不僅僅是本校的活動，期盼能夠推廣至本地區的所有小學共同參與。

- 作業の効率化はひとり現場の作業員だけではなく、全社で取り組むべき課題だ。
  提升作業效率不單是第一線作業員的職責，而應當是全公司上下共同努力面對的課題。
- パーティーにはひとり政治家だけではなく、様々な業界の人間が出席していた。
  那場酒會不僅有政治家出席，還有各種業界人士一同與會。

比　較 ▸▸▸▸ にかぎらず〔不只…〕

「ひとり～だけで（は）なく」表示附加，表示不只是前項的某事物、某範圍之內，涉及的範圍更擴大到後項。前後項的內容，可以是並立、類似或對照的。「にかぎらず」也表附加，表示不限於前項這某一範圍，後項也都適用。

grammar 004 ひとり～のみならず～（も）

Track 088

類義文法
だけでなく～も
不僅…而且…

接續方法 ▸▸▸▸ ひとり＋【名詞】＋のみならず（も）

意　思 ❶

關鍵字 附加

比「ひとり～だけでなく」更文言的説法。表示不只是前項，涉及的範圍更擴大到後項。後項內容是説話人所偏重、重視的。一般用在比較嚴肅的話題上。書面用語。口語用「ただ～だけでなく～」。中文意思是：「不單是…、不僅是…、不僅僅…」。如例：

・少子高齢化はひとり日本のみならず、多くの先進国が抱える問題だ。
　少子化與高齡化的情況不僅出現在日本，亦是許多已開發國家當今面臨的難題。

・被災地の復興作業はひとり地元住民のみならず、多くのボランティアによって進められた。
　不單是當地的居民，還有許多志工同心協力推展災區的重建工程。

・この事件はひとり加害者のみならず、貧困を生んだ社会にも責任がある。
　這起案件不僅應歸責於加害人，製造出貧窮階層的社會也同樣罪不可逭。

・不正入試についてはひとりA大学のみならず、他の多くの大学も追及されるべきだ。
　不僅要嚴懲發生招生弊案的 A 大學，還應當同步追究其他各校此種弊案的相關責任。

比　較 ▸▸▸▸ だけでなく～も〔不僅…而且…〕

「ひとり～のみならず～（も）」表示附加，表示不只是前項的某事物、某範圍之內，涉及的範圍更擴大到後項。後項內容是説話人所重視的。後句常跟「も、さえ、まで」相呼應。「だけでなく～も」也表附加，表示前項和後項兩者都是，或是兩者都要。後句常跟「も、だって」相呼應。

もさることながら～も

Track 089
類義文法
はさておき
暫且不說…

接續方法 ▸▸▸▸ 【名詞】＋もさることながら

意　思 1

關鍵字 附加

前接基本的內容，後接強調的內容。含有雖然不能忽視前項，但是後項比之更進一步、更重要。一般用在積極的、正面的評價。跟直接、斷定的「よりも」相比，「もさることながら」比較間接、婉轉。中文意思是：「不用說…、…（不）更是…」。如例：

- この競技には筋肉の強さもさることながら、体のバランス感覚も求められる。
  這項競技不僅講究肌耐力，同時也要具備身體的平衡感。
- 仕事における優秀さもさることながら、誰にでも優しい性格も彼女の魅力だ。
  出色的工作成果就不用多說了，對待任何人都同樣親切的性格也是她的魅力之一。
- 学んだ知識もさることながら、ここで築いた人間関係も後々役に立つだろう。
  在這裡學習到的知識自不待言，於此處建立的人脈於往後的日子想必能發揮更大的效用。
- このお寺は歴史的な建物もさることながら、庭園の計算された美しさも見る人の感動を誘う。
  這座寺院不僅是具有歷史價值的建築，巧奪天工的庭園之美更令觀者為之動容。

比　較 ▸▸▸▸ はさておき〔暫且不說…〕

「もさることながら～も」表示附加，強調「前項雖不能忽視，但後項更為重要」的概念。含有雖然承認前項是好的，不容忽視的，但是後項比前項更為超出一般地凸出。一般用在評價這件事是正面的事物。「はさておき」表示除外，強調「現在先不考慮前項，而先談論後項」的概念。

かたがた

接續方法 ▸▸▸▸ 【名詞】＋かたがた

意　　思 ❶

表示在進行前面主要動作時，兼做（順便做、附帶做）後面的動作。也就是做一個行為，有兩個目的。前接動作性名詞，後接移動性動詞。前後的主語要一樣。大多用於書面文章。中文意思是：「順便…、兼…、一面…一面…、邊…邊…」。如例：

- 就職の報告かたがた、先生のお宅へおじゃました。
  拜訪老師，跟老師報告自己已經找到工作了，順便跟老師問安。
- 先日のお礼かたがた、明日御社へご挨拶に伺います。
  明天將拜訪貴公司，同時也順便感謝日前的關照。

- 出張かたがた、雪まつりを見て来よう。
  來出差的時候順便參觀冬雪慶典吧！
- 寝込んでいる友人の家へ、お見舞いかたがた、ご飯を作りに行った。
  我去了朋友家探望臥病在床的他，順道給他做了飯。

比　　較 ▸▸▸▸ いっぽう〔另一方面…〕

「かたがた」表示附帶，強調「趁著做前項主要動作時，也順便做了後項次要動作」的概念。也就是做一個行為，有兩個目的。前接動作性名詞，後接移動性動詞。前後句的主詞要一樣。「いっぽう」表示同時，強調「做前項的同時，後項也並行發生」的概念。後句多敘述可以互相補充做另一件事。前後句的主詞可不同。

かたわら

Track 091

類義文法
かたがた
順便…

接續方法 ▸▸▸▸【名詞の；動詞辭書形】＋かたわら

意　思 ❶

關鍵字 附帶

表示集中精力做前項主要活動、本職工作以外，在空餘時間之中還兼做（附帶做）別的活動、工作。前項為主，後項為輔，且前後項事情大多互不影響。跟「ながら」相比，「かたわら」通常用在持續時間較長的，以工作為例的話，就是在「副業」的概念事物上。中文意思是：「一方面…一方面、…一邊…一邊…、同時還…」。如例：

・彼女は演奏活動のかたわら、被災地への支援にも力を注いでいる。
　她一方面巡迴演奏，一方面協助災區不遺餘力。

・彼は工場に勤めるかたわら、休日は奥さんの喫茶店を手伝っている。
　他平日在工廠上班，假日還到太太開設的咖啡廳幫忙。

・劉教授は大学で講義をするかたわら、ニュース番組で解説者を務めている。
　劉教授在大學講授課程之餘，與此同時也在新聞節目裡擔任解說員。

比　較 ▸▸▸▸ かたがた〔順便…〕

「かたわら」表示附帶，強調「本職跟副業關係」的概念。表示從事本職的同時，還做其他副業。前項為主，後項為輔，且前後項事情大多互不影響。用在持續時間「較長」的事物上。「かたがた」也表附帶，強調「趁著做前項主要動作時，也順便做了後項次要動作」的概念。前項為主，後項為次。用在持續時間「較短」的事物上。

在身邊、身旁的意思。用於書面。中文意思是：「在…旁邊」。如例：

- 眠っている妹のかたわらで、彼は本を読み続けた。
  他一直陪伴在睡著的妹妹身邊讀書。

がてら

接續方法 ▸▸▸【名詞；動詞ます形】＋がてら

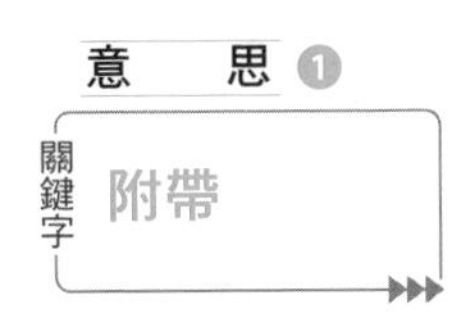

表示在做前面的動作的同時，借機順便（附帶）也做了後面的動作。大都用在做後項，結果也可以完成前項的場合，也就是做一個行為，有兩個目的，後面多接「行く、歩く」等移動性相關動詞。中文意思是：「順便、順道、在…同時、借…之便」。如例：

- 買い物がてら、上野の美術館で絵を見て来た。
  出門買東西時順道來了位於上野的美術館欣賞畫作。
- 駅まではバスで５分だが、運動がてら歩くことにしている。
  搭巴士到電車站的車程只要五分鐘，不過我還是步行前往順便運動一下。

・友達を駅まで送りがてら、夕飯の材料を買ってきた。
我送朋友到車站，順便去買了晚餐的食材。

・散歩がてら、駅の向こうのパン屋まで行ってきた。
散步的時候，順道去了車站對面麵包店。

比　較 ▸▸▸▸ ながら〔一邊…一邊…〕

「がてら」表示附帶，強調同一主體「做前項的同時，順便也做了後項」的概念。一般多用在做前面的動作，其結果也可以完成後面動作的場合。前接動作性名詞，後面多接移動性相關動詞。「ながら」表示同時，強調同一主體「同時進行兩個動作」的概念，或者是「後項在前項的狀態下進行」。後項一般是主要的事情。

ことなしに、なしに

接續方法 ▸▸▸▸ 【動詞辭書形】＋ことなしに；【名詞】＋なしに

意　思 ❶

「なしに」接在表示動作的詞語後面，表示沒有做前項應該先做的事，就做後項，含有指責的語氣。意思跟「ないで、ず（に）」相近。書面用語，口語用「ないで」。中文意思是：「不…就…、沒有…」。如例：

・あの子はいつも挨拶なしに、いきなり話しかけてくる。
那個女生總是連聲招呼都沒打，就唐突發問。

・何の相談もなしに、ただ辞めたいと言われても困るなあ。
事前連個商量都沒有，只說想要辭職，這讓公司如何因應才好呢？

比　較 ▸▸▸ ないで〔不…就…〕

「ことなしに」表示非附帶，強調「後項動作無前項動作伴隨」的概念。接在表示動作的詞語後面，表示沒有做前項應該先做的事，就做後項。「ないで」表示附帶，強調「行為主體的伴隨狀態」的概念。表示在沒有做前項的情況下，就做了後項的意思。書面語用「ずに」，不能用「なくて」。這個句型要接動詞否定形。

意　思 ❷

關鍵字 必要條件

「ことなしに」表示沒有做前項的話，後面就沒辦法做到的意思，這時候，後多接有可能意味的否定表現，口語用「しないで～ない」。中文意思是：「不…而…」。如例：

- 誰(だれ)も人(ひと)の心(こころ)を傷(きず)つけることなしに生(い)きていくことはできない。
  人生在世，誰都不敢說自己從來不曾讓任何人傷過心。
- 失敗(しっぱい)することなしに、真(しん)の成功(せいこう)の喜(よろこ)びは知(し)り得(え)ない。
  沒有嘗過失敗的滋味，就無法得知成功的真正喜悅。

文法知多少？

☞ 請完成以下題目，從選項中，選出正確答案，並完成句子。

▼ 答案詳見右下角

1 悔(くや)しさと情(なさ)けなさ（　　）、自然(しぜん)に涙(なみだ)がこぼれてきました。

1．が相(あい)まって　　2．とともに

2 ハリケーンのせいで、財産(ざいさん)（　　）家族(かぞく)をも失(うしな)った。

1．はおろか　　2．を問(と)わず

3 技術(ぎじゅつ)の高(たか)さ（　　）、その柔軟(じゅうなん)な発想力(はっそうりょく)には頭(あたま)が下(さ)がります。

1．もさることながら　　2．はさておき

4 近日中(きんじつちゅう)に、お祝(いわ)い（　　）、お伺(うかが)いに参(まい)ります。

1．かたがた　　2．一方

5 祖母(そぼ)は農業(のうぎょう)の（　　）、書道(しょどう)や華道(かどう)をたしなんでいる。

1．かたがた　　2．かたわら

6 通勤(つうきん)（　　）、この手紙(てがみ)を出(だ)してくれませんか。

1．ついでに　　2．がてら

7 この椅子(いす)は座(すわ)り心地(ごこち)（　　）、デザインも最高(さいこう)です。

1．ならいざ知(し)らず　　2．もさることながら

8 これは仕事(しごと)とは関係(かんけい)（　　）、趣味(しゅみ)でやっていることです。

1．なしに　　2．ないで

答案：(1) 1　(2) 1　(3) 1　(4) 1
(5) 2　(6) 2　(7) 2　(8) 1

問題１　次の文章を読んで、文章全体の内容を考えて、［１］から［５］の中に入る最もよいものを、１・２・３・４の中から一つ選びなさい。

名は体をあらわす

日本には「名は体をあらわす」ということわざがある。人や物の名前は、その性質や内容を的確にあらわすものであるという意味である。

物の名前については確かにそうであろう。物の名前は、その性質や働きに応じて付けられたものだからだ。

しかし、人の名前については［１］。

日本では、人の名前は基本的には一つだけで、生まれたときに両親によって［2-a］。両親は、生まれた子どもに対する願いを込めて名前を［2-b］。名前は両親の子どもへの初めての大切な贈り物なのだ。女の子には優しさや美しさを願う名前が付けられることが［3-a］、男の子には強さや大きさを願う名前が［3-b］。それが両親の願いだからだろう。

したがって、その名前は必ずしも体をあらわしては［４］。特に若い頃はそうだ。

私の名前は「明子」という。この名前には、明るく前向きな人、自分の立場や考えを明らかにできる人になって欲しいという両親の願いが込められているにちがいない。しかし、この名前は決して私の本質をあらわしてはいないと私は日頃思っている。私は、時に落ち込んで暗い気持ちになったり、自分の考えをはっきり言うのを躊躇(注)したり［５］。

しかし、そんな時、私はふと、自分の名前に込められた両親の願いを考えるのだ。そして、「明るく、明らかな人」にならなければと反省する。そうしているうちに、いつかそれが身につき私の性格になるとすれば、その時こそ「名は体をあらわす」と言えるのかもしれない。

（注）躊躇：ためらうこと。

1

1　そうであろう　　2　どうだろうか

3　そうかもしれない　　4　どうでもよい

2

1　a 付けられる／b 付ける

2　a 付けるはずだ／b 付けてもよい

3　a 付ける／b 付けられる

4　a 付く／b 付けられる

3

1　a 多いので／b 多いかもしれない

2　a 多いが／b 少ない

3　a 少ないが／b 多くない

4　a 多いし／b 多い

4

1　いる　　2　いるかもしれない

3　いない　　4　いるはずだ

5

1　しないからだ　　2　しがちだからだ

2　しないのだ　　4　するに違いない

▼ 翻譯與詳解請見 P.233

Lesson 10 無関係、関連、前後関係

▶ 無關、關連、前後關係

date. 1 ／ date. 2 ／

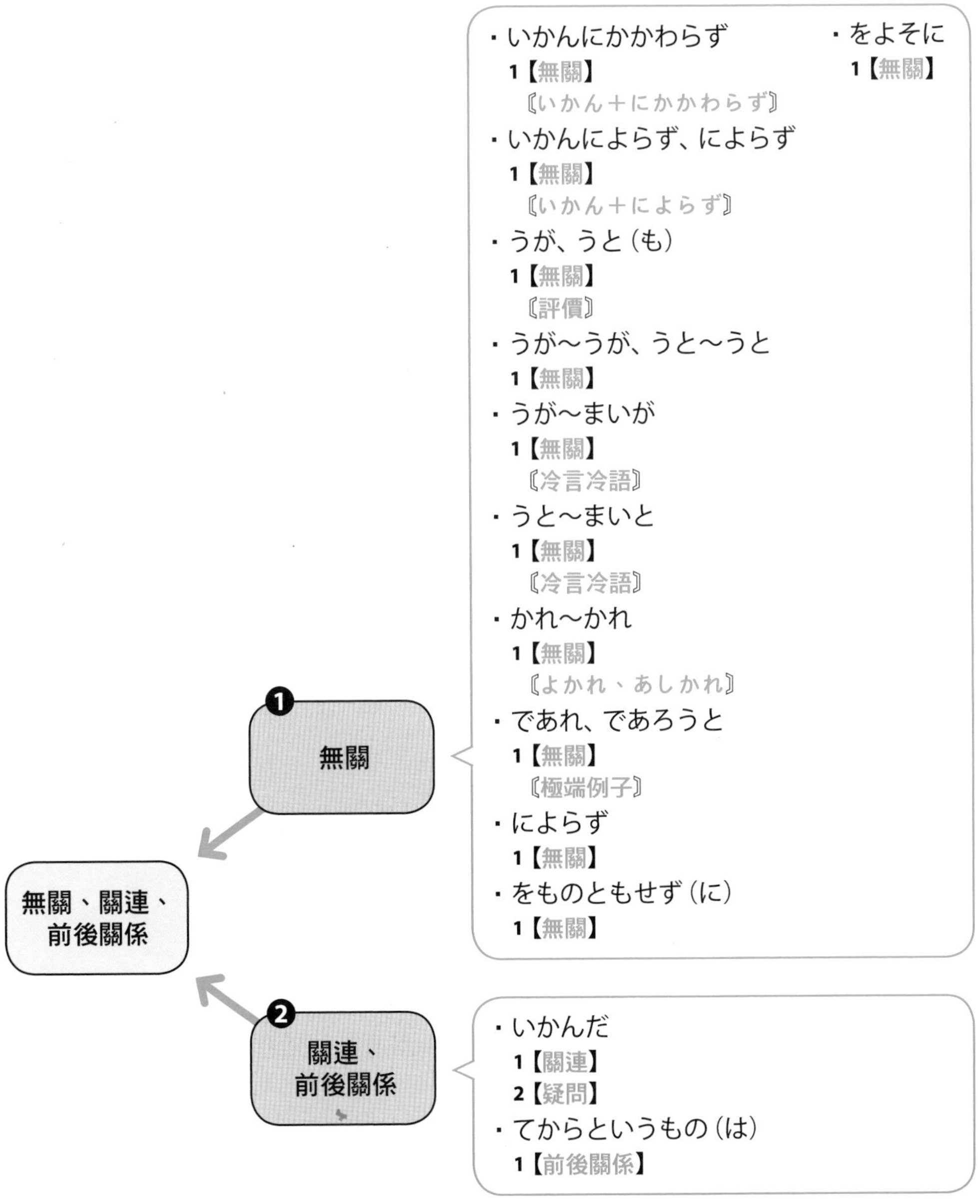

無關、關連、前後關係

❶ 無關

- いかんにかかわらず
  1【無關】
  〖いかん＋にかかわらず〗
- いかんによらず、によらず
  1【無關】
  〖いかん＋によらず〗
- うが、うと（も）
  1【無關】
  〖評價〗
- うが～うが、うと～うと
  1【無關】
- うが～まいが
  1【無關】
  〖冷言冷語〗
- うと～まいと
  1【無關】
  〖冷言冷語〗
- かれ～かれ
  1【無關】
  〖よかれ、あしかれ〗
- であれ、であろうと
  1【無關】
  〖極端例子〗
- によらず
  1【無關】
- をものともせず（に）
  1【無關】
- をよそに
  1【無關】

❷ 關連、前後關係

- いかんだ
  1【關連】
  2【疑問】
- てからというもの（は）
  1【前後關係】

いかんにかかわらず

Track 094

類義文法
にかかわらず
不管…都

接續方法 ▸▸▸▸ 【名詞（の）】+いかんにかかわらず

意　思 ❶

關鍵字 無關

表示不管前面的理由、狀況如何，都跟後面的規定、決心或觀點沒有關係。也就是後面的行為，不受前面條件的限制，強調前項的內容，對後項的成立沒有影響。中文意思是：「無論…都…」。如例：

- 経験のいかんにかかわらず、新規採用者には研修を受けて頂きます。
  無論是否擁有相關資歷，新進職員均須參加研習課程。

- 人を騙してお金を盗れば、その金額いかんにかかわらず、それは犯罪だ。
  一旦做了詐騙取財的勾當，無論不法所得金額多寡，該行為仍屬犯法。
- 試験の結果いかんにかかわらず、君の卒業はかなり厳しい。
  不論你的考試成績是高或低，恐怕還無法達到畢業門檻。
- 当日の天候のいかんにかかわらず、見学会は実施致します。
  無論當天天氣狀況如何，觀摩學會仍按既定行程進行。

關鍵字 いかん+にかかわらず

這是「いかん」跟不受前面的某方面限制的「にかかわらず（不管…）」，兩個句型的結合。

比　較 ▸▸▸▸ にかかわらず〔不管…都〕

「いかんにかかわらず」表示無關，表示後項成立與否，都跟前項無關。「にかかわらず」也表無關，前接兩個表示對立的事物，或種類、程度差異的名詞，表示後項的成立，都跟前項這些無關，都不是問題，不受影響。

grammar 002 いかんによらず、によらず

Track 095

類義文法
をよそに
不顧…

接續方法 ▶▶▶▶ 【名詞（の）】＋いかんによらず、【名詞】＋によらず

意　思 ❶

關鍵字 無關

表示不管前面的理由、狀況如何，都跟後面的規定、決心或觀點沒有關係。也就是後面的行為，不受前面條件的限制，強調前項的內容，對後項的成立沒有影響。中文意思是：「不管…如何、無論…為何、不按…」。如例：

- 理由（りゆう）のいかんによらず、暴力（ぼうりょく）は許（ゆる）されない。
  無論基於任何理由，暴力行為永遠是零容忍。
- 本人（ほんにん）の意向（いこう）のいかんによらず、配属（はいぞく）は適性検査（てきせいけんさ）の結果（けっか）によって決（き）められる。
  工作崗位分派完全是根據適性測驗的結果，而並非依據本人的意願。
- 我（わ）が社（しゃ）では、年齢（ねんれい）や性別（せいべつ）によらず、その人（ひと）の能力（のうりょく）で評価（ひょうか）します。
  本公司對員工的評估只依照其工作能力，絕無將年齡或性別納入參考值。
- あなたは見（み）かけによらず、強（つよ）い人（ひと）ですね。
  從你溫和的外表看不出來其實內心十分剛毅。

關鍵字 いかん＋によらず

「如何によらず」是「いかん」跟不受某方面限制的「によらず（不管…）」，兩個句型的結合。

比　較 ▶▶▶▶ をよそに〔不顧…〕

「いかんによらず」表示無關，表示不管前項如何，後項都可以成立。「をよそに」也表無關，表示無視前項的擔心、期待、反對等狀況，進行後項的行為。多含說話人責備的語氣。

うが、うと（も）

Track 096

類義文法
ものなら
如果…，就…

接續方法 ▸▸▸▸ 【[名詞・形容動詞]だろ／であろ；形容詞詞幹かろ；動詞意向形】＋うが、うと（も）

意　思 ❶

關鍵字 **無關**

表示逆接假定。前常接疑問詞相呼應，表示不管前面的情況如何，後面的事情都不會改變，都沒有關係。後面是不受前面約束的，要接想完成的某事，或表示決心、要求、主張、推量、勸誘等的表達方式。中文意思是：「不管是…都…、即使…也…」。如例：

- たとえ犯罪者（はんざいしゃ）であろうと、人権（じんけん）は守（まも）られなければならない。
  即使是一名罪犯，亦必須維護他的人權。
- いかに優秀（ゆうしゅう）だろうが、思（おも）いやりのない医者（いしゃ）はごめんだ。
  無論醫術多麼優秀，我都不願意讓一名不懂得視病猶親的醫師診治。
- 今（いま）どんなに辛（つら）かろうと、若（わか）いときの苦労（くろう）はいつか必（かなら）ず役（やく）に立（た）つよ。
  不管現在有多麼艱辛，年輕時吃過的苦頭必將對未來的人生有所裨益。

關鍵字 **評價**

後項大多接「勝手だ、影響されない、自由だ、平気だ」等表示「隨你便、不干我事」的評價形式。如例：

- あの人（ひと）がどうなろうと、私（わたし）には関係（かんけい）ありません。
  不論那個人是好是壞，都和我沒有絲毫瓜葛。

比　較 ▸▸▸▸ ものなら〔如果…，就…〕

「うが、うと（も）」表示無關，強調「後項不受前項約束而成立」的概念。表示逆接假定。用言前接疑問詞「なんと」，表示不管前面的情況如何，後面的事情都不會改變。後面是不受前面約束的，接表示決心的表達方式。「ものなら」表示假定條件，強調「可能情況的假定」的概念。表示萬一發生那樣的事情的話，事態將會十分嚴重。後項一般是嚴重、不好的事態。是一種誇張的表現。

うが～うが、うと～うと

接續方法 ▸▸▸▸ 【[名詞・形容動詞]だろ／であろ；形容詞詞幹かろ；動詞意向形】＋うが、うと＋【[名詞・形容動詞]だろ／であろ；形容詞詞幹かろ；動詞意向形】＋うが、うと

意　思 ❶

舉出兩個或兩個以上相反的狀態、近似的事物，表示不管前項如何，後項都會成立，都沒有關係，或是後項都是勢在必行的。中文意思是：「不管…、…也好…也好、無論是…還是…」。如例：

- ビールだろうがワインだろうが、お酒(さけ)は一切(いっさい)ダメですよ。
  啤酒也好、紅酒也好，所有酒類一律禁止飲用喔！

- 好(す)きだろうと嫌(きら)いだろうと、これがあなたの仕事(しごと)ですから。
  喜歡也好、討厭也罷，這終歸是你的分內工作。
- 暑(あつ)かろうが寒(さむ)かろうが、ベッドさえあればどこでも眠(ねむ)れます。
  不管是冷還是熱，只要有床可躺任何地方我都能呼呼大睡。
- 家族(かぞく)に反対(はんたい)されようが、友人(ゆうじん)を失(うしな)おうが、自分(じぶん)の信(しん)じた道(みち)を行(い)く。
  無論會遭到家人的反對，抑或會因此而失去朋友，我都要堅持踏上自己的道路。

比　較 ▸▸▸▸ につけ～につけ〔無論…還是〕

「うが～うが」表示無關，舉出兩個相對或相反的狀態、近似的事物，表示不管前項是什麼狀況，後項都會不受約束而成立。「につけ～につけ」也表無關，接在兩個具有對立或並列意義的詞語後面，表示無論在其中任何一種情況下。使用範圍較小。

うが～まいが

Track 098

類義文法
かどうか
是否…

接續方法 ▸▸▸▸ 【動詞意向形】+うが+【動詞辭書形；動詞否定形（去ない）】+まいが

意　　思 ❶

關鍵字　無關

表示逆接假定條件。這句型利用了同一動詞的肯定跟否定的意向形，表示無論前面的情況是不是這樣，後面都是會成立的，是不會受前面約束的。中文意思是：「不管是…不是…、不管…不…」。如例：

・出席しようがしまいが、あなたの自由です。
　要不要出席都由你自己決定。

・実際に買おうが買うまいが、まずは自分の目で見てみることだ。
　不管是否要掏錢買下，都該先親眼看過以後再決定。

・君が納得しようがしまいが、これはこの学校の規則だからね。
　無論你是否能夠認同，因為這就是這所學校的校規。

關鍵字　冷言冷語

表示對他人冷言冷語的說法。如例：

・商品が売れようが売れまいが、アルバイトの私にはどうでもいいことだ。
　不管商品是暢銷還是滯銷，我這個領鐘點費的一點都不關心。

比　　較 ▸▸▸▸ かどうか〔是否…〕

「うが～まいが」表示無關，強調「不管前項如何，後項都會成立」的概念。表示逆接假定條件。前面接不會影響後面發展的事項，後接不受前句約束的內容。「かどうか」表示不確定，強調「從相反的兩種事物之中，選擇其一」的概念。「かどうか」前面接的是不知是否屬實的內容。

うと～まいと

接續方法 ▸▸▸▸ 【動詞意向形】＋うと＋【動詞辭書形；動詞否定形（去ない）】＋まいと

意　思 ❶

關鍵字 **無關**

跟「うが～まいが」一樣，表示逆接假定條件。這句型利用了同一動詞的肯定跟否定的意向形，表示無論前面的情況是不是這樣，後面都是會成立的，是不會受前面約束的。中文意思是：「做…不做…都…、不管…不」。如例：

- パーティーに参加しようとしまいと、年会費の支払いは必要です。
  無論是否參加慶祝酒會，都必須繳交年費。
- この資格を取ろうと取るまいと、就職が厳しいことに変わりはない。
  無論取得這項資格與否，求職之路都一樣艱苦不易。
- あなたの病気が治ろうと治るまいと、私は一生あなたのそばにいますよ。
  不論你的病能不能痊癒，我都會一輩子陪在你身旁。

關鍵字 **冷言冷語**

表示對他人冷言冷語的説法。如例：

- 休日に出かけようと出かけまいと、私の勝手でしょう。
  休息日要出門或者不出門，那是我的自由吧？

比　較 ▸▸▸▸ にしても～にしても〔不管是…還是〕

「うと～まいと」表示無關，表示無論前面的情況是否如此，後面都會成立的。是逆接假定條件的表現方式。「にしても～にしても」也表無關，舉出兩個對立的事物，表示是無論哪種場合都一樣，無一例外之意。

かれ～かれ

接續方法 ▸▸▸▸ 【形容詞詞幹】＋かれ＋【形容詞詞幹】＋かれ

意　思 ❶

關鍵字 **無關**

接在意思相反的形容詞詞幹後面，舉出這兩個相反的狀態，表示不管是哪個狀態、哪個場合都如此、都無關的意思。原為古語用法，但「遅かれ早かれ（遲早）、多かれ少なかれ（或多或少）、善かれ悪しかれ（不論好壞）」已成現代日語中的慣用句用法。中文意思是：「或…或…、是…是…」。如例：

- このホテルは遅かれ早かれ潰れるね。サービスが最悪だもん。
  我看這家旅館遲早要倒閉的。服務實在太差了！
- 遅かれ早かれバレるよ。正直に言ったほうがいい。
  這件事的真相早晚會被揭穿的！我勸你還是坦白招認了吧。
- 誰にでも多かれ少なかれ、人に言えない秘密があるものだ。
  任誰都多多少少有一些不想讓別人知道的秘密嘛。

關鍵字 **よかれ、あしかれ**

要注意「善（い）かれ」古語形容詞不是「いかれ」而是「よかれ」，「悪（わる）い」不是「悪（わる）かれ」，而是「悪（あ）しかれ」。如例：

- 現代人は善かれ悪しかれ、情報化社会を生きている。
  無論好壞，現代人生活在一個充斥著各種資訊的社會當中。

比　較 ▸▸▸▸ だろうが～だろうが〔不管是…還是…〕

「かれ～かれ」表示無關，接在意思相反的形容詞詞幹後面，表示不管是哪個狀態、場合都如此、都一樣無關之意。「だろうが～だろうが」也表無關，接在名詞後面，表示不管是前項還是後項，任何人事物都一樣的意思。

であれ、であろうと

Track 101
類義文法
にして
直到…才…

接續方法 ▸▸▸▸【名詞】+であれ、であろうと

意　思 ①

關鍵字 無關

逆接條件表現。表示不管前項是什麼情況，後項的事態都還是一樣。後項多為說話人主觀的判斷或推測的內容。前面有時接「たとえ、どんな、何（なに／なん）」。中文意思是：「即使是…也…、無論…都…、不管…都…」。如例：

- たとえ相手（あいて）が総理大臣（そうりだいじん）であれ、私（わたし）は言（い）うべきことは言（い）うよ。
  即便對方貴為首相，我照樣有話直說喔！
- どんな理由（りゆう）であれ、君（きみ）のしたことは許（ゆる）されない。
  不管基於任何理由，你做的那件事都是不可原諒的！
- たとえ非常事態（ひじょうじたい）であろうと、人（ひと）の命（いのち）より優先（ゆうせん）されるものはない。
  即便處於緊急狀態，也沒有任何事物比人命更重要！
- 世間（せけん）の評判（ひょうばん）がどうであろうと、私（わたし）にとっては大切（たいせつ）な夫（おっと）です。
  即使社會對他加以抨擊撻伐，對我而言，他畢竟是我最珍愛的丈夫。

關鍵字 極端例子

也可以在前項舉出一個極端例子，表達即使再極端的例子，後項的原則也不會因此而改變。

比　較 ▸▸▸▸ にして〔直到…才…〕

「であれ」表示無關，強調「即使是極端的前項，後項的評價還是成立」的概念。表示不管前項是什麼情況，後項的事態都還是一樣。後項多為說話人主觀的判斷或推測的內容。前面有時接「たとえ」。「にして」表示時點，強調「階段」的概念。表示到了前項那一個階段，才產生後項。後面常接難得可貴的事項。又表示兼具兩種性質和屬性。可以是並列，也可以是逆接。

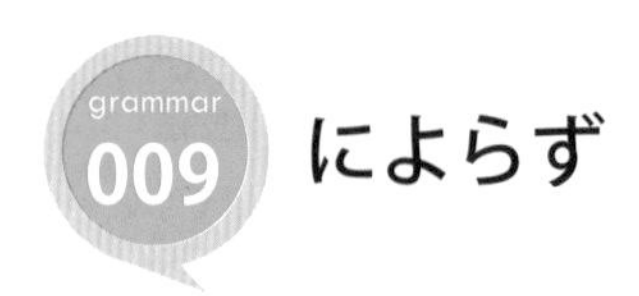

によらず

Track 102

類義文法
にかかわらず
不管…都

接續方法 ▸▸▸▸ 【名詞】+によらず

意　　思 ❶

表示該人事物和前項沒有關聯、不對應，不受前項限制，或是「在任何情況下」之意。中文意思是：「不論…、不分…、不按照…」。如例：

- あの子は見かけによらず、よく食べる。
  從外表看不出來，那孩子其實很能吃。
- 年齢や性別によらず、各人の適性をみて採用します。
  年齡、性別不拘，而看每個人的適應性，可勝任工作者即獲錄取。

- 武力によらず、平和的に解決したい。
  希望不要訴諸武力，而是以和平的方式解決這件事。
- 私は何事によらず全力で取り組んできました。
  不論任何事，我向來全力以赴。

比　　較 ▸▸▸▸ にかかわらず〔不管…都〕

「によらず」表示無關，強調「不受前接事物的限制，與其無關」的概念。表示不管前項一般認為的常理或條件如何，都跟後面的規定沒有關係。也就是後面的行為，不受前面條件的限制。後項一般接不受前項規範，且常是較寬裕、較積極的內容。「にかかわらず」也表無關，強調「不受前接事物的影響，與其無關」的概念。表示不拘泥於某事物。接兩個表示對立的事物，表示跟這些無關，都不是問題。前接的詞多為意義相反的二字熟語，或同一用言的肯定與否定形式。

をものともせず（に）

接續方法 ▸▸▸▸ 【名詞】＋をものともせず（に）

意　思 ❶

關鍵字 **無關**

表示面對嚴峻的條件，仍然毫不畏懼，含有不畏懼前項的困難或傷痛，仍勇敢地做後項。後項大多接正面評價的句子。不用在説話者自己。跟含有譴責意味的「をよそに」比較，「をものともせず（に）」含有讚歎的意味。中文意思是：「不當…一回事、把…不放在眼裡、不顧…」。如例：

- 隊員たちは険しい山道をものともせず、行方不明者の捜索を続けた。
  那時隊員們不顧山徑險惡，持續搜索失蹤人士。

- 彼は会社の倒産をものともせず、友人から資金を借りると新しい事業を始めた。
  他沒有因為公司倒閉而一蹶不振，又向朋友借來一筆資金展開了新事業。
- 佐藤選手は、日本代表というプレッシャーをものともせずに、見事な勝利を収めた。
  佐藤運動員非但沒有被日本國手的沉重頭銜給壓垮，甚至打了一場精彩的勝仗。
- 彼らは次々と降りかかる困難をものともせず、独立のために戦い続けた。
  他們當時並未被重重困難擊倒，仍為獨立建國而持續作戰。

比　較 ▸▸▸▸ いかんによらず〔不管…如何〕

「をものともせず」表示無關，強調「不管前項如何困難，後項都勇敢面對」的概念。後項大多接不畏懼前項的困難，改變現況、解決問題的正面積極評價的句子。「いかんによらず」也表無關，強調「不管前項如何，後項都可以成立」的概念。表示不管前面的理由、狀況如何，都跟後面的規定、決心或觀點沒有關係。也就是後面的行為，不受前面條件的限制。

をよそに

Track 104

類義文法

にならず

不管…如何

接續方法 ▸▸▸▸ 【名詞】+をよそに

意　思 ❶

關鍵字 無關

表示無視前面的狀況，進行後項的行為。意含把原本跟自己有關的事情，當作跟自己無關，多含責備的語氣。前多接負面的內容，後接無視前面的狀況的結果或行為。相當於「を無視にして」、「をひとごとのように」。中文意思是：「不管…、無視…」。如例：

・妹は家族の心配をよそに、毎晩遅くまで遊び歩いている。
妹妹不顧家人的擔憂，每天晚上都在外面遊蕩到深夜。

・金メダルを期待する周囲をよそに、彼女はあっさり引退してしまった。
她辜負了大家認定她必能摘下金牌的期望，毫無留戀地退出了體壇。

・世間の健康志向をよそに、この店では大盛りラーメンが大人気だ。
這家店的特大號拉麵狂銷熱賣，恰恰與社會這股健康養生的風潮背道而馳。

・県民の反対をよそに、港の建設工事は着々と進められた。
政府不顧縣民的反對，積極推動了建設港埠的工程。

比　較 ▸▸▸▸ にならず〔不管…如何〕

「をよそに」表示無關，強調「無視前項，而進行後項」的概念。表示無視前面的狀況或不顧別人的想法，進行後項的行為。多用在責備的意思上。「によらず」也表無關，強調「不受前項限制，而進行後項」的概念。表示不管前面的理由、狀況如何，都跟後面的規定、決心或觀點沒有關係。也就是後面的行為，不受前面條件的限制。後項一般是較積極的內容。

いかんだ

接續方法 ▸▸▸▸ 【名詞（の）】＋いかんだ

意　思 ❶

關鍵字 **關連**

表示前面能不能實現，那就要根據後面的狀況而定了。前項的事物是關連性的決定因素，決定後項的實現、判斷、意志、評價、看法、感覺。「いかん」是「如何」之意。中文意思是：「…如何，要看…、能否…要看…、取決於…、（關鍵）在於…如何」。如例：

- 手術（しゅじゅつ）するかどうかは、検査（けんさ）の結果（けっか）いかんです。
  需不需要動手術，要看檢驗報告才能判斷。
- 合格（ごうかく）できるかどうかは、テストより論文（ろんぶん）の出来（でき）いかんだ。
  至於能不能合格，比起考試成績高低，論文的完成度如何更是至關重要。
- どれだけ売（う）れるかは、宣伝（せんでん）のいかんだ。
  銷售量多寡的關鍵在於行銷是否成功。

比　較 ▸▸▸▸ いかんで（は）〔要看…如何〕

「いかんだ」表示關連，表示能不能實現，那就要根據「いかんだ」前面的名詞的狀況、努力等程度而定了。「いかんで（は）」表示後項是否會有變化，要取決於前項。後項大多是某個決定。

意　思 ❷

關鍵字 **疑問**

句尾用「いかん／いかに」表示疑問，「…將會如何」之意。接續用法多以「名詞＋や＋いかん／いかに」的形式。中文意思是：「…將會如何」。如例：

- さて、智（さとし）の運命（うんめい）やいかん。続（つづ）きはまた来週（らいしゅう）。
  至於小智的命運將會如何？請待下週分曉。

てからというもの（は）

Track 106

類義文法
てからでないと
如果不先…就不能

接續方法 ▸▸▸▸【動詞て形】＋てからというもの（は）

意　思 ❶

關鍵字　**前後關係**

表示以前項行為或事件為契機，從此以後某事物的狀態、某種行動、思維方式有了很大的變化。説話人敘述時含有感嘆及吃驚之意。用法、意義跟「てから」大致相同。書面用語。中文意思是：「自從…以後一直、自從…以來」。如例：

- 木村さん、結婚してからというもの、どんどん太るね。
  木村小姐自從結婚以後就像吹氣球似地愈來愈胖呢。

- 日本に来てからというもの、母の料理を思い出さない日はない。
  打從來到日本以後，我沒有一天不想念媽媽煮的飯菜。
- 自分が病気をしてからというもの、弱者に対する見方が変わった。
  自從自己生病以後，就改變了對於弱勢族群的看法。
- 今年になってからというもの、いいニュースはほとんど聞かない。
  今年以來，幾乎沒有聽過哪則新聞是好消息。

比　較 ▸▸▸▸ てからでないと〔如果不先…就不能〕

「てからというもの（は）」表示前後關係，強調「以某事物為契機，使後項變化很大」的概念。表示以某行為或事件為轉折點，從此以後某行動、想法、狀態發生了很大的變化。含有説話人自己對變化感到驚訝或感慨的語感。「てからでないと」表示條件關係，強調「如果不先做前項，就不能做後項」的概念。後項多是不可能、不容易相關句子。

文法知多少？

☞ 請完成以下題目，從選項中，選出正確答案，並完成句子。

▼ 答案詳見右下角

1 景気(けいき)が（　　）、私(わたし)の仕事(しごと)にはあまり関係(かんけい)がない。

1. 回復(かいふく)しようとしまいと　　2. 回復(かいふく)するかどうか

2 彼女(かのじょ)は見(み)かけに（　　）、かなりしっかりしていますよ。

1. かかわらず　　2. よらず

3 医者(いしゃ)の忠告(ちゅうこく)（　　）、お酒(さけ)を飲(の)んでしまいました。

1. をよそに　　2. によらず

4 けがを（　　）、最後(さいご)まで走(はし)りぬいた。

1. ものともせず　　2. いかんによらず

5 息子(むすこ)は働(はたら)き始(はじ)め（　　）、ずいぶんしっかりしてきました。

1. てからでないと　　2. てからというもの

6 オーブンレンジであれば、どのメーカーのもの（　　）構(かま)いません。

1. にして　　2. であろうと

答案：(1) 1　(2) 2　(3) 1　(4) 1
(5) 2　(6) 2

問題 1 （　　）に入るのに最もよいものを、1・2・3・4 から一つ選びなさい。

1 彼は、親の期待（　　　）、大学を中退して、田舎で喫茶店を始めた。

1 を問わず　　2 をよそに　　3 はおろか　　4 であれ

2 事情（　　　）、遅刻は遅刻だ。

1 のいかんによらず　　2 ならいざ知らず

3 ともなると　　4 のことだから

3 隊員たちは、危険を（　　　）、行方不明者の捜索にあたった。

1 抜きにして　　2 ものともせず　　3 問わず　　4 よそに

4 この契約書にサイン（　　　）君の自由だが、決して悪い話ではないと思うよ。

1 しようがしないが　　2 すまいがするが

3 しようがしまいが　　4 するがするまいが

問題 2 つぎの文の ＿★＿ に入る最もよいものを、1・2・3・4 から一つ選びなさい。

5 仕事を始めてから＿＿＿　＿＿＿　＿★＿　＿＿＿日はない。

1 もっと勉強しておく　　2 思わない

3 というもの　　4 べきだったと

▼ 翻譯與詳解請見 P.234

Lesson 11 条件、基準、依拠、逆説、比較、対比

▶ 條件、基準、依據、逆接、比較、對比

date. 1 ／ date. 2 ／

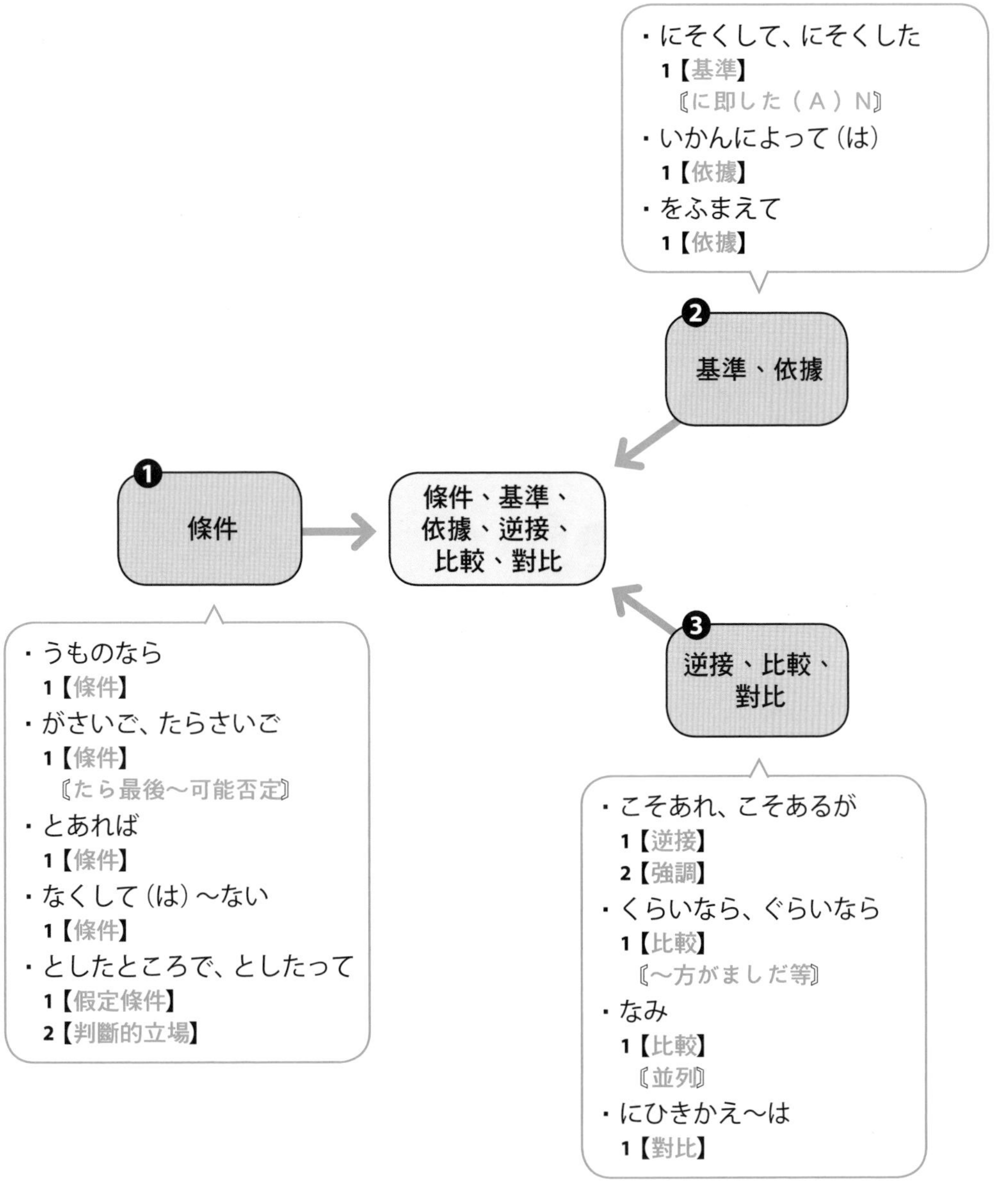

條件、基準、依據、逆接、比較、對比

❶ 條件

・うものなら
1【條件】

・がさいご、たらさいご
1【條件】
〖たら最後～可能否定〗

・とあれば
1【條件】

・なくして（は）～ない
1【條件】

・としたところで、としたって
1【假定條件】
2【判斷的立場】

❷ 基準、依據

・にそくして、にそくした
1【基準】
〖に即した（A）N〗

・いかんによって（は）
1【依據】

・をふまえて
1【依據】

❸ 逆接、比較、對比

・こそあれ、こそあるが
1【逆接】
2【強調】

・くらいなら、ぐらいなら
1【比較】
〖～方がましだ等〗

・なみ
1【比較】
〖並列〗

・にひきかえ～は
1【對比】

grammar 001 うものなら

Track 107

類義文法
ものだから
就是因為…，所以…

接續方法 ▸▸▸▸ 【動詞意向形】＋うものなら

意　思 ❶

關鍵字 條件

假定條件表現。表示假設萬一發生那樣的事情的話，事態將會十分嚴重。後項一般是嚴重、不好的事態。是一種比較誇張的表現。中文意思是：「如果要…的話，就…、只（要）…就…」。如例：

- この企画が失敗しようものなら、我が社は倒産だ。
  萬一這項企劃案功敗垂成，本公司就得關門大吉了。

- 佐野先生の授業は、１分でも遅れようものなら教室に入ることが許されない。
  佐野教授的課只要遲到一分鐘，就會被禁止進入教室。
- 母は私が咳でもしようものなら、薬を飲め、早く寝ろとうるさい。
  哪怕我只輕咳一聲，媽媽就會嘮嘮叨叨地叮嚀我快去吃藥、早點睡覺。
- 一度でも嘘をつこうものなら、彼女の信頼を回復することは不可能だろう。
  只要撒過一次謊，想再次取得她的信任，恐怕比登天還難了。

比　較 ▸▸▸▸ ものだから〔就是因為…，所以…〕

「うものなら」表示條件，強調「可能情況的提示性假定」的概念。表示萬一發生前項那樣的事情的話，後項的事態將會十分嚴重。後項一般是嚴重、不好的事態。注意前接動詞意向形。「ものだから」表示理由，強調「個人對理由的辯解、說明」的概念。常用在因為前項的事態的程度很厲害，因此做了後項的某事。含有對事出意料之外、不是自己願意…等的理由，進行辯白。結果是消極的。

がさいご、たらさいご

Track 108

類義文法
たところで…ない
即使…也不…

接續方法 ▸▸▸▸ 【動詞た形】＋が最後、たら最後

意　　思 ①

關鍵字 **條件**

假定條件表現。表示一旦做了某事，就一定會產生後面的情況，或是無論如何都必須採取後面的行動。後面接説話人的意志或必然發生的狀況，且後面多是消極的結果或行為。中文意思是：「(一旦)…就完了、(一旦…)就必須…、(一…)就非得…」。如例：

- 社長に逆らったが最後、この会社での出世は望めない。
  一旦沒有聽從總經理的命令，在這家公司就升遷無望了。
- うちの奥さんは、一度怒ったら最後、3日は機嫌が治らない。
  我老婆一旦發飆，就會氣上整整三天三夜。

- 課長はマイクを握ったら最後、10 曲は歌うよ。
  科長只要一拿到麥克風，就非得一連唱上十首才肯罷休！

關鍵字 **たら最後～可能否定**

「たら最後」的接續是「動詞た形＋ら＋最後」而來的，是更口語的説法，句尾常用可能形的否定。如例：

- この薬は効果はあるが、一度使ったら最後、なかなか止められない。
  這種藥雖然有效，但只要服用過一次，恐怕就得長期服用了。

比　　較 ▸▸▸▸ たところで…ない〔即使…也不…〕

「がさいご」表示條件，表示一旦做了前項，就完了，就再也無法回到原狀了。後接説話人的意志或必然發生的狀況。接在動詞過去形之後，後面多是消極的結果或行為。「たところで…ない」表示逆接條件，表示即使前項成立，後項的結果也是與預期相反，沒有作用的，或只能達到程度較低的結果。後項多為説話人主觀的判斷。也接在動詞過去形之後，句尾接否定的「ない」。

とあれば

接續方法 ▸▸▸▸ 【名詞；[名詞・形容詞・形容動詞・動詞] 普通形；形容動詞詞幹】+ とあれば

意　思 ❶

關鍵字 條件

是假定條件的說法。表示如果是為了前項所提的事物，是可以接受的，並將取後項的行動。前面常跟表示目的的「ため」一起使用，表示為了假設情形的前項，會採取後項。後句不能出現表示請求或勸誘的句子。中文意思是：「如果…那就…、假如…那就…、如果是…就一定」。如例：

・君(きみ)の出世祝(しゅっせいわ)いとあれば、みんな喜(よろこ)んで集(あつ)まるよ。
　如果是為你慶祝升遷，相信大家都會很樂意前來參加的！

・法務大臣(ほうむだいじん)の発言(はつげん)が怪(あや)しいとあれば、野党(やとう)の追及(ついきゅう)は激(はげ)しさを増(ま)すだろう。
　倘若法務部部長的發言出現瑕疵，想必在野黨攻訐將愈發激烈。

・必要(ひつよう)とあれば、こちらから御社(おんしゃ)へご説明(せつめい)に伺(うかが)います。
　如有需要，我方可前往貴公司說明。

・子供(こども)への虐待(ぎゃくたい)があったとあれば、警察(けいさつ)に通報(つうほう)せざるを得(え)ません。
　假如真有虐待孩童的情事發生，那就非得通報警方處理不可。

比　較 ▸▸▸▸ とあって〔由於…〕

「とあれば」表示條件，表示假定條件。強調「如果出現前項情況，就採取後項行動」的概念。表示如果是為了前項所提的事物，那就採取後項的行動。後句不能出現表示請求或勸誘的句子。「とあって」表示原因，強調「有前項才有後項」的概念，表示原因和理由承接的因果關係。由於前項特殊的原因，當然就會出現後項特殊的情況，或應該採取的行動。

なくして（は）～ない

接續方法 ▸▸▸▸ 【名詞；動詞辭書形】+（こと）なくして（は）～ない

意　思 1

關鍵字 **條件**

表示假定的條件。表示如果沒有不可或缺的前項，後項的事情會很難實現或不會實現。「なくして」前接一個備受盼望的名詞，後項使用否定意義的句子（消極的結果）。「は」表示強調。書面用語，口語用「なかったら」。中文意思是：「如果沒有…就不…、沒有…就沒有…」。如例：

- 本人の努力なくしては、今日の勝利はなかっただろう。
  如果缺少當事人自己的努力，想必無法取得今日的勝利吧。
- 先生のご指導なくして私の卒業はありませんでした。
  假如沒有老師您的指導，我絕對無法畢業的。
- 互いに譲歩することなくして、和解は成立しない。
  雙方都不肯各退一步，就無法達成和解。
- 日頃しっかり訓練することなくしては、緊急時の避難行動はできません。
  倘若平時沒有紮實的訓練，遇到緊急時刻就無法順利避難。

比　較 ▸▸▸▸ ないまでも〔沒有…至少也…〕

「なくして（は）～ない」表示條件，表示假定的條件。強調「如果沒有前項，後項將難以實現」的概念。「なくして」前接一個備受盼望的名詞，後項使用否定意義的句子（消極的結果）。「ないまでも」表示程度，強調「不求做到前項，只要求做到後項程度」的概念。前接程度高的，後接程度低的事物。表示雖然達不到前項，但可以達到程度較低的後項。

grammar 005 としたところで、としたって

Track 111

類義文法
としても
即使…也…

意　思 1

關鍵字 **假定條件**

【［名詞・形容詞・形容動詞・動詞］普通形】＋としたところで、としたって。為假定的逆接表現。表示即使假定事態為前項，但結果為後項，後面通常會接否定表現。中文意思是：「即使…是事實，也…」。如例：

- 君が彼の邪魔をしようとしたところで、彼が今以上に強くなるだけだと思うよ。
  即使你試圖阻撓，我認為只會激發他發揮比現在更強大的潛力。

・彼女が優秀だとしたって、それは彼女が人より努力したからに他ならない。
她如此優秀的表現，唯一的理由是比別人更加努力。

比　較 ▸▸▸ としても〔即使…也…〕

「としたところで」表示假定條件，表示即使以前項為前提來進行，但結果還是後項的情況。後項一般為否定的表現方式。「としても」也表假定條件，表示前項是假定或既定的讓步條件，後項是跟前項相反的內容。

意　思 ❷

關鍵字　判斷的立場

【名詞】＋としたところで、としたって、にしたところで、にしたって。從前項的立場、想法及情況來看後項也會成立。中文意思是：「就算…也…」。如例：

・無理に覚えようとしたって、効率が悪いだけだ。
就算勉強死背硬記，也只會讓效率變得愈差而已。

・会社側にしたって、裁判にはしたくないだろう。
就算以就公司的立場而言，想必也不希望走向訴訟一途。

にそくして、にそくした

接續方法 ▸▸▸ 【名詞】＋に即して、に即した

意　思 ❶

關鍵字　基準

「即す」是「完全符合，不脱離」之意，所以「に即して」接在事實、規範等意思的名詞後面，表示「以那件事為基準」，來進行後項。中文意思是：「依…（的）、根據…（的）、依照…（的）、基於…（的）」。如例：

・式はプログラムに即して進行します。
儀式將按照預定的時程進行。

關鍵字 に即した（A）N

常接「時代、実験、実態、事実、現実、自然、流れ」等名詞後面，表示按照前項，來進行後項。如果後面出現名詞，一般用「に即した＋（形容詞・形容動詞）名詞」的形式。如例：

- 会社の現状に即した経営計画が必要だ。
  必須提出一個符合公司現況的營運計畫。
- 実戦に即した訓練でなければ意味がない。
  若非契合實戰的訓練，根本毫無意義。
- 入学試験における不正行為は当校の規則に即して処理します。
  參加入學考試時的舞弊行為將依照本校校規處理。

比　較 ▸▸▸ をふまえて〔根據、在…基礎上〕

「にそくして」表示基準，強調「以某規定等為基準」的概念。表示以某規定、事實或經驗為基準，來進行後項。也就是根據現狀，把現狀也考量進去，來進行後項的擬訂計畫。助詞用「に」。「をふまえて」表示依據，強調「以某事為判斷的根據」的概念。表示將某事作為判斷的根據、加入考量，或作為前提，來進行後項。後面常跟「～（考え直す）必要がある」相呼應。注意助詞用「を」。

いかんによって（は）

接續方法 ▸▸▸ 【名詞（の）】＋いかんによって（は）

關鍵字 依據

表示依據。根據前面的狀況，來判斷後面發生的可能性。前面是在各種狀況中，選其中的一種，而在這一狀況下，讓後面的內容得以成立。中文意思是：「根據…、要看…如何、取決於…」。如例：

- 治療方法のいかんによって、再発率も異なります。
  採用不同的治療方法，使得該病的復發率也有所不同。
- あなたの言い方いかんによって、息子さんの受け止め方も違ってくるでしょう。
  令郎是否願意聽進父母的教誨，取決於您表達時的言語態度。

・そちらの条件のいかんによっては、契約の更新は致しかねることもあります。
根據對方提出的條件的情況如何，我方也有可能無法同意續約。

・反省の態度のいかんによっては、刑期の短縮もあり得る。
根據受刑人是否表現出真心悔悟，亦得予以縮短刑期。

比　較 ▸▸▸▸ しだいだ〔要看…如何〕

「いかんによって」表示依據，強調「結果根據的條件」的概念。表示根據前項的條件，決定後項的結果。前接名詞時，要加「の」。「しだいだ」表示關連，強調「行為實現的根據」的概念。表示事情能否實現，是根據「次第」前面的情況如何而定的，是被它所左右的。前面接名詞時，不需加「の」，後面也不接「によって」。

をふまえて

接續方法 ▸▸▸▸ 【名詞】+を踏まえて

意　思 ❶

關鍵字 依據

表示以前項為前提、依據或參考，進行後面的動作。後面的動作通常是「討論する（辯論）、話す（說）、検討する（討論）、抗議する（抗議）、論じる（論述）、議論する（爭辯）」等和表達有關的動詞。多用於正式場合，語氣生硬。中文意思是：「根據…、以…為基礎」。如例：

・では以上の発表を踏まえて、各々グループで話し合いを始めてください。
那麼請各組以上述報告內容為基礎，開始進行討論。

・本日の検査結果を踏まえて、治療方針を決定します。
我將根據今天的檢查結果決定治療方針。

・この法案は我々の置かれた現状を踏まえているとは思えない。
我不認為這項法案如實反映出我們所面臨的現狀。

・窓口に寄せられた意見を踏まえて、今後の対応を検討する。
我們會將投擲至承辦窗口的各方意見彙整之後，檢討今後的應對策略。

比　較 ▸▸▸▸ をもとに〔以…為根據、以…為參考〕

「をふまえて」表示依據，表示以前項為依據或參考等，在此基礎上發展後項的想法或行為等。「をもとに」也表依據，表示以前項為根據或素材等，來進行後項的改編、改寫或變形等。

こそあれ、こそあるが

接續方法 ▸▸▸▸ 【名詞；形容動詞て形】＋こそあれ、こそあるが

意　思 ❶

關鍵字 **逆接**

為逆接用法。表示即使認定前項為事實，但說話人認為後項才是重點。「こそあれ」是古語的表現方式，現在較常使用在正式場合或書面用語上。中文意思是：「雖然、但是」。如例：

- 彼は本から得た知識こそあれ、現場の経験が不足している。
  他儘管擁有書本上的知識，但是缺乏現場的經驗。
- 今は無名でこそあるが、彼女は才能溢れる芸術家だ。
  雖然目前仍是默默無聞，但她確實是個才華洋溢的藝術家！

比　較 ▸▸▸▸ とはいえ〔雖說…但是…〕

「こそあれ」表示逆接，表示雖然認定前項為事實，但說話人認為後項的不同或相反，才是重點。是古老的表達方式。「とはいえ」表示逆接轉折。表示雖然先肯定前項，但是實際上卻是後項仍然有不足之處的結果。書面用語。

意　思 ❷

關鍵字 **強調**

有強調「是前項，不是後項」的作用，比起「こそあるが」，更常使用「こそあれ」。此句型後面常與動詞否定形相呼應使用。中文意思是：「只是（能）、只有」。如例：

- 厳しい方でしたが、先生には感謝こそあれ、恨みなど一切ありません。
  老師的教導方式雖然嚴厲，但我對他只有衷心的感謝，沒有一丁點的恨意。
- 彼女の性格は真っ直ぐでこそあれ、わがままなどでは決してない。
  她只是性格率真，絕非不嬌縱任性。

くらいなら、ぐらいなら

Track 116

類義文法
というより
與其說…，還不如說…

接續方法 ▸▸▸▸【動詞辭書形】＋くらいなら、ぐらいなら

意　思 1

關鍵字 比較

表示與其選擇情況最壞的前者，不如選擇後者。說話人對前者感到非常厭惡，認為與其選叫人厭惡的前者，不如後項的狀態好。中文意思是：「與其…不如…（比較好）、與其忍受…還不如…」。如例：

・父（ちち）にお金（かね）を借（か）りるくらいなら、飢（う）え死（じ）にしたほうがましだ。
與其向爸爸借錢，我寧願餓死！

・満員電車（まんいんでんしゃ）に乗（の）るくらいなら、1時間歩（じかんある）いて行（い）くよ。
與其擠進像沙丁魚罐頭似的電車車廂，倒不如走一個鐘頭的路過去。

・自分（じぶん）で払（はら）うぐらいなら、こんな高（たか）い店（みせ）に来（こ）なかったよ。
早知道要自己付錢，打死我都不願意來這種貴得嚇死人的店咧！

・嘘（うそ）をつくぐらいなら、何（なに）も言（い）わずに黙（だま）っていたほうがいい。
與其說謊話，還不如閉上嘴巴什麼都不講來得好。

關鍵字 〜方がましだ等

常用「くらいなら〜ほうがましだ、くらいなら〜ほうがいい」的形式，為了表示強調，後也常和「むしろ」(寧可)相呼應。「ましだ」表示雖然兩者都不理想，但比較起來還是這一方好一些。

比　較 ▸▸▸▸ というより〔與其說…，還不如說…〕

「くらいなら」表示比較，強調「與其忍受前項，還不如後項的狀態好」的概念。指出最壞情況，表示雖然兩者都不理想，但與其選擇前者，不如選擇後者。表示說話人不喜歡前者的行為。後項多接「ほうがいい、ほうがましだ、なさい」等句型。「というより」也表比較，強調「與其說前項，還不如說後項更適合」的概念。表示在判斷或表現某事物，在比較過後，後項的說法比前項更恰當。後項是對前項的修正、補充或否定。常和「むしろ」相呼應。

なみ

接續方法 ▸▸▸▸ 【名詞】＋並み

意　思 ❶

表示該人事物的程度幾乎和前項一樣。「並み」含有「普通的、平均的、一般的、並列的、相同程度的」之意。像是「男並み（和男人一樣的）、人並み（一般）、月並み（每個月、平庸）」等都是常見的表現。中文意思是：「相當於…、和…同等程度、與…差不多」。如例：

- もう３月なのに今日は真冬並みの寒さだ。
  都已經三月了，今天卻還冷得跟寒冬一樣。

- 贅沢は望まない。人並みの生活ができればいい。
  我沒有什麼奢望，只期盼能過上平凡的生活就好。
- どれも月並みだな。もっとみんなが驚くような新しい企画はないのか。
  每一件提案都平淡無奇。沒有什麼更令人眼睛一亮的嶄新企劃嗎？

關鍵字 並列

有時也有「把和前項許多相同的事物排列出來」的意思，像是「街並み（街上房屋成排成列的樣子）、軒並み（家家戶戶）」。如例：

- 来月から食料品は軒並み値上がりするそうだ。
  聽說從下個月起，食品價格將會全面上漲。

比　較 ▸▸▸▸ わりには〔雖然…但是…〕

「なみ」表示比較，表示該人事物的程度幾乎和前項一樣。「わりには」也表比較，表示結果跟前項條件不成比例、有出入或不相稱。表示比較的基準。

にひきかえ～は

接續方法 ▸▸▸▸ 【名詞（な）；形容動詞詞幹な；［形容詞・動詞］普通形】＋（の）にひきかえ

意　思 ❶

關鍵字 對比

比較兩個相反或差異性很大的事物。含有說話人個人主觀的看法。書面用語。跟站在客觀的立場，冷靜地將前後兩個對比的事物進行比較「に対して」比起來，「にひきかえ」是站在主觀的立場。中文意思是：「與…相反、和…比起來、相較起…、反而…、然而…」。如例：

- 昨日の爽やかな秋晴れにひきかえ、今日は嵐のような酷い天気だ。
  相較於昨天的秋高氣爽，今天的天氣簡直像是狂風暴雨。
- 姉は本が好きなのにひきかえ、妹はいつも外を走り回っている。
  姊姊喜歡待在家裡看書，然而妹妹卻成天在外趴趴走。

- 母が優しいのにひきかえ、父は厳しくて少しの甘えも許さない。
  媽媽是慈母，而爸爸則是沒有絲毫妥協空間的嚴父。
- 大川選手がいつも早く来て一人で練習しているのにひきかえ、安田選手は寝坊したと言ってはよく遅れて来る。
  大川運動員總是提早來獨自練習，相較之下安田運動員總是說自己睡過頭了，遲遲才出現。

比　較 ▸▸▸▸ にもまして〔更加地…〕

「にひきかえ」表示對比，強調「前後事實，正好相反或差別很大」的概念。把兩個對照性的事物做對比，表示反差很大。含有說話人個人主觀的看法。積極或消極的內容都可以接。「にもまして」表示強調程度，強調「在此之上，程度更深一層」的概念。表示兩個事物相比較。比起前項，後項的數量或程度更深一層，更勝一籌。

文法知多少？

☞ 請完成以下題目，從選項中，選出正確答案，並完成句子。

▼ 答案詳見右下角

1 睡眠の（　　）によって、体調の善し悪しも違います。

1．しだい　　2．いかん

2 子供のレベルに（　　）授業をしなければ、意味がありません。

1．即した　　2．踏まえた

3 謝る（　　）、最初からそんなことしなければいいのに。

1．ぐらいなら　　2．というより

4 姉（　　）、妹は無口で恥ずかしがり屋です。

1．にもまして　　2．にひきかえ

5 あの犬はちょっとでも近づこう（　　）、すぐ吠えます。

1．ものなら　　2．ものだから

6 あのスナックは（　　）、もう止まりません。

1．食べたところで　　2．食べたら最後

7 大型の台風が来る（　　）、雨戸も閉めた方がいい。

1．とあって　　2．とあれば

8 あなた（　　）、生きていけません。

1．なくしては　　2．ないまでも

答案：(1) 2　(2) 1　(3) 1　(4) 2
(5) 1　(6) 2　(7) 2　(8) 1

問題1　次の文章を読んで、文章全体の内容を考えて、［1］から［5］の中に入る最もよいものを、1・2・3・4の中から一つ選びなさい。

ドバイ旅行

会社の休みを利用してドバイに行った。羽田空港を夜中に発って11時間あまりでドバイ到着。2泊して、3日目の夜中に帰国の途につくという日程だ。

ドバイは、ペルシャ湾に面したアラブ首長国連邦の一つであり、代々世襲(注1)の首長が国を治めている。面積は埼玉県とほぼ同じ。［1-a］小さな漁村だったが、20世紀に入って貿易港として発展。1966年に石油が発見され急速に豊かになったが、その後も、石油のみに依存しない経済作りを目指して開発を進めた。その結果、［1-b］高層ビルが建ち並ぶゴージャス(注2)な商業都市として発展を誇っている。現在、ドバイの石油産出量はわずかで［2］、貿易や建設、金融、観光など幅広い産業がドバイを支えているという。

観光による収入が30%というだけあって、とにかく見る所が多い。それも「世界一」を誇るものがいくつもあるのだ。世界一高い塔バージュ・ハリファ、巨大人工島パームアイランド、1,200店が集まるショッピングモール(注3)、世界最高級七つ星ホテルブルジュ・アル・アラブ、世界一傾いたビル……などなどである。

とにかく、見るもの全てが〝すごい〟ので、［3］しまう。ショッピングモールの中のカフェに腰を下ろして人々を眺めていると、さまざまな肌色や服装をした人々が通る。民族衣装を身に着けたアラブ人らしい人は［4］。アラブ人は人口の20%弱だというだけに、ドバイではアラブ人こそ逆に外国人に見える。

急速な発展を誇る未来都市のようなドバイにも、経済的に大きな困難を抱えた時期があったそうだ。2009年「ドバイ・ショック」と言われる債務超過(注4)による金融危機である。アラブ首長国の首都アブダビの援助などもあって、現在では社会状況もかなり安定し、さらなる開発が進められているが、今も債務の返済中であるという。

そんなことを思いながらバージュ・ハリファ124階からはるかに街を見下ろすと、砂漠の中のドバイの街はまさに〝砂上の楼閣〟(注5)、砂漠に咲いた徒花(注6)のようにも見えて、一瞬うそ寒い(注7)気分に襲われた。しかし、21世紀の文明を象徴するような魅力的なドバイである。これからも繁栄を続けることを **5** いられない。

(注1) 世襲：子孫が受け継ぐこと。

(注2) ゴージャス：豪華でぜいたくな様子。

(注3) ショッピングモール：多くの商店が集まった建物。

(注4) 債務超過：借金の方が多くなること。

(注5) 砂上の楼閣：砂の上に建てた高層ビル。基礎が不安定で崩れやすい物のたとえ。

(注6) 徒花：咲いても実を結ばずに散る花。実を結ばない物事のたとえ。

(注7) うそ寒い：なんとなく寒いようなぞっとする気持ち。

1

1　a今は／bもとは　　2　aもとは／b今も
3　aもとは／b今や　　4　a今は／b今や

2

1　あるし　　2　あるにもかかわらず
3　あったが　　4　あることもあるが

3

1　圧倒して　2　圧倒されて　3　がっかりして　4　集まって

4

1　とても多い　2　素晴らしい　3　アラブ人だ　4　わずかだ

5

1　願って　2　願うが　3　願わずには　4　願いつつ

▼ 翻譯與詳解請見 P.236

Lesson 12 感情、心情、期待、允許

▶ 感情、心情、期待、允許

date. 1 ／ date. 2 ／

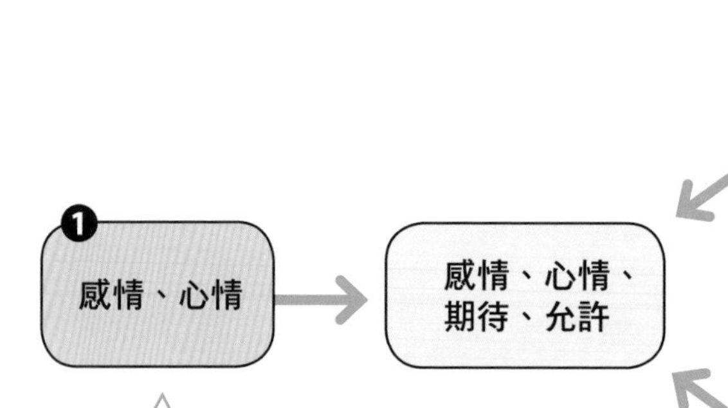

・たところが
1【期待－逆接】
〔順接〕
・たところで～（ない）
1【期待】

・ずにはおかない、ないではおかない
1【感情】
2【強制】
・（さ）せられる
1【強調感情】
・てやまない
1【強調感情】
〔現象或事態持續〕
・のいたり（だ）
1【強調感情】
2【原因】
・をきんじえない
1【強調感情】
・てはかなわない、てはたまらない
1【強調心情】
・てはばからない
1【強調心情】
・といったらない、といったら
1【強調心情】
2【強調主題】
・といったらありはしない
1【強調心情】
〔口語－ったらない〕

・てもさしつかえない、でもさしつかえない
1【允許】

ずにはおかない、ないではおかない

Track 119

類義文法
ずにはいられない
不得不…

接續方法 ▸▸▸▸ 【動詞否定形（去ない）】＋ずにはおかない、ないではおかない

意　思 ❶

關鍵字 感情

前接心理、感情等動詞，表示由於外部的強力，使得某種行為，沒辦法靠自己的意志控制，自然而然地就發生了，所以前面常接使役形的表現。請注意前接サ行變格動詞時，要用「せずにはおかない」。中文意思是：「不能不…、不由得…」。如例：

- この映画(えいが)は、見(み)る人(ひと)の心(こころ)に衝撃(しょうげき)を与(あた)えずにはおかない問題作(もんだいさく)だ。
  這部充滿爭議性的電影，不由得讓每一位觀眾的心靈受到衝擊。
- 今回(こんかい)の誘拐事件(ゆうかいじけん)は、私(わたし)たちに20年前(ねんまえ)に起(お)こった悲劇(ひげき)を思(おも)い出(だ)させずにはおかない。
  這件綁架案不由得勾起我們大家對發生於二十年前那起悲劇的記憶。

比　較 ▸▸▸▸ ずにはいられない〔不得不…〕

「ずにはおかない」表示感情，強調「一種強烈的情緒、慾望」的概念。主語可以是「人或物」，由於外部的強力，使得某種行為，沒辦法靠自己的意志控制，自然而然地就發生了。有主動、積極的語感。「ずにはいられない」表示強制，強調「自己情不自禁做某事」的概念。主詞是「人」，表示自己的意志無法克制，情不自禁地做某事。

意　思 ❷

關鍵字 強制

當前面接的是表示動作的動詞時，則有主動、積極的「不做到某事絕不罷休、後項必定成立」語感，語含個人的決心、意志，具有強制性地，使對方陷入某狀態的語感。中文意思是：「必須…、一定要…、勢必…」。如例：

- 部長(ぶちょう)に告(つ)げ口(ぐち)したのは誰(だれ)だ。白状(はくじょう)させずにはおかないぞ。
  到底是誰向經理告密的？我非讓你招認不可！
- 彼(かれ)は、少(すこ)しでも不確(ふたし)かなことは納得(なっとく)するまで調(しら)べないではおかない性格(せいかく)だ。
  他的個性是哪怕有一丁點想不通的地方都非要查個一清二楚不可。

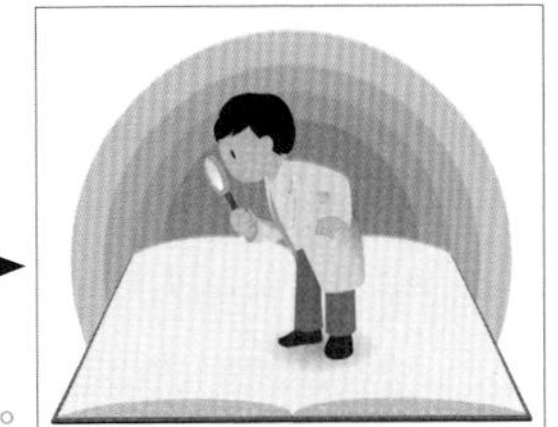

(さ)せられる

Track 120

類義文法
てやまない
…不已

接續方法 ▸▸▸▸【動詞使役被動形】+(さ)せられる

意　思 ❶

關鍵字 強調感情

表示説話者受到了外在的刺激，自然地有了某種感觸。中文意思是：「不禁…、不由得…」。如例：

- あなたの忍耐強さ（にんたいづよさ）にはいつも感心（かんしん）させられています。
  你堅忍的毅力不禁令我佩服得五體投地。
- 少年犯罪（しょうねんはんざい）のニュースには考え（かんが）させられることが多い（おおい）。
  關於青少年犯罪案件的報導，其背後的隱憂有許多值得深思之處。
- あの男（おとこ）の下手（へた）な嘘（うそ）には本当（ほんとう）にがっかりさせられた。
  那個男人蹩腳的謊言令人太失望了。
- 彼女（かのじょ）の細（こま）かい心（こころ）くばりに感心（かんしん）させられた。
  她無微不至的照應不由得讓人感到佩服。

比　　較 ▸▸▸▸ てやまない〔…不已〕

「(さ)せられる」表示強調感情，強調「受刺激而發出某感觸」的概念。表示説話者受到了外在的刺激，自然地有了某種感觸。「てやまない」也表強調感情，強調「某強烈感情一直在」的概念。接在感情動詞後面，表示發自內心的某種強烈的感情，且那種感情一直持續著。

てやまない

Track 121
類義文法
てたまらない
…得不得了

接續方法 ▸▸▸▸【動詞て形】＋てやまない

意　思 ❶

關鍵字 強調感情

接在感情動詞後面，表示發自內心關懷對方的心情、想法極為強烈，且那種感情一直持續著。由於是表示説話人的心情，因此一般不用在第三人稱上。這個句型由古漢語「…不已」的訓讀發展而來。常見於小説或文章當中，會話中較少用。中文意思是：「…不已、一直…」。如例：

- お二人（ふたり）の幸（しあわ）せを願（ねが）ってやみません。
  由衷祝福二位永遠幸福。
- ここが、彼女（かのじょ）が愛（あい）してやまなかった音楽（おんがく）の都（みやこ）ウィーンです。
  這裡是她鍾愛的音樂之都維也納。
- 彼（かれ）はお金（かね）のために友人（ゆうじん）を裏切（うらぎ）ったことを、一生後悔（いっしょうこうかい）してやまなかった。
  他對於自己曾為金錢背叛了朋友而終生懊悔不已。

關鍵字 現象或事態持續

表示現象或事態的持續。如例：

- どの時代（じだい）においても人民（じんみん）は平和（へいわ）を求（もと）めてやまないものだ。
  無論在任何時代，人民永遠追求和平。

比　較 ▸▸▸▸ てたまらない〔…得不得了〕

「てやまない」表示強調感情，強調「發自內心的感情」的概念。接在感情動詞的連用形後面，表示發自內心的感情，且那種感情一直持續著。常見於小説或文章當中，會話中較少用。「てたまらない」表示感情，強調「程度嚴重，無法忍受」的概念。表示程度嚴重到使説話人無法忍受。是説話人強烈的感覺、感情及希求。一般前接感情、感覺、希求之類的詞。

のいたり（だ）

Track 122

類義文法
のきわみ（だ）
真是…極了

接續方法 ▸▸▸▸ 【名詞】＋の至り（だ）

意　思 ❶

關鍵字 **強調感情**

前接「光栄、感激」等特定的名詞，表示一種強烈的情感，達到最高的狀態，多用在講客套話的時候，通常用在好的一面。中文意思是：「真是…到了極點、真是…、極其…、無比…」。如例：

- 有難いお言葉をいただき、光栄の至りです。
  承您貴言，無比光榮。
- 本日は大勢の方にご来場いただきまして、感謝の至りです。
  今日承蒙各方賢達蒞臨指導，十二萬分感激。

- この度はとんだ失敗をしてしまい、赤面の至りです。
  此次遭逢意外挫敗，慚愧之至。

比　較 ▸▸▸▸ のきわみ（だ）〔真是…極了〕

「のいたり（だ）」表示強調感情，強調「情感達到極高狀態」的概念。前接某一特定的名詞，表示一種強烈的情感，達到最高的狀態。多用在講客套話的時候。通常用在好的一面。「のきわみ（だ）」表示極限，強調「事物達到極高程度」的概念。形容事物達到了極高的程度。強調這程度已經超越一般，到達頂點了。大多用來表達說話人激動時的那種心情。前面可接正面或負面、或是感情以外的詞。

意　思 ❷

關鍵字 **原因**

表示由於前項的某種原因，而造成後項的結果。中文意思是：「都怪…、因為…」。如例：

- あの頃は若気の至りで、いろいろな悪さをしたものだ。
  都怪當時年輕氣盛，做了不少錯事。

grammar 005 をきんじえない

Track 123

類義文法
をよぎなくされる
不得不…

接續方法 ▸▸▸▸ 【名詞】＋を禁じえない

意　思 ❶

關鍵字 強調感情

前接帶有情感意義的名詞，表示面對某種情景，心中自然而然產生的，難以抑制的心情。這感情是越抑制感情越不可收拾的。屬於書面用語，正、反面的情感都適用。口語中不用。中文意思是：「不禁…、禁不住就…、忍不住…」。如例：

- 突然(とつぜん)の事故(じこ)で両親(りょうしん)を失(うしな)ったこの姉妹(しまい)には、同情(どうじょう)を禁(きん)じ得(え)ない。
  一場突如其來的事故使得這對姊妹失去了父母，不禁令人同情。
- 子供(こども)の頃(ころ)は目立(めだ)たなかった彼(かれ)が舞台(ぶたい)で活躍(かつやく)するのを見(み)て、驚(おどろ)きを禁(きん)じ得(え)なかった。
  看到小時候並不起眼的他如今在舞台上耀眼的身影，不由得大為吃驚。
- 戦争(せんそう)に人生(じんせい)を狂(くる)わされた少女(しょうじょ)の話(はなし)に、私(わたし)は涙(なみだ)を禁(きん)じ得(え)なかった。
  聽到那名少女描述自己在戰火中顛沛流離的人生經歷，我忍不住落淚了。
- 金儲(かねもう)けのために犬(いぬ)や猫(ねこ)の命(いのち)を粗末(そまつ)にする業者(ぎょうしゃ)には、怒(いか)りを禁(きん)じ得(え)ない。
  那些只顧賺錢而視貓狗性命如敝屣的業者，不禁激起人們的憤慨。

比　較 ▸▸▸▸ をよぎなくされる〔不得不…〕

「をきんじえない」表示強調感情，強調「產生某感情，無法抑制」的概念。前接帶有情感意義的名詞，表示面對某情景，心中自然而然產生、難以抑制的心情。這感情是越抑制感情越不可收拾的。「をよぎなくされる」表示強制，強調「不得已做出的行為」的概念。因為大自然或環境等，個人能力所不能及的強大力量，迫使其不得不採取某動作。而且此行動，往往不是自己願意的。表示情況已經到了沒有選擇的餘地，必須那麼做的地步。

てはかなわない、てはたまらない

Track 124

類義文法
てたまらない
（的話）可受不了…

接續方法 ▸▸▸▸【形容詞て形；動詞て形】＋てはかなわない、てはたまらない

意　思 ❶

關鍵字 強調心情

表示負擔過重，無法應付。如果按照這樣的狀況下去不堪忍耐、不能忍受。是一種動作主體主觀上無法忍受的表現方法。用「かなわない」有讓人很苦惱的意思。常跟「こう、こんなに」一起使用。口語用「ちゃかなわない、ちゃたまらない」。中文意思是：「…得受不了、…得要命、…得吃不消」。如例：

・工事の音がこううるさくてはかなわない。
施工的噪音簡直快吵死人了。

・東京の夏もこう蒸し暑くてはたまらないな。
東京夏天這麼悶熱，實在讓人受不了。

・こんな安い給料で働かされちゃたまらないよ。
這麼低廉的薪水叫人怎麼幹得下去呢！

・うちのような小さな工場は、原料がこんなに値上がりしてはかなわない。
原料價格飆漲，像我們這種小工廠根本吃不消。

比　較 ▸▸▸▸ てたまらない〔（的話）可受不了…〕

「てはかなわない」表示強調心情，強調「負擔過重，無法應付」的概念。是一種動作主體主觀上無法忍受的表現方法。「てたまらない」也表強調心情，強調「程度嚴重，無法忍受」的概念。表示照此狀態下去不堪忍耐，不能忍受。

てはばからない

Track 125

類義文法
てもかまわない
即使…也行

接續方法 ▸▸▸▸【動詞て形】＋てはばからない

意　思 1

關鍵字 強調心情

前常接跟說話相關的動詞，如「言う、断言する、公言する」的て形。表示毫無顧忌地進行前項的意思。一般用來描述他人的言論。「憚らない」是「憚る」的否定形式，意思是「毫無顧忌、毫不忌憚」。中文意思是：「不怕…、毫無顧忌…」。如例：

- 彼は自分は天才だと言ってはばからない。
  他毫不隱晦地直言自己是天才。
- 当時の校長は、ときに体罰も必要だ、と公言してはばからなかった。
  當時的校長毫不避諱地公開表示，適時的體罰具有其必要性。
- そのコーチは、チームに金メダルを取らせたのは自分だと言ってはばからない。
  那名教練堂而皇之地宣稱自己是讓這支隊伍奪得金牌的最大功臣。
- 私は断言してはばからないが、うちの工場の技術力は世界レベルだ。
  我敢拍胸脯保證，我家工廠的製造技術具有世界水準。

比　較 ▸▸▸▸ てもかまわない〔即使…也行〕

「てはばからない」表示強調心情，強調「毫無顧忌進行」的概念。表示毫無顧忌地進行前項的意思。「てもかまわない」表示許可，強調「這樣做也行」的概念。表示即使是這樣的情況也可以的意思。

といったらない、といったら

意　思 1

【名詞；形容詞辭書形；形容動詞詞幹】＋（とい）ったらない。「といったらない」是先提出一個討論的對象，強調某事物的程度是極端到無法形容的，後接對此產生的感嘆、吃驚、失望等感情表現，正負評價都可使用。中文意思是：「…極了、…到不行」。如例：

- 一瞬の隙を突かれて逆転負けした。この悔しさといったらない。
  只是一個不留神竟被對手乘虛而入逆轉了賽局，而吃敗仗，令人懊悔到了極點。

・ 近所で強盗殺人が起きた。恐ろしいったらない。
附近發生了搶劫殺人案，實在太恐怖了。

意　思 ❷

關鍵字　**強調主題**

【名詞；形容詞辭書形；形容動詞詞幹】＋（とい）ったら。表示把提到的事物做為主題，後項是對這一主題的敘述。是説話人帶有感嘆、感動、驚訝、失望的表現方式。有強調主題的作用。中文意思是：「說起…」。

・ その時の私の苦しみといったら、とてもあんたなんかにわかってはもらえまいよ。
提起我當時所遭受的苦難，你根本就無法理解。

・ 今年の暑さといったら半端ではなかった。
提起今年的酷熱勁兒，真夠誇張！

比　較 ▸▸▸ という〔叫做…的…〕

「といったらない」表示強調主題，表示把提到的事物做為主題進行敘述。有強調主題的作用。含有説話人驚訝、感動的心情。「という」表示介紹名稱，前後接名詞，介紹某人事物的名字。用在跟不熟悉的一方介紹時。

といったらありはしない

接續方法 ▸▸▸ 【名詞；形容詞辭書形；形容動詞詞幹】＋（とい）ったらありはしない

意　思 ❶

關鍵字　**強調心情**

強調某事物的程度是極端的，極端到無法形容、無法描寫。跟「といったらない」相比，「といったらない」、「ったらない」能用於正面或負面的評價，但「といったらありはしない」、「ったらありはしない」、「といったらありゃしない」、「ったらありゃしない」只能用於負面評價。中文意思是：「…之極、極其…、沒有比…更…的了」。如例：

・ まだ目の開かない子猫の可愛らしさといったらありはしない。
還沒睜開眼睛的小貓咪可愛得不得了。

- 木村君が我がチームに加わってくれて心強いったらありゃしないよ。
  能有木村加入我們這支團隊，簡直可以說是如虎添翼！

- 同姓同名が３人もいて、ややこしいといったらありはしない。
  足足有三個人同名同姓，實在麻煩透頂。

關鍵字 口語ーったらない

「ったらない」是比較通俗的口語説法。如例：

- 夜中の間違い電話は迷惑ったらない。
  三更半夜打錯電話根本是擾人清夢！

比　較 ▸▸▸▸ **というこどだ〔據說…〕**

「といったらありはしない」表示強調心情，強調「給予極端評價」的概念。正面時表欽佩，負面時表埋怨的語意。書面用語。「ということだ」表示傳聞，強調「從外界獲取傳聞」的概念。從某特定的人或外界獲取的傳聞。比起「そうだ」來，有很強的直接引用某特定人物的話之語感。又有明確地表示自己的意見、想法之意。

たところが

接續方法 ▸▸▸▸ **【動詞た形】＋たところが**

意　思 ①

關鍵字 期待ー逆接

表示逆接，後項往往是出乎意料、與期待相反的客觀事實。因為是用來敘述已發生的事實，所以後面要接動詞た形的表現，「然而卻…」的意思。中文意思是：「…可是…、結果…」。如例：

- 彼女を誘ったところが、彼女のお姉さんまで付いて来た。
  我邀的是她，可是連她姊姊也一起跟來了。

- 仕事を終えて急いで行ったところが、飲み会はもう終わっていた。
  趕完工作後連忙過去會合，結果酒局已經散了。

- 親切のつもりで言ったところが、かえって怒らせてしまった。
  好心告知，不料反而激怒了他。

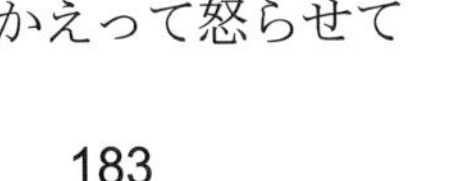

關鍵字　順接

表示順接。如例：

- 本社に問い合わせたところ(が)、すぐに代わりの品を送って来た。
  洽詢總公司之後，很快就送來了替代品。

比　較 ▸▸▸▸ ところを〔正…時〕

「たところが」表示期待，強調「一做了某事，就變成這樣的結果」的概念。表示順態或逆態接續。前項先舉出一個事物，後項往往是出乎意料的客觀事實。「ところを」表示時點，強調「正當Ａ的時候，發生了Ｂ的狀況」的概念。後項的Ｂ所發生的事，是對前項Ａ的狀況有直接的影響或作用的行為。後面的動詞，常接跟視覺或是發現有關的「見る、見つける」等，或是跟逮捕、攻擊、救助有關的「捕まる、襲う」等詞。這個句型要接「名詞の；用言普通形」。

grammar 011 たところで～(ない)

Track 129

類義文法
がさいご
一旦…就必須…

接續方法 ▸▸▸▸ 【動詞た形】+たところで～（ない）

意　思 ❶

關鍵字　期待

接在動詞た形之後，表示就算做了前項，後項的結果也是與預期相反，是無益的、沒有作用的，或只能達到程度較低的結果，所以句尾也常跟「無駄、無理」等否定意味的詞相呼應。句首也常與「どんなに、何回、いくら、たとえ」相呼應表示強調。後項多為說話人主觀的判斷，不用表示意志或既成事實的句型。中文意思是：「即使…也（不…）、雖然…但（不）、儘管…也（不…）」。如例：

- 東京の雪なんて、降ったところでせいぜい 10 センチだ。
  東京即使下雪，但下雪的地方頂多也就是 10 公分而已呢！
- どんなに後悔したところで、もう遅い。
  任憑你再怎麼懊悔，都為時已晚了。

- あなたに謝ってもらったところで、亡くなった娘はもう帰って来ない。
  就算你再三賠罪，也喚不回我那死去的女兒了。
- この店じゃ、たとえ全品注文したところで、大した値段にはならないよ。
  在這家店即使闊氣的訂下全部的餐點，也花不了多少錢喔！

比　　較 ▸▸▸▸ がさいご〔一旦…就必須…〕

「たところで～ない」表示期待，強調「即使進行前項，結果也是無用」的概念。表示即使前項成立，後項的結果也是與預期相反，無益的、沒有作用的，或只能達到程度較低的結果。後項多為説話人主觀的判斷。也接在動詞過去形之後，句尾接否定的「ない」。「がさいご」表示條件，強調「一旦發生前項，就完了」的概念。表示一旦做了某事，就一定會產生後面的情況，或是無論如何都必須採取後面的行動。後面接説話人的意志或必然發生的狀況。後面多是消極的結果或行為。

てもさしつかえない、でもさしつかえない

接續方法 ▸▸▸▸ 【形容詞て形；動詞て形】＋ても差し支えない；【名詞；形容動詞詞幹】＋でも差し支えない

意　　思 ❶

關鍵字　允許

為讓步或允許的表現。表示前項也是可行的。含有「不在意、沒有不滿、沒有異議」的強烈語感。「差しえない」的意思是「沒有影響、不妨礙」。中文意思是：「…也無妨、即使…也沒關係、…也可以、可以」。如例：

・車で行きますので、会場は多少遠くてもさしつかえないです。
　反正當天會開車前往，即使會場地點稍微遠一點也無妨。

・では、こちらにサインを頂いてもさしつかえないでしょうか。
　那麼，可否麻煩您在這裡簽名呢？

・山道といっても緩やかですから、普段履いている靴でもさしつかえありません。
　雖然是山路但坡度十分平緩，平時穿用的鞋子也能暢行無礙。

・先生は贅沢がお嫌いですから、ホテルは清潔なら質素でもさしつかえありません。
　議員不喜歡鋪張奢華，為他安排的旅館只要清潔即可，房間的陳設簡單樸素也沒關係。

比　　較 ▸▸▸▸ てもかまわない〔…也行〕

「てもさしつかえない」表示允許，表示在前項的情況下，也沒有影響。前面接「動詞て形」。「てもかまわない」表示讓步，表示雖然不是最好的，但這樣也已經可以了。前面也接「動詞て形」。

文法知多少？

☞ 請完成以下題目，從選項中，選出正確答案，並完成句子。

▼ 答案詳見右下角

1 あきらめない（　　）、何が何でもあきらめません。

1．という　　2．といったら

2 このような事態になったのは、すべて私どもの不徳の（　　）です。

1．極み　　2．至り

3 うちの父は頑固（　　）。

1．といったらありはしない　　2．ということだ

4 事件の早期解決を心から祈って（　　）。

1．たまない　　2．やまない

5 あまりに残酷な事件に、憤りを（　　）。

1．余儀なくされる　　2．禁じえない

6 今度こそ、本当のことを言わせ（　　）ぞ。

1．ないではおかない　　2．ないにはいられない

7 謝って（　　）なら警察も裁判所もいらない。

1．はいけない　　2．済む

8 人様に迷惑をかけて（　　）。

1．はばからない　　2．かまわない

答案：(1) 2　(2) 2　(3) 1　(4) 2
(5) 2　(6) 1　(7) 2　(8) 1

問題１　（　　）に入るのに最もよいものを、１・２・３・４から一つ選びなさい。

1　今さら後悔した（　　　）、事態は何も変わらないよ。

1　ことで　　2　もので

3　ところで　　4　わけで

2　少年の育った家庭環境には、同情（　　）ものがある。

1　を禁じ得ない　　2　に越したことはない

3　を余儀なくされる　　4　ところではない

3　一日も早く新型コロナウイルスが終息することを、心から願って（　　）。

1　いられない　　2たまらない

3　かなわない　　4やまない

問題２　つぎの文の ★ に入る最もよいものを、１・２・３・４から一つ選びなさい。

4　山頂から＿＿＿ ＿＿＿ ＿★＿ ＿＿＿。一生の思い出だ。

1　素晴らしさ　　2　眺めた

3　といったら　　4　景色の

5　彼女に告白したところで、＿＿＿ ＿＿＿ ＿★＿ ＿＿＿。

1　ものを　　2　どうせ

3　ふられるのだから　　4　やめておけばいい

▼ 翻譯與詳解請見 P.237

Lesson 13 主張、建議、不必要、排除、除外

▶ 主張、建議、不必要、排除、除外

date. 1 ／ date. 2 ／

主張、建議、不必要、排除、除外

- じゃあるまいし、ではあるまいし
  - **1**【主張】
    〔口語表現〕
- ばそれまでだ、たらそれまでだ
  - **1**【主張】
    〔強調〕
- までだ、までのことだ
  - **1**【主張】
  - **2**【理由】
- でなくてなんだろう
  - **1**【強調主張】
- てしかるべきだ
  - **1**【建議】

❷ 不必要、排除、除外

- てすむ、ないですむ、ずにすむ
  - **1**【不必要】
  - **2**【了結】
- にはおよばない
  - **1**【不必要】
  - **2**【不及】
- はいうにおよばず、はいうまでもなく
  - **1**【不必要】
- まで（のこと）もない
  - **1**【不必要】
- ならいざしらず、はいざしらず、だったらいざしらず
  - **1**【排除】
- はさておいて（はさておき）
  - **1**【除外】

じゃあるまいし、ではあるまいし

Track 131

類義文法
のではあるまいか
是不是…啊

接續方法 ▶▶▶▶【名詞；[動詞辭書形・動詞た形] わけ】+じゃあるまいし、ではあるまいし

意　思 ❶

表示由於並非前項，所以理所當然為後項。前項常是極端的例子，用以說明後項的主張、判斷、忠告。多用在打消對方的不安，跟對方說你想太多了，你的想法太奇怪了等情況。帶有斥責、諷刺的語感。中文意思是：「又不是…」。如例：

- 小さい子供じゃあるまいし、そんなことで泣くなよ。
  又不是小孩子了，別為了那點小事就嚎啕大哭嘛！

- 小説ではあるまいし、そうそううまくいくもんか。
  這又不是小說裡的情節，怎麼可能凡事稱心如意呢？
- 外国へ行くわけじゃあるまいし、財布と携帯さえあれば大丈夫だよ。
  又不是要出國，身上帶著錢包和手機就夠用啦！
- 彼だってわざと失敗したわけじゃあるまいし、もう許してあげたら。
  他也不是故意要把事情搞砸的，你就原諒他了吧？

說法雖然古老，但卻是口語的表現方式，不用在正式的文章上。

比　較 ▶▶▶▶ のではあるまいか〔是不是…啊〕

「じゃあるまいし」表示主張，表示讓步原因。強調「因為又不是前項的情況，後項當然就…」的概念。後面多接說話人的判斷、意見、命令跟勸告等。「のではあるまいか」也表主張，表示說話人對某事是否會發生的一種的推測、想像。

ばそれまでだ、たらそれまでだ

接續方法 ▸▸▸▸ 【動詞假定形】＋ばそれまでだ、たらそれまでだ

意　　思 ❶

表示一旦發生前項情況，那麼一切都只好到此結束，以往的努力或結果都是徒勞無功之意。中文意思是：「…就完了、…就到此結束」。如例：

- プロの詐欺師（さぎし）だって、相手（あいて）にお金（かね）がなければそれまでだ。
  即使是專業的詐欺犯，遇上口袋空空的目標對象也就沒輒了。
- このチャンスを逃（のが）したらそれまでだ。何（なん）としても賞金（しょうきん）を勝（か）ち取（と）るぞ。
  錯過這次千載難逢的機會再也沒有第二次了。無論如何非得贏得獎金不可！
- 生（い）きていればこそいいこともある。死（し）んでしまったらそれまでです。
  只有活著才有機會遇到好事，要是死了就什麼都沒了。

關鍵字 強調

前面多採用「も、ても」的形式，強調就算是如此，也無法彌補、徒勞無功的語意。如例：

- どんな高（たか）い車（くるま）も事故（じこ）を起（お）こせばそれまでだ。
  無論是多麼昂貴的名車，一旦發生車禍照樣淪為一堆廢鐵。

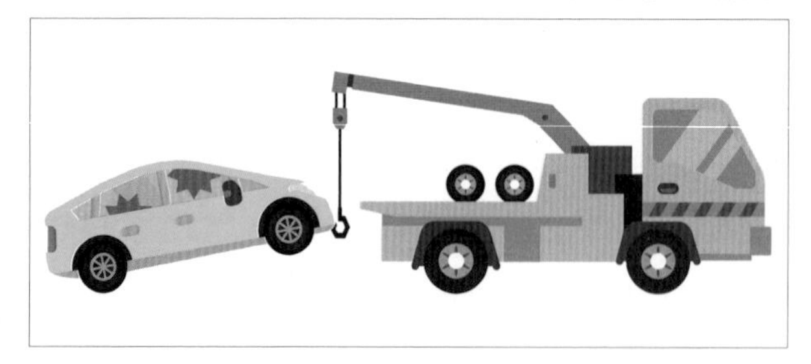

比　　較 ▸▸▸▸ でしかない〔只能…〕

「ばそれまでだ」表示主張，強調「事情到此就結束了」的概念。表示一旦發生前項情況，那麼一切都只好到此結束，一切都是徒勞無功之意。前面多採用「も、ても」的形式。「でしかない」也表主張，強調「這是唯一的評價」的概念。表示前接的這個詞，是唯一的評價或評論。

までだ、までのことだ

接續方法 ▸▸▸▸ 【動詞辭書形；動詞た形；それ；これ】＋までだ、までのことだ

意　思 ❶

接動詞辭書形時，表示現在的方法即使不行，也不沮喪，再採取別的方法。有時含有只有這樣做了，這是最後的手段的意思。表示講話人的決心、心理準備等。中文意思是：「大不了…而已、只不過…而已、只是…、只好…、也就是…」。如例：

- この結婚にどうしても反対だというなら、親子の縁を切るまでだ。
  如果爸爸無論如何都反對我結婚，那就只好脫離父子關係吧！
- 失敗してもいい。また一からやり直すまでのことだ。
  即使失敗也無妨，大不了從頭再做一遍就行而已。

比　較 ▸▸▸▸ ことだ〔就得…〕

「までだ」表示主張，強調「大不了就做後項」的概念。表示現在的方法即使不行，也不沮喪，再採取別的方法。有時含有只有這樣做了，這是最後的手段的意思。表示講話人的決心、心理準備等。「ことだ」表示忠告，強調「某行為是正確的」之概念。表示一種間接的忠告或命令。說話人忠告對方，某行為是正確的或應當的，或某情況下將更加理想。口語中多用在上司、長輩對部屬、晚輩。

意　思 ❷

關鍵字
理由

接動詞た形時，強調理由、原因只有這個。表示理由限定的範圍。表示說話者單純的行為。含有「說話人所做的事，只是前項那點理由，沒有特別用意」。中文意思是：「純粹是…」。如例：

- 悪口じゃないよ。本当のことを言ったまでだ。
  這不是誹謗喔，而純粹是原原本本照實說出來罷了。
- お礼には及びません。やるべきことをやったまでのことですから。
  用不著道謝。我只是做了該做的事而已。

Track 134

類義文法

にすぎない

不過是…而已…

でなくてなんだろう

接續方法 ▸▸▸▸ 【名詞】＋でなくてなんだろう

意　　思 ①

關鍵字　強調主張

用一個抽象名詞，帶著感嘆、發怒、感動的感情色彩述說「這個就可以叫做…」的表達方式。這個句型是用反問「這不是…是什麼」的方式，來強調出「這正是所謂的…」的語感。常見於小說、隨筆之類的文章中。含有說話人主觀的感受。中文意思是：「難道不是…嗎、不是…又是什麼呢、這個就可以叫做…」。如例：

- 溺れる我が子を追って激流に飛び込んだ父。あれが親の愛でなくてなんだろう。
  爸爸一發現兒子溺水趕忙跳入急流之中。這除了是父母對子女的愛，還能是什麼呢？
- 70 億人の中から彼女と僕は結ばれたのだ。⋯⋯▸
  これが奇跡でなくてなんだろう。
  在七十億茫茫人海之中，她與我結為連理了。這難道不是奇蹟嗎？

- 女性という理由で給料が安い。これが差別でなくてなんだろう。
  只因為性別是女性的理由而薪資較低。這不叫歧視又是什麼呢？
- 彼は研究室にいるときが一番幸せそうだ。これが天職でなくてなんだろう。
  他說自己待在研究室裡的時光是最幸福的。這份工作難道不該稱為他的天職嗎？

比　　較 ▸▸▸▸ にすぎない〔不過是…而已〕

「でなくてなんだろう」表示強調主張，強調「強烈的主張這才是某事」的概念。用一個抽象名詞，帶著感情色彩述強調的表達方式。常見於小說、隨筆之類的文章中。含有主觀的感受。「にすぎない」表示主張，強調「程度有限」的概念。表示有這並不重要的消極評價語氣。

てしかるべきだ

接續方法 ▸▸▸▸ 【[形容詞・動詞] て形】＋てしかるべきだ；【形容動詞詞幹】＋でしかるべきだ

意　思 ❶

關鍵字 建議

表示雖然目前的狀態不是這樣，但那樣做是恰當的、應當的。也就是用適當的方法來解決事情。一般用來表示說話人針對現況而提出的建議、主張。中文意思是：「應當…、理應…」。如例：

- 労働者の安全を守るための規則であれば、厳しくてしかるべきだ。
  既是維護勞工安全的規定，理當嚴格遵循才對。
- 小さな子供といえども、その意見は尊重されてしかるべきだ。
  雖說對方只是個小孩子，也應該尊重他的意見。
- 我が社に功績のある鈴木部長の退職祝いだ。もっと盛大でしかるべきだろう。
  這場慶祝退休活動是為了歡送對本公司建樹頗豐的鈴木經理離職，應該要更加隆重舉辦才好。
- 県民の多くは施設建設に反対の立場だ。政策には民意が反映されてしかるべきではないか。
  多數縣民對於建造公有設施持反對立場。政策不是應該要忠實反映民意才對嗎？

比　較 ▸▸▸▸ てやまない〔…不已〕

「てしかるべきだ」表示建議，強調「做某事是理所當然」的概念。表示那樣做是恰當的、應當的。也就是用適當的方法來解決事情。「てやまない」表示強調感情，強調「發自內心的感情」的概念。接在感情動詞後面，表示發自內心的感情，且那種感情一直持續著。

てすむ、ないですむ、ずにすむ

意　思 ❶

【動詞否定形】＋ないですむ；【動詞否定形（去ない）】＋ずにすむ。表示不這樣做，也可以解決問題，或避免了原本預測會發生的不好的事情。中文意思是：「…就行了、…就可以解決」。如例：

- すぐに電車が来たので、駅で待たずにすんだ。
  電車馬上就來了，用不著在車站裡痴痴等候了。

・ネットで買えば、わざわざお店に行かないですみますよ。
只要在網路下單，就不必特地跑去實體店面購買囉！

比　較 ▸▸▸ てはいけない〔不准…〕

「てすむ」表示不必要，強調「以某程度，就能解決」的概念。表示以某種方式這樣做，就能解決問題。「てはいけない」表示禁止，強調「上對下強硬的禁止」之概念。表示根據規則或一般的道德，不能做前項。常用在交通標誌、禁止標誌或衣服上洗滌表示等。是間接的表現。也表示根據某種理由、規則，直接跟聽話人表示不能做前項事情。

意　思 ❷

【名詞で；形容詞て形；動詞て形】＋てすむ。表示以某種方式，某種程度就可以，不需要很麻煩，就可以解決問題了。中文意思是：「不…也行、用不著…」。如例：

・もっと高いかと思ったけど、5000円ですんでよかった。
原以為要花更多錢，沒想到區區五千圓就可以解決，真是太好了！

・謝って済む問題じゃない。弁償してください。
這件事不是道歉就能了事！請賠償我的損失！

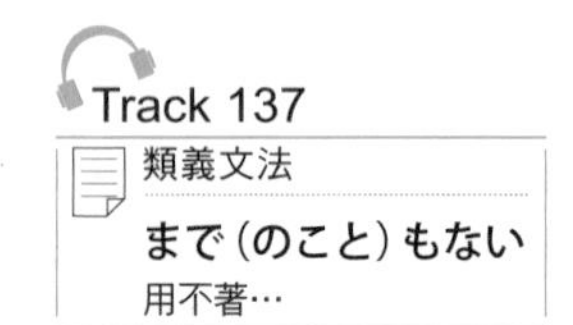

にはおよばない

接續方法 ▸▸▸ 【名詞；動詞辭書形】＋には及ばない

意　思 ❶

表示沒有必要做某事，那樣做不恰當、不得要領，經常接表示心理活動或感情之類的動詞之後，如「驚く（驚訝）、責める（責備）」。中文意思是：「不必…、用不著…、不值得…」。如例：

・検査結果は正常です。ご心配には及びませんよ。
檢驗報告一切正常，用不著擔心喔！

・電話で済むことですから、わざわざおいでいただくには及びません。
以電話即可處理完畢，無須勞您大駕撥冗前來。

比　較 ▸▸▸▸ まで（のこと）もない〔用不著…〕

「にはおよばない」表示不必要，強調「未達採取某行為的程度」的概念。前接表示心理活動的詞，表示沒有必要做某事，那樣做不恰當、不得要領。也表示能力、地位不及水準。「まで（のこと）もない」表示不必要，強調「事情還沒到某種程度」的概念。前接動作，表示事情尚未到某種程度，沒必要做到前項那種程度。含有事情已經很清楚了，再説或做也沒有意義。

意　思 ❷

關鍵字　不及

還有用不著做某動作，或是能力、地位不及水準的意思。常跟「からといって」(雖然…但…) 一起使用。中文意思是：「不及…」。如例：

・私は料理が得意だが、やはりプロの味には及ばない。
我雖然擅長下廚，畢竟比不上專家的手藝。

・この辺りも随分住み易くなったが、都会の便利さには及ばない。
這一帶的居住環境雖已大幅提昇，畢竟還是不及都市的便利性。

はいうにおよばず、はいうまでもなく

接續方法 ▸▸▸▸ 【名詞】＋は言うに及ばず、は言うまでもなく；【[名詞・形容動詞詞幹]な；[形容詞・動詞]普通形】＋は言うに及ばず、のは言うまでもなく

意　思 ❶

關鍵字　不必要

表示前項很明顯沒有説明的必要，後項強調較極端的事例當然就也不例外。是一種遞進、累加的表現，正、反面評價皆可使用。常和「も、さえも、まで」等相呼應。古語是「は言わずもがな」。中文意思是：「不用説…（連）也、不必説…就連…」。如例：

・彼は医学は言うに及ばず、法律にも経済にも明るい。
他不但精通醫學，甚至嫻熟法律和經濟。

- このお寺は桜の季節は言うまでもなく、初夏の新緑の頃も観光客に人気だ。
  這所寺院不僅是賞櫻季節，包括初夏的新綠時節同樣湧入大批觀光客。
- 過労死は、会社の責任が大きいのは言うに及ばず、日本社会全体の問題でもある。
  過勞死的絕大部分責任當然要由社會承擔，同時這也是日本整體社會必須面對的問題。

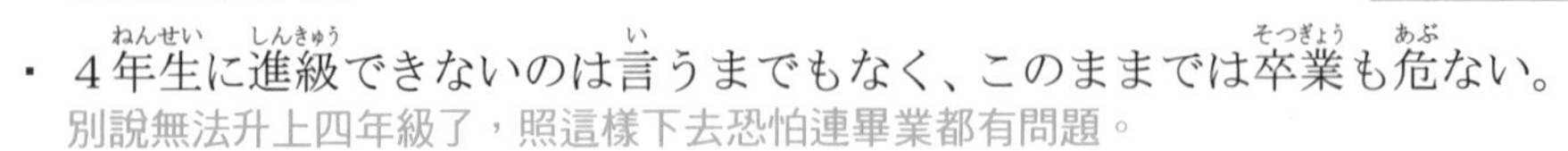

- ４年生に進級できないのは言うまでもなく、このままでは卒業も危ない。
  別說無法升上四年級了，照這樣下去恐怕連畢業都有問題。

比　較 ▸▸▸▸ のみならず〔不僅…，也…〕

「はいうにおよばず」表示不必要，強調「先舉程度輕，再舉較極端」的概念。表示先舉出程度輕的，再強調後項較極端的事例也不例外。後面常和「も」相呼應。「のみならず」表示添加，強調「先舉範圍小，再舉範圍更廣」的概念。用在不僅限於前接詞的範圍，還有後項進一層的情況。後面常和「も、さえ、まで」等相呼應。

まで（のこと）もない

接續方法 ▸▸▸▸ 【動詞辭書形】＋まで（のこと）もない

意　思 ❶

關鍵字　不必要

前接動作，表示沒必要做到前項那種程度。含有事情已經很清楚了，再說或做也沒有意義，前面常和表示說話的「言う、話す、説明する、教える」等詞共用。中文意思是：「用不著…、不必…、不必說…」。如例：

- この程度の熱なら医者に行くまでもない。
  區區這點發燒用不著去看醫生。
- 場所は地図を見れば分かることだ。説明するまでのこともないだろう。
  地點只要看地圖就知道了，用不著說明吧？
- 息子はがっかりした様子で帰って来た。面接に失敗したことは聞くまでもなかった。
  兒子一臉沮喪地回來了。不必問也知道他沒能通過口試。
- ご紹介するまでもないでしょう。こちらが世界的に有名な指揮者の大沢先生です。
  用不著我介紹吧。這一位可是世界聞名的指揮家大澤大師。

比　較 ▸▸▸▸ ものではない〔不要…〕

「まで（のこと）もない」表示不必要，強調「事情還沒到某種程度」的概念。表示沒必要做到前項那種程度。含有事情已經很清楚了，再說或做也沒有意義。語含個人主觀、或是眾所周知的語氣。「ものではない」表示勸告，強調「勸告別人那樣做是違反道德」的概念。表示說話人出於道德或常識，給對方勸阻、禁止的時候。語含說話人個人的看法。

ならいざしらず、はいざしらず、だったらいざしらず

接續方法 ▸▸▸▸ 【名詞】＋ならいざ知らず、はいざ知らず、だったらいざ知らず；【[名詞・形容詞・形容動詞・動詞] 普通形（の)】＋ならいざ知らず

意　思 ❶

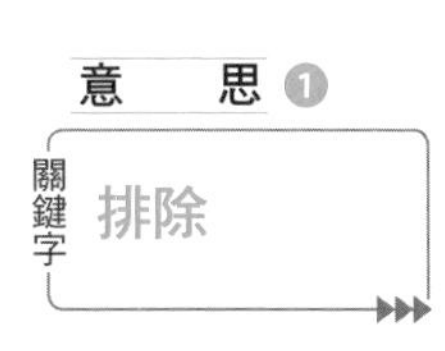

舉出對比性的事例，表示排除前項的可能性，而著重談後項中的實際問題。後項所提的情況要比前項嚴重或具特殊性。後項的句子多帶有驚訝或情況非常嚴重的內容。「昔はいざしらず」是「今非昔比」的意思。中文意思是：「（關於）我不得而知…、姑且不論…、（關於）…還情有可原」。如例：

- 昔（むかし）はいざ知（し）らず、今（いま）どきお見合（みあ）いなんて。
  姑且不論從前那個時代，現在都什麼年代了誰還相親呢？
- 具合（ぐあい）が悪（わる）いならいざ知（し）らず、元気（げんき）なら一緒（いっしょ）に行（い）きませんか。
  如果身體不舒服就不勉強，但若精神還不錯，要不要一起去呢？
- 実験（じっけん）に成功（せいこう）したならいざ知（し）らず、可能性（かのうせい）の段階（だんかい）で資金（しきん）は出（だ）せない。
  假如實驗成功了或許另當別論，但目前尚僅僅是具有可能性的階段，我方無法出資研發。
- 彼（かれ）が法律（ほうりつ）でも犯（おか）したのだったらいざ知（し）らず、仕事（しごと）が遅（おそ）いくらいでクビにはできない。
  要是他觸犯了法律，這麼做或許還情有可原；但他不過是上班遲到罷了，不能以這個理由革職。

比　較 ▸▸▸▸ ようが〔不管…〕

「ならいざしらず」表示排除，表示前項的話還情有可原，姑且不論，但卻有後項的實際問題，著重談後項。後項帶有驚訝的內容。前面接名詞。「ようが」表示逆接條件，表示不管前項如何，後項都是成立的。後項多使用意志、決心或跟評價有關的動詞「自由だ（自由的）、勝手だ（任意的）」。

はさてておいて（はさておき）

Track 141

類義文法
にもまして
比…更…

接續方法 ▸▸▸▸【名詞】＋はさておいて、はさておき

意　思 ❶

關鍵字　除外

表示現在先不考慮前項，排除前項，而優先談論後項。中文意思是：「暫且不說…、姑且不提…」。如例：

- 仕事（しごと）の話（はなし）はさておいて、まずは乾杯（かんぱい）しましょう。
  工作的事暫且放在一旁，首先舉杯互敬吧！

- 細（こま）かい予定（よてい）はさておいて、とりあえず場所（ばしょ）と時間（じかん）を決（き）めよう。
  行程的細節還不急，我們先決定地點和時間吧。
- 私（わたし）のことはさておき、今（いま）あなたは自分（じぶん）のことを第一（だいいち）に考（かんが）えるべきだ。
  先別擔心我，你現在應該把自己放在第一位考量。
- 冗談（じょうだん）はさておき、次（つぎ）に私（わたし）たちの研究（けんきゅう）テーマについてお話（はな）しします。
  先別開玩笑，接下來要討論我們的研究主題。

比　較 ▸▸▸▸ にもまして〔比…更…〕

「はさておいて」表示除外，強調「擱置前項，先討論後項」的概念。表示現在先把前項放在一邊，而第一考慮做後項的動作。含有說話者認為後者比較優先的語意。「にもまして」表示強調程度，強調「比起前項，後項更為嚴重」的概念。表示兩個事物相比較。比起前項，後項程度更深一層、更勝一籌。

grammar 練習

文法知多少？

☞ 請完成以下題目，從選項中，選出正確答案，並完成句子。

▼ 答案詳見右下角

1 真偽(しんぎ)のほど（　　）、これが報道(ほうどう)されている内容(ないよう)です。

　1. にもまして　　　2. はさておき

2 神(かみ)じゃ（　　）、完(かん)ぺきな人(ひと)なんていませんよ。

　1. あるまいか　　　2. あるまいし

3 子供(こども)（　　）、大(だい)の大人(おとな)までが夢中(むちゅう)になるなんてね。

　1. ならいざ知らず　2. ならでは

4 有名(ゆうめい)なレストラン（　　）、地元(じもと)の人(ひと)しか知(し)らない穴場(あなば)もご紹介(しょうかい)します。

　1. のみならず　　　2. は言(い)うに及(およ)ばず

5 研究成果(けんきゅうせいか)はもっと評価(ひょうか)されて（　　）。

　1. やまない　　　　2. しかるべきだ

6 泥酔(でいすい)して会見(かいけん)に臨(のぞ)むなんて、失態(しったい)（　　）。

　1. に過(す)ぎない　　2. でなくてなんだろう

7 せっかくの提案(ていあん)も、企画書(きかくしょ)がよくなければ、（　　）です。

　1. それまで　　　　2. だけ

8 失敗(しっぱい)したとしても、もう一度(いちど)一(いち)からやり直(なお)す（　　）のことだ。

　1. まで　　　　　　2. こと

答案：(1) 2　(2) 2　(3) 1　(4) 2
(5) 2　(6) 2　(7) 1　(8) 1

問題1　（　　）に入るのに最もよいものを、1・2・3・4から一つ選びなさい。

1　子供（　　　）、帰れと言われてそのまま帰ってきたのか。

1　じゃあるまいし　　　2　ともなると

3　いかんによらず　　　4　ながらに

2　政府が対応を誤ったために、被害が拡大した。これが人災（　　　）。

1　であろうはずがない　　　2　といったところだ

3　には当たらない　　　4　でなくてなんであろう

3　宿が見つからなかったら、野宿する（　　　）。

1　ほどだ　　　2　までだ

3　ばかりだ　　　4　ままだ

4　台風が接近しているそうだ。明日の登山は中止（　　　）。

1　するわけにはいかない　　　2　せざるを得ない

3　せずにすむ　　　4　せずにはおけない

問題2　つぎの文の＿★＿に入る最もよいものを、1・2・3・4から一つ選びなさい。

5　全財産を失ったというのなら＿＿＿　＿＿＿　＿★＿　＿＿＿落ち込むとはね。

1　そんなに　　　2　くらいで

3　いざ知らず　　　4　宝くじがはずれた

▼ 翻譯與詳解請見 P.239

Lesson 14 禁止、強制、譲歩、叱責、否定

▶ 禁止、強制、讓步、指責、否定

date. 1 ／ date. 2 ／

禁止、強制、譲歩、指責、否定

❶ 禁止、強制

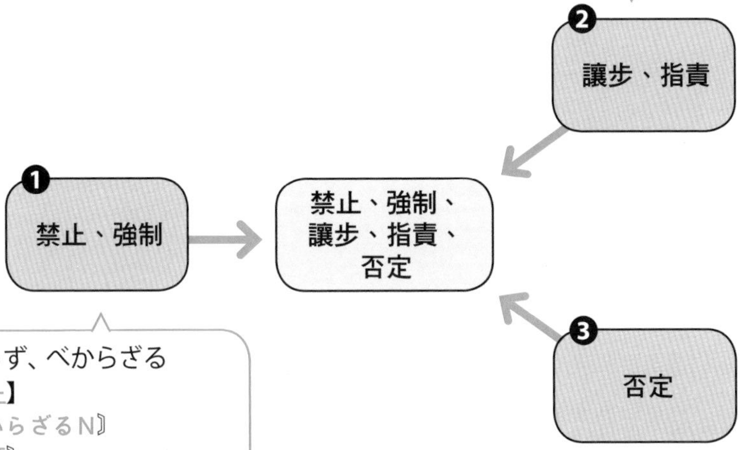

- べからず、べからざる
  - 1【禁止】
  - 〔べからざるN〕
  - 〔諺語〕
  - 〔前接古語動詞〕
- をよぎなくされる、をよぎなくさせる
  - 1【強制】
  - 2【強制】
- ないではすまない、ずにはすまない、なしではすまない
  - 1【強制】
  - 2【強制】
  - 〔ではすまされない〕

❷ 譲歩、指責

- (ば／ても) ～ものを
  - 1【讓步】
  - 2【指責】
- といえども
  - 1【讓步】
- ところ(を)
  - 1【讓步】
  - 2【時點】
- とはいえ
  - 1【讓步】
- はどう(で)あれ
  - 1【讓步】
- まじ、まじき
  - 1【指責】
  - 〔動詞辭書形まじ〕

❸ 否定

- なしに(は)～ない、なしでは～ない
  - 1【否定】
  - 2【非附帶】
- べくもない
  - 1【否定】
  - 〔サ変動詞すべくもない〕
- もなんでもない、もなんともない
  - 1【否定】
- ないともかぎらない
  - 1【部分否定】
- ないものでもない、なくもない
  - 1【部分否定】
- なくはない、なくもない
  - 1【部分否定】

べからず、べからざる

Track 142

類義文法
べきだ
必須…

接續方法 ▸▸▸▸ 【動詞辭書形】＋べからず、べからざる＋【名詞】

意　思 ❶

關鍵字 **禁止**

「べし」否定形。表示禁止、命令。是較強硬的禁止説法，文言文式説法，故常有前接古文動詞的情形，多半出現在告示牌、公佈欄、演講標題上。現在很少見。禁止的內容就社會認知來看不被允許。口語説「てはいけない」。「べからず」只放在句尾，或放在括號（「」）內，做為標語或轉述內容。中文意思是：「不得…（的）、禁止…（的）、勿…（的）、莫…（的）」。如例：

- 仕事に慣れてきたのはいいけど、この頃遅刻が多いな。「初心忘るべからず」だよ。
  工作已經上手了當然是好事，不過最近遲到有點頻繁。「莫忘初心」這句話要時刻謹記喔！
- 「録音中につき音をたてるべからず。」
  「錄音中，請保持安靜。」

關鍵字 **べからざるN**

「べからざる」後面則接名詞，這個名詞是指不允許做前面行為、事態的對象。如例：

- 森鴎外は日本の近代文学史において欠くべからざる作家です。
  森鷗外是日本近代文學史上不可或缺的一位作家。

關鍵字 **諺語**

用於諺語。如例：

- わが家は「働かざる者食うべからず」で、子供たちにも家事を分担させています。
  我家秉持「不勞動者不得食」的家規，孩子們也必須分攤家務。

關鍵字 **前接古語動詞**

由於「べからず」與「べく」、「べし」一樣為古語表現，因此前面常接古語的動詞。如「忘る」等，便和現代日語中的有些不同。前面若接サ行變格動詞，可用「すべからず／べからざる」、「するべからず／べからざる」，但較常使用「すべからず／べからざる」(「す」為古日語「する」的辭書形)。

比　較 ▸▸▸▸ べきだ〔必須…〕

「べからず」表示禁止，強調「強硬禁止」的概念。是一種強硬的禁止説法，文言文式的説法，多半出現在告示牌、公佈欄、演講標題上。只放在句尾。現在很少見。口語説「てはいけない」。「べきだ」表示勸告，強調「那樣做是應該的」之概念。表示那樣做是應該的、正確的。常用在勸告、禁止及命令的場合。是一種客觀或原則的判斷。書面跟口語雙方都可以用。

をよぎなくされる、をよぎなくさせる

意　思 ❶

【名詞】＋を余儀なくされる。「される」因為大自然或環境等，個人能力所不能及的強大力量，不得已被迫做後表示項。帶有沒有選擇的餘地、無可奈何、不滿，含有以「被影響者」為出發點的語感。中文意思是：「只得…、只好…、沒辦法就只能…；迫使…」。如例：

- 昨年開店した新宿店は赤字続きで、1年で閉店を余儀なくされた。
  去年開幕的新宿店赤字連連，只開了一年就不得不結束營業了。
- 大型台風の接近によって、交通機関は運行中止を余儀なくされた。
  隨著大型颱風的接近，各交通機關不得不停止載運服務了。

意　思 ❷

關鍵字 強制

【名詞】＋を余儀なくさせる、を余儀なくさせられる。「させる」使役形是強制進行的語意，表示後項發生的事，是叫人不滿的事態。表示情況已經到了沒有選擇的餘地，必須那麼做的地步，含有以「影響者」為出發點的語感。書面用語。如例：

- 企業の海外進出が、国内産業の衰退を余儀なくさせたといえる。
  企業之所以進軍海外市場，可以說是肇因於國內產業的衰退而不得不然的結果。
- 慢性的な人手不足が、更なる労働環境の悪化を余儀なくさせた。
  長期存在的人力不足問題，迫使勞動環境愈發惡化了。

比　較 ▸▸▸ させる〔讓…，叫…，另…〕

「をよぎなくさせる」表示強制，主詞是「造成影響的原因」時用。以造成影響力的原因為出發點的語感，所以會有強制對方進行的語意。「させる」也表強制，A 是「意志表示者」。表示 A 給 B 下達命令或指示，結果 B 做了某事。由於具有強迫性，只適用於長輩對晚輩或同輩之間。

ないではすまない、ずにはすまない、なしではすまない

意　思 ❶

【動詞否定形】＋ないでは済まない；【動詞否定形（去ない）】＋ずには済まない（前接サ行變格動詞時，用「せずには済まない」）。表示前項動詞否定的事態、說辭，考慮到當時的情況、社會的規則等，是不被原諒的、無法解決問題的或是難以接受的。中文意思是：「不能不…、非…不可、應該…」。如例：

- 小さい子をいじめて、お母さんに叱られないでは済まないよ。
  在外面欺負幼小孩童，回到家肯定會挨媽媽一頓好罵！

- 相手(あいて)の車(くるま)に傷(きず)をつけたのだから、弁償(べんしょう)せずには済(す)まないですよ。
  既然造成了對方的車損，當然非得賠償不可呀！

意　　思 ❷

【名詞】＋なしでは済まない；【名詞；形容動詞詞幹；［形容詞・動詞］普通形】＋では済まない。表示前項事態、説辭，是不被原諒的或無法解決問題的，指對方的發言結論是説話人沒辦法接納的，前接引用句時，引用括號(「」)可有可無。如例：

- こちらのミスだ。責任者(せきにんしゃ)の謝罪(しゃざい)なしでは済(す)まないだろう。
  這是我方的過失，當然必須要由承辦人親自謝罪才行。

關鍵字　ではすまされない

和可能助動詞否定形連用時，有強化責備語氣的意味。如例：

- 今(いま)さらできないでは済(す)まされないでしょう。
  事到如今才說辦不到，該怎麼向人交代呢？

比　　較 ▸▸▸▸ ないじゃおかない〔不能不…〕

「ないではすまない」表示強制，強調「某狀態下必須這樣做」的概念。表示考慮到當時的情況、社會的規則等等，強調「不這麼做，是解決不了問題」的語感。另外，也用在自己覺得必須那樣做的時候。跟主動、積極的「ないではおかない」相比，這個句型屬於被動、消極的辦法。「ないじゃおかない」表示感情，強調「不可抑制的意志」的概念。表示一種強烈的情緒、慾望。由於外部的強力，使得某種行為，沒辦法靠自己的意志控制，自然而然地就發生了。有主動、積極「不做到某事絕不罷休」的語感。是書面語。

（ば／ても）～ものを

接續方法 ▸▸▸▸【名詞である；形容動詞詞幹な；[形容詞・動詞]普通形】＋ものを

意　思 ❶

關鍵字　**讓步**

逆接表現。表示說話者以悔恨、不滿、責備的心情，來說明前項的事態沒有按照期待的方向發展。跟「のに」的用法相似，但說法比較古老。常用「ば(いい、よかった)ものを、ても(いい、よかった)ものを」的表現。中文意思是：「可是…、卻…、然而卻…」。如例：

・嫌なら来なければいいものを、あの客は店に来ては文句ばかり言う。
不喜歡別上門就算了，那個客人偏偏常來又老是抱怨連連。

・感謝してもいいものを、更にお金をよこせとは、厚かましいにもほどがある。
按理說感謝都來不及了，竟然還敢要我付錢，這人的臉皮實在太厚了！

意　思 ❷

關鍵字　**指責**

「ものを」也可放句尾（終助詞用法），表示因為沒有做前項，所以產生了不好的結果，為此心裡感到不服氣、感嘆的意思。中文意思是：「…的話就好了，可是卻…」。如例：

・あいつは正直なんだか馬鹿なんだか…、黙っていれば分からないものを。
不知道該罵那傢伙是憨厚還是傻瓜……閉上嘴巴就沒人知道的事他偏要說出來！

・締め切りに追われたくないなら、もっと早く作業をしていればよかったものを。
如果不想被截止日期逼著痛苦趕工，那就提早作業就好了呀！

比　較 ▸▸▸▸ ところに〔正當…之時〕

「ものを」表示指責，強調「因沒做前項，而產生不良結果」的概念。說話人為此心裡感到不服氣、感嘆的意思。作為終助詞使用。「ところに」表示時點，強調「正在做某事時，發生了另一件事」的概念。表示正在做前項時，發生了後項另一件事情，而這一件事改變了當前的情況。

といえども

接續方法 ▸▸▸▸ 【名詞；[名詞・形容詞・形容動詞・動詞]普通形；形容動詞詞幹】＋といえども

意　思 ❶

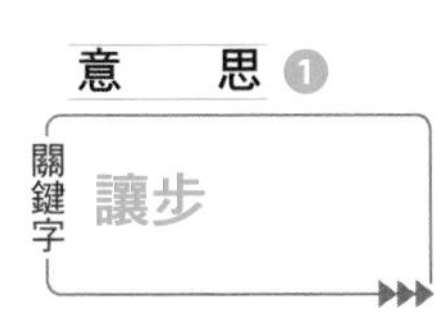

表示逆接轉折。先承認前項是事實，再敘述後項事態。也就是一般對於前項這人事物的評價應該是這樣，但後項其實並不然的意思。前面常和「たとえ、いくら、いかに」等相呼應。有時候後項與前項內容相反。一般用在正式的場合。另外，也含有「～ても、例外なく全て～」的強烈語感。中文意思是：「即使…也…、雖説…可是…」。如例：

- 観光客といえども、この町のルールは守らなければならない。
  即使是觀光客，也必須遵循這個小鎮的規定才行。
- 社長といえども会社のお金を自由に使うことは許されない。
  即便貴為總經理也不得擅自動用公款。
- 罪を犯したといえども、反省して償ったんだ。君は許されてしかるべきだよ。
  雖說曾犯過罪，畢竟你已經反省並且付出了代價，按理說應該可以得到寬恕了。
- いくら成功が確実だといえども、万一失敗した際の対策は立てておくべきだ。
  即使勝券在握，還是應當預備萬一失敗時應對的策略。

比　較 ▸▸▸▸ としたら〔如果…的話〕

「といえども」表示讓步，表示逆接轉折。強調「即使是前項，也有後項相反的事」的概念。先舉出有資格、有能力的人事物，但後項並不因此而成立。「としたら」表示假定條件，表示順接的假定條件。在認清現況或得來的信息的前提條件下，據此條件進行判斷。後項是説話人判斷的表達方式。

grammar 006 ところ（を）

意　思 1

【名詞の；形容詞辭書形；動詞ます形＋中の】＋ところ（を）。表示逆接表現。雖然在前項的情況下，卻還是做了後項。這是日本人站在對方立場，表達給對方添麻煩的辦法，為寒暄時的慣用表現，多用在開場白，後項多為感謝、請求、道歉等內容。中文意思是：「雖說是…這種情況，卻還做了…」。如例：

- お休みのところを恐縮ですが、ちょっとご相談したいことがありまして。
  非常抱歉打擾您休息，有點事情希望與您商討。
- お忙しいところをご出席くださり、誠にありがとうございます。
  非常感謝您在百忙之中撥冗出席。
- お話し中のところ、失礼致します。部長、佐々木様からお電話です。
  對不起，打斷諸位的談話。經理，佐佐木先生來電找您。

比　較 ▸▸▸ ものを〔可是…〕

「ところ（を）」表示讓步，強調「事態出現了中斷的行為」的概念。表示前項狀態正在進行時，卻出現了後項，使前項中斷的行為。後項多為感謝、請求、道歉等內容。「ものを」也表讓步，表示逆接條件。強調「事態沒向預期方向發展」的概念。說明前項的事態沒有按照期待的方向發展，才會有那樣不如人意的結果。常跟「ば」、「ても」等一起使用。

意　思 2

關鍵字　時點

【動詞普通形】＋ところを。表示進行前項時，卻意外發生後項，影響前項狀況的進展，後面常接表示視覺、停止、救助等動詞。中文意思是：「正…之時、…之時、…之中」。如例：

- 寝ているところを起こされて、弟は機嫌が悪い。
  弟弟睡得正香卻被喚醒，臭著臉生起床氣。

とはいえ

接續方法 ▸▸▸▸ 【名詞（だ）；形容動詞詞幹（だ）；［形容詞・動詞］普通形】＋とはいえ

意　思 ❶

關鍵字 **讓步**

表示逆接轉折。前後句是針對同一主詞所做的敘述，表示先肯定那事雖然是那樣，但是實際上卻是後項的結論。也就是後項的説明，是對前項既定事實的否定或是矛盾。後項一般為説話人的意見、判斷的內容。書面用語。中文意思是：「雖然…但是…」。如例：

・ペットとはいえ、うちのジョンは家族の誰よりも人の気持ちが分かる。
雖說是寵物，但我家的喬比起家裡任何一個人都要善解人意。

・あの子は賢いとはいえ、まだ子供だ。正しい判断ができるとは思えない。
那個小朋友雖然聰明，畢竟還是孩子，我不認為他能夠做出正確的判斷。

・いくら安全だとはいえ、薬と名の付くものは飲まないに越したことはない。
雖說安全無虞，但最好還是不要吃標示為藥品的東西。

・彼にも同情すべき点があるとはいえ、犯罪を犯した以上、罰は受けねばならない。
儘管其情可憫，畢竟他觸犯了法律，仍需接受處罰才行。

比　較 ▸▸▸▸ ともなると〔沒有…至少也…〕

「とはいえ」表示讓步，表示逆接轉折。強調「承認前項，但後項仍有不足」的概念。雖然先肯定前項，但是實際上卻是後項仍然有不足之處的結果。後項常接説話人的意見、判斷的內容。書面用語。「ともなると」表示判斷，強調「一旦到了前項，就會有後項的變化」的概念。前接時間、年齡、職業、作用、事情等，表示如果發展到如此的情況下，理所當然後項就會有相應的變化。

はどう（で）あれ

Track 149

類義文法
つつも
儘管…

接續方法 ▸▸▸▸ 【名詞】＋はどう（で）あれ

意　思 ❶

關鍵字 讓步

表示前項不會對後項的狀態、行動造成什麼影響。是逆接的表現。中文意思是：「不管…、不論…」。如例：

- 結果はどうあれ、今できることは全部やった。
  不管結果如何，我已經盡了當下最大的努力了。
- 理由はどうであれ、人を傷つけることは許されない。
  不論基於任何理由都不可傷害他人。
- 見た目はどうあれ、味がよければ問題ない。
  外觀如何並不重要，只要好吃就沒問題了。

- 世間の評価はどうであれ、私はあなたを評価しますよ。
  無論外界對你是褒是貶，我給予極高的評價喔！

比　較 ▸▸▸▸ つつも〔儘管…〕

「はどう（で）あれ」表示讓步，表示前項不會對後項的狀態、行動造成什麼影響。是逆接表現。前面接名詞。「つつも」也表讓步，表示儘管知道前項的情況，但還是進行後項。連接前後兩個相反的或矛盾的事物。也是逆接表現。前面接動詞ます形。

まじ、まじき

意　思 1

關鍵字 指責

【動詞辭書形】＋まじき＋【名詞】。前接指責的對象，多為職業或地位的名詞，指責話題中人物的行為，不符其身份、資格或立場，後面常接「行為、発言、態度、こと」等名詞，而「する」也有「すまじ」的形式。多數時，會用［名詞に；名詞として］＋あるまじき。中文意思是：「不該有（的）…、不該出現（的）…」。如例：

・スピード違反（いはん）で事故（じこ）を起（お）こすとは、警察官（けいさつかん）としてあるまじき行為（こうい）だ。
由於違規超速而肇事是身為警察不該有的行為。

・女（おんな）はもっと子供（こども）を産（う）め、とは政治家（せいじか）にあるまじき発言（はつげん）だ。
身為政治家，不該做出「女人應該多生孩子」的不當發言。

關鍵字 動詞辭書形 まじ

【動詞辭書形】＋まじ。為古日語的助動詞，只放在句尾，是一種較為生硬的書面用語，較不常使用。如例：

・この悪魔（あくま）のような犯罪者（はんざいしゃ）を許（ゆる）すまじ。
這個像魔鬼般的罪犯堪稱天地不容！

・震災（しんさい）のときに助（たす）けてもらった、あの恩（おん）を忘（わす）るまじ。
地震受災時不吝協助的恩情，沒齒難忘。

比　較 ▶▶▶ べし〔應該…，必須…〕

「まじ」表示指責，強調「不該做跟某身份不符的行為」的概念。前接職業或地位等指責的對象，後面接續「行為、態度、こと」等名詞，表示指責話題中人物的行為，不符其立場竟做出某行為。「べし」表示當然，強調「那樣做是理所當然的」之概念。只放在句尾。表示說話人從道理上考慮，覺得那樣做是應該的，理所當然的。用在說話人對一般的事情發表意見的時候。文言的表達方式。

なしに（は）～ない、なしでは～ない

接續方法 ▸▸▸▸ 【名詞；動詞辭書形】＋なしに（は）～ない；【名詞】＋なしでは～ない

意　思 ❶

關鍵字　否定

表示前項是不可或缺的，少了前項就不能進行後項的動作。或是表示不做前項動作就先做後項的動作是不行的。有時後面也可以不接「ない」。中文意思是：「沒有…不、沒有…就不能…」。如例：

- 学生（がくせい）は届（とど）け出（で）なしに外泊（がいはく）することはできません。
  學生未經申請不得擅自外宿。
- 本人（ほんにん）の同意（どうい）なしにはこれ以上（いじょう）教えられません。
  未經本人同意，請恕無法透露更多訊息。

- あなたからの情報提供（じょうほうていきょう）なしでは、この事件（じけん）は解決（かいけつ）できなかったでしょう。
  如果沒有你提供的資訊，想必就無法偵破這起案件了。
- この映画（えいが）は涙（なみだ）なしではとても見（み）ることができない。
  這部電影不可能有任何觀眾能夠忍住淚水的。

意　思 ❷

關鍵字　非附帶

用「なしに」表示原本必須先做前項，再進行後項，但卻沒有做前項，就做了後項，也可以用「名詞＋もなしに」，「も」表示強調。中文意思是：「沒有…」。如例：

- 彼（かれ）は断（ことわ）りもなしに、３日間仕事（かかんしごと）を休（やす）んだ。
  他沒有事先請假，就擅自曠職三天。

比　較 ▸▸▸▸ ぬきで〔不算…〕

「なしに（は）～ない」表示非附帶，表示事態原本進行的順序應該是「前項→後項」，但卻沒有做前項，就做了後項。「ぬきで」也表非附帶，表示除去或省略一般應該有的前項，而進行後項。

べくもない

類義文法
べからず
不得…

接續方法 ▸▸▸▸【動詞辭書形】+べくもない

意　思 1

關鍵字 否定

表示希望的事情，由於差距太大了，當然是不可能發生的意思。也因此，一般只接在跟說話人希望有關的動詞後面，如「望む、知る」。是比較生硬的表現方法。中文意思是：「無法…、無從…、不可能…」。如例：

- 東京(とうきょう)の土地(とち)は高(たか)い。私(わたし)のようなサラリーマンでは自分(じぶん)の家(いえ)を手(て)に入(い)れるべくもない。
  東京的土地價格非常高昂。像我這種上班族根本不可能買得起自己的房子。
- 訪(たず)ねてきた男(おとこ)が詐欺師(さぎし)だとは、その時(とき)は知(し)るべくもなかった。
  那個時候根本無從得知那個來到這裡的男人竟然是個詐欺犯！
- うちのような弱小(じゃくしょう)チームには優勝(ゆうしょう)など望(のぞ)むべくもない。
  像我們實力這麼弱的隊伍根本別指望獲勝了。

- 昔(むかし)から何(なに)をしても一番(いちばん)の小泉君(こいずみくん)に、僕(ぼく)などが及(およ)ぶべくもない。完敗(かんぱい)だ。
  從以前就不管做什麼都是拔得頭籌的小泉同學，哪裡是我能望其項背的呢？果然輸得一敗塗地。

關鍵字 サ変動詞す べくもない

前面若接サ行變格動詞，可用「すべくもない」、「するべくもない」，但較常使用「すべくもない」(「す」為古日語「する」的辭書形)。

比　較 ▸▸▸▸ べからず〔不得…〕

「べくもない」表示否定，強調「沒有可能性」的概念。表示希望的事情，由於跟某一現實的差距太大了，當然是不可能發生的意思。「べからず」表示禁止，強調「強硬禁止」的概念。是「べし」的否定形。表示禁止、命令。是一種強硬的禁止說法，多半出現在告示牌、公佈欄、演講標題上。

もなんでもない、もなんともない

Track 153

類義文法
ならまだしも
若是…還說得過去

接續方法 ▸▸▸▸ 【名詞；形容動詞詞幹】＋でもなんでもない；【形容詞く形】＋もなんともない

意　思 ❶

關鍵字 否定

用來強烈否定前項。含有批判、不滿的語氣。中文意思是：「也不是…什麼的、也沒有…什麼的、根本不…」。如例：

- ここのお菓子、有名だけど、おいしくもなんともないよ。
  這地方的糕餅雖然名氣大，可是一點都不好吃耶！
- お前とはもう友達でもなんでもない。二度と来ないでくれ。
  你我從此再也不是朋友了！今後別再上門了！
- 志望校合格のためなら一日 10 時間の勉強も、辛くもなんともないです。
  為了考上第一志願的學校，就算一天用功十個鐘頭也不覺得有什麼辛苦的。

- それはお子さんが成長したということですよ。心配でもなんでもありません。
  那代表兒女成長的印記，完全用不著擔心喔！

比　較 ▸▸▸▸ ならまだしも〔若是…還說得過去〕

「もなんでもない」表示否定，用在強烈否定前項，表示根本不是那樣。含有批評、不滿的語氣。用在評價某人某事上。「ならまだしも」表示埋怨，表示如果是前項的話，倒還說得過去，但竟然是後項。含有不滿的語氣。

ないともかぎらない

接續方法 ▸▸▸▸ 【名詞で；[形容詞・動詞]否定形】＋ないとも限らない

意　思 ❶

關鍵字 **部分否定**

表示某事並非百分之百確實會那樣。一般用在説話人擔心好像會發生什麼事，心裡覺得還是採取某些因應的對策比較好。暗示微小的可能性。看「ないとも限らない」知道「とも限らない」前面多為否定的表達方式。中文意思是：「也並非不…、不是不…、也許會…」。如例：

- 単なる遅刻だと思うけど、事故じゃないとも限らないから、一応電話してみよう。
  我想他應該只是遲到而已，但也許是半路出了什麼意外，還是打通電話問一問吧。
- 思い切って参加してみたら。楽しくないとも限らないと思うよ。
  我看你乾脆參加好了！說不定會玩得很開心嘛。
- 泥棒が入らないとも限らないので、引き出しには必ず鍵を掛けてください。
  抽屜請務必上鎖，以免不幸遭竊。

- 証言者が嘘をついていないとも限らないから、もう一度話を聞いてみよう。
  證人並非沒有說謊的可能，還是再去求證一次吧。

但也有例外，前面接肯定的表現，如例：

- 金持ちが幸せだとも限らない。
  有錢人不一定很幸福。

比　較 ▸▸▸▸ ないかぎり〔只要不…就…〕

「ないともかぎらない」表示部分否定，強調「還有一些可能性」的概念。表示某事並非百分之百確實會那樣。一般用在説話人擔心好像會發生什麼事，心裡覺得還有一些可能性，還是採取某些因應的對策為好。含有懷疑的語氣。「ないかぎり」表示無變化，強調「後項的成立，限定在某條件內」的概念。表示只要某狀態不發生變化，結果就不會有變化。

ないものでもない、なくもない

Track 155

類義文法
ないともかぎらない
不見得不…

接續方法 ▸▸▸▸ 【動詞否定形】+ないものでもない

意　思 ❶

關鍵字 **部分否定**

表示依後續周圍的情勢發展，有可能會變成那樣、可以那樣做的意思。用較委婉的口氣敘述不明確的可能性。是一種用雙重否定，來表示消極肯定的表現方法。多用在表示個人的判斷、推測、好惡等。語氣較為生硬。中文意思是：「也並非不…、不是不…、也許會…」。如例：

- 今日から本気で取り組むなら、来年の試験に合格しないものでもないよ。
  如果從今天開始下定決心，明年的考試並不是沒有錄取的機會。
- ちょっと面倒な仕事だけど、君が頼めば彼も引き受けないものでもないと思う。
  雖然是有點棘手的工作，只要由你出面拜託，我想他未必會拒絕。
- お酒は飲めなくもないんですが、翌日頭が痛くなるので、あんまり飲みたくないんです。
  我並不是連一滴酒都喝不得，只是喝完酒後隔天會頭痛，所以不太想喝。

- そういえば最近、体調がいい気がしなくもない。枕を変えたからかな。
  想想，最近身體狀況感覺還不太差，大概是從換了枕頭以後才出現的變化吧。

比　較 ▸▸▸▸ ないともかぎらない〔不見得不…〕

「ないものでもない」表示部分否定，強調「某條件下，也許能達成」的概念。表示在前項的設定之下，也有可能達成後項。用較委婉的口氣敘述不明確的可能性。是一種消極肯定的表現方法。「ないともかぎらない」表示部分否定，強調「還有一些可能性」的概念。表示某事並非百分之百確實會那樣。一般用在說話人擔心好像會發生什麼事，心裡覺得還有一些可能性，還是採取某些因應的對策為好。含有懷疑的語氣。

なくはない、なくもない

接續方法 ▸▸▸▸【名詞が；形容詞く形；形容動詞て形；動詞否定形；動詞被動形】＋なくはない、なくもない

意　思 ❶

關鍵字　部分否定

表示「並非完全不…、某些情況下也會…」等意思。利用雙重否定形式，表示消極的、部分的肯定。多用在陳述個人的判斷、好惡、推測。中文意思是：「也不是沒…、並非完全不…」。如例：

・迷いがなくはなかったが、思い切って出発した。
雖然仍有一絲猶豫，還是下定決心出發了。

・うちの親は、口うるさくなくはないが、どちらかといえば理解のあるほうだと思う。
我爸媽雖然不能說是從來不嘮叨，不過和別人家的父母相較之下，應該算是能夠了解我的想法。

・もっと美人だったらなあと思わなくもないけど、でも自分の人生に満足しています。
我也不是從沒想過希望自己能長得更漂亮一點，不過目前對自己的人生已經感到滿意了。

・どうしてもというなら、譲ってあげなくもないけど。
如果說什麼都非要不可，我也不是不能轉讓給你。

比　較 ▸▸▸▸ ことは～が〔雖說…但是…〕

「なくはない」表示部分否定，用雙重否定，表示並不是完全不那樣，某些情況下也有可能等，無法積極肯定語氣。後項多為個人的判斷、好惡、推測說法。「ことは～が」也表示部分否定，用同一語句的反覆，表示前項雖然是事實，但是後項並不能給予積極的肯定。後項多為條件、意見及感想的說法。

文法知多少？

☞ 請完成以下題目，從選項中，選出正確答案，並完成句子。

▼ 答案詳見右下角

1 いくら夫婦（　　）、最低のマナーは守るべきでしょう。

1. といえども　　2. としたら

2 暖かい（　　）、ジャケットが要らないというほどではないね。

1. とはいえ　　2. ともなると

3 もっと早くから始めればよかった（　　）、だらだらしているから、間に合わなくなる。

1. ものを　　2. ものの

4 お休みの（　　）お邪魔して申し訳ありません。

1. ものを　　2. ところを

5 彼と同じポジションに就くなんて望む（　　）。

1. べからず　　2. べくもない

6 この状況なら、彼が当選し（　　）。

1. あるともかぎらない　　2. ないともかぎらない

7 日本語でコミュニケーションがとれない（　　）。

1. ものでもない　　2. とも限らない

8 君のせいでこんな状態になって、謝ら（　　）だろう。

1. ないじゃおかない　　2. ずにはすまない

答案：(1) 1　(2) 1　(3) 1　(4) 2
(5) 2　(6) 2　(7) 2　(8) 2

問題1　（　　）に入るのに最もよいものを、1・2・3・4から一つ選びなさい。

1 母は詐欺被害に（　　　）、電話に出ることを極端に恐れるようになってしまった。

1　遭ったといえども　　2　遭ったら最後
3　遭うべく　　4　遭ってからというもの

2 大切なものだと知らなかった（　　　）、勝手に処分してしまって、すみませんでした。

1　とはいえ　　2　にもかかわらず
3　と思いきや　　4　とばかり

3 お忙しい（　　　）、わざわざお越しいただきまして、恐縮です。

1　ところで　　2　ところを
3　ところにより　　4　ところから

4 企業の海外進出により、国内の産業は衰退を余儀なく（　　　）。

1　されている　　2　させている
3　している　　4　させられている

問題2　つぎの文の ★ に入る最もよいものを、1・2・3・4から一つ選びなさい。

5 どんな悪人______ ______ ★ ______いるのだ 。

1　家族が　　2　悲しむ
3　死ねば　　4　といえども

▼ 翻譯與詳解請見 P.241

答案＆解題

[こたえ ＆ かいとうヒント]

01 時間、期間、範圍、起點

問題 1

＊1. 答案 1

以Ａ議員的發言（為開端），年輕議員們紛紛提出了對法案的反對意見。
1 為開端　2 僅限於　3 關於　4 依據

▲「A 議員の発言／Ａ議員的發言」後又提到「若手の議員の…意見が次々と／年輕議員們紛紛…意見」。「（名詞）を皮切りに／以…為開端」用在想表達"以…為開端，事情一件接一件的發生"時。例句：

・コンサートは、来月の東京ドームを皮切りに、全国 8 都市で開催される。
演唱會將在下個月於東京巨蛋舉辦首場，接下來將到全國八個城市展開巡迴演唱。

檢查其他選項的文法：

▲ 選項 2「（名詞）を限りに／僅限於」用在想表達"在…結束"時。例句：

・本日を限りに閉店致します。
本店將於今天結束營業。

▲ 選項 3「（名詞）をおいて／除了」用在想表達"除…之外就沒有了"時。是對…高度評價時的説法。例句：

・このチームをまとめられるのは君をおいて他にいないよ。
能夠帶領這支隊伍的，除了你再也沒有別人了！

＊2. 答案 4

這位天才少女（雖然）僅僅只有 16 歲，（但是）已經達到了世界的顛峰。
1 提到…的話　2 在…的情況下
3 暫時　4 雖然…但是…

▲「（名詞）にして／因為…，才…；雖然…，卻…」用於想表達"因為是…的程度，才…"，或是"雖然是…的程度，卻…"時。本題用的是後者的意思。例句：

・この問題は彼のような天才にして初めて解けるものだ。
這個問題唯有像他那樣的天才，才有辦法解得出來！

檢查其他選項的文法：

▲「（名詞）ときたら／提到…的話」用在表達…是不好的，表示不滿的時候。例句：

・健二君は優秀ですね。うちの息子ときたら、ゲームばかりで全く勉強しないんですよ。
令公子健二真優秀呀！說起我家那個兒子呀，一天到晚打電玩，根本不用功！

▲ 選項 2「（名詞）にあって／在…的情況下」用在想表達"在…這樣特殊的狀況下"時。例句：

・この非常時にあっても、会社は社員の雇用を守り続けた。
即便面臨這個嚴峻的時刻，公司仍然堅持絕不裁員。

▲ 選項 3「（発話文）とばかり（に）／像…的樣子」是"簡直就像是在説…的態度"的意思。例句：

・彼は、もう帰れとばかりに、大きな音を立ててドアを閉めた。
他簡直故意讓大家知道他要回去似的，用力碰的一聲甩上了門。

＊3. 答案 2

我（剛）賺進了錢，老婆（就）馬上花掉了。
1 一…　2 剛…就…　3 才剛　4 一…就…

▲「動詞辭書形＋そばから／剛…就…」用在想表達"剛做了前項的努力，但後項的情況就馬上出現"時。例句：

・小さい子どもがいると、片付けるそばから、部屋が散らかっていく。
家裡只要有小孩子在，才剛收拾完就又馬上亂成一團。

檢查其他選項的文法:

▲ 選項 1 和選項 3 前面必須接動詞た形。如果是「稼いだとたん／一賺進來就」和「稼いだかと思うと／剛賺進來馬上就」則正確。

▲ 選項 4「(動詞辭書形／た形) が早いか／一…就」用在想表達“做…後馬上接著做下一件事”時。例句：

・彼は教室の席に座るが早いか、弁当を広げた。
他一進教室坐到座位上，就立刻打開便當了。

＊4. 答案 3

(一旦)被高橋經理(握到了)麥克風，就得聽他唱完十首歌，你最好先有心理準備喔！

1 即使握到了…　　2 想要握…
3 一旦…握到了…　　4 一握到就…

▲「(動詞) た形＋が最後／一旦…就」是“如果…的話一定會造成嚴重的後果”的意思。例句：

・彼を怒らせたが最後、こちらから謝るまで口もきかないんだ。
一旦惹他生氣了，他就連一句話都不肯說，直到向他道歉才肯消氣。

※「たら最後／一旦…」意思也是相同的。

檢查其他選項的文法:

▲ 選項 4「(動詞辭書形) なり／一…就…」是“做了…後立即做下一件事”的意思。例句：

・彼はテーブルに着くなり、コップの水を飲み干した。
他一到桌前，立刻把杯子裡的水一飲而盡。

＊5. 答案 4

他可能是疲憊不堪吧！(一)坐下來(就)睡著了。

1 一…立即　　2 順便…
3 一旦…就完了　　4 剛一…就…

▲「(動詞辭書形) が早いか／剛一…就…」表示前項的情況剛一發生，緊接著就出現後面的動作。例句：

・火事と聞くが早いか、かけ出した。
一聽失火了，就馬上跑了出去。

檢查其他選項的文法:

▲ 選項 1「(動詞ます形) 次第／一…立即…」表示某動作剛一做完，就立即採取下一步的行動。前面要接「動詞ます形」，而且後項不用過去式，因此不正確。

▲ 選項 2「(動詞普通形) ついでに／順便…」表示做某一主要的事情的同時，再追加順便做其他件事情。「ついでに」一般前後會接兩件事，也不符題意。

▲ 選項 3「(動詞た形) が最後／一旦…就完了」表示一旦做了某事，就一定會產生後面消極、不好的情況。前面要接動詞過去式，也不符題意。例句：

・彼を怒らせたが最後、本当に怖ろしいことが起こりました。
一旦惹惱了他，就真的發生了恐怖異常的事。

02 目的、原因、結果

問題 1

＊1. 答案 3

正因為有那時候的辛苦經驗，我(才有辦法來到)這裡。

1 想來　　2 非常想來
3 才有辦法來到　　4 能夠來的理由

▲「ばこそ／正因為」用在想表達“正是因為…，並不是因為其他原因”時。「こそ／正」表強調。接續方法是【[名詞、形容動詞詞幹]であれ；[形容詞・動詞]假定形】＋ばこそ。例句：

・あなたのことを思えばこそ、厳しいことを言うのです。
我是為了你著想才說重話的！

＊2. 答案 2

為了把戰爭的慘況（告訴）後代子孫，於是決定出版其親身體驗談。【亦即，為了讓後代子孫明白戰爭的慘況】
1流傳　2告訴　3被傳達　4無法傳達

▲「（動詞辭書形）べく／為了」是“為了做…、為了能做到…”的意思。是較生硬的説法。從文意考量，要選他動詞的選項２。

檢查其他選項的文法：

▲ 選項１是自動詞，因此不會有「する／做…」的意思。

▲ 選項３或選項４不是辭書形，所以不正確。

＊3. 答案 2

身為教育界人士，對孩童的霸凌行為視而不見是（絕不容許）的行為。
1值得　2絕不容許　3難以承受　4至於

▲「（動詞辭書形）まじき（名詞）／絕不容許」是“站在這個立場、或以道德角度，…是不被允許的”的意思。是生硬的説法。例句：

・金のために必要のない手術をするとは、医者として許すまじき犯罪行為だ。
身為醫師卻為了賺錢而進行不必要的手術，這是天理不容的犯罪行徑！

※「とは／竟然會…」用於想表達“…令人驚訝、…令人吃驚”等的時候。

▲ 題目中的「見て見ぬふり／視而不見」是明明看到了卻裝作沒看到的意思。

檢查其他選項的文法：

▲ 選項１「（動詞辞書形、名詞）に足る／值得」是“…十分足夠”的意思。例句：

・彼は信頼するに足る人物だ。
他是一位值得信賴的人士。

▲ 選項３「（動詞辞書形、名詞）に堪えない／難以承受」用在想表達“無法忍受…、沒有做…的價值”時。例句：

・彼の話は人の悪口ばかりで、聞くに堪えない。
他老是講別人的壞話，實在讓人聽不下去。

▲ 選項４「至る／到達」寫成「に至るまで／至於」的形式，表示強調範圍。例句：

・妻は私の服装から髪型に至るまで、自分で決めないと気が済まない。
從我的衣著到髮型，太太統統都要親自決定才會心滿意足。

問題 2

＊4. 答案 3

畢竟是事關能否參加奧運的資格賽，每一位選手當時都難掩緊張的神情。
1畢竟是　2事關　3資格賽　4參加奧運

▲ 正確語順：4オリンピック出場　2をかけた　3試合　1とあって、どの選手も緊張を隠せない様子だった。

▲「、」的前面應填選項１。選項１的前面應接名詞的選項３。選項４和選項２用於説明選項３。

檢查文法：

▲「（名詞、普通形）とあって／由於…（的關係）」用在想表達“因為是…這樣特別的情況”時。例句：

・３年ぶりの大雪とあって、都内の交通は麻痺状態です。
由於是三年來罕見的大雪，市中心的交通呈現癱瘓狀態。

＊5. 答案 4

在錄用面試時，從報考動機乃至於家庭成員都仔仔細細問了我。
1家庭成員　2從　3乃至於　4 X

▲ 正確語順：採用面接(さいようめんせつ)では、志望動機(しぼうどうき) 2から 1家族構成(かぞくこうせい) 4に 3至(いた)るまで、細(こま)かく質問(しつもん)された。

▲ 看到題目後想到「から～まで／從…乃至於…」這個文法。「に至るまで／甚至到…」是表達範圍的「まで／…到」的強調說法。

檢查文法：

▲「(名詞) に至るまで／甚至到…」是“甚至是到…這個驚人的範圍”的意思。例句：

・この保育園(ほいくえん)は、毎日(まいにち)の給食(きゅうしょく)から、おやつのお菓子(かし)に至(いた)るまで、全(すべ)て手作(てづく)りです。
這家托兒所每天供應的餐食，從營養午餐到零食點心，全部都是親手烹飪的。

03 可能、預料外、推測、當然、對應

問題 1

年輕人用語

無論在任何時代，年輕人總有專屬於年輕人的獨特用語。當你在電車裡聽一群中學生或高中生聊天，經常會接而連三出現大人所無法理解的話語。或許他們在使用這種 1 只有年輕人才懂的語言時，能夠感受到同儕意識。

在一般手機或智慧型手機的 SMS 和 LINE 上，宛如暗號(注1)般的年輕人用語更是滿天飛。

我在網路上試著 2 稍微看了一下到底有什麼樣的用語。

例如，「フロリダ」這句話的意思據說是「我要去洗澡了，暫時離開(注2)對話」，用在自己要進浴室所以無法繼續交談的時候。類似的用語還有「イチキタ」，這是「回家一趟」的簡稱，聽說用在要先回家一趟再出門的時候。這些都是由漢字 3-a 讀音組合而成的 3-b 縮寫詞。

「り」或「りょ」是「了解」、「おこ」是生氣的意思。雖然覺得似乎 4 沒有必要縮寫到這麼極端的地步，但或許年輕人都是急性子(注3)的緣故吧。

「ディする」是把英文 disrespect（輕蔑）當成日語的動詞使用，表示「瞧不起」的意思。「メンディー」看起來像是英文，其實意思是「麻煩死了」。

至於「ガチしょんぼり(注4)沈殿(注5)丸」據說是用來表示非常沮喪的狀態，這句話倒是有點可愛，也頗具巧思。

正在使用這些年輕人用語的那些年輕人，幾年之後將不再是「年輕人」，應該也就不再使用這些年輕人用語了。或許在 5 短暫的時光中享受這樣的語言遊戲，亦不失為一種樂趣。

（注 1）暗號：秘密記號。
（注 2）脫離：離開原本所屬的地方。
（注 3）性急：沒耐性的樣子。
（注 4）垂頭喪氣：失望而提不起精神的樣子。
（注 5）沉澱：沉落到最底下。

＊1. 答案 1

1只有年輕人才　2對年輕人來說
3僅對年輕人　4年輕人是

▲ 年輕人的獨特用語是指只有年輕人才懂的語言，換句話說就是「若者にしか通じない／只有年輕人才懂」的語言。「にしか／只…」

後面接否定的詞語，表示限定的意思。

＊2. 答案 3

1一直　2相當　3稍微　4狠狠地

▲「のぞく／看了一下」是指只看一點點。符合這個意思的是選項3「ちらっと／稍微」。

檢查錯誤的地方！

▲ 選項1「じっと／一直」是目不轉睛盯著看的樣子。選項2「かなり／相當」是相當、非常的意思，表示在一定程度之上。選項4「さんざん／狠狠地」是好幾次、一次又一次等意思，表示程度極為離譜的樣子。

＊3. 答案 1

1 a讀音／b縮寫詞　2 a意思／b縮寫詞
3 a形式／b語言　4 a讀音／b成語

▲「フロリダ」的「フロ」來自於「風呂に入るから／我要去洗澡了」的「フロ」,「リダ」則是「離脱する／暫時離開」的「リダ」。「イチキタ」也同樣是由漢字組成的略語。

＊4. 答案 4

1縮寫或許也不錯　2組合起來或許也不錯
3或許不應該判斷　4沒有必要縮寫到

▲ 對於把「了解／了解」省略成「り」、「りょ」,「怒っている／生氣」省略成「おこ」的這些縮寫，作者認為「略しなくてもいいのでは／沒有必要縮寫到這麼極端的地步」。

＊5. 答案 2

1困擾的時候應該　2短暫的時光
3永遠地　4立刻

▲ 文章最後提到，這些年輕人幾年後也就不是年輕人了，趁現在還年輕，用年輕人的獨特用語享受文字遊戲或許也不錯。可見作者對於年輕人的獨特用語採取寬容的態度。

04 樣態、傾向、價值

問題 1

旅行的樂趣

電視上時常播映旅遊節目。觀賞那些節目時，儘管人在家中坐，卻 **1** 能夠前往任何遙遠的國度。一流的攝影師拍下壯麗的風景給我們欣賞。一來，我們不必費心準備出遊，更重要的是，完全免費。光是看著節目，就 **2-a** 彷彿自己也 **2-b** 去到了那個國家 **2-b** 似的。

或許有些人覺得，既然有節目播給我們看，就不必特地出門旅行了，但是我屬於看了節目以後反而勾起想前往旅遊的興致。我在腦海裡不斷想像著那個國家的自然景觀與居民生活，很想去一探究竟。

提到旅行的樂趣，我認為首先應該是這一項——在心裡不斷描繪著對於旅遊地的想像。 **3-a** 說不定那種想像會過度美化(注1)，實際上到了那裡一看，**3-b** 或許反而十分失望。不過，就算這樣也沒關係。因為親眼見證、親身體會到想像與實際之間的差距(注2)，也 **4** 正是旅行的樂趣之一。

至於另一項樂趣則是，從旅遊地期盼著回到自己的國家、自己的家、自己的房間。就在搭上回程飛機的剎那，我內心已經萌生對於回家的期盼了。

明明只是離家幾天而已，卻在飛機落地走進機場的那一刻，日本這個國家的氣味與美麗瞬時將我緊緊包圍，心頭頓時 **5** 想起家裡小院子的花草和自己的房間的影像。

一回到家裡，連解開行李都等不及(注3)，一下子就撲上自己那張思念多日的床鋪。那一瞬間的喜悅實在難以形容。

或許，旅行的樂趣在於出發前和回家時雀躍(注4)的心情吧。

(注1)美化：以為比實際狀況更加美好。

(注2)差距：雙方之間的距離。

(注3)等不及：急著趕快進行的焦躁情緒。

(注4)雀躍：情緒非常高昂。

＊1. 答案 3

1要去	2或許能去
3能夠前往	4不能去

▲「居ながらにして／人在家中坐」是“實際上並沒有去、待在原地”的意思。因此後面應填入「行くことができる／能夠前往任何遙遠的國度」。

＊2. 答案 4

1 a簡直是／b要去
2 a彷彿／b要去似的
3 a又或者／b去過了似的
4 a彷彿／b去到了…似的

▲ 要尋找表示“只要看電視節目，就感覺自己好像到了當地”意思的詞語。

▲ 也可以寫成「まるで～行ったかのような／像是去到了…似的」，但是沒有這個選項，所以要選和「まるで／像是」意思相同，從「あたかも／彷彿」轉變而成的選項4「あたかも～行ったかのような／彷彿去到了…似的」。

＊3. 答案 2

1 a萬一／b應該有吧
2 a說不定／b或許反而
3 a假如／b一定有
4 a比如／b應該沒有

▲ a和b是互相呼應的關係。正確呼應的組合是「もしかしたら～かもしれない／說不定…或許反而」。

檢查錯誤的地方!

▲ 選項1應寫作「もしも～ならば／萬一…的話」、選項3應寫作「もし～しても／假如…也」、選項4應寫作「たとえば～のような／比如…一般」，才是正確的呼應。

＊4. 答案 3

1說不定沒有	2應該有吧
3正是	4一定沒有

▲ 前文提到也許實際去了會感到失望。下一句又提到「それでもいいのだ／就算這樣也沒關係」，所以後面的句子應為表示理由。因此，應選擇含有表示理由的「から／因為」的選項3。

＊5. 答案 2

1想出	2想起
3能擺脫困境	4想出了

▲ 因為前面有「自分の部屋のことが／自己的房間的影像」，所以「心に浮かぶ／心頭想起」是正確的。

檢查錯誤的地方!

▲ 因為選項1「浮かべる／想出」是他動詞，不能接在「～が」之後。選項3「浮かばれる／被漂浮」是被動式，和此處的文意不合。選項4，注意前文用的是現在式「思い浮かべる／回想起」、「押し寄せる／將我包圍」，因此這裡不用過去式「浮かべた／想出了」，而應填入現在式。

05 程度、強調、輕重、難易、最上級

問題 1

＊1. 答案 3

沒有想到我竟然得到諾貝爾獎！在我當年還是個窮學生的時候，(完全沒有)想像過會有這種事。

1 沒辦法　　2 沒有做
3 完全沒有　　4 不做的事

▲ 因為是「貧乏学生だった頃／當年還是個窮學生的時候」，所以要選過去式。「～だに／連…」寫作「だに…ない／連…也不…」形式時，表示“完全…沒有”的意思。例句：

・あの泣き虫の女の子が日本を代表する女優になるなんて、夢にだに思わなかった。
作夢也想不到，那個愛哭的小女孩居然成為日本數一數二的女明星了！

▲「とは／竟然…」是表達“訝異、驚人、嚴重”等心情的說法。

＊2. 答案 4

在移民者當中，有些人沒有機會學習，(甚至連)自己的姓名都不會寫。

1 一…就…　　2 正因為
3 自從…就一直…　　4 甚至連

▲「(名詞) すら／甚至連…」是“舉出一個極端的例子，表示其他也肯定是如此”的說法。是“就連…”的意思。例句：

・父は病状が悪化し、自分の足で歩くことすら難しくなった。
家父病情惡化，已經幾乎沒力氣自己走路了。

檢查其他選項的文法：

▲ 選項 1「(名詞、動詞辭書形) だに／一…就…」是“光是…就會”的意思。多接在「聞く、考える、想像する／聽、想、想像」等特定動詞後面。例句：

・細菌を兵器にするとは、聞くだに恐ろしい。
光是聽到要打細菌戰，就讓人不寒而慄。

▲ 選項 3「(動詞た形) きり／自從…就一直…」表示“…之後也繼續維持相同狀態”。例句：

・母とは国を出る前に会ったきりです。
自從出國前向媽媽告別，一直到現在都沒再見到媽媽了。

＊3. 答案 3

全國各地都有病患正在殷切期盼這種藥物成功研發出來，直到完成的那一天，我們(連)一分一秒都不能浪費！

1 立刻…　2…順便　3 連…　4 不言而喻…

▲ 要選“即使一分也”意思的選項。「(1＋助数詞) たりとも…ない／那怕…也不(可)…」用在想表達“一點(助數詞)也沒有、完全沒有”時。例句：

・あの日のことは1日たりとも忘れたことはない。
那天的事，我至今連一天都不曾忘懷。

檢查其他選項的文法：

▲ 選項 1「(動詞辭書形) なり／剛…就立刻…」是“做了…後馬上”的意思。例句：

・リンさんはお父さんの顔を見るなり泣き出した。
林小姐一見到父親的臉，立刻哭了出來。

▲ 選項 2「(名詞) かたがた／順便…」用在想表達“同時進行其他事情”時。例句：

・上司のお宅へ、日ごろのお礼かたがたご挨拶に伺った。
我登門拜訪了主管家，順便感謝他平日的照顧。

▲ 選項 4「(名詞) もさることながら／不言而喻…」用在想表達“…自不必說，並且比之更進一步”時。例句：

・この地域は景観はさることながら、地元の郷土料理が観光客に人気らしい。
這個地區不僅景觀優美，聽說當地的家鄉菜也得到觀光客的讚不絕口。

✻ 4. 答案 4

雖然談不上非常成功，仍是（相當了不起的成果）！

1 很難説是成功　2 再也不能失敗了
3 期待下一次能夠成功
4 相當了不起的成果

▲「（動詞ない形）までも／雖然…仍是」用在想表達“雖然無法達到…這麼高的程度，但可以達到比其稍低的程度”時。例句：

・毎晩とは言わないまでも、週に一度くらいは親に電話しなさい。
雖不至於要求每天晚上，但至少一個星期要打一通電話給爸媽！

▲ 本題要選表示“比非常成功的程度差一點的狀態”的選項。

問題 2

✻ 5. 答案 4

就算沒辦法借錢給你，至少可以幫忙介紹兼差工作喔！

1 就算　2 至少可以
3 沒辦法　4 幫忙介紹兼差工作

▲ 正確語順：お金を貸すことは　3できない　1までも　4アルバイトの紹介　2くらいなら　できますよ。

▲ 因為句尾有「できますよ／可以喔」，所以注意到選項裡的「できない／沒辦法」。「お金を貸すこと／借錢給你」與選項 4 是成對的。「～までも／至少」是“雖然無法做到…”的意思。

檢查文法:

▲「（動詞ない形）までも／至少」是“雖然無法達到…的程度，但能達到稍低一點的程度”的意思。題目的意思是雖然無法做到程度高的「お金を貸すこと／借錢給你」，但如果是程度低的「アルバイトの紹介／介紹兼差工作」就能做到。

✻ 6. 答案 1

這場接連幾度逆轉、連一分一秒都無法令人放鬆觀看的比賽仍在進行當中。

1 令人放鬆　2 無法
3 連…都　4 一分一秒

▲ 正確語順：逆転に次ぐ逆転で、4一瞬　3たりとも　1気を抜くことの　2できない　試合が続いている。

▲ 將選項 1 和選項 2 連接起來接在「試合／比賽」前面。「～たりとも…ない／連…都沒有…」前接「一」和助數詞，是“全都沒有”的意思。

檢查文法:

▲「1＋助数詞＋たりとも…ない／一…都沒有…」是“連一…也沒有、全都沒有”的意思。例句：

・一度たりともあなたを疑ったことはありません。
我連一次也不曾懷疑過你！

※「～に次ぐ～／接連…」表示“發生了一件又一件的…”的狀態。

※「気を抜く／放鬆」是“鬆懈緊張、大意”的意思。

✻ 7. 答案 3

不難想像由於突如其來的意外而失去了母親的她有多麼悲傷。

1 她有多麼悲傷　2 不難
3 想像　4 失去了母親

▲ 正確語順：突然の事故で　4母親を失った　1彼女の悲しみは　3想像に　2かたくない　。

▲ 從助詞「は」來看，可知選項 1 是主語。選項 4 修飾選項 1。「～にかたくない（難くない）／不難…（不難）」用在想表達“即使不看也知道”時。

檢查文法：

▲「（名詞、動詞辭書形）にかたくない／不難…」是"從情況來看，要做到…是很容易的"的意思。經常寫成「想像にかたくない／不難想像」的形式。例句：

・彼女が強い決意を持って国を出たことは想像に難くありません。
不難想像她抱著堅定的決心去了國外。

06 話題、評價、判斷、比喻、手段

問題 1

＊1. 答案 2

能夠詮釋這個歷經許多人生苦難的主角的，（除了）他不作第二人想。
1無關　2除了　3以　4盡最大的努力

▲「（名詞）をおいて…ない／除了…就沒有…」是"除～之外就沒有了"的意思。是對「～」有高度評價時的說法。例句：

・日本でこれだけ精巧な部品を作れるのは、大田製作所をおいてありません。
在日本能夠製造出如此精巧的零件，就只有大田工廠這一家了。

檢查其他選項的文法：

▲ 選項１「（名詞）をよそに／不顧」是"不介意…"的意思。例句：

・彼女は親の心配をよそに、故郷を後にした。
她不顧父母的擔憂，離開了故鄉。

▲ 選項３「（名詞）をもって／以…」是"用…"的意思，是較生硬的說法。如果填入的名詞為日期的情況，是"到…時"的意思。例句：

・本日をもって閉会します。
會議就到今天結束。

▲ 若是填入的名詞為方法等等，則用於表示手段。例句：

・君の実力をもってすれば、不可能はないよ。
只要發揮你的實力，絕對辦得到的！

▲ 選項４「（名詞）を限りに／從…之後就不（沒）…」用於想表達"到…時為止（從此以後不再繼續下去）"。

＊2. 答案 4

（即使）Ａ公司（憑藉）其技術能力，也無法在時代的浪潮中存活下來。
1至於　2不僅　3不管　4即使…憑藉…

▲ 從題目的「技術力／技術能力」和「勝てなかった／無法勝過」兩處可以推測（　　）的前後關係是逆接。「（名詞）をもって／以…」是表示手段的說法。例句：

・試験の合否は書面をもってご連絡します。
考試通過與否，將以書面文件通知。

▲ 選項４「～をもってしても／即使…憑藉…」用在想表達"就算以…也無法做到…"時。是對「～」有高度評價的說法。例句：

・日本のベストメンバーをもってしても、決勝リーグに進むことは難しいでしょう。
即使擁有由日本的菁英好手組成的隊伍，想打入總決賽還是難度很高吧。

檢查其他選項的文法：

▲ 選項１「（名詞）に至っては／至於」是表示極端例子的說法。例句：

・学校はこの事件に関して何もしてくれませんでした。校長に至っては、君の考え過ぎじゃないのか、と言いました。
關於這起事件，學校完全沒有對我提供任何協助。校長甚至對我說了：這件事是你想太多了吧。

▲ 選項２「（名詞、動詞辭書形）にとどまらず／不僅…」是"超越…這個範圍"的意思。例句：

・彼のジーンズ好きは趣味にとどまらず、とうとうジーパン専門店を出すに至った。
他對牛仔褲的熱愛已經超越了嗜好，最後甚至開起一家牛仔褲的專賣店來了。

▲ 選項３「（名詞）をものともせずに／不當…

一回事」用在想表達“不向困難低頭”時。例句：

・母は貧乏をものともせず、いつも明るく元気だった。
家母並不在意家裡的生活條件匱乏，總是十分開朗而充滿活力。

＊3. 答案 1

關於這個問題，請容（我）表達（自己的）看法。

1 我自己的　　2 正因為
3 雖說　　4 儘管如此

▲「（名詞、普通形）なりの／自己的」是“在能做到～的範圍內”的意思。含有「～」的程度並不高的語感。例句：

・孝君は子供なりに忙しい母親を助けていたようです。
聽說小孝雖然還是個孩子，仍然為忙碌的媽媽盡量幫忙。

檢查其他選項的文法：

▲ 選項２「（名詞、普通形）ゆえに／正因為」表示原因和理由。是較生硬的說法。例句：

・私の力不足ゆえにご迷惑をお掛け致しました。
都怪我力有未逮，給您添了麻煩。

▲ 選項３「（承接某個話題）といえば／說起」用在表達“由於聽到了某事，從這事聯想起了另一件事”時。例句：

・きれいな花ですね。花といえば今、バラの展覧会をやっていますね。
這花開得好漂亮啊！對了，提到花，現在正在舉辦玫瑰花的展覽會喔！

▲ 選項４「（名詞、普通形）といえども／儘管如此」用在想表達“雖然…是事實，但…”時。例句：

・オリンピック選手といえども、プレッシャーに勝つことは簡単ではない。
雖說是奧運選手，想要戰勝壓力仍然不容易。

問題２

＊4. 答案 1

第一次嘗試打工，這才親身體驗到了這個社會的嚴苛。

1 親　　2 體驗到了　　3 的嚴苛　　4 身

▲ 正確語順：初めてアルバイトをしてみて、世間の　3 厳しさを　4 身を　1 もって　2 知った　。

▲「世間の／社會的」的後面應接選項３，句子最後應填入選項２。「をもって／以…」用於表示手段。選項３和選項２之間應填入選項４和選項１。

檢查其他選項的文法：

▲「（名詞）をもって／以…」用於表達手段。和「で／用…」意思相同，但因為是較生硬的說法，不太會在日常生活中使用。例句：

・彼の専門知識をもってすれば、この文書の解読も可能だろう。
只要借重他的專業知識，應該就能解讀這份文件了吧。

× 憑藉字典查詢不懂的詞語。

→○用字典查詢。

▲「身をもって／親身體驗」是固定說法，是“用自己的身體、親身去經歷”的意思。

＊5. 答案 2

即使是平時安安靜靜的這座寺院一旦變成（進入）葉子轉紅的季節，就會大批湧入來自國內外的遊客，好不熱鬧。

1 一旦變成（進入）　　2 葉子轉紅的季節
3 即使是　　4 這座寺院

▲ 正確語順：いつもは静かな　4 この寺　3 も　2 紅葉の季節　1 ともなると　国内外からの多くの観光客で賑わう。

▲「静かな／安安靜靜的」的後面要接名詞，所以是選項２和選項４其中一個。從語意考

量，選項４後面應接選項３。選項１「ともなると／一旦變成」是「になると／如果變成…」的意思。

檢查文法:

▲「（名詞）ともなると／一旦變成」是“一旦發展到…的境界、要是…狀況變得特別了”的意思。例句：

・パート社員（しゃいん）も 10 年目（ねんめ）ともなると、その辺（へん）の正社員（せいしゃいん）よりよほど仕事（しごと）ができるな。
即使是非正職職員，畢竟在公司待了長達十年，做起事來比一般正職職員效率更高哪！

07 限定、無限度、極限

問題 1

日本的敬語

日本人送東西給別人時會說「只是個 **1-a** 不值錢的東西，請笑納」；但同樣的情況下，外國人多半會說「這是非常 **1-b** 好吃的東西，請嚐嚐看！」看在外國人眼中，對於日本人的這種表現方式，既感到不可思議，又 **2** 難以理解。外國人覺得很奇怪，為什麼要把「不值錢的東西」送給其他人呢？為何會有這樣的差異呢？

我認為那是因為，日本人說話時會考量到對方的感受。即使致贈相當貴重的禮物，如果告訴對方「這是非常貴重的禮物」、「這是昂貴的禮物」，收到禮物的人會覺得 **3** 被下馬威，必然心情欠佳。為了不讓對方感覺很差，於是刻意貶低自己的東西，說是「不值錢的東西」、「一點點心意而已」。也就是說，屬於謙讓語（注１）的一種。

謙讓語的精神在於，藉由自我謙虛的語言讓對方感覺開心。舉例來說，把自己的兒子說成「愚息」（小犬）也是 **4** 其中一種。人心十分微妙，當聽到對方介紹「這是我的優秀兒子」時，覺得對方故意炫耀因而產生反感；相反地，如果對方說的是「這是小犬」，則很自然地感到安心。

至於尊敬語（注２），不只 **5-a** 日語有，聽說 **5-b** 外國語言也有。當想拜託對方做什麼事時，不是使用命令的口吻，而是以謙卑的態度有禮貌地請託對方，這與日語中謙讓語的意涵並不相同。畢竟，他們會在送禮時直接表明那是「貴重的禮物」、「昂貴的禮物」，我想在他們的語言中，應該沒有所謂的謙讓語吧。

（注１）謙讓語：敬語的一種，自我謙虛所使用的文體。

（注２）尊敬語：敬語的一種，尊敬對方所使用的文體。

＊1. 答案 2

1 a 好吃的／b 不值錢的
2 a 不值錢的／b 好吃的
3 a 不好吃的／b 好吃的
4 a 致贈／b 收下

▲ 因為文中提到外國人說日本人「なぜ、『つまらない物』を人にあげるのかと、不思議に思う…／為什麼要把『不值錢的東西』送給其他人呢？」，因此可知 a 應填入「つまらない／不值錢」。b 則要填入與此相反的詞語「おいしい／好吃」。

檢查錯誤的地方!

▲ 選項３，明知是「おいしくない／不好吃」的食物，還送給別人是一件失禮的行為。「つまらない／不值錢」是自謙說法，但「おいしくない／不好吃」是「おいしい／好吃」的否定詞。

＊2. 答案 1

1 難以理解　　2 能夠理解
3 想要理解　　4 非常明白

▲ 對外國人而言，要理解日本人「つまらない物ですが／只是個不值錢的東西」這樣的說法是很困難的。也就是「理解しがたい／難以理解」。

＊3. 答案 4

1 被輕視了　　2 被追趕了
3 感到煩惱　　4 被下馬威

▲ 從他人那裡收到禮物時，如果對方說這是「立派なもの／貴重的禮物」或「高価なもの／昂貴的禮物」之類，會覺得對方自以為是，因而有負面的感受。

＊4. 答案 3

1 有　2 那個　3 其中一種　4 是同一種

▲ 前文針對謙讓語進行了說明「自分の側を謙遜して言うことによって、相手をいい気持ちにさせる／藉由自我謙虛的語言讓對方感覺開心」，並舉出「愚息／小犬」這個詞語作為例子，也就是說「愚息／小犬」就是前文提到的「謙譲語／謙讓語」，因此，根據文章脈絡，應填入「それ／其中一種」。

＊5. 答案 2

1 a 外國語言／b 日語
2 a 日語／b 外國語言
3 a 敬語／b 謙讓語
4 a 那個／b 這個

▲「～だけでなく、～にもあると聞く／不只…，聽說…也有」是「～にあるということはわかっているが、～にもあるそうだ／雖然知道…有，不過…也有」的意思。因為知道日語有尊敬語，所以 a 應填入「日本語／日語」，b 應填入「外国語／外國語言」。

08 列舉、反覆、數量

問題 1

曆法

從前的曆法，自然界和人類的生活是結合在一起的。把從新月(注1)變成滿月又回到新月的時間訂為一個月的是太陰曆，而將地球繞行太陽一圈的時間訂為一年的則是太陽曆。如果把這兩種結合起來，就叫作太陰太陽曆(舊曆)。

倘若依據舊曆，一年會產生 11 天左右的偏差，1 為求解決這個問題，於是規定每隔幾年就有一年是 13 個月。2-a 然而如此一來，曆法和實際的季節之間就會出現落差，造成生活上極大的不便，2-b 因此又想出了「二十四節氣」與「七十二候」的劃分方式。二十四節氣是把一年劃分成二十四等分，也就是每一等分大約為 15 天；七十二候則是再把每一等分進一步細分成三等分，而這種方式 3-a 最早是在中國古代 3-b 所想出來的辦法。並且，七十二候曾於江戶時代(注2)由日本的曆法學家配合日本的氣候風土予以修訂完成。順帶一提，據說「氣候」這個詞彙是由「二十四節氣」的「氣」加上「七十二候」的「候」組合而成的。

依據「二十四節氣」與「七十二候」來看，舉例而言，春天的第一個節氣是「立春」，在曆法上為春天的起始，而初候為「東風解凍」，二候為「蟄蟲始振」，三侯為「魚陟負冰」，每一侯都是以簡短的言詞充分表達出該季節的特徵。

至於現在使用的曆法叫作公曆，或者可以稱為太陽曆(新曆)。

這種 4 新曆單純使用的數字來表示月日，例如「3月5日」。偶爾翻閱舊曆「二十四節氣」與「七十二候」的時候，總讓人想進一步了解過去日本人那種與自然界緊密相依（注3）的生活以及美感（注4）。況且，古人的智慧未必 5 不能對現代生活 5 有所助益。

（注1）新月：依照陰曆，月亮在每個月初剛開始出現時細細的樣子。
（注2）江戶時代：1603年～1867年，由德川幕府掌握政權的時代。
（注3）緊密相依：緊緊依偎在一起的意思。
（注4）美感：對於美學的感受。

＊1. 答案 2

1要想解決是　　2為求解決
3即使解決也　　4必須解決才行

▲ 1 前面的「それ／這個問題」是上一句的「1年に11日ほどのずれが生じること／一年會產生11天左右的偏差」。讓數年一次一年13個月，就能解決「それ／這個問題」。也就是說，1 應填入「解決するために／為求解決」。

＊2. 答案 3

1 a所以才／b可是
2 a即使／b換言之
3 a然而／b因此
4 a然而／b但是

▲ 文章脈絡是：為了解決一年有11天左右的偏差，讓數年一次一年13個月→但是如此一來，月曆上的日期和實際的季節就有了差異，很不方便→於是便想出了……這樣的區分方式。

＊3. 答案 4

1 a原本是／b組合起來的
2 a最近／b所想出來的
3 a從以前／b可以想見
4 a最早／b所想出來的

▲ 把選項實際代入a和b確認看看吧！

▲「『七十二候』は、……aもともと古代中国でb考え出されたものである／『七十二候』則是……a最早是在中國古代b所想出來的辦法」填入這兩個詞語後，句子就說得通了。

檢查錯誤的選項!

▲ 選項1的「組み合わせた／組合起來的」、選項2的「最近／最近」、選項3的a和b填入句子都不正確。

＊4. 答案 3

1舊曆　2新月　3新曆　4太陰太陽曆

▲ 前一句提到「単に太陽暦（新暦）といっている。／可以稱為太陽曆（新曆）」，接著提到「この／這種」，因此「この／這種」指的是「太陽暦／太陽曆」，但因為沒有這個選項，所以「太陽暦／太陽曆」的另一個說法「新暦／新曆」是正確答案。

＊5. 答案 1

1不能有所助益　　2有所助益
3被有所助益　　4或許會有所助益

▲ 前人的智慧對現代的生活仍有益處，換句話說就是「役に立たないとも限らない／不一定沒有用」。

檢查錯誤的地方!

▲ 選項2「役に立つとも限らない／不一定有用」是沒有用處的意思。

▲ 選項3和選項4後面不會接「とも限らない／不一定」。

09 附加、附帶

問題 1

名副其實

日本有句諺語叫作「名副其實」，意思是人的名字或者事物的名稱，確實呈現出其性質或是內容。

以事物的名稱來説，應該是與實際狀況相符的。畢竟事物的名稱是配合它的性質或運作方式而命名的。

但是，人的名字 **1** 又是如何呢？

在日本，原則上每個人只有一個名字，並且是出生之後由父母 **2-a** 命名的。父母在為生下來的孩子 **2-b** 取名時，便將對孩子的期望蘊含在這個名字裡面。名字就是父母送給孩子的第一份寶貴的禮物。為女孩命名時 **3-a** 多半希望她長得溫柔與美麗，而為男孩命名時 **3-b** 多半希望他長得堅強與高壯。我想，那就是父母對孩子的期望吧。

因此，人名 **4** 並不一定名副其實。尤其年輕時更是如此。

我的名字是「明子」。這個名字想必意味著家父母期望我成為一個開朗進取的人，以及能夠明確主張自己的立場與想法的人。然而，我平常總覺得這個名字根本沒有反映出我的本性。 **5** 因為我 **5** 似乎有時候會沮喪而心情低落，有時候也會猶豫(注)而不敢清楚表達自己的想法。

不過，遇到那樣的時刻，我會忽然想起父母傾注在我的名字之中的期望，並且反省自己必須成為一個「開朗、明確表達想法的人」。經過這樣一次次的鍛鍊，或許等到有一天終於成為那樣的性格時，我才能抬頭挺胸地説出「名副其實」這句話。

(注)躊躇：猶豫的意思。

＊1. 答案 2

1 應該是那樣的吧　　2 又是如何呢
3 或許是那樣　　4 隨便怎樣都好

▲ 前一段提到「物の名前について確かにそう（＝その性質や内容をあらわす）であろう／以事物的名稱來説，應該是這樣（＝與實際狀況相符）的」。下一段接著説「しかし／但是」人的名字，因此推測後面應該以「どうだろうか／又是如何呢」來表示疑問。

＊2. 答案 1

1 a 命（名）／ b 取（名）
2 a 應該命（名）才對／ b 取（名）也行
3 a 取（名）／ b 命（名）
4 a 附上（名）／ b 命（名）

▲ a 因為前面有「両親によって／由父母」，所以 a 應填入被動形的「付けられる／命名」。

▲ b 接在「両親は……名前を／父母……（取）名」後面的應為「付ける／取」。

＊3. 答案 4

1 a 由於多／ b 或許多　　2 a 雖然多／ b 少
3 a 雖然少／ b 不多　　4 a 多半／ b 多半

▲ 從上下文來理解，a・b 都應填入「多い／多半」。因此，「女の子には～多いし、男の子には～多い／為女孩…多半，而為男孩…多半」這個句型是正確的。

＊4. 答案 3

1 有　2 或許有　3 並不　4 應該有才對

▲「必ずしも／一定」後面應接否定的詞語。因此，選項 3「いない／並不」是最合適的

選項。

＊ 5. 答案 2

1 因為沒有才這樣　　2 因為…似乎…
3 而是沒有　　4 肯定是這樣

▲ 由於前一句提到「この名前は決して私の本質をあらわしてはいない／這個名字根本沒有反映出我的本性」，作者接著說明理由「私は、時に～たり～たり／我有時候會…，也會…」。因此選項 2「しがちだからだ／容易有…傾向」最為合適。

10 無關、關連、前後關係

問題 1

＊ 1. 答案 2

他（不顧）父母的期望，從大學輟學，到鄉下開了一家咖啡廳。
1 不分　2 不顧　3 別說是　4 不管是

▲ 從（　　）的前後文可知，要選擇"與父母的期待相反"意思的選項。「(名詞) をよそに／不顧」是"無視…狀況而行動"的意思。例句：

・スタッフの心配をよそに、監督は危険なシーンの撮影を続けた。
導演不顧工作人員的擔憂，繼續拍攝了危險的鏡頭。

檢查其他選項的文法：

▲ 選項 1「(名詞) を問わず／不分」是"與…無關，哪個都一樣"的意思。例句：

・町内ボーリング大会は、年齢、経験を問わずどなたでも参加できます。
鎮上舉辦的保齡球賽沒有年齡和球資的限制，任何人都可以參加。

▲ 選項 3「(名詞) はおろか／別說是」是"別說…就連…也"的意思。常用在負面的事項。例句：

・その男は歩くことはおろか、息をすることすら辛い様子だった。
那個男人別說走路了，看起來就連呼吸都很痛苦的樣子。

▲ 選項 4「(名詞、疑問詞) であれ／不管是」是"即使…也"的意思。例句：

・たとえ社長の命令であれ、法律に反することはできません。
即使是總經理的命令，也不可以違反法律規定！

＊ 2. 答案 1

（不管）有任何理由，遲到就是遲到！
1 不管…　2 如果是…的話就不得而知了
3 一旦成為　4 畢竟是

▲「いかん／不管」是"不管怎樣、無論如何"的意思。「(名詞) のいかんによらず／無論」是"無關…"的意思。是生硬的說法。例句：

・大会終了後は結果のいかんによらず、観客から選手全員に拍手が送られた。
不管結果如何，賽事結束之後，觀眾一起為全體運動員送上了熱烈的掌聲。

檢查其他選項的文法：

▲ 選項 2「(名詞、普通形) ならいざしらず／（關於）我不得而知…」用在想表達"如果…的話也許是這樣，但事實並非如此"時。例句：

・子どもならいざ知らず、君はもう立派な大人なんだから、自分のことは自分でしなさい。
小孩也就罷了，你已經是個成年的大人了，自己的事情自己做！

▲ 選項 3「(名詞) ともなると／一旦成為」是"如果到了…的地位或程度"的意思。例句：

・やはり社長ともなると、乗っている車も高級なんですね。
當上總經理之後，果然連乘坐的轎車也相當豪華呢！

▲ 選項４「（名詞）のことだから／畢竟是」用在想表達“從…的性格和平常的舉動來看的話”時。例句：

・真面目な木村さんのことだから、熱があっても会社に来るんじゃないかな。

做事那麼認真的木村先生，就算發燒，大概也會來上班吧！

＊3. 答案 2

隊員們（絲毫不顧）自身的危險，奮力搜尋失蹤者的下落。

１撇除　２絲毫不顧　３不分　４無關

▲「（名詞）をものともせず／絲毫不顧」表達“不把困難當作問題、克服困難”的樣子。例句：

・中村選手は、足のけがをものともせず、ボールを追いかけた。

中村運動員當時不顧自己腳部的傷勢，仍然拚命追著球跑。

檢查其他選項的文法：

▲ 選項１「（名詞）を抜きにしては／沒有…就（不能）」是“如果沒有…的話”的意思。例句：

・吉田君の頑張りを抜きにしては、文化祭の成功はなかっただろう。

假如沒有吉田同學的努力，這次的文化成果發表會想必無法順利完成。

▲ 選項３「（名詞）を問わず／不分」用於想表達“不管是否…，哪個都一樣”時。例句：

・テニスは、年齢を問わず、何歳になっても楽しめるスポーツです。

網球是一項不分年齡的運動，不管幾歲的人都可以樂在其中。

▲ 選項４「（名詞）をよそに／無關」是“不在意…”的意思。例句：

・住民の反対運動をよそに、ごみ処理場の建設計画が進められている。

垃圾處理場的建蓋計畫不顧當地居民的群起反對，依然持續進行。

＊4. 答案 3

（要不要）在這份契約上簽名當然全由你自己決定，但我認為這項簽約內容對你絕對沒有壞處喔。

１Ｘ　２Ｘ　３要不要　４Ｘ

▲「（動詞意向形）（よ）うが、（動詞辞書形）まいが／不管是…不是…」用在想表達無論做不做都一樣、哪個都沒關係時。例句：

・あなたが信じようが信じるまいが、彼女は二度と戻ってきませんよ。

你相信也好，不相信也罷，總之她再也不會回來了。

※ 選項３「…しまいが」的「し」是「します」的ます形的語幹，當「まい」接在一段活用動詞和變格活用動詞後面時，動詞用辭書形或ます形都可以。如上例，「信じるまい」和「信じまい」都正確。

▲ 另外，接在動詞「する」之後的用法，除了「するまい」和「しまい」之外，還有「すまい」這種例外的形式。

※「（よ）うが、～まいが／不管是…不是…」和「（よ）うと、～まいと／不管是…不是…」意思相同。

檢查其他選項的文法：

▲ 沒有選項１、２、４的説法。

問題２

＊5. 答案 4

自從開始工作以後，我沒有一天<u>不想著早知道應該學習更多知識才對</u>。

１學習更多知識才對　２不想著

３Ｘ（即，進入這樣的狀態）４早知道應該

▲ 正確語順：仕事を始めてから　<u>３というもの</u>　<u>１もっと勉強しておく</u>　<u>４べきだったと</u>　<u>２思わない</u>　日はない。

▲ 因為「べき／應該」前面必須接辭書形，所以可以將選項１和選項４連接起來。選項４

後面應填選項２。「始めてから／自從開始」後面應接選項３。「思わない日はない／沒有一天不想著」是雙重否定，是每天都這麼想的意思。

檢查文法:

▲「(動詞て形) からというもの／自從…以來一直」用在想表達“從…以來一直持續同樣的狀態”時。是“自從…以來”的意思。例句：

・子どもが生まれてからというもの、我が家の生活は全て子ども中心だ。
自從孩子出生之後，我家的生活完全繞著孩子打轉。

11 條件、基準、依據、逆接、比較、對比

問題 1

杜拜遊記

我利用公司的休假日去了杜拜旅行。旅遊行程是深夜從羽田機場搭機起飛，經過了 11 個多小時的飛行時間抵達杜拜，在那裡住了兩晚，於第三天晚上搭機返國。

杜拜是阿拉伯聯合大公國位於波斯灣沿海的一個城市，由歷代世襲(注 1)的酋長治理國家，其面積和埼玉縣大約相同。這裡 1-a 原本是個小漁村，進入 20 世紀之後發展成為貿易港口。自從 1966 年挖掘到石油之後突然變得非常富裕，其後的經濟發展朝著不單一依賴石油出口的方向積極努力。 1-b 如今，這裡已經發展成摩天大樓林立、全球聞名的一座豪奢(注 2)的商業城市。杜拜現在的石油產量 2 儘管不多，然而來自貿易、建設、金融、觀光等不同領域產業的收入仍足以支撐其財政所需。

這裡不愧是財政收入有 30%屬於觀光收入的城市，可供旅客遊覽的地方多不勝數，甚至有好幾處都是享有「世界第一」稱號的名勝，包括世界第一高塔哈里發塔、龐大的人工島棕櫚島、擁有多達 1,200 家店鋪入駐的購物中心(注 3)、世界最高級的七星旅館卓美亞帆船飯店、世界最斜的人造塔樓(首都門)等等……。

總而言之，眼前所見無不令人「嘆為觀止」，3 為之折服。我在購物中心裡的咖啡廳彎腰俯瞰下方，各種膚色的人種穿著形形色色的服裝穿梭來往。身穿傳統民族服飾、貌似阿拉伯人的人 4 寥寥可數。據說阿拉伯人只佔杜拜總人口的不到 20%，因此阿拉伯人在這裡看起來反而像是外國人。

不過，這個以急速發展為自豪、宛如未來都市的杜拜，據說也曾面臨過非常嚴重的經濟危機。2009 年，這裡發生過一場被稱為「杜拜風暴」的無力償付債務(注 4)的金融危機。所幸得到阿拉伯聯合大公國首都阿布達比的經濟援助，目前的社會狀況已經相當穩定，各項開發工程也正在進行，現在仍然持續償還債務之中。

我心裡想著關於杜拜的這一切，從哈里發塔的 124 樓遙望底下的街景，忽然覺得位在沙漠中的杜拜市容正如「空中樓閣」(注 5)，宛如綻放在沙漠中的一朵虛幻之花(注 6)，剎時感到了一股微微的寒意(注 7)。然而，這也正式象徵 21 世紀文明的杜拜具有魅力之處。我不得 5 不祈求(我衷心祈求)這裡往後依然能夠繼續維持現在的繁榮盛景。

(注 1)世襲：由子孫繼承。

(注 2)豪奢：豪華而奢侈的樣子。

(注 3)購物中心：彙集了許多商店的建築物。

(注 4)無力償付債務：債務超過了債務人能夠償付的限度。

(注 5)空中樓閣：日文原意是蓋在沙上的

大廈，比喻基礎不穩固而容易崩塌的事物。

（注 6）虛幻之花（虛有其表）：日文原意是沒有結果就凋謝了的花朵，比喻事物沒有實質內容。

（注 7）感到一股微微的寒意：覺得似乎有點冷。

＊1. 答案 3

1 a 如今是／b 原本是
2 a 原本是／b 如今也是
3 a 原本／b 如今
4 a 如今是／b 現在則是

▲ 1-a 空格部分的後面「小さな漁村だったが／原本是個小漁村」是過去式，1-b 的後面「発展を誇っている／以發展為傲」是現在式，所以可知 a 應填入「もとは／原本」，b 應填入「今や／如今」。

＊2. 答案 2

1 一方面有　2 儘管（儘管有、儘管是）
3 雖然有　4 有是有

▲ 注意題目空格的前後，「石油産出量はわずか／石油產量不多」和「貿易や～など幅広い産業がドバイをささえている／來自貿易…等不同領域產業的收入仍足以支撐杜拜財政所需」，這前後兩項是相反的內容，所以填入「にもかかわらず／儘管」最為適切。

＊3. 答案 2

1 壓倒對方　2 為之折服
3 感到失望　4 聚集起來

▲ 要尋找能表達出看見「すごい／嘆為觀止」的事物時內心震撼的詞語，找到了選項 2「圧倒されて（しまう）／為之折服」是正確答案。選項 1「圧倒して／壓倒對方」是指展現出卓越的事物或出眾的力量來戰勝對手。本題必須寫成被動式「圧倒されて／被對方壓倒（為之折服）」。

＊4. 答案 4

1 非常多　2 了不起
3 是阿拉伯人啊　4 寥寥可數

▲ 空格後面的句子寫道「ドバイではアラブ人こそ逆に外国人に見える／阿拉伯人在這裡看起來反而像是外國人」，因此「アラブ人らしい人はとても少ない／看起來像阿拉伯人的人很少」，也就是說選項 4「わずか／寥寥可數」是正確答案。

＊5. 答案 3

1 祈求　2 雖然祈求
3 不祈求【願わずにはいられない＝不得不祈求＝衷心祈求】　4 持續祈求

▲ 這題考的是「ずにはおかない／不能不…」、「ないではおかない／必須」。選項 3「願わずにはいられない／不得不祈求」表達「どうしても願う気持ちになってしまう／衷心祈求」的意思。

12 感情、心情、期待、允許

問題 1

＊1. 答案 3

（即使）事到如今才後悔，也於事無補了！
1 由於　2 由於　3 即使　4 因此

▲「(動詞た形) ところで／即使…」用在想表達“即使做…也沒用”時。例句：

・今(いま)から急(いそ)いで行(い)ったところで、どうせ間(ま)に合(あ)わないよ。
就算現在趕過去，反正也來不及了啦！

※「今さら／事到如今」是"事到如今"的意思。用在表達已經太遲了、為時已晚的句子中。

＊2. 答案 1

對少年所成長的家庭環境，(不由得)令人心生同情。

1 不由得　　2…是最好的
3 沒辦法就只能…　　4 哪能…

▲「(名詞) を禁じ得ない／不由得」前接帶有情感意義的名詞，表示面對某種情景(看到、聽到或想到的)，心中自然而然就會產生一種難以抑制的感情。例如：

・彼の輝く才能とセンスに嫉妬を禁じ得ない。
對他耀目的才華及獨特的品味，不禁感到嫉妒。

檢查其他選項的文法：

▲ 選項 2「(名である・動詞辭書形) に越したことはない／…是最好的」表示沒有比這個更好的了，那樣就在好不過了。前接名詞要多加「である」，也不符題意。例如：

・飲食店はおいしいに越したことはない。
餐飲店最重要的無非就是好吃。

▲ 選項 3「(名詞) を余儀なくされる／沒辦法就只能…」表示因為大自然或環境等，個人能力所不能及的強大力量，迫使其不得不採取某動作。不符題意。例如：

・会社が買収されて、彼は退職を余儀なくされた。
他的公司被收購，因此迫不得已辭去工作。

▲ 選項 4「(名詞・動詞辭書形) ところではない／哪能…」表示沒有做某事的時間或金錢等。不符題意。

＊3. 答案 4

發自內心(由衷地)祈禱新冠肺炎疫情能早日結束。

1 不能…　　2…得不得了
3…得不得了　　4 由衷地

▲「(動詞て形) やまない／由衷地」前接感情動詞，表示那種發自內心關懷對方的感情，一直持續著。例如：

・これは私が尊敬してやまない先生の言葉です。
這是我發自內心尊敬的老師的話語。

檢查其他選項的文法：

▲ 選項 1「(動詞て形) (は) いられない／不能…」表示由於沒有時間而無法做某事，或由於精神上的原因不能維持現有的狀態。不符題意。例如：

・人が苦しんでいるのを見ていられなくて、つい手を貸してしまった。
不忍心看到有人備受折磨，不由得就動手幫起忙了。

▲ 選項 2「(動詞て形) たまらない／…得不得了」表示某種感情嚴重到使說話人無法忍受。不符說話人的心情。

▲ 選項 3「(動詞て形) かなわない／…得不得了」表示負擔太大了，因此而不能容忍。一般用在不滿或抱怨的情況。在這裡也不符說話人的心情。例如：

・隣の工事がガンガンガンと煩くてかなわない。
隔壁的工程鏘鏘鏘震耳聲響，真是吵死人了。

問題 2

＊4. 答案 1

提起那時從山頂上眺望的景色實在太壯觀了！我一輩子都不會忘記！

1 太壯觀了　2 那時眺望　3 提起　4 景色

▲ 正確語順：山頂から　2眺めた　4景色の　1素晴らしさ　3といったら。一生の思い出だ。

▲ 請注意如果把選項 2 填入句尾，句子則無法成立。將選項 4 和選項 1 連接在一起。「山頂から／從山頂上」的後面應接選項 2。句子最後應填入選項 3。選項 3 將「といったらない／實在是」的「ない」(本題是過去式所以應為「なかった」)省略了。

檢查文法:

▲「(名詞) といったら (ない) ／實在是」是表達"驚訝於程度之高 (或低)"的説法。是口語説法。例句：

・怒られたときの、うちの犬の顔といったらないんだ。人間よりも悲しそうな顔をするよ。

說起我家那隻狗挨罵時的表情簡直難以形容，看起來比人類還要傷心難過呢！

＊ 5. 答案 4

就算向她表白，反正都會被甩的，所以還是放棄算了，可是…。

1 可是… 2 反正
3 都會被甩的 4 還是放棄算了

▲ 正確語順：彼女に告白したところで、2 どうせ 3 振られるのだから 4 やめておけばいい 1 ものを。

▲「告白したところで／就算向她表白」的意思是"即使向她表白"，是表示否定的意思。選項 2 是表達"無論做什麼都沒用、結果都是不行的"意思的副詞，因此選項 3 的前面應填入選項 2。選項 3 的「だから／所以…」後面應接選項 4。選項 1 是"可是…"的意思，是表達可惜的心情或語含責備的説法。

檢查文法:

▲「(動詞た形) ところで／即使」是"做…也是沒用的"的意思。例句：

・私なんかが、どんなにがんばったところで、佐々木さんに勝てるはずがないよ。

像我這樣的人即使再怎麼努力，也不可能贏過佐佐木同學啦！

▲「(動詞、形容詞の普通形) ものを／然而卻…」是陳述説話者假設的期待狀況，用於表達對現實不滿的心情。例句：

・山田さんも、意地を張らないで、ちゃんと奥さんに謝ればよかったものを。

山田先生也別賭氣了，只要誠心向太太道歉就沒事了嘛。

▲ 從這句例句可知，説話者期待山田先生向太太道歉，但因為山田先生沒有這麼做，因此説話者覺得很可惜。另外，「ものを／然而卻…」後面的「謝らなかった／沒有道歉」常常被省略。

13 主張、建議、不必要、排除、除外

問題 1

＊ 1. 答案 1

(又不是) 小孩子，人家叫你回去，你就真的回來了嗎？

1 又不是 2 要是 3 不管 4 …一樣

▲ 因為是責備「そのまま帰ってきた／就這樣回來了」，所以要選擇「あなたは子供ではないのに／你明明不是小孩子了」意思的選項。「(名詞) では (じゃ) あるまいし／又不是…」是"因為不是…"的意思。

檢查其他選項的文法:

▲ 選項 2「(名詞) ともなると／要是…那就…」用在想表達"到了…某較高的立場或程度"時。例句：

・大学も 4 年目ともなると、授業のサボり方もうまくなるね。

大學都已經上了四年，蹺課的方法也越來越純熟囉。

▲ 選項 3「(名詞) いかんによらず／不管」是"和…無關"的意思。例句：

・レポートは内容のいかんによらず、提出すれば単位がもらえます。

不論報告內容的優劣程度，只要繳交，就能拿到學分。

▲ 選項 4「(名詞) ながらに／…狀 (的)」是"…狀 (做某動作的狀態)"的意思。例句：

・その男は事件の経緯を涙ながらに語った。

那個男人流著淚訴說了整起事件的來龍去脈。

＊2. 答案 4

由於政府的應對失當而導致受害範圍的擴大。這（不是）人禍（又是什麼呢）？

1 不可能是那樣　　2 頂多
3 用不著　　4 不是…又是什麼呢

▲ 要寫成表示「これは人災だ／這是人禍」意思的句子。「人災／人禍」是指因人為的不注意等而引起的災害。能使句子成為肯定句的是選項 2 和選項 4。

▲「（名詞）でなくてなんであろう／不是…又是什麼呢」用在想表達“正是因為…、除了…以外就沒有了”時。是較生硬的說法。例句：

・事故の現場で出会ったのが今の妻だ。これが運命でなくてなんであろうか。
我在事故的現場遇到的那位女子就是現在的太太。如果這不是命運，那又是什麼呢？

檢查其他選項的文法：

▲ 選項 1「（名詞、普通形）であろうはずがない／不可能是那樣」用在想表達“有根據認為絕對不會…”時。例句：

・彼が犯人であろうはずがない。そのとき彼は香港にいたのだから。
他不可能是兇手！因為那時候他人在香港。

▲ 選項 2「（数量）といったところだ／頂多…」用在想表達“最多也才…”時。例句：

・頑張ったが、試験はあまりできなかった。70 点といったところだろう。
雖然努力用功了，但是考題還是不太會作答。估計大約七十分吧。

▲ 選項 3「（名詞、動詞辞書形）には当たらない／用不著…」用在想表達“沒必要…”時。例句：

・たいした怪我ではありませんから、救急車を呼ぶには当たりませんよ。
傷勢不怎麼嚴重，用不著叫救護車啦！

＊3. 答案 2

如果找不到飯店，那就在野地露宿（就是了）。

1 甚至能…　　2 …就是了
3 一直…　　4 依舊…

▲「（動詞た形・動詞辭書形）までだ／…就是了」表示現在的方法即使不行，也不沮喪，再採取別的方法。

檢查其他選項的文法：

▲ 選項 1「（動詞辭書形）ほどだ／甚至能…」為了說明前項達到什麼程度，在後項舉出具體的事例來。不符題意。例如：

・夫は口が達者で、セールスに来た営業マンも逃げ出すほどだ。
我先生能言善道，他甚至能把上門推銷的推銷員嚇得逃之夭夭。

▲ 選項 3「（動詞辭書形）ばかりだ／一直…」前接表示變化的動詞，表示事態朝不好的方向，越來越惡化。不符題意。

▲ 選項 4「（名詞の・形容詞普通形・動詞た形）ままだ／依舊…」表示某狀態沒有變化，一直持續的樣子。不符題意，也沒有「動詞辭書形＋まま」的形式。例如：

・経営陣が代わっても、経営体質は依然、古いままだ。
即使換了經營團隊，經營體質仍一如往昔的保守。

＊4. 答案 2

聽說颱風即將登陸。明天的登山活動（不得不）取消。

1 總不能　　2 不得不
3 得以逃過一劫　　4 無法那樣做

▲ 要選有「中止する／取消」意思的選項。「ざるを得ない／不得不…」用在想表達“我並不想這樣，但因為某個原因所以沒有辦法”時。例句：

・この学生は、面接の印象はよかったが、テストの点数がこんなに悪いのでは、落とさざるを得ない。
這個學生面試時給人的印象不錯，可惜筆試分數太糟糕了，不得不刷掉他。

▲ 句型是「(動詞ない形) ざるを得ない／不得不」，但「する／做」是例外，必須寫作「せざるを得ない／不得不做」。

檢查其他選項的文法:

▲ 選項 1「(動詞辭書形) わけにはいかない／不可以」用在想表達“由社會角度或心理因素而無法做到”時。例句：

・友達と約束をしたので、話すわけにはいかない。
我已經答應朋友絕對不告訴任何人了，所以不可以講給你聽。

▲ 選項 3，「(動詞ない形) ずにすむ／不…也行」用在想表達“不做…也沒關係”時。例句：

・保険に入っていたので、治療費は払わずにすんで、助かった。
多虧已經投保才不必付治療費用，省了一筆支出。

▲ 選項 4，「(動詞ない形) ずにはおけない／不能不…」是“不…就是無法原諒、一定要這麼做”的意思。例句：

・不良品を高く売るようなやり方は、罰せずにはおけない。
將瑕疵品以高價售出的行徑，非得處以重罰才行！

※ 選項 3、選項 4，「する／做」後面接否定的「ず (に) ／不…」時，不會寫「しず (に)」，而應寫作「せず (に) ／不」。

問題 2

＊5. 答案 2

假如是失去了所有的財產倒還另當別論，只不過是彩券沒中獎，用不著那麼沮喪吧。
1 用不著　2 只不過是
3 另當別論　4 彩券沒中獎

▲ 正確語順：全財産を失ったというのなら 3いざ知らず 4宝くじがはずれた 2くらいで 1そんなに 落ち込むとはね。

▲ 考量到「全財産を失った／失去了所有的財產」和選項 4 是相對的，因此中間填入選項 3。連接選項 4 和選項 2。選項 1 填入「落ち込む／沮喪」前面。

▲ 句尾「とは」是表示驚訝的說法。「とは」後面的“…驚人、…訝異”被省略了。

檢查文法:

▲「(名詞、普通形) ならいざ知らず／倒還另當別論」先舉出一個極端的例子，表示“如果是…也許是這樣，(但情況並非如此)”。例句：

・プロの料理人ならいざしらず、私にはそんな料理は作れませんよ。
姑且不論專業的廚師，我怎麼可能做得出那種大菜嘛！

▲「(名詞、普通形) くらい／不過是…」用在想表達程度很輕的時候。例句：

・そのくらいの怪我で泣くんじゃない。
不過是一點點小傷，不准哭！

14 禁止、強制、讓步、指責、否定

問題 1

＊1. 答案 4

(自從) 家母 (遭受) 詐騙之後，就變得非常害怕接聽電話了。
1 雖說遭到了　2 一旦遭受之後
3 為了遭受　4 自從…遭受…

▲「(動詞て形) ＋からというもの／自從…以來」是“從…後一直”的意思。用在想表達當時發生的變化，之後也一直持續下去的時候。例句：

・営業部に異動になってからというもの、夜8時より前に帰れたことがない。
自從被調到業務部以後，再也不曾在晚上八點之前回到家了。

檢查其他選項的文法:

▲ 選項1「(名詞、普通形) といえども／雖説…可是…」是"即使如此"的意思。例句：

・有名人といえども、プライバシーは尊重されるべきだ。

雖說是知名人士，仍然應該尊重他的隱私。

▲ 選項2「たら最後／一旦…就…」用在想表達"如果…的話一定會造成可怕的後果"的時候。例句：

・このお菓子は、食べ始めたら最後、一袋なくなるまでやめられないんだ。

這種餅乾一旦咬下第一口，就忍不住一口接一口，直到最後把一整包統統吃光了。

▲ 選項3「(動詞辞書形) べく／為了…而…」是"為了…"的意思，是較生硬的説法。例句：

・新薬を開発するべく、研究を続けています。

為了研發出新藥，研究仍在持續進行。

＊2. 答案 1

(雖説)並不曉得那是非常重要的東西，仍然必須為我予以擅自丟棄致上歉意。

1 雖説　　2 儘管如此

3 原以為　　4 似乎…般地

▲ 從(　　)前後文的關係來考量，「(名詞、普通形) とはいえ／雖説」用在想表達"…雖是事實，但還是…"時。例句：

・駅前とはいえ、田舎ですので夜7時には真っ暗になりますよ。

雖說是車站前面的鬧區，畢竟是鄉下，到了晚上七點就一片漆黑囉。

檢查其他選項的文法:

▲ 選項2「(名詞、普通形) にもかかわらず／儘管如此」是"雖然…但還是"的意思。例句：

・悪天候にもかかわらず、多くのファンが空港に押し寄せた。

儘管天氣惡劣，仍然有大批粉絲爭相擠進了機場。

▲ 選項3「(普通形) と思いきや／原以為…」用在想表達"雖然是…這麼想，但事實並非如此"時。例句：

・去年できたこのラーメン屋は、すぐに潰れるかと思いきや、なかなか流行っているようだ。

去年開張的這家拉麵店，原本以為很快就會倒閉了，沒想到成為一家當紅的名店呢！

▲ 選項4「(発話文) とばかり (に) ／似乎…般地」是"簡直就像是在説…的態度"的意思。例句：

・母は、がんばれとばかりに、私の肩をたたいた。

媽媽拍了我的肩膀，意思是幫我打氣。

＊3. 答案 2

您這麼忙(的時候)還特地撥冗前來，直在不敢當。【亦即，您在百忙之中…】

1 即使　　2 …的時候

3 依照不同的地方　　4 從…的部分

▲「(普通形、な形 - な、名詞 - の) ところを／…的時候」是用在"在…的時候卻…、在…的狀況卻…"時，是表示抱歉的説法。例句：

・お休みのところを、お邪魔いたしました。

不好意思，在您休息的時間打擾了。

＊4. 答案 1

隨著企業進軍海外，國內產業亦不得不(隨之)衰退。

1 隨之　　2 使之

3 正在做　　4 正在做被交付的事

▲「(名詞) を余儀なくされる／不得不…」是"因為某些原因，所以不得不做…"的意思。「される」是被動形。例句：

・震災の被害者は、不自由な暮らしを余儀なくされた。

當時震災的災民被迫過著不方便的生活。

檢查其他選項的文法：

▲ 選項２「を余儀なくさせる／不得不…」用在想表達“讓某事變成…的狀況”時。「させる／使…」是使役形。例句：

・景気(けいき)の悪化(あっか)が、町(まち)の開発計画(かいはつけいかく)の中止(ちゅうし)を余儀(よぎ)なくさせた。

隨著景氣的惡化，不得不暫停執行城鎮的開發計畫了。

▲ 沒有選項３和選項４的説法。

問題２

＊5. 答案 2

即使是十惡不赦的壞人，如果死了，還是會有為他傷心的家人。

１家人　２傷心　３如果死了　４即使是

▲ 正確語順：どんな悪人(あくにん)　４といえども　３死(し)ねば　２悲(かな)しむ　１家族(かぞく)が　いるのだ。

▲ 接在「どんな悪人／十惡不赦的壞人」後面的是選項４。「いるのだ／會有」前面的是選項１。選項３和選項２是用來説明選項１的詞語。

※ 如果連接選項１和２寫成「家族が悲しむ／家人很傷心」的話，就無法連接句尾的「いるのだ／會有」。

檢查文法：

▲「(名詞) といえども／即使是…」用在想表達“雖然…是事實，但實際情況和想像中的並不同”時。例句：

・社長(しゃちょう)といえども、会社(かいしゃ)のお金(かね)を自由(じゆう)に使(つか)うことは許(ゆる)されない。

雖説是總經理，仍然不被允許隨意動用公司的資金。

Index 索引

あ

い

う

か

き

く

こ

さ

し

す

そ

た

つ

て

と

な

に

MEMO

考試相關概要
根據日本國際交流基金

快速通關

絕對合格 N1/N2 日檢[文法] 新制對應 QR code

日檢權威山田社 持續追蹤最新日檢題型變化！

【速通日檢 06】

（20K+ QR Code線上音檔＆實戰MP3）

■ 發行人／林德勝

■ 著者／吉松由美, 田中陽子, 西村惠子, 大山和佳子
林勝田, 山田社日檢題庫小組

■ 出版發行／山田社文化事業有限公司
臺北市大安區安和路一段112巷17號7樓
電話　02-2755-7622
傳真　02-2700-1887

■ 郵政劃撥／19867160號　大原文化事業有限公司

■ 總經銷／聯合發行股份有限公司
新北市新店區寶橋路235巷6弄6號2樓
電話　02-2917-8022
傳真　02-2915-6275

■ 印刷／上鎰數位科技印刷有限公司

■ 法律顧問／林長振法律事務所　林長振律師

■ 書+（QR Code線上音檔＆實戰MP3）／新台幣623元

■ 初版／2023年1月

© ISBN：978-986-246-732-9

山田社

山田社